내음

내 음

무한 장편소설

그린장

서화와 단미, 그리고……

차례

- 장미 한 송이 ——————————— 009
- 라일락 ——————————————— 015
- 튤립 ————————————————— 153
- 카네이션 —————————————— 217
- 안개꽃 ——————————————— 253
- 에델바이스 ————————————— 441
- 장미 한 송이 ———————————— 453

장미 한 송이

머리가 아프다……

이토록 강렬한 냄새를 풍기는 존재는 엄마 이후로 처음이다. 온몸이 두근거린다. 자욱하게 떠다니는 '하얀 냄새'가 콧속을 집요하게 파고들어 머릿속을 헤집어 놓는다. 그 끔찍한 악취는 발끝까지 내려가서야 유유히 몸에서 빠져나간다. 하지만 마지막까지 방심하지 말라는 듯 주변을 맴돈다. 나처럼 비틀거리기도 한다. 그 안에서 나는 중얼거린다.

'나를 죽이기에 딱 좋은 작전이잖아.'

일순간 온몸이 뒤틀리는 고통에 난간을 붙들고 주저앉았다.

전쟁터 한복판에 서 있으면 이런 냄새가 나지 않을까?

하얀색.

텅 빈 세상을 그리는 데 필요한 색은 사람마다 다르다.

물론 내 세상에도 색깔이 많이 있었다. 그 누구보다 다채롭고 생생하게 살아 있었다. 하지만 지금은 이 하얀색뿐이다.

생명의 마침표를 품은 하얀색.

소설책을 구성하는 검은 글씨처럼 자그마한 하얀색으로 가득한 이야기가 바로 내 세상이다. 지루하기 짝이 없는 하얀 소설은 언제까지고 끝나지 않을 것만 같았다.

그런데 아니었다. 그날을 만났다.

그녀에게 닿았다.

책이 한순간에 덮이듯 내 세상도 완전히 뒤바뀐 초겨울의 어느 날이었다.

계단을 오를수록 통증은 심해졌고 고통스러운 기침이 몇 번이나 머리를 뒤흔들었다. 북카페는 삼 층에 있었다. 기침이 잦아진 틈을 타 실눈을 뜨고 위를 쳐다보았다. 진하고 뽀얀 구름이 떠다녔다. 산허리를 감싸곤 하는 구름바다가 나를 굽어보았다. 나는 침을 꿀꺽 삼켰다. 그 소리마저 어둑한 층계에 울린다. 나는 숨을 깊게 들이마시고 한 걸음 한 걸음 다시 계단을 오른다.

돌이켜 보면 북카페에 두고 온 카드가 그렇게 중요한 물건은 아니었다. 돈이 없어도 집에 갈 방법은 얼마든지 있었다. 택시 기사에게 양해를 구하고 집 앞에 도착한 뒤 계산하거나, 조금 멀지만 그냥 걸어가도 괜찮았다. 걷기를 좋아하는 내게 그건 큰 문제가 아니었고, 늦은 시간이기에 하얀 냄새도 그리 많이 풍기지 않을 터였다. 하물며 월요일에 다시 찾으러 와도 크게 상관없었다.

하지만 나는 멈출 수 없었다. 반시계 방향으로 쉼 없이 다리를 흔들었다.

이윽고 솜사탕 같은 구름 속으로 빨려 들어갔다.

앞에서 밀치고 지나간 하얀 냄새—죽음—가 나를 움켜쥐었다. 천천히 눈을 감았다. 굳이 걷지 않아도 되겠다는 생각이 들어서. 그러자 몸이 붕 뜨는 기분이 들었다. 아무리 다리를 휘저어도 딱딱한 바닥의 감촉은 돌아오지 않았다. 몽글몽글한 악취가 나를 품으로 끌어당겼다.

불현듯 몸이 기운 듯한 느낌을 받았다. 슬며시 눈을 뜨니 어느새 문 앞까지 왔다. 비명을 지르면서 반걸음 물러섰다. 커다란 밤색 문이 나를 굽어본다. 북카페는 비밀을 지키는 파수꾼처럼 굳게 닫혀 있다. 내가 여기까지 올라온 이유가 이 안에 있다.

그 이유가 무엇이든.

하얀 냄새는 문틈으로 스멀스멀 기어 나와 복도를, 건물 전체를 하얗게 물들인다.

"온 세상을 하얗게 만들 작정인가? 도대체 누가……"

오른손에서 잘그락거리는 열쇠의 서늘한 감촉과 쿵쿵 재촉하는 심장 소리를 기억한다. 문고리를 조심스레 돌렸다. 비좁은 공간은 숨이 막혔는지 하얀 냄새를 미친 듯이 토해 냈다. 정신이 아득하도록 몸속으로 파고드는 냄새에도 나는 북카페 안으로 조심스럽게 한 걸음 내디뎠다.

이지러진 조명 아래 하얀 냄새를 마구 쏟아 내는 무언가가 어렴풋했고, 벙긋거리는 입시울을 나는 분명 보았다.

"안녕하세요?"

장미 한 송이

하얗고 거대한 꽃 한 송이.
그 순간 콧속 깊숙한 곳과 두 눈 사이, 아니, 머릿속인가……? 아득한 어딘가에서 조금이지만 장미 향이 풍겼다.
굳이 따지자면 한 송이 정도.

라일락

1.

나는 냄새를 맡지 못한다.

어렸을 때 장미가 만발한 공간에 갇혔다. 후각을 잃었던 그날이 아직도 손에 잡힐 듯 생생하다.

일곱 살 때였다.

여느 아침처럼 눈을 떴다.

나는 내가 울고 있는 줄 알았다. 천장이 어른거렸고, 귀는 눈물이 고인 듯 먹먹했다.

이따금 그런 비슷한 꿈을 꾸기도 했다.

그런데 이번엔 점차 선명해졌다.

무거운 공간에 짓눌려 조금도 움직일 수 없었다. 숨을 가쁘게 몰아쉬어야 했다. 옷은 이미 땀으로 축축했다. 결국 나는 일어나기를 포기할 수밖에 없었다. 그 대신 눈동자를 굴려 보았다. 까마득히 높은 천장과 벽은 너무나 새하얘서 그 경계를 가늠하기 힘들었다. 시선이 천장에서 한참 내려가야 했다. 그리고 밑으로 다다랐을 때 깜짝 놀라 하마터면 벌떡 일어날 뻔했다.

바닥에 수많은 장미가 만개해 있었다. 바람 한 점 없는데도 꽃잎과 줄기가 흔들렸다. 반딧불인지 꽃가루인지 모를 작고 붉은 알갱이가 떠다녔다.

예뻤다.

그 공간은 웃는 것까지는 허락해 주었다.

하얀색과 빨간색은 잘 어울렸다. 동시에 태어난 존재처럼.

하얀 공간에 흐드러진 장미는 하나같이 어마어마하게 향을 뿜어 댔다. 몇 분이 흐르자 머리가 쿡쿡 쑤시기 시작했다. 이따금 들이쉬는 호흡 사이로 붉은 알갱이까지 딸려 들어와 기침이 터지고 구역질이 났다. 곧이어 꽃잎까지 흩날리기 시작했다. 반쯤 눈이 감기려 했다. 남은 반은 내가 닫기로 마음먹었다.

그때 무언가 부스럭대는 소리를 들었다.

나는 눈꺼풀을 다시 살짝 열었다. 훌쩍이는 소리. 울다 지쳐 더는 눈물이 나오지 않을 때 숨을 들이켜면 나는 소리. 턱을 아래로 당기자 신음이 새어 나갔다. 내 시선이 간신히 그곳에 가닿았다.

엄마였다.

엄마는 새까만 머리카락을 늘어뜨리고, 무릎을 세우고, 그 사이로 얼굴을 파묻은 채 웅크리고 있었다. 갑자기 공간이 변덕을 부렸다. 더는 웃음을 허락하지 않았다. 나는 목에 핏대를 세워 가며 간신히 말했다.

"엄마……"

스무 번쯤.

드디어 엄마가 눈길을 들었다. 창백한 눈 주위가 통통 부었고, 입술을 앙다물고 있었다. 이미 한바탕 눈물을 쏟았는지 머리카락이 제멋대로 뺨에 달라붙어 있다.

"서화야."

새하얀 원피스 위로 군데군데 떨어진 빨간 꽃잎은 처음부터 그랬다는 듯 자연스러웠다.

"서화야!"

엄마가 흐느꼈다.

꽃잎이 떨어진다.

"서화야, 많이 힘들지? 미안해. 다 엄마 잘못이야."

목소리가 나오지 않았다.

엄마가 내 얼굴을 어루만졌다. 눈물이 주르륵 흘렀다.

"조금만 참아. 이제 다 끝나 가."

나는 엄마가 지금처럼 계속 나와 눈을 맞췄으면 싶었다. 그 마음을 알아 주기를 바랐다. 하지만 엄마는 결국 내 가슴에 얼굴을 파묻고 눈물을 쏟아 내기 시작했다.

꽃잎이 엄마 머리 위로 사뿐히 내려앉았다. 눈물은 따스하게 나를 덮어 주었다. 온기가 가슴에서부터 몸 구석구석 퍼져 나갔다. 안에서도 밖에서도.

눈이 다시금 반쯤 감겼다. 동시에 사방에서 무언가 터지는 소리가 들렸다.

마지막으로 손을 잡고 싶었지만, 엄마는 고개를 들어 주지 않았다. 보이지 않는 손길에 눈꺼풀이 부드럽게 닫혔다.

나는 죽음을 받아들였다.

꽃이 비명을 질렀다. 소리가 멎자 사위가 어두웠다. 수많은 장미에서 떨어져 나간 꽃잎이 그림자를 드리웠다. 새하얀 천장을 완전히 가린 채 떠다녔다.

이윽고 꽃보라는 우리 위로 무더기비처럼 쏟아졌다.

죽음은 이제 시작이었다.

귀를 간지럽히는 부드러운 선율에 눈을 떴다.

새하얀 천장이 보여 움찔했지만, 조금 전과는 다른 곳이라는 사실을 금방 알아챘다. 팔다리가 가벼웠고, 더는 어지럽거나 기침이 나오지도 않았다.

나는 미소 지었다.

"다시 돌아왔어."

그렇게 중얼거리고 한동안 얼굴에 웃음을 담았다. 앞서 말했듯이 그런 꿈을 자주 꾸었기에 금방 떨쳐 낼 수 있었다. 언제부턴가 그 꿈에서 깨고 나면 오히려 기분이 좋았다. 물속에 잠긴 느낌과 울음소리, 꽃이 터지고 떨어지는 소리, 어지러운 향기. 적어도 그런 것들이 사라진 세상으로 돌아왔으니까. 그래서 내가 지금 어디에서 뭘 입고 있는지 미처 생각할 겨를이 없었다. 휘적거리는 팔에 차가운 무언가 가닿아서야 나는 몸을 일으켰다.

이불을 살짝 걷으니 알록달록한 물감을 건반처럼 짊어진 휴대 전화가 나왔다. 그제야 병실 구석구석을 은은하게 채우는 피아노곡이 떠올랐다. 그 소리를 따라 주위를 둘러보았다. 침대맡 전등은 따뜻하게 빛을 뿌렸고, 아무것도 걸려 있지 않은 상아색 벽에 내 그림자가 비스듬했다. 오른쪽에는 창문이 조금 열려 있었다. 병실에 시계는 없지만, 일 초 간격으로 울리는 피아노 음이 시간을 대신했다. 차츰 멀어지는 경적이 창틀에 걸렸다. 바람에 커튼이 펄럭거렸다.

잠시 후, 창 너머로 들어온 어떤 냄새가 슬그머니 내 코를 건드렸다.

나는 중얼거렸다.

이게 무슨 냄새더라?

분명 어디선가 맡아 본 냄새였다. 엄마와 함께 이야기를 나누었을 냄새. 같이 간 수많은 화원 중 하나일 터였다. 하지만 기억하려 할수록 선명해지기는커녕 흐릿하게 뭉개질 뿐이었다. 나는 눈을 감고 코를 킁킁거렸다. 엄마가 오기 전에 무슨 냄새인지 알아야 하니까. 그런데 오늘따라 코가 이상하리만큼 먹먹했다.

이불을 젖히고 창가로 달려갔다.

시간이 파묻혔다. 상관없었다.

나는 꼭 알아내야 했다.

엄마는 꽃을 무척 사랑했다.

그래서 화가는 꽃을 그렸다. 주로 화실에서.

반면에 나는 꽃에는 관심이 없었고, 물감을 가지고 노는 것을 더 좋아했다. 잠깐 못 본 사이에 죽어 버리는 꽃보다는 몇 번이고 새톱게 태어나는 물감 말이다. 아무리 말라비틀어졌어도 촉촉한 물감을 떨어뜨려 이리저리 휘저으면 다시 생생하게 빛난다. 물감엔 죽음이 없고, 거기서 태어난 그림 역시 마찬가지다. 그래서 엄마가 그린 꽃은 좋아했다. 도화지에 핀 꽃에는 내가 들려준 색깔이 고스란히 담겨 있다. 꽃을 보면 다가가 향기를 맡고 골똘히 고민하는 이유도 거기에 있다.

엄마는 냄새를 맡지 못한다. 내가 태어났을 때부터.

"서화야, 이건 어때?"

어느 화원에서 엄마는 노란색 꽃봉오리 주위로 하얀색 갈기가 빼곡한 꽃을 가리켰다.

"이 꽃은 먹을 수도 있거든. 달콤하니? 먹고 싶을 만큼?"

"음."

나는 손가락으로 턱을 문질렀다. 엄마는 옆에서 수첩을 들고 있다.

"봄 내음이 나지 않아?"

내음.

엄마는 냄새나 향기를 꼭 내음으로 바꿔 불렀다.

나는 곰곰이 생각하고 말한다.

"꿀처럼 달고 연한 노란색이야. 또 얼마 전에 본 아지랑이 같기도 해. 이 꽃잎이 날리는 모습을 상상해 보면 말이야."

그러면 엄마는 싱긋 웃는다. 그리고 며칠 후 도화지에 또 꽃 한 송이가 핀다.

그런 식이었다.

비단 꽃만이 아니었다. 사람과 건물, 거리, 동물, 그리고 감정까지.

나는 엄마의 세상을 알록달록하게 색칠해야만 하는 사명감을 가슴 속에 품고 있었다.

그건 내가 태어난 이유나 다름없었다.

그런데도 내가 알려 주지 '못한' 냄새가 하나 있다. 어렴풋하게라도 수많은 냄새를 기억하는 엄마가 결코 알지 못한, 심지어 죽기 전까지도 풀리지 않은 냄새가 딱 하나 있다.

아들 냄새.

이따금 잠이 오지 않는 밤에 거실로 내려가는 계단을 밟으면 엄마가 전화로 할머니에게 하소연하는 소리를 들을 수 있었다. "도저히 모르겠어! 서화가 풍기는 내음 말이야!" 그러면 할머니는 이제 제발 그만 좀 물어보라는 대꾸를 긴 한숨으로 대신한다. 그래도 엄마는 재잘재잘 똑같은 말을 되풀이했다. 그러면 나는 침대로 발길을 돌리고 단잠에 빠지곤 했다.

좁은 틈 사이로 창밖을 멍하니 굽어보았다. 누가 꽃을 밟았나? 아니면 혼자 시들었나? 무슨 꽃이지? 겨울에도 피는 꽃은 몇 없어서 기억날 법도 한데 의아했다. 사람들이 웅성거리는 소리가 올라오고 멎었다. 누군가 비명을 지르는 소리도 멎었다. 그리고 모든 것이 멈췄다.

냄새도. 바람도. 시간도. 내 숨도.

"엄마는 어디 갔지?"

나는 일곱 살 아이답게 엄마를 찾기 시작했다. 무서워서 일부러 크게 혼잣말을 했다. 나는 다시 침대 속으로 들어가 이불을 끌어낭겼다. 시간이 다시 흘렀다. 아까 그 공간이 걷잡을 수 없이 솟구쳤다. 새하얀 천장과 만발한 장미꽃, 악취, 꽃가루. 문득 엄마가 그곳에 갇혔다는 확신이 들었다. 무릎을 껴안고 머리를 파묻은 채 내가 오기만을 하염없이 기다리고 있다는 생각이 들었다.

그건 꿈이 아니었어. 결국 그렇게 된 거야?

그때 또각또각 울리는 구두 소리가 아스라이 들렸다. 나는 그쪽으로 고개를 홱 돌렸다. 창문을 마주 보는 문이었다. 커지는 발걸음 소리가 멈추자 내 심장도 멎는 듯했다. 문이 천천히 열렸고, 두 배는 느리게 닫혔다. 나는 누군지 단박에 알아챘다.

"엄마!"

이불을 걷어차고 문 쪽으로 달려가자 엄마가 모습을 드러냈다.

"서화야!"

무릎을 꿇은 엄마의 양팔 사이로 빨려 들어갔다.

그런데 조금 이상했다.

나도 모르게 품에서 빠져나와 엄마를 똑바로 마주 보았다. 은은한 꽃향기가 나지 않았다. 함빡 들이마시고도 조금 있으면 다시 생각나게 만드는 향기였다. 그래서 포옹치고는 오래 엄마를 껴안곤 했다.

다른 사람 같았다.

엄마는 내가 떨어져 나가니 깜짝 놀란 듯 보였지만 금세 아무렇지 않은 척 말했다.

"우리 서화, 괜찮니? 어디 아픈 곳 없어?"

엄마는 내 몸 구석구석을 어루만졌다. 느리게 올라오는 눈길에 나는 애써 마주 웃었다. 엄마는 괴로워하고 있었다.

"응. 완전 멀쩡해요."

엄마는 눈동자를 살짝 흔들었고, 억지로 입꼬리를 올렸다. 그러곤 부드럽게 나를 밀었다.

"오늘은 여기서 자고 내일 집으로 갈 거야."

"왜? 지금 가면 안 돼?"

나는 다리에 힘을 주었다.

"너무 늦어서 안 돼."

나는 입술을 비쭉 내밀었다.

"알았어. 근데 여긴 어디야?"

그때였다.

문이 다시 열리고 닫혔다. 그 간격이 무척 빨랐다.

"아드님이 깨어났군요."

머리카락이 천장에 닿을 만큼 커다란 사람이 성큼성큼 들어왔다. 나는 얼른 엄마 뒤로 숨어서 고개만 살짝 내밀었다. 거인은 한 걸음 정도를 사이에 두고 허리를 반으로 접어 나와 눈높이를 맞췄다.

"어디 아픈 곳 없나요, 환자분?"

나는 거인을 차근차근 살폈다.

새하얀 가운에 달린 단추가 하나도 빠짐없이 잠겨 있었다. 뿌연 안경 너머로 쭉 찢어진 눈은 하도 가늘어서 앞이 보이긴 할까 싶었지만, 눈동자는 확실하게 나를 위아래로 훑었다. 그리고 만족한 듯 고개를 작게 끄덕이고 히죽거렸다. 그 웃음이 소름 끼쳤다.

"내일 퇴원할 생각입니다."

엄마가 불쑥 말했다.

의사는 그제야 엄마의 존재를 눈치챘다는 듯 굴었다. 얼핏 안경알 구석에 아로새겨진 까만 초승달을 보았다. 의사의 머리가 다시 천장에 닿았다.

"경과를 조금 지켜보는 편이 아드님에게 좋을 거라는 생각이 듭니다. 의식이 돌아왔으니 추가 검사도 해야 하고요."

의사는 손에 쥔 종이를 보는 척하고 말을 이었다.

"그냥 퇴원시켜 드리기에는 의사로서 마음에 걸리네요."

"그런가요? 그럼 솔직하게 말할게요. 이 병원에 마음에 들지 않아요. 그래서 다른 병원으로 옮기려고 퇴원하는 거예요. 제 아들을 위해서요. 그런 이유라면 퇴원해도 괜찮겠죠?"

의사는 미소를 거두고 엄마를 내려다보았다. 난감한 듯 안경테를 만졌고, 할 말을 신중하게 고르는지 입을 두어 번 여닫았다.

"제가 마음에 안 드신다면 담당의를 바꿔 드리겠습니다. 원하시면 검사 결과도 다른 의사가……"

"정상이잖아요. 그렇죠?"

"어떻게 확신하시죠?"

의사는 다시 웃었고, 엄마는 주먹을 꽉 쥐었다. 키 큰 의사의 그림자가 우리를 뒤덮었다.

"후각을 완전히 상실했습니다. 어머니처럼요. 후각 상실이 후천적으로 유전으로 이어진 사례가 더러 있긴 합니다만, 추가로 검사를 진행하면 그때 확실히 말씀드리겠습니다. 지금은 그게 문제가 아니죠."

종이가 구겨지는 소리가 병실을 울렸다. 의사는 그걸 우리에게 내밀었다.

"그것보다 더 말이 안 되는 건……"

"이만 나가 주세요. 좀 피곤하네요. 그 얘기는 내일 듣기로 하죠."

엄마가 말을 잘랐다.

"퇴원할 때요."

엄마가 휴대 전화를 집어 들어 소리를 끄자 병실 안이 고요해졌다. 하지만 내 머릿속은 뒤죽박죽 섞이고 있었다. 두 사람이 나를 쳐다보지 않는 게 신기할 정도로 시끄럽게.

마침내 의사는 오랜 정적을 깨고 말했다.

"알겠습니다. 편히 쉬세요."

문이 부서져라 여닫혔고, 들려오는 둔탁한 발소리가 느릿느릿 잦아들었다.

엄마는 꽤 오랫동안 문 쪽을 쳐다보았다. 그러다 몸을 굽히곤 나를 와락 껴안았다. 나는 아까부터 목구멍을 타고 올라온 두 단어를 잠깐 붙잡았다가 내뱉었다.

"후각 상실?"

어깨를 지그시 누르는 엄마의 턱이 무거워졌다.

"그게 무슨 말이야, 엄마? 냄새가 안 난다는 말이야?"

엄마가 조용히 고개를 끄덕였다. 어깨가 아팠다.

"이상하다, 아까 분명히 맡았는데? 저기 창문 밖에서 이상한 냄새가 들어왔어. 이름은 기억나지 않는데, 진짜야, 엄마. 냄새 못 맡으면 어떡해? 그럼……"

엄마가 몸을 떨었다. 어깨가 차가워지기 시작했다.

그럼 엄마 세상을 어떻게 색칠하지?

나는 그 문장을 간신히 붙잡아 삼켰다.

대신 엄마를 마주 감싸안았다. 나는 안심했다. 그래도 엄마가 지금 옆에 있으니까.

우리의 옆얼굴이 맞닿아 있었다. 귀가 다시 물에 잠겼다.

촘촘히 깊어 가는 새벽 어스름이었다. 그 냄새가 다시금 병실을 찾아왔다. 나는 애써 무시한 채 다른 꿈을 꾸기를 기도했다.

다음 날 나는 퇴원했고, 엄마의 말과는 달리 우리는 집으로 갔다.

그리고 이십 년이 흘렀다.

2.

사람은 감각을 하나 잃으면 다른 감각이 발달한다고 한다.
예컨대 시각장애인은 소리에 민감하게 반응한다. 거실에 걸린 시계가 똑딱이는 소리로도 화장실이 어디고 현관문이 어디인지 알 수 있다. 걸을수록 소리가 커지면 거실에 가까워진다는 뜻이기도 하다. 밖으로 나가면 하얀색 지팡이를 두드려 장애물이나 지형 구조를 파악한다. 움푹 팬 길이나 눈이 지저분하게 녹은 흙더미에서 돌아오는 소리를 놓치지 않는다. 그런 몸짓이 신기한 듯 휙휙 오가는 시선은 시각장애인이 살면서 가장 많이 듣는 소리다.
엄마가 색깔로 텅 빈 감각을 채우듯, 시각장애인은 소리로 텅 빈 감각을 채운다.
후각을 잃은 나도 예외는 아니었다.
그렇다면 내 텅 빈 후각을 채운 존재는 무엇인가?

색깔? 소리? 입술 움직임?

아니었다. 우습게도 '특별한 후각'이었다.

하얀 냄새.

죽음을 앞둔 사람에게서 독특한 냄새가 났다. 모른 척하려 해도 할 수 없는, 아무리 고개를 이리저리 돌려도 콧속을 정확히 꿰뚫고 깊숙이 파고드는 냄새. 처음에는 그 냄새가 무슨 의미인지 정확히 몰랐다. 엄마의 죽음을 알기 전까진.

사람의 코는 수억 가지 냄새를 구별할 수 있다. 한 연구에 따르면 후각을 잃은 사람은 시간이 지남에 따라 외로움을 느끼고 불안해하며 점차 우울증에 빠진다고 한다.

"삶이 통째로 무너지는 경험보단 서서히 무너지는 경험이 더 죽음에 가까운 법이죠."

손목이 흐릿한 여자가 말했다. 여자는 카메라를 똑바로 쳐다보지 않았다. 시선은 약간 아래를 향했다. 내 깨끗한 손목을 내려다보는 것만 같았다. 저 여자가 지금 나를 보면 무슨 말을 할까?

'당신은 냄새를 하나 맡을 수 있잖아. 비록 그게 죽음일지라도.'

이 냄새는 행운일까, 불행일까? 아니면 그저 신의 장난일까?

나는 옆집 할머니에게서 그 냄새를 처음 맡았을 때부터 '하얀 냄새'라고 불렀다. 속으로도 불렀고, 정말 입 밖으로 내뱉기도 했다. 왜 하얀색인지는 나도 잘 모르겠다. 불현듯 떠오른 색깔이었다. 진하지도 연하지도, 딱딱하지도 부드럽지도 않은 그냥 하얀색이었다. 이런 적은 한 번도 없었다. 세상을 색칠하기엔 색깔 그 자체로는 부족하기 때문이다. 엄마가 죽고 외할머니까지 세상을 떠난 뒤로는 그냥 냄새라고 부르기 시작했다. 어차피 내가 맡는 냄새는 하나뿐이어서 굳이 색깔을 붙일 필요가 없다는 생각이 들어서였다.

그녀를 만나기 전까진 말이다.

그날은 평소와 조금 달랐다.

눈을 뜨니 천장이 코앞까지 내려와 있었다. 나는 소스라치며 벌떡 일어났다. 가슴을 다독이자 구겨진 시야가 조금씩 선명해졌다. 큰 소리를 내서 민망할 정도로 방 안은 고요했다. 오랜만에 맞이한 아침이었다. 항상 새벽에 잠이 들고 정오가 훌쩍 넘어서야 잠에서 깨곤 했다. 햇살이 하늘에서 은은하게 반짝였고, 창문 틈으로 빛기둥이 가느다란 다리를 들이밀었다. 허리와 목이 쑤시는 걸 보니 침대에 가로로 누워 밤새 곯아떨어졌음이 분명했다.

벽을 천장이라고 착각한 건가?

그런 생각을 하는데 휴대 전화 진동이 울렸다. 재혁이었다.

그럼 여섯 시에 보자. 그리고 네가 입고했던 책 또 들어왔어. 이제 너도 대여해도 될 것 같아.

흔하디흔한 문자를 몇 번이나 읽게 되는 이상한 아침이었다.

거실로 내려가 우유를 데웠다. 고소한 냄새가 모락모락 피어올랐다. 냄새가 집 안 전체에 삽시간에 퍼지는 점은 복층 구조의 장점이자 단점이다. 일 층과 이 층을 오르락내리락 떠다니며 참 오랜만에 아침 적막을 한 꺼풀 벗겨 낸다. 물론 그런 상상을 했다는 얘기다.

몽글몽글한……

그렇게 숭얼거리다가 나는 고개를 다급히 가로저었다. 갑자기 왜 이러지? 더는 색깔이 떠오르지 않았는데…… 벌써 이십 년이 되었다. 엄마가 죽고 흐른 세월이기도 했다.

막 내린 커피에 얼른 우유를 붓고 저었다. 암갈색 커피에 뜨거운 우유가 내려와 연갈색으로 변하는 사이 머릿속에 떠오르는 수십 가지 색깔을 꾸역꾸역 구석으로 밀어 넣으며, 나는 다시 방으로 올라갔다.

창문을 활짝 열었다.

초겨울바람이 시원하게 얼굴을 어루만졌다. 하얀 실 같은 구름결과 아득한 곳에 걸린 태양 언저리를 보았다. 그 아래 빨간 점 하나가 일순간 번쩍였다가 사라졌다.

내 방에선 마을 곳곳을 굽어볼 수 있다. 집 대문을 시작으로 왼편으로 쭉 이어지는 언덕길과 그 끝자락에 솟은 나무 여남은 그루, 가로등을 이어 주는 전깃줄, 그리고 알록달록한 지붕. 어렸을 때 지붕 하나하나마다 색깔을 붙여 엄마에게 들려주곤 했다. 가을 단풍만큼 비슷한 색을 어떻게 잘 알려 줄 수 있을지 몰라 이따금 새벽에도 창문을 열어 고민하곤 했다. 그때 창밖 풍경은 내게 도화지였다. 달빛에 하얗게 바랜 지붕에 색을 칠하면 다음 날 정말 그렇게 바뀐 적이 한두 번이 아니었다. 하지만 오래가진 않았다. 어느덧 도화지 가장자리를 시작으로 회색 빌라가 솟아오르기 시작했다. 달빛에 바래지 않고 덧칠하지도 못하는 삭막한 돌덩이들. 서로서로 머리를 밟으며 사는 사람들이 시나브로 많아지자 어느새 시각장애인이 듣는 소리가 가로에서 세로로 바뀌는 세상이 찾아왔다.

문득 누군가 재잘거리는 소리가 들려왔다. 중년 남성과 여학생이 언덕길에서 내려오고 있었다. 둘은 앞을 보지 않았다. 교복이 양복과 팔짱을 꼈다. 주로 교복이 입을 열고 닫았고, 양복은 웃기만 했다. 언덕이 끝나는 지점에서는 아빠와 딸의 웃음소리가 창턱까지 닿았다. 이윽고 둘은 오솔길로 접어들었다. 오늘만큼은 두 사람이 그 설렘을 온전히 느낄 것이다. 냄새가 나지 않았으니까.

빈 찻잔을 내려놓고 기지개를 켰다. 숨을 한 아름 들이마셨다.

이럴 수가! 이 찌그러진 세상에서 냄새가 조금도 풍기지 않았다.

마침내 후각을 완전히 잃었을지도 모른다는 생각이 들었다.

빨리 확인해 보고 싶었다.

그리고 그 여자에게 보란 듯이 따지고 싶었다.

"죽음과 가까운 기분이라고? 당신 삶이야말로 내가 그토록 바라던 삶이야, 죽음이 없는 삶."

창문을 닫고, 옷장을 열었다.

이윽고 문고리를 돌려 집을 나서는 순간, 이유는 모르겠지만, 아주 잠깐 뒤를 돌아보았다.

"안 먹고 뭐 해?"

시선을 앞으로 돌렸다.

"뭐?"

사방이 번쩍대는 고급 레스토랑에서 앞에 앉은 남자가 말했다. 재혁이는 조금 전까지 내가 보던 쪽을 훑더니 비웃는 투로 말했다.

"또 저승사자 흉내야?"

나는 얼굴을 찌푸렸다. 늘 무신경한 표정인 녀석은 미동도 하지 않았다.

사실 이 안에서 은은하게 풍기는 냄새의 근원지를 눈으로 좇고 있었다. 한 곳에 오래 앉거나 서 있을 때면 종종 그랬다. 보통 서너 사람이 내 관심을 끌곤 했다. 남자보단 여자, 노인보단 아이였다. 병원이나 한강을 지나면 스무남은 명이 냄새를 풍긴다. 매번 돌아보진 않지만 지금처럼 속으로 수를 센다. 이 레스토랑에 온 건 호기롭게 한강을 막 다녀온 뒤였다.

스물둘.

나는 중얼거렸다.

"없어지기는 무슨……"

"뭐라고?"

"아무것도 아니야."

"여기 완전 비싼 곳이거든?"

재혁이는 장식으로 나온 완두콩을 푹 찍었다.

"남기면 안 돼."

나는 한숨을 푹 쉬며 접시를 내려다보았다. 손바닥만 한 고깃덩어리 위에 초록색 나무때기가 아슬아슬하게 중심을 잡고 있었다. 옆에는 몽글한 감자더미가 까맣게 굳어 갔다.

"혹시 뭐 잊은 거 없어?"

"뭘?"

"내가 냄새를 못 맡는다는 사실 말이야."

"그걸 어떻게 잊어? 심지어 맛도 못 느끼잖아. 불쌍하게도."

나는 조용히 한눈을 팔았다. 구석에 앉았던 연인이 종소리를 내며 식당을 나갔다. 곧 냄새가 사라졌다. 남자와 여자 둘 다 얼굴이 앳되었다. 둘 중 누가?

"아니, 그러니까. 이걸 왜 나한테 사는 거냐고."

"아까 말했잖아!"

매사에 무덤덤한 이 녀석은 자기 여자 친구가 승진했다는 이유로 나에게 저녁을 사는 중이다. 아니, 그러니까 대체 왜? 재혁이는 그런 물음은 가볍게 무시하고 메뉴를 들이밀었다. 순간 경악했다. 일주일 동안 영어 단어 수천 개를 번역해야 버는 돈이 주르륵 적혀 있었다. 평소에는 구두쇠인 녀석이 이따금 왜 이렇게 고집을 부리는지 이유를 도통 모르겠다.

'이건 분명 복수야, 지독한 자식.'

나는 재혁이에게 비밀이 두 개 있었다.

평범한 냄새를 못 맡는다.

특별한 냄새를 맡는다.

하나는 만난 지 반년 만에, 다른 하나는 그 뒤로 약 이 년이 흐르고 나서 털어놓았다.

우리가 친해진 계기는 매질로 인한 전우애였다. 개학 첫날, 험악하기로 소문이 자자한 담임선생님을 앞에 두고 엎드려 자는 사람은 둘뿐이었다. 이름이 불리자 잠결에 가장 먼저 눈에 들어온 건 기다란 몽둥이였다. 별명이 피노키오인 담임은 그 무기로 우리 허벅지를 번갈아 후려쳤고, 이어 차가운 복도로 내쫓았다. 이어 친구들의 대답 소리가 우렁찬 두려움으로 바뀌었다. 그 비명을 등지고 우리 사이에 이야기가 많이 오갔지만 나는 그때까지만 해도 비밀을 말하지 않았다. 첫 번째 비밀로 벌어진 작은 소란이 두 번의 전학으로 이어졌고, 이번엔 아예 다른 지역으로 오면서 어떤 비밀도 말하지 않기로, 그러니까 평범한 사람인 척 살기로 다짐했기 때문이다. 반년 뒤 내가 비밀을 말하자 재혁이가 태연하게 말했다.

"그래? 그럼 앞으로 먹는 건 내가 정한다?"

그뿐이었다. 나는 고개를 끄덕였다. 그런데 일 년이 채 가지 않아 그 일을 후회했다. 재혁이가 억지로 나를 여기저기 끌고 가기 시작했다. 푼돈을 버는 스무 살 이후론 비싼 곳도 더러 갔다. 투덜대도 소용없었다.

"그건 네 생각이지. 주인을 잘못 만난 네 몸을 생각해서라도 맛있는 걸 먹어야 한다고. 분명 좋아할걸? 맛을 못 느낀다고 해서 효과가 없다는 뜻은 아니잖아. 단 음식을 먹으면 기분이 좋아지고, 매운 음식을 먹으면 스트레스가 풀리고."

나는 반박할 수 없었다.

두 번째 비밀은 죽음과 관련 있다.

눈처럼 하얀 비밀.

나는 그날 처음으로 사람을 살렸다. 그러자 재혁이가 내 어깨에서 흐느꼈다.

"아, 카드 놓고 왔다."

서둘러 식사를 마치고 재혁이를 근처 커피숍으로 끌고 왔다. 그런데 아무리 호주머니를 뒤적거려도 소용없었다. 키보드에 꽂아 둔 카드가 설핏 머리를 스쳤다.

"아주 벗겨 먹지 그러냐."

재혁이가 등 뒤로 다가왔다.

"싫은 티 꽉꽉 내더니 아니었구나?"

나는 묵묵히 빈자리를 살피러 갔다.

창가 쪽에 자리를 잡고 밤하늘을 보는 척했다. 원두가 갈리는 소리가 거꾸로 흐르는 폭포처럼 천장에 쏟아져 밀려온다. 암갈색 파도라니…… 참 더럽기도 하네. 그런데 유리에 비친 내 입가에는 웃음기가 어려 있다. 나는 깜짝 놀라 얼굴에서 웃음을 얼른 지워 버렸다.

"책은 어땠어?"

재혁이가 앞에 앉으며 물었다.

"재미없었어."

"그 책은 재미로 보는 게 아니야. 심오한 철학이니까."

"이런 소리나 하니까 애들이 선생님을 싫어하지."

"무슨 소리야? 담임 인기 평가 일등인 사람한테."

『리스본행 야간열차』.

재혁이가 어릴 때부터 입이 닳도록 말한 책이었다. 줄거리는 간단했다. 자기만의 세상 속에서 평생을 살아온 노교수가 우연히 위험에 빠진 한 여자를 구한다. 잠시 후, 말없이 훌쩍 떠난 여자에게 이끌려 세상 밖으로 한 걸음 내딛자 책 한 권이 손에 들어온다. 이어 낯선 언어를 쫓던 노교수는 홀연히 리스본행 야간열차에 몸을 맡기고 책을 읽으며 더듬더듬 저자의 과거를 거슬러 올라간다.

의사가 여동생의 목을 찌르는 대목에서 나는 책을 덮었다.

나는 또 한 번 밤하늘을 올려다보았다. 재혁이가 하는 말이 좀처럼 귀에 들어오지 않았다. 비행기 불빛 같은 점이 하늘에서 서서히 떨어진다. 나는 그 선을 응시했다.

"가지러 가야겠어."

"책을?"

"카드, 바보야."

"놓고 온 건 확실해?"

"확실해. 번역료를 국내 계좌로 송금한다면서 해외 에이전시가 계좌번호를 요구했거든. 그때 카드를 꺼냈어."

재혁이는 고개를 갸웃거렸다. 이 늦은 밤에 꼭 카드를 가지러 거기까지 가야 하는지, 주말에 돈 쓸 일이 있는지, 급하면 자기한테 빌리면 되지 않는지 물었다. 나는 적당히 얼버무리며 자리에서 일어났다. 실은 나도 이렇다 할 이유를 몰랐다. 잠깐이나마 냄새가 사라진 세상―결국 아니었지만―을 마주해서일지도 모르겠다.

서둘러 나가려는데 재혁이가 나를 불러 세웠다.

"근데 그거 알아?"

나는 돌아보았다.

"노교수는 결국 그 여자를 못 만나."

"아."

내가 째려보자 재혁이는 손을 흔들었다.

나는 경고했다.

"너는 냄새가 나도 말 안 해 줄 거야."

엘리베이터 문이 열렸다.

곧 죽을 사람은 계단이 아니라 엘리베이터를 이용할 거라는 사실을 왜 예상 못 했을까?

온통 새하얬다. 잠시나마 죽음이 머물렀던 비좁은 공간 속에서 단단해진 하얀 냄새가 문이 열리자 나를 껴안고, 부서지고, 물들였다. 나는 바닥에 주저앉아 구역질을 했다. 신음소리가 뿌연 복도를 울렸다.

도저히 들어갈 엄두가 나지 않았다.

이곳에 들어가고 문이 닫히면, 영원히 열리지 않을 것만 같다.

내가 풀어낸 하얀 냄새의 비밀 하나.

죽음의 원인과 냄새의 정도는 관련이 없다.

여덟 살 때, 엄마가 죽고 나서 할머니와 육 년을 함께 살았다.

장례식을 마치고 할머니와 가장 먼저 한 일은 건강검진을 받는 일이었다. 해마다 나는 할머니 손에 이끌려 병원에 가야 했고, 내가 불평하면 할머니는 진지한 얼굴로 말했는데, 그 말은 훗날 두 가지 유언 중 하나가 된다.

다 너를 위해서란다, 아가. 건강검진 받는 걸 절대 잊지 말렴.

처음 병원에 갔을 때부터, 그러니까 엄마의 장례식 바로 다음 날부터 시작되었다. 검사가 많고 대기 시간이 길어서 우리는 지쳐 있었다. 할머니가 옆에서 꾸벅꾸벅 졸았다. 나는 이때다 싶어 병원을 누비며 수많은 하얀 냄새를 보았다. 창밖을 건너다보는 죽음, 반쯤 붉게 물들여져 어딘가로 실려 가는 죽음, 반짝이는 휠체어에 앉은 죽음, 머리에 붕대를 칭칭 감은 죽음, 나보다 어린 죽음.

엄마에 비하면 터무니없이 옅은 냄새들.

하얀 냄새는, 죽음은 서로 밀어낸다. 겹치지 않는다. 그래서 중환자실에 몰래 들어갔을 때도 난 구토하거나 기절하지 않았다. 한 줌 악취에 코를 막은 채 쫓겨날 뿐이었다.

나는 그 의미를 언제 깨달았을까?

중환자실에 또 들어갔을 때? 할머니가 옆에서 꿈을 꾸고 있었을 때? 엄마가 초록색 직선이 되었을 때?

더 거슬러 올라갔다.

하얀 냄새가 집을 삼킨 어느 겨울날, 나는 차가운 거실 바닥에 쓰러져 있었다. 거대한 죽음이 나를 들어 올리고 얼굴을 쓰다듬었다. 처음이었다. 그 정도로 하얀 냄새를 풍기는 존재는. 따뜻한 품에 안겨 느릿느릿 엄마에게 죽음을 선고한 그날, 나는 어렴풋이 깨달았다.

세상 모든 죽음이 뒤엉킨다고 해도 엄마만큼 강렬한 냄새를 풍기지 못 할 것이라고.

그래서 난 놀라지 않을 수 없었다.

회사 건물은 깊이 잠들어 있었다. 층마다 주르륵 달린 창문은 굳게 닫혀 있었다. 옆 건물과 다른 점이라면 안에서 밖으로 하얗게 끓어오르고 있었다. 두 곳만 불이 켜져 있었다.

북카페와 입구.

하얀 불빛.

그런 조명은 본 적이 없었다. 북카페는 삼 층 구석에서 뜬눈으로 나를 내려다보았다. 입구는 담배 연기를 머금은 사람처럼 입을 떡 벌리고 있었다. 홀린 듯 그 안으로 걸어 들어가는 순간, 나도 모르게 호주머니에서 열쇠를 꺼내 꽉 쥐었다.

뿌연 안개가 귀를 쫑긋 세우는 것 같았다. 소매로 코를 막고 늘 지나던 복도를 따라 걸었다. 하얀 냄새가 닿는 발목이 서늘했다. 깊이 들어갈수록 농도가 짙어졌다. 꾸물꾸물 다가오는 하얀 덩어리를 손가락으로 찌르자 구멍이 뚫리고 순식간에 메워졌다.

"맙소사, 이제 눈까지 어떻게 된 건가?"

속이 메슥거리기 시작했다.

대체 누구지? 이 정도로 짙은 냄새는 분명 엄마한테서만……

영원처럼 이어진 복도를 한참 걸었다. 아무것도 닿지 않았다. 방향을 바꿔 벽을 더듬어 보았다. 이어 자그마한 불빛이 켜지고 둔탁한 소리와 함께 엘리베이터가 내려오기 시작했다. 다 내려오자 냄새가 뒤로 조금 물러났다. 나는 바짝 다가갔다. 이윽고 문이 열렸다. 하얗고 거대한 벽이 나를 굽어보았다.

엘리베이터가 여닫히는 그 짧은 순간에 나는 정신을 잃었다.

잠시 후, 문이 쿵 닫히는 소리에 퍼뜩 정신이 들어 비틀비틀 일어났다.

우두커니 서서 이곳에 온 이유를 떠올리려고 했다. 도저히 떠오르지 않자 오던 길을 되돌아갔다. 달리고 싶었지만 무릎이 자꾸 무언가와 부딪혔다. 발이 바닥에서 질질 끌렸다. 주먹으로 벽을 두들기며 나아갔다. 그러다 불현듯 차가운 금속이 손에 닿자 절벽에서 떨어지는 사람처럼 움켜쥐었다. 앞선 다리가 크게 휘청거렸다.
  비명을 지르며 손을 홱 들어 올렸다.
  눈앞에서 계단을 오르는 문이 활짝 열렸다.

  언젠가 엄마에게 그림을 의뢰한 시각장애인이 한 명 있었다. 명암 정도는 구분하는 여느 시각장애인과는 달리 여자는 앞이 전혀 보이지 않았다. 우리는 어둑한 거실에 있었고, 엄마는 화실에 있었다. 나는 턱을 괴고 앞에 앉은 여자를 차근차근 훑어보았다. 바둑판 같은 격자무늬 웃옷과 치마가 몸에 꼭 맞았다. 자그마한 얼굴과 창백한 피부, 검붉은 입술. 챙이 넓은 모자를 비뚜름하게 얹은 모습. 비싼 구식 인형 같았다. 여자는 단 한 번도 눈을 깜빡이지 않았다. 무릎 위에는 서너 번 접은 하얀 지팡이가 놓여 있었다. 다소곳한 모습이 어딘가 모르게 어색하고 부자연스러웠다. 어둠 저편을 뚫어지게 쳐다보길래 나도 따라 보았다. 다섯 살짜리 아이가 아무리 고개를 돌린들 소리가 날 리 만무하다. 하지만 여자는 그 소리를 분명 들었다. 내가 다시 고개를 돌리자 여자는 내 쪽을 똑바로 쳐다보고 있었다.
  나는 화들짝 놀라서 그만 마음속 궁금증을 꺼내 버렸다.
  "시각장애인도 꿈을 꾸나요?"
  여자는 생긋 웃었다.
  만나고 헤어지기까지 나는 여자가 무슨 생각을 하는지 도통 몰랐지만, 여자는 나를 훤히 꿰뚫어 보았다. 내 얼굴과 속마음, 성격, 어쩌면 과거와 미래까지. 메아리가 울리는 듯한 목소리는 굳이 이 음산한 계단에서 떠올리지 않아도 매번 오싹하다.

"그럼, 꾸고말고."

"어떤 꿈인가요?"

"정안인과 똑같은 꿈을 꿔. 아니, 더 다채로운 꿈일지도 모르지. 자각몽을 아니?"

"네. 현실로 변하는 꿈이요."

여자는 멈칫했다. 이어 내 쪽으로 몸을 조금 더 돌렸다.

"다른 시각장애인은 모르겠지만 나는 매일 자각몽을 꿔. 태어날 때부터 깜깜한 세상이 익숙해서일지 아름다운 세상이 보이면 바로 꿈이라는 걸 아는 거야."

"그럼 꿈속에선 뭘 하나요?"

"기억."

"기억이요?"

"응, 기억."

"뭘 기억하나요?"

"눈에 보이는 모든 걸 기억해. 자각몽은 현실로 변하는 꿈이라고 했지? 맞아, 나는 꿈이 하나뿐이거든."

여자는 살며시 눈을 감았다. 금방 꿈에 가닿았다. 하나뿐인 꿈.

여자가 속삭였다.

"꿈만 같던 그날, 그 남자와 보았던 모든 색깔을 기억해."

색깔! 이 사람도 텅 빈 감각을 색깔로 채우는구나!

나는 몸을 기울였다. 그 꿈이 궁금했다.

"매일 밤 잠이 들면 그 꿈이 내 앞에 펼쳐지거든? 지겨운 어둠이 흘러내리고 알록달록한 자각몽이 모습을 드러내는 거야. 색깔이 다 달라, 그 남자와 함께 그린 세계처럼. 사람들은 제각기 바쁘게 걸어 다니고, 거리에는 가로등 불빛이 누워 있어. 머리 위엔 태양이 떠 있고, 구름이 하늘을 기어다니고, 다시 그 위 밤하늘엔 달과 별이 반짝이지. 산은 단풍과 눈을 반씩 걸쳐 입었고 그 위엔 비가 내려. 나는 한 걸음 물러나 언제 꿈에서 깰까 초조해하면서 색깔 하나하나를 기억하려고 애를 쓰지. 어느 하나도 그냥 지나치지 않아. 기억해야 하니까. 또 어둠 속에서 일어날 테니까. 흔히 시각이나 후각을 잃으면 다른 감각이 채운다고는 하지만, 글쎄. 어느 정도 맞는 얘기지만 다 채울 순 없지. 오히려 텅 빈 감각을 메우는 건 바로 기억이야."

여자는 어둑한 거실로 돌아와 좀 전까지 쳐다보았던 곳으로 몸을 돌렸다.

나도 따라 보았다.

"그럼 엄마에게 그림을 의뢰한 이유가 기억 때문인가요?"

여자는 고개를 끄덕였다.

여자가 의뢰한 그림은 아직도 내 머릿속에 남아 있다. 키가 크고 중단발인 남자와 머리카락을 허리까지 기른 여윈 소녀가 손을 맞잡고 있다. 배경은 검은색이었다. 어딘가로 걸어간다. 남자는 다른 손으로 위쪽을 가리켰고, 여자는 지팡이를 붓처럼 쥔 채 그보다 조금 아래를 가리킨다. 언뜻 평범해 보이는 그림에 여자가 특별히 주문한 건 남자를 칠할 때 되도록 많은 물감을 써 달라는 것이었다. 한눈에 봐도 값비싼 물감을 보내오기도 했다. 엄마는 며칠 동안 남자의 색깔을 고민했다. 그 때문에 마무리 작업이 한참 늦어졌지만, 여자는 완성만 된다면 시간은 상관없다고 말했다.

"그 사람은 꿈에 나와 주지 않거든."

여자가 말했다.

"응, 나는 그렇게 생각해. 색깔에 매료된 나머지 누군가 뒤에 있다는 사실을 눈치채지 못해. 꿈이 끝날 즈음에야 깨닫지만 다시 잊고 말아. 그런데도 매일매일 의미 없는 다짐을 되뇌고, 울고, 또 어둠 속에서 밤을 기다려. 남자는 그런 내 모습을 즐기는 듯해. 나를 정면에서 봐 주면 좋으련만…… 하지만 나는 사실 알고 있어. 잠깐이나마 세상의 모든 색을 보여 준 남자는 절대 앞에 나타나지 않는다고. 꿈만 같던 그날에도 홀로 까맸던 남자는 마음만 먹으면 알록달록한 세상을 등지고 나를 내려다볼 수도, 안을 수도, 입 맞출 수도 있지만 그러지 않아."

"하지만 엄마는 그 사람을 몰라요. 그런데 왜 엄마한테 부탁해요?"

여자는 머뭇거렸다. 무릎을 내려다보며 한동안 입을 열지 않았다. 지팡이에 달린 방울이 짤랑인다.

나는 문득 궁금했다.

뭐가 더 어두울까? 눈을 떴을 때, 아니면 감았을 때?

"처음 네 엄마를 만났을 때 나랑 비슷한 사람이라고 생각했어."

여자는 느릿느릿 말을 이었다.

"빈 감각을 채우는 존재는 다른 감각이 아니라 기억이라는 사실은 장애인도 일반인도 잘 알지 못해. 하지만 네 엄마는 알아. 그래서 안타깝고 슬퍼. 그건 알아서는 안 되거든. 화가도 나를 보고 분명 그렇게 느꼈을 거야."

여자가 접혀 있던 하얀 지팡이를 내던지듯 펼쳤다. 두 손을 모으고 우두커니 섰다.

"나는 욕심을 부리기로 했어. 나랑 닮은 저 사람이 그 남자를 그리면 어떨까. 그 그림을 머리맡에 걸고 꿈을 꾸면 혹시 남자가 나와 주진 않을까."

여자는 나를 똑바로 쳐다보았다.

"응, 그럴 거야."

여자가 말했다.

엄마가 거실로 나왔다. 손에는 까만 소녀와 알록달록한 남자가 들려 있었다.

기억.

나는 줄곧 죽음이 내 빈 감각을 채운다고 생각했다.
하얀 냄새. 하얀 죽음.
"너는 우리와 다르길 바라지만 아마……"
시각장애인이 나가기 직전에 뭐라고 말했더라?

층계를 떠다니고 문을 여는 순간까지 메아리 같은 여자 목소리를 내버려두었다.

이윽고 문을 열었을 때, **죽음이 나를 덮쳤을 때**, 내가 들어가는 곳이 북카페인지 텅 빈 감각인지 모르겠지만, 이것만은 분명했다. 콧속 깊숙한 곳과 두 눈 사이, 머릿속, 아니, 기억…… 아득한 어딘가에서 조금이지만 장미 향이 풍겨 왔다.
 굳이 따지자면 한 송이 정도.
 빈 감각을 채워 줄 기억이었다.

"안녕하세요?"
 꽃이 아니라 여자였다. 활짝 핀 꽃잎이 아니라 놀란 두 눈이었다.
"시간이 늦어서 안 계신 줄 알았어요."
 목소리가 부드러웠다. 울음기가 약간 섞여 있었다.
"혹시 지금 책 빌려도 되나요?"
 가쁜 숨이 점점 가라앉았다. 하얀 냄새가 한 겹씩 벗겨지더니 차츰 엷어졌다. 반면 장미 향은 더욱 선명해진다.
 죽음은 이 냄새를 좋아할까, 싫어할까?
 잘그락거리는 소리에 눈길을 들었다.
"꽃?"
 우리는 동시에 서로의 손을 흘끔거렸다. 똑같은 열쇠를 쥐고 있었다.
"책이요."
 여자가 내뱉은 하얀 냄새가 와닿았다. 그리고 목소리. 그리고 장미 향.
 하얀 냄새가 엷어질수록 북카페는 해가 지듯 어둑해졌다. 여자는 불을 켜지 않고 있었던 것이다.
 어둠 속에서 여자의 손가락이 그늘진 책꽂이를 어루만지고 밝은 창가로 다가가 책을 펼치는 모습이 그려졌다. 여자는 검은 머리카락과 무릎까지 내려오는 검은 코트, 굽이 낮은 검은 구두로 이루어져 있었다. 하지만 정작 자기가 내뿜는 색깔은 하얀색이라는 사실을 여자는 알 리가 없었다. 순간 그 시각장애인을 떠올렸지만, 이 여자는 앞이 잘 보이는 듯했다.

여자는 기다렸다. 다음 말을 할 사람은 나라는 듯 나를 물끄러미 쳐다보았다.

장미 향이 조금 진해졌다.

하얀 냄새가 조금 옅어졌다.

이윽고 여자는 조용히 가슴맡에 검붉은 무언가를 들어 보였다.

『죽음의 수용소에서』.

제2차 세계대전, 아우슈비츠 강제 수용소에 수감된 유대인이 삶의 의미를 처절하게 좇는 이야기.

"이쪽으로 오세요."

마침내 내가 말했다.

책장을 마주 보는 대여실 문을 열자마자 하얀 냄새와 장미 향이 앞다투어 들어갔다. 책장 네 개를 꾸역꾸역 집어넣은 북카페만큼이나 비좁은 대여실이 오늘따라 더 답답해 보였다. 책상 한 개와 의자 한 개. 그 주위를 책더미가 둘러싸는 자그마한 공간이었다.

'우리'는 그 속으로 들어갔다.

내가 책상 건너편에서 의자를 옮기는 사이 여자는 호기심 어린 눈길로 책더미를 둘러보았다. 책 제목을 살피는 듯했다. 책상 위에 널브러진 고전 소설에도 눈길이 머물렀다.

내가 낡은 책더미를 쌓아 그 위에 앉자, 여자는 조용히 미소를 머금고 나와 마주 앉았다.

장미 향이 조금 진해졌다.

두 번째 서랍에서 명부를 꺼내 여자에게 내밀었다.

"여기에 성함과 책 제목, 오늘 날짜, 전화번호를 적어 주시면 돼요."

여자는 고개를 끄덕이더니 얼굴을 파묻다시피 숙이고 그 일에 열중했다. 긴 머리카락이 옆얼굴을 타고 미끄러지는 과정이 느리게 흘러갔다.

세상을 하얗게 물들일 뻔했던 사건. 하얀 냄새. 장미 향.

이 이야기를 말하면 여자가 웃을까?

"여기요."

여자가 명부를 내게 밀었다.

"성 빼고 이름만 적었는데 괜찮을까요?"

"그럼요."

당신은 곧 죽어요.

"책은 이 주 안에 반납하시면 돼요."

"주말에 다 읽을 것 같아요. 월요일에 갖다드릴게요."

분명 죽음과는 아득히 먼 얼굴이었다.

"시간이 없으신가 봐요."

내가 넌지시 물었다.

"네?"

여자의 눈이 휘둥그레졌다.

"보통은 시간이 많으냐고 물어보지 않나요?"

"아."

나는 곧바로 후회했다.

"보통 일주일은 지나야 반납하셔서요."

자질구레한 변명.

"제 말은 그러니까, 사람들은 평일엔 일하고 주말엔 쉬잖아요. 일하면 피곤하니까 책은 읽기 싫고 또 쉬는 날엔……"

그녀가 웃음을 터뜨린 덕분에 나는 입을 다물 수 있었다.

"아뇨. 사실 시간 없는 거 맞아요."

여자는 미안하다는 듯 미소 지었다.

"오늘 아침에 여행을 가기로 정했어요. 돌아오는 월요일에 출발해요. 사람이 붐비는 주말보단 평일이 낫겠다 싶었죠."

장미 향이 조금 진해졌다.

"이번 여행은 계획을 세우지 않으려고 해요. 그러다 보니 시간이 남아서 책을 빌리러 온 거예요. 어쨌든 이틀 남았으니까 책을 읽을 시간이 많이 없다는 건 틀린 말이 아니겠죠? 그리고 미안해요. 너무 진지하게 물으셔서 저도 모르게 웃음이 나왔네요."

나는 살며시 고개를 저었다.

"그러시군요."

마지막 여행?

그때 명부에 적힌 이상한 글자가 눈에 들어왔다.

'단미.'

특이한 이름이었다. 장미 향이 조금, 아니 꽤 진해졌다.

이름과 냄새가 여자를 닮았다.

대체 어디서 이 냄새를 풍기는 거지?

나는 서랍에서 책갈피 세 개를 꺼냈다. 빨간색과 파란색, 보라색이 남아 있었다.

"처음 오신 분께 드리는 나무 책갈피예요."

"제가 처음 온 건 어떻게 아세요?"

나는 놀라서 되물었다.

"전에 오신 적이 있으세요?"

"아뇨."

여자는 어안이 벙벙한 내 얼굴을 스치듯 쳐다보고는 책갈피를 꼼꼼히 살폈다. 나는 내심 여자의 고민이 끝나지 않기를 바랐다. 더 오래 보고 싶었다. 여자도 장미 향도. 심지어 하얀 냄새도 싫지 않았다. 그 사실에 나는 큰 충격을 받았다. 나 자신이 혐오스러울 지경이었다. 오랜 시간 그토록 원망했으면서 이렇게 쉽게 변하다니. 죽음을 원망하는 것만큼 어리석은 짓은 없다는 걸 분명 알았으면서.

여자는 작은 문을 아로새긴 빨간색 책갈피를 들어 보였다.

"뒤쪽에 보시면 인터넷 카페 주소가 있어요. 책을 읽고 서평을 남겨 주시는 분들 대상으로 이벤트를 진행 중인데 관심 있으면 한번 참여해 보세요."

"재밌네요. 당첨되면 뭘 주나요?"

"원하는 책 한 권을 보내 드려요."

여자는 책갈피를 유심히 살피고는 죽음의 수용소 사이에 꽂았다.

"서평하고 싶을 만큼 책이 재밌기를 바랄게요."

여자가 어깨에 가방을 멨다.

"재밌어요. 저도 그 책 읽었거든요."

마음이 조급해졌다.

"서평도 썼고."

아무런 대답도 돌아오지 않았다.

이상한 적막이었다. 뒤섞인 냄새가 주위에 떠다녔다. 옷깃을 스치는 소리가 귓가에 나돌았다.

여자가 말했다.

"사실 온 적 있어요. 아주 어렸을 때지만."

그 눈. 힘든 기억을 떠올리는.

여자는 텅 빈 그곳을 기억으로 채우고 있었다. 그런 여자를 두 명이나 만나 봤기에 나는 확신했다. 그래서 더 묻지 않았다. 여자가 찰나에 슬픈 표정을 보여 준 이유도 어쩌면 그에 대한 보답이었다.

"그럼."

내가 따라 일어나자 낡은 책더미가 바닥에 쓰러졌다. 시선이 잠깐 떠난 사이 여자는 다시 미소 짓고 있었다.

"월요일에 봬요."

죽음이 또각또각 멀어졌다. 하얀색은 북카페를 나가 어둑한 복도에서 사라졌다.

조명이 사라지자 북카페는 완전히 잠들었다.

그 속에서 나는 책꽂이를 손가락으로 쓸어 보았다. 책 제목이 잘 보이지 않았다. 달빛이 비치는 곳을 제외하면.

이윽고 나는 깨달았다.

여자는 책을 고르고 있지 않았다. 내가 문을 열었을 때 그 책이 손에 들려 있었을 뿐이다.

  아침에 그랬듯 창문을 활짝 열었다.

  달무리가 진한 어슬녘이었다.

  나는 숨을 깊게 들이켰다. 여자는 벌써 다리를 건너고 있었다.

  또 냄새가 하나뿐이었다. 하지만 그건 하얀 냄새가 아니었다.

  이윽고 건물은 눈과 입을 닫고 단잠에 빠졌다.

  카드를 두고 온 사실은 버스 문이 열려서야 깨달았다.

3.

그녀들에게 줄곧,
장애인은 다른 사람,
일반인은 같은 사람,
나는 비슷한 사람이었다.

 사람들은 시각장애인이나 청각장애인에게 감히 가까이 다가가지 못하고 섣부른 위로를 건네지도 않는다. 하지만 후각을 잃은 장애인에게는 아니다. 때론 저울질하는 소리를 들려준다. 아이들과는 달리 어른들은 저울질을 좋아한다. 이따금 무례한 어른은 저울질의 결과를 입 밖으로 꺼내는데, 대부분 이렇게 시작한다.
 '그래도 장님이나 귀머거리보단 낫지……'
 그리고 후각은 기꺼이 포기할 만하다는 이야기들.

그네들에겐 한낱 쓸모없는 감각이 누군가에겐 사랑하는 사람이 잃어버린 부분이자, 세상에 태어난 이유로 여기며 텅 빈 감각을 채우는 물감이자, 소중한 기억이라는 문장으로 이야기를 끝내고 싶지 않았다.

그저 하얀 냄새를 풍기는 이에겐 침묵으로, 그렇지 않은 이에겐 바람으로 대했다.

나는 오늘 두 아이의 꿈을 번갈아 꾸었다.

하나는 순수한 여자아이였다.

하나는 불쌍한 남자아이였다.

교실을 집어삼킬 듯 큰 눈을 먼저 보았다면 그 아이를 울리지 않았을 것이다.

나는 참지 못했다.

그해 겨울은 악몽에 시달리고 있었다.

"너 정말 냄새를 못 맡아?"

이제 기억났다. 앞에 앉은 여자애는 반장이었다.

"그럼 과자를 먹어도 아무 맛도 못 느끼는 거야?"

"곧 죽는 사람한테서는 냄새가 나."

겨울은 다른 계절보다 사람이 더 많이 죽는다. 결코 변명이 아니다.

"걱정 마, 너는 죽지 않을 거야."

나는 고개를 들었다. 놀란 순수함이 서서히 일그러진다. 어린 내가 코웃음 치는 소리가 지금까지도 그 애의 뇌리에 박혀 있을 터이다.

"하교 시간마다 강박증처럼 찾아오는 네 아빠도 죽지 않아. 그런데 또 모르지. 사람은 수일 안에 죽기도 하거든. 어떻게 아느냐고?

나는 곧 죽는 사람이 풍기는 냄새를 맡을 수 있거든. 무시무시한 죽음의 냄새 말이야. 왜, 무섭니?"

여자아이 눈에 눈물이 그렁그렁 맺혔다. 눈물 색깔은 꿈마다 달랐지만 오늘은 투명했다. 그건 진짜 눈물이었다. 그날로 돌아간 것처럼.

도무지 이해할 수 없다. 그 애는 왜 처음부터 소리쳐 울지 않았을까. 왜 내 말을 견디려 입술을 앙다물었을까.

"우리 담임 있잖아."

내가 소곤거렸다. 조용히 흐르는 눈물이 내 심기를 건드렸다. 말을 부추겼다.

"개학하고 두 달 정도 지났을 때부터 그 냄새가 났거든. 내가 어디 아프냐고 물으니 처음엔 무시했고, 두 번째엔 짜증을 부렸고, 세 번째는 화를 냈지. 그래서 나는 지켜봤어. 이 빌어먹을 냄새를 실험해본 거야. 며칠 후 선생님이 말했어."

나는 자기 반 학생을 사랑하는 척하는 여자의 목소리를 흉내 냈다.

"'애들아, 우리가 만난 지 백 일이 됐구나. 이제는 말할 때가 된 것 같아. 그동안 너희에게 소개하지 않은 친구가 있어.' 그러곤 선생님의 손이 배에 올라갔어. 나는 그제야 그 냄새를 누가 풍기는지 안 거야. 기억나? 왜 그렇게 놀라느냐며 선생님도 너희들도 나를 비웃은 날 말이야. 나는 그때 웃음소리를 듣지 못했어. 다른 소리에 귀를 기울였거든. 아기는 반년 동안 선생님 배 속에서 울었어. 죽음이 두려웠던걸까?"

계절이 두 번 바뀌고 돌아온 선생님의 배는 납작했다. 조각 난 죽음. *끄집어내진 죽음.*

선생님을 닮은 새하얀 아이가 한 달 내내 나오던 악몽을 들려줄 참이었다.

여자아이는 꿈이 떠나가라 울음을 터뜨렸다. 나는 아이의 뒷모습을 끝까지 지켜보았다. 이제 보니 손에 과자가 들려 있다. 문이 여닫히고 아이가 사라지자 꿈과 꿈 사이를 잇는 깊은 어둠이 나를 덮쳤다.

돌이켜 보면 아이는 차마 외톨이를 내버려둘 수 없었을지도 모르겠다. 내가 그랬듯 나름의 방법으로 다른 사람의 빈 감각을 채우려 했을지도 모른다. 그래서 전날 밤 집에서 제일 딱딱한 과자를 집었을지도 모른다. 엄마에게 칭찬받았을지도 모른다. 저울질이 아니라 순수한 마음이 몸을 움직인 것이다. 하지만 어린 나는 그게 더 마음이 아팠을 터이다.

순수함은 종종 위로를 남기지만 때론 아주 큰 상처를 남기기도 한다.

다른 꿈은 그 후로 삼 년이 지나 중학교를 졸업할 즈음으로 흘러간다. 상한 우유나 더러운 걸레 자루, 주인을 잃은 채 교실 구석에 몇 달째 처박힌 체육복을 건디고 난 후 내게서 관심이 시들어질 즈음이었다.

"이건 뭐야?"

가방에서 떨어진 공책이 뚱뚱한 손끝에서 달랑거렸다. 남을 짓밟으며 희열을 느끼는 불쌍한 아이였다.

내가 반응하자 불쌍한 얼굴이 환하게 펴졌다. 아이는 제 손으로 조각낸 그것들을 내 머리 위로 뿌렸다. 종이가 하얬지만 글씨는 알록달록해서 예쁘게 날렸다. 어젯밤 얼떨결에 굴러들어 온 색깔 공책. 엄마가 잃어버린 감각을 채우던 공책. 달이 뜬 새벽과 색이 옅은 지붕들이 그려진 공책.

문득 우는 여자아이를 창문 너머로 본 것 같았다. 내 시선을 따라 남자아이가 뒤를 돌아본 순간, 나는 아이를 넘어뜨린 뒤 위에 올라탔다. 주위에서 환호성이 올랐다. 각종 호기심이 우리 주위로 원을 그렸다.

올라오는 묵직한 주먹질에도 난 아랑곳하지 않았다. 입안에서 진득한 액체가 흐르는 것을 느꼈다. 내리꽂는 주먹질 사이마다 나는 소리쳤다.

"죽어! 죽어!"

하얀 냄새를 토할 때까지 끝내지 않을 작정이었다. 하지만 아이는 끝까지 새빨간 피만 토할 뿐이었다.

코피가 멎기도 전에 교무실 문이 부서져라 열렸다. 화들짝 놀라 고개를 들기도 전에 아이 엄마는 내 뺨을 갈겼다. 이어 여섯 시간 내내 비난과 경멸을 퍼부었다. 숨쉬기가 괴로웠다. 코를 막고 싶었다. 할머니가 나타났을 즈음엔 반쯤 정신이 나가 있었다.

할머니는 몸이든 마음이든 단단한 사람이었다. 손자가 열네 살이 되자 홀로 남겨 두고 본가로 내려갈 만큼 잔인하고, 퉁퉁 부은 손자의 얼굴에서 아이가 남긴 상처와 어른이 남긴 상처를 구별할 만큼 훌륭했다.

할머니가 느린 걸음으로 구부정하게 걸어왔다. 모두가 숨을 죽였다. 노인의 보폭이 그런 식으로 바뀔 줄은 누구도 예상 못 했다. 고목나무 같은 할머니가 따귀를 때리자 남자아이가 저만치 날아갔다.

시간이 해결 못 하는 일도 있는 법이다.

아무리 시간이 흐른대도 결코 멈추지 않을 두 어른 사이를 비집고 들어갔다. 나는 결국 그 지경까지 갔다.

"죄송합니다, 아줌마."

나는 허리를 굽힌 틈을 타 숨을 뱉고 들이켰다. 할머니는 헛기침을 했다. 입술이 보라색인 여자는 기다렸다는 듯 입꼬리를 올렸다. 꿈에서조차 입술만 떠오른 이유는 차마 눈까지 마주 볼 용기가 없어서였다.

"네가 사과할 사람은 내 아들이야."

나는 아이에게 다가갔다.

"미안해. 엄마랑 병원 꼭 가."

어리둥절하던 아이는 이내 낄낄거렸다.

어떻게 웃을 수 있어?

나는 아이에게 속으로 물었고, 모두에게도 물었다.

정말 아무도 이 냄새를 못 맡는 거예요?

나는 이미 알고 있었다.

아이는 줄곧 하얀 냄새 뒤에 숨어 있다. 자기 엄마가 죽는 줄도 모르고 승리를 만끽한다. 냄새를 맡지도 못 할 거면 이 말이라도 듣길 바랐지만, 아이는 끝까지 웃었다.

'엄마를 닮은 입술은 곧 너만의 입술이 될 거야.'

나는 또다시 전학을 가야 했다. 차라리 그게 나았다. 혹시라도 아이가 날 원망할 순간은 오지 않을 테니까.

얼마 후 나는 고등학교에 입학했고, 그 이후에는 전학을 가는 일은 없었다.

두 아이의 꿈을 번갈아 꾸며 일어난 아침은 날씨가 창백했다. 서리꽃이 창문에 달팽이처럼 붙어 있었다. 휘휘한 겨울바람이 잡아당겨도 끄떡없었다. 나는 침대에 멍하니 앉아 반쯤 바닥에 끌린 이불을 끌어올리다가 이내 그만두었다. 시린 발을 꼼지락거렸다. 잿빛 속에서 침대가 삐걱대는 소리를 들었다.

단미.

나는 몇 번이나 중얼거렸다.

"진짜 특이한 이름이네."

허공에서 빨간 곡선이 실오라기처럼 맴돌았다. 졸린 눈을 힘주어 닫고 열어 보았다. 그래도 사라지지 않았다. 불현듯 단어 하나가 빈 감각을 채웠다.

화실.

"한번 가 볼까……"

나는 곧바로 고개를 절레절레 흔들었다.

이불을 머리 위까지 끌어 올렸다. 몸을 웅크렸다. 삐걱거리는 소리가 차츰 멎었다.

곧이어 순수함이 내게 물었다.

"너 정말 냄새를 못 맡아?"

"그래서, 날 왜 부른 건데?"

익숙한 목소리에 시선을 들자, 재혁이가 눈앞에 나타났다. 나를 매섭게 노려보고 있었다. 나는 막 잠에서 깬 사람처럼 주위를 둘러보았다.

식탁 너머에 재혁이가 앉아 있고, 나는 팔짱을 낀 채 벽에 기대 있었다.

나는 침착하게 물었다.

"내가 무슨 말을 했던가?"

재혁이가 버럭 화를 냈다.

"안 하니까 물어본 거잖아!"

나는 태연한 척 손에 든 무언가를 입에 가져갔지만, 찻잔 속에서 굳은 커피 찌꺼기만이 나를 올려다보았다.

나는 잔을 사뿐히 내려놓았다.

"어제 북카페에서 어떤 여자를 만났어."

재혁이가 눈을 번뜩였다.

"여자?"

우리가 평소 나누던 대화 속에서 여자는 잘 등장하지 않았다. 특히 내가 말할 때는. 하지만 재혁이는 줄곧 내 이야기에 여자가 등장하기를 바랐다.

"책을 빌리러 온 사람인데 이름이 단미야. 혹시 알아?"

"단미?"

재혁이는 곰곰이 생각했다.

"처음 듣는 이름인데. 그런 학생도 본 적 없어. 그런데 그 여자가 왜?"

"다른 냄새를 풍겼어."

"무슨 냄새?"

나는 몸을 앞으로 기울이고, 목소리를 낮췄다.

"장미 향."

그 말에 재혁이가 내 뒤쪽을 흘끔거렸다. 나를 번갈아 쳐다보며 알은체했다.

거기에는 문이 하나 있다.

검은색과 하얀색이 대부분인 집에서 눈에 띄지 않은 회색 문.

나는 돌아보지 않았다.

재혁이는 단념하고 물었다.

"그냥 헷갈린 거 아니야? 너 원래 다른 냄새 맡잖아. 뭐더라? 죽음의 냄새?"

"하얀 냄새, 이 자식아."

"그래, 그거."

재혁이는 웃음을 참았다.

"전부터 궁금했는데 그 냄새는 정확히 무슨 냄새야? 그러니까 내가 아는 냄새로 말하자면."

"그건……"

나는 머뭇거렸다.

"나도 모르겠어."

나는 하얀 냄새가 실제로 존재하는 냄새인지 확신할 수 없었다.

원래는 어떤 냄새를 맡으면 그와 어울리는 형용사와 색깔이 함께 떠올랐지만, 하얀 냄새는 달랐다. 색깔보다 죽음이라는 단어가 먼저 떠올랐다. 그런데 죽음이 세상에 존재한다고 할 수 있을까? 나는 코로, 아주 가끔 눈으로도 알 수 있지만, 진정 죽음이 존재한다고 말할 수 있나?

"그런데 다른 냄새가 났다?"

재혁이가 말했다.

"확실해. 하얀 냄새와 달라. 내가 후각을 잃은 그날과 비교하면 터무니없이 적지만 장미 향이 틀림없어. 장미 향은 내가 유일하게 기억하는 냄새야. 사실 어제까지만 해도 모든 냄새를 잊었다고 생각했는데, 그 여자를 만나고 갑자기 기억났어."

"장미라……"

재혁이는 턱을 문지르며 다시 생각에 잠겼다. 무언가 떠오를 때마다 입을 뻥긋댔지만, 다시 굳게 닫았다. 한참 뒤에 말문이 열렸을 땐 내가 잘못 들었기를 바랐다.

"방금 뭐라고 했어?"

"우선 밥부터 먹자고."

나는 경멸하며 말을 더듬었다.

"지금 한다는 말이 고작 밥?"

"고작 밥이라니, 말이 심하잖아. 네 전화 받고 급하게 오느라 저녁도 못 먹었다고. 보아하니 너 오늘 한 끼도 안 먹었지?"

재혁이는 종이 가방을 식탁에 올려놓았다.

"엄마가 지금은 줄 반찬이 없다고 일단 이거 먼저 갖다주래."

식탁 위로 반찬통이 끝없이 쌓였다.

"조금 부족할 것 같은데 뭐 시킬까?"

"네 마음대로 해."

나는 한숨 섞인 목소리로 말했다.

"나는 커피나 한 잔 마실래."

"또? 방금 석 잔이나 마셨잖아."

찻장을 아무리 뒤져 보았지만, 빈 커피 박스뿐이었다.

나는 한숨을 푹 쉬었다.

곧이어 내가 말했다.

"나 카드 없다."

"그냥 그 여자한테 반한 거 아니야?"

나는 재혁이를 빤히 쳐다보았다.

우리는 저녁을 거하게 먹고 포도주를 마셨다. 재혁이는 포도주를 무척 좋아한다. 심지어 고등학교 때부터 마셨는데, 주로 이 거실에서 마셨다. 냄새를 못 맡는다고 고백하고 며칠 후 재혁이는 수상하고 기다란 병을 한 손에 들고 찾아왔다. '네가 좋아할 거야. 후각을 되찾아 줄 약이거든.'

물론 나는 믿지 않았다.

고등학교를 졸업하고 나서도 이따금 그런 식으로 들이닥쳤다. 속이 쓰리고 머리가 어지러울 때마다 사람들은 대체 왜 이런 것을 마시는지 의문이 들었지만, 오늘은 조금 알 것도 같았다.

내가 정말 어이없다는 표정을 지었는지 재혁이가 멋쩍게 덧붙였다.

"아니, 왜 그런 말도 있잖아. 첫눈에 반하면 그 사람한테 후광이 비친다거나 뭐 그런."

"넌 내가 누구한테 반할 사람으로 보여?"

"그건 모르는 일이지."

"알잖아."

"아니. 내가 아니라 네가 모르는 일이라고. 포도주가 술인지도 모르고 마신 그때처럼."

재혁이가 사뭇 진지한 표정을 지었다.

"또 철학 수업이야?"

내가 빈정댔다.

"넌 그전까지 항상 의심했잖아. 네 몸속으로 들어가는 것조차 의심하고 부질없다고 여겼지. 하지만 술은 의심할래야 의심할 수 없는, 아주아주 강력한 존재거든. 밑바닥에 꼭꼭 숨겨 둔 본모습을 꺼내거나 결코 변하지 않을 사람도 순식간에 다른 사람으로 만들지. 너도 예외는 아니었어. 아주 진상이 따로 없었지."

"그건 네가 날 속였으니까 그렇지."

"아니."

재혁이가 빈 잔에 포도주를 따랐다.

"너는 분명 알았어."

"술인 줄 알았으면 마시지도 않았어. 아니나 다를까 아주 불쾌한 경험이었다고."

"그런데 왜 그다음 날 나 몰래 또 마셨냐? 포도주스로 채우면 내가 몰라? 나는 후각이 있다고."

"그래서 하고 싶은 말이 뭐야?"

"나도 마찬가지야. 모르는 일투성이라고."

재혁이는 입가에 웃음을 머금었다. 줄곧 기다렸다는 듯 지금 이 순간을 즐기고 있었다.

"하지만 지금 여자 친구를 만나고, 또 매년 새로운 아이들을 만나면서 아주 조금씩 나 자신도 몰랐던 모습을 발견해. 후각으로 말해 줄까?"

재혁이는 마지막 잔을 단숨에 들이켰다.

"나는 너와 달리 후각이 있어. 하지만 그 감각이 과연 빈틈없이 꽉 차 있을까? 아니, 이 세상엔 아직 내가 모르는 냄새투성이야. 감각이라는 공간이 포도주병이라면 내가 아는 냄새는 고작 이 한 잔, 아니 한 방울일 수도 있다는 거야. 물론 이 한 방울도 너와 비교하면 엄청난 차이일 거야. 잃어 보지 않은 나는 결코 모르지만, 넌 잘 알겠지. 하지만 내 감각도 너 못지않게 꽤나 텅 비어 있다는 소리야. 그러니까 쉽게 말하자면……."

내가 잔을 들자 포도주가 넘실댔다. 술기운이 올라와 코가 뜨거워졌다.

둥근 자줏빛.

"한 번 더 만나 보라고. 마침 그런 사람이 필요할 때라고 생각했어. 그리고 장미 향이라며? 그런 냄새가 아무 이유 없이 나지는 않을 거 아니야. 게다가 꽃향기면 더더욱 좋고. 원래도 사람은 향기 때문에 서로 반하는 일이 다반사야."

"근데 하얀 냄새도 달랐어. 건물을 통째로 메울 정도로 심했다니까. 그런 냄새는 엄마 이후로 처음이야."

"뭐?"

재혁이 얼굴이 순식간에 굳어졌다.

"그 냄새도 났단 말이야?"

새된 반응에 나는 움찔했다. 장미 향 얘기에 심취한 나머지 이 얘기를 안 했던가?

"아, 내가 말을 안 했구나. 장미 향보다 하얀 냄새를 먼저 맡았어. 보통 냄새가 아니었는데, 눈앞에 떠다닐 만큼 진하고 또……"

재혁이는 내 말이 끝나기도 전에 빈 잔을 입에 가져가더니 내던지듯 내려놓았다.

그런 재혁이의 반응에 나는 의아했다. 이따금 내가 하얀 냄새를 언급하면 재혁이는 늘 시큰둥하게 반응하거나 관심 없다는 듯 노골적으로 화제를 돌렸다. 그런 냄새가 나든 말든 신경 끄라고 입버릇처럼 말하기도 했다.

"그럼 만나지 마, 절대."

재혁이는 단호했다.

나는 되물었다.

"왜, 갑자기?"

"왜긴 뭐가 왜야? 죽음의 냄새가 났다면서?"

"아깐 만나 보라고 했잖아."

"그건 그 사람이 죽지 않을 때 얘기지!"

내 목소리에도 감정이 실렸다.

"갑자기 왜 그래? 난 원래 그런 사람들 속에서 살아왔어, 알잖아.

어디를 가든 누구를 만나든 쭉 그랬다고. 하루 종일 침대에 누워 있어도 마찬가지야. 죽어가는 사람들이 몇 번이나 창문 아래로 지나간다고."

"그 사람들과는 달라. 가까운 사람의 죽음과 모르는 사람의 죽음은 차원이 다르다고. 너, 그 냄새에 너무 익숙해진 거 아니야?"

"왜 이렇게 멀리 가? 그냥 얘기 정도만 하면 되잖아. 그 냄새가 궁금할 뿐이라니까?"

"곧 죽을 사람을 좋아한다는 거야?"

"좋아한다고 말한 적 없어!"

재혁이는 자리를 박차고 일어났다. 내 옆을 지나 부엌으로 걸어가더니 찻장 하나를 열고 꼭꼭 숨어 있던 적포도주를 꺼냈다. 그러고는 코르크를 뽑고 헛기침을 하며 다시 앞에 앉았다. 목소리가 차분하게 내려앉았다.

"어쨌든 네가 그랬잖아. 그 냄새가 나면 사람이 죽는다고. 굳이 죽을 사람하고 만날 바엔……"

"어머니는 아니었잖아."

포도주를 따르던 재혁이 손이 멈췄다.

"어머니는 완치됐잖아. 내가 말해 준 덕분에."

우리는 그대로 멈췄다.

포도주가 스스로 잔을 채웠다.

기울어진 포도주병이 안에 든 감각을 남김없이 토해 냈다. 유리잔을 삼키듯 밖으로 넘쳐흘렀다.

그 순간 나는 문이 열리길 바랐다. 아직도 그 소리를 기억한다. 문이 벌컥 열리는 소리와 시각장애인이 일어나기 전에 지팡이로 바닥을 톡톡 때리는 소리.

하지만 엄마는 이미 죽고 없었다.

문득 종아리에 닿은 서늘한 감촉을 내려다보았다. 포도주가 다리를 적시고 있었다. 먼저 움직인 사람은 나였다. 서랍에서 마른 수건을 꺼내와 바닥에서 퍼져 가는 검자줏빛을 닦았다.

재혁이는 아직 과거를 보고 있었다. 텅 빈 감각을 쥔 채.

나는 후회했다.

재혁이에게 두 번째 비밀을 말한 건 스무 살을 앞둔 겨울이었다. 앞서도 말했듯이 겨울은 사람이 많이 죽는데, 그 이유는 잘 모르겠다. 눈과 하얀색이 잘 어울려서일지, 많은 이들이 시험을 망쳐서일지, 아니면 우연인지. 아무튼 그런 계절이다 보니 그 냄새를 한 번도 맡지 않은 날은 특히 기묘한 기분에 사로잡힌다. 재혁이가 집으로 초대했을 때 거절 못 한 이유도 그런 날이었기 때문이다. 아니면 내 시련은 성인이 되면 끝나지 않을까 하는 막연한 기대를 품었을지도 모르겠다. 밤이 되자 그 기대는 확신이 되었다.

수능이 끝난 다음 날, 좁은 엘리베이터 속에서 설레는 심장 소리를 다독였다. 재혁이는 내 긴장을 풀어 주려고 시답잖은 농담을 했지만 떨림은 멈추지 않았다. 마침내 문이 열리고 재혁이를 따라 내리는 순간, 나는 **누군가의 죽음**을 맡았다.

아닐 거야, 이건.

나는 숨을 참았다. 애써 모른 척했다.

아니어야 해.

"이쪽이야."

재혁이가 손가락으로 가리켰다. 벽면을 따라 문이 주르륵 이어져 있었다.

복도에서 하늘을 올려다보는 아파트였다. 검푸른 하늘에 걸린 달은 연한 노란빛이었다. 까마득히 높은 데다 달 주변에 떠다니는 구름이 유달리 눈에 잘 들어오는 초저녁이었다.

나는 재혁이를 뒤따라 걸으며 소리 없이 애원했다.

더 걸어야 해, 재혁아. 아직 지나치지 않았어.

문이 얼마 남지 않자 초조해졌다.

혹시 층을 헷갈리진 않았어?

재혁이는 발걸음을 멈췄다. 열쇠가 돌아가고 뽑히자 문고리가 입김을 내쉬는 것만 같았다. 나는 우두커니 서서 기다렸다. 도저히 숨을 쉴 수가 없었다. 이윽고 새하얀 다리가 모퉁이를 돌아 다급하게 걸어왔다.

죽음이 나를 맞이했다.

내가 간신히 말했다.

"안녕하세요, 어머니."

재혁이 어머니는 목에 주름이 많았다.

턱에는 큰 점이 하나, 작은 점이 두 개였다.

마른 입술에는 주름이 여러 갈래였다.

그 위는 상상에 맡겼다. 혼잣손에 아들을 키운 늙은 여자의 얼굴이 떠올랐다.

눈앞에 쏟아지는 말은 다정하고 상냥했고, 새하얬다. 부모님이나 냄새에 관해서 묻지 않았다. 또 식사 내내 안쓰러운 마음을 들키지 않으려 애썼다. 나는 재혁이 어머니가 내 엄마가 되고 싶어 한다는 걸 느낄 수 있었다. 하지만 나는 뒷걸음질로 거리를 두었다.

영원처럼 긴 저녁 식사였다.

"늦었는데 자고 가지 그러니?"

나는 정중히 거절했다.

아침에 할머니가 오신다는 핑계를 대며 도망치듯 집을 나섰다. 복도를 지나 고요해진 상자를 타고 내려가 문을 하나 더 열고 뒤돌았을 때까지도 하얀 냄새는 어머니 한 명뿐이었다. 재혁이는 옆에서 참을 만큼 참았다. 마침내 내게 물었을 때, 나는 어머니 입술을 떠올리고 있었다.

"너 오늘 왜 그래?"

어스름달은 구름 뒤로 숨어 버렸다.

우리는 버스 정류장에 앉아 있었다. 재혁이가 묻고 나서도 나는 입을 꾹 다물었다. 빈 택시 두어 대가 우리 눈치를 살피며 지나갔다.

"재혁아."

"그래."

우리가 서로의 이름을 부른다는 건 평소와 다른 사람이 되었다는 뜻이다.

이윽고 나는 두 번째 비밀을 털어놓았다.

흐드러진 장미와 장미 향, 꽃가루, 그리고 하얀 냄새와 죽음이 순식간에 지나갔다.

그날이 무더위로 들끓는 한여름이었어도 재혁이는 내 말을 믿었을까? 전날 쌓인 눈이 까맣게 변했다면? 재혁이 어머니를 만나기 전에 하나의 죽음이라도 마주쳤다면?

비밀이 끝나자 재혁이는 조용히 밤하늘로 눈길을 돌렸다.

나는 그때 하얀 눈이 내리길 바랐다. 그랬다면 비밀의 끝을 거짓말로 마무리했을 것이다.

눈은 내리지 않았다.

대신에 나는 재혁이의 눈을 들여다보았다.

불현듯 옆에서 튀어나간 재혁이가 막 지나간 택시를 붙잡았다. 차 문이 닫히기 직전까지도, 재혁이는 아무 말도 하지 않았다.

택시가 출발하고 얼마 지나지 않아 아침이 밝았다.

재혁이 손에 억지로 병원에 끌려간 어머니는 유방암 초기 진단을 받았다. 다행히 늦지 않아서 암세포가 전이되지 않았고, 완치가 충분히 가능한 수준이었다. 의사는 감탄했고, 어머니는 오열했다. 재혁이는 아마 그 중간이었을 것이다. 그 자리에서 수술 날짜까지 잡고 어머니는 몇 주 뒤 병원에 입원했다.

하지만 나는 그 소식을 들어도 기쁘지 않았다.

왜?

나는 시각장애인처럼 어둠 한구석을 물끄러미 쳐다보았다. 가만히 이유를 고르는데 누군가 현관문을 두드렸다.

문이 열리는 순간, 내 고귀한 능력이 적중했다는 사실을 깨달았다.

재혁이와 어머니는 서로가 전부였다.

재혁이 아버지는 뺑소니 사고로 십오 년을 반쯤 뜬눈으로 보냈다. 범인이 잡히지 않아 길을 잃은 분노는 각각 마음속에, 때론 서로에게, 그리고 남편과 아버지에게 돌아갔다. 비로소 죽음이 찾아오고 시간이 뒤를 잇자 분노는 말끔히 사라졌다. 아니, 오늘까지는 그런 줄 알았다. 실은 가슴속 깊은 곳에 불씨가 남아 있었다. 유방암이라는 단어가 장작이 되어 불길이 목까지 치솟았을 터였다. 전에 느낀 고통이 되풀이된다면 엄마와 아들은 기꺼이 팔다리를 늘어뜨리고 그 이글거리는 분노에 몸을 맡겼을 것이다. 하지만 기적이 일어나자 불길은 다시 사그라들었다. 전과 다른 점이 있다면, 이제 두 사람은 불씨의 존재를 알아챘다는 것이다. 까만 잿더미 안에서 붉게 두근거린다. 두 사람은 이따금 각자의 방에서 그 두근거림에 주의를 기울이고 경계하며 평생 살아간다.

　내게 병문안 약속을 받아 내고 나서야 재혁이는 울음을 멈추고 집으로 돌아갔다.

　문이 닫히고, 불빛이 위에서 꺼진 순간 줄곧 외면했던 진실이 무너져 내렸다.

　내가 기쁘지 않은 이유.

　이 세상에 재혁이 같은 사람이 과연 한 명뿐일까?

　나를 지나친 수많은 하얀 냄새 속 이보다 더 간절한 사연은 없었을까?

　하얀 냄새는 사실 죽음을 앞둔 사람이 애원하고 매달리며 지르는 비명이 아니었을까?

　나는 수많은 입술을 떠올리곤 했다. 그때는 그랬다. 길을 걷다가도 계산을 하다가도 앞에서 그 냄새를 풍기면 나는 도저히 눈을 맞추지 못했다. 그래서 입술까지만 시선을 올렸다. 입술 모양은 사람마다 다르지만, 일그러지는 순간 하나의 입술로 변한다. 나는 이따금 그 모습을 악몽에서 확인했다. 그리고 양옆으로 새하얀 두 줄기가 흐른다.

하지만 그날 밤은 잠에 들지 못했다.

누가 나올지 모르는 꿈은 너무나 무섭기 때문이다.

그날 이후 우리는 그 일을 입 밖으로 한 번도 꺼내지 않았다. 나는 결국 병문안을 가지 않았고, 재혁이도 더는 언급하지 않았다.

그런데 재혁이 어머니는 달랐다.

내가 다녀간 다음 날 기적이 일어난 점, 늦은 새벽에 집으로 돌아온 재혁이 표정이 심상치 않았다는 점, 당신 눈엔 한없이 착한 내가 병문안을 거부한다는 점으로 미루어 보아 무언가를 느낀 게 틀림없었다. 결국 당신과 아들이 불에 타지 않은 건 내 덕분이라는 결론에 이르렀다. 그래서일까? 어머니는 퇴원하고 난 뒤 몇 년 동안 재혁이를 통해 반찬을 꼬박꼬박 보냈다. 거부해도 소용없었다. 그럴 때마다 부담감에 숨이 막히는 듯했다.

"서화야, 잘 생각해."

재혁이가 말했다.

그날의 기억을 밀어내려는 듯 온몸을 포도주로 채운 재혁이는 비틀거리며 집으로 돌아갔다.

나는 모든 걸 기억하는 거실 바닥에 누워 있다. 몸을 웅크리고 두 팔로 몸을 끌어안았다.

　엄마가 하얘진 그날을 떠올렸다. 그때도 난 여기에 누워 엄마의 냄새를 맡았다. 엄마는 저 문을 열고 달려와 내게 죽음을 풍겼다. 그리고 또……

　목구멍이 뜨겁고 머리가 빙빙 돌았다. 포도주가 배 속에서 부글부글 끓었다. 그래도 차츰 가라앉았다. 그래서 눈을 감아 보았다.

　곧이어 뚱뚱한 손끝이 내게 물었다.

　"이 공책은 뭐야?"

4.

북카페에 도착하니 오전 일곱 시였다.
"진짜 안 만나잖아."
그 말은 불안의 시작이었다.

이틀이 지나도 숙취는 좀처럼 해소될 기미가 보이지 않았다.
오늘은 화장실에서 눈을 떴다. 밤새 속을 게워 내는 바람에 머리가 지끈거렸다. 한밤의 냉기를 고스란히 받아들인 몸은 제멋대로 굳어 있었다. 느릿느릿 몸을 일으키고 거울을 들여다보는 사이 아침이 밝았다. 피곤에 찌든 두 눈동자에는 나뭇가지 같은 실핏줄이 피어 있었다. 그 가느다란 것은 동공 주위를 기어다니는 것만 같았다. 빨리 몸을 움직이라고 말하고 있었다. 여행을 앞둔, 이름이 특이한 여자는 웬지 모르게 부지런할 것만 같았다.

내가 도착했을 땐 건물에 경비 아저씨뿐이었다. 건물은 공허한 흑백이었고, 복도에는 수명이 다한 조명이 가물가물 흔들리고 있었다. 나는 입구에서 서성이다가 복도 끝에서 경비 아저씨를 보았다. 늘 짓던 웃음이 그대로 주름으로 굳은 듯한 인자한 남자였다. 내가 멀리서 아침 인사를 드리자 안으로 들어가라는 손짓을 보냈다. 나를 잘 모르실 텐데? 나는 의아했지만 미소로 답하고, 계단을 오르는 발걸음을 재촉했다.

여자는 분명 안에 없었다. 그 사실을 알면서도 문고리를 잡은 손이 떨렸다.

"하얀 냄새는 없어. 적어도 이 건물 안에는."

그 사실을 한 번 더 확인하고 손잡이를 돌렸다. 동시에 나는 여자 목소리를 떠올렸다. 냄새보다 느린 목소리.

북카페는 쓸쓸하게 나를 맞이했다. 반은 그림자로 어두웠고, 나머지 반은 빛살로 환했다. 책꽂이에 빼곡한 책은 먼지를 쏟아 내고 있었다. 해바라기하는 일부 책등을 손가락으로 쓸어 보았는데 생각만큼 따뜻하지는 않았다. 여자가 서 있던 그곳에서 나는 내심 그녀를 지금 만난다면 어떨지 상상해 보았다. 다시금 내게 인사를 건네겠지. 아무 냄새도 풍기지 않은 여자로 변한 채.

나는 허공에 대고 웃음을 지었다.

그런데 왠지 기쁘지만은 않을 것 같다.

나는 창문을 완전히 열고 대여실로 들어가 청소하기 시작했다. 바닥에 소복이 쌓인 먼지를 쓸어 내고 책상에 널브러진 책을 정리했다. 새로 들어온 책은 추천 목록과 비교한 뒤 어울리는 색종이를 책

등에 붙였다. 이번에는 책이 일곱 권 들어와서 무지개를 입혀 보았다. 그러고선 책꽂이마다 골고루 나누어 꽂고 한 걸음 물러나 보았다. 북카페가 조금은 환해진 기분이 들었다.

북카페 회원은 한 달에 한 번 입고되길 바라는 책을 추천 목록에 적을 수 있다. 대여실을 자유로이 드나들며 목록지에 책 제목과 저자, 출판사명을 적는다. 그렇게 대여섯 권 정도 모이면 재혁이가 출판사에 입고 신청을 한다. 며칠 후 책이 입고되면 색종이를 붙여 새로 들어왔다는 표시를 하고 북카페 책꽂이에 꽂는다.

하나 재미있는 점은 북카페에 들어오는 사람마다 그 책에 먼저 손을 뻗는다는 사실이다. 알록달록한 색깔은 사람들의 눈길을 끌어당기는 법인데, 그 색깔이 책과 함께라면 도저히 거부할 수 없었다. 그런데 여기엔 암묵적인 규칙이 두 개 있다. 우선 색종이가 붙은 책은 웬만하면 이른 시일 내에 반납해야 한다. 새로운 책을 갈망하는 회원 모두가 돌려보기 위해서이다. 그리고 입고 신청한 사람이 제일 마지막에 해당 책을 대여한다. 내가 느끼는 재미보단 그 즐거움을 나누는 행위에 의미를 두기 때문이다. 그래서 이따금 추천한 이유를 물으면 좋아하는 책이지만 북카페에 없어서라고 답하거나 자신과 마찬가지로 책을 좋아하는 사람이 읽어 보길 바란다고 말한다. 추천인은 다른 색종이가 붙은 책을 고르면서 자기 책이 책꽂이에 얼마나 머무는지 내심 기대한다. 어느 정도 시간이 길어진다 싶으면 자기 책을 빌려 가고 다시 올 땐 색종이를 떼고 반납한다. 이런 규칙들 덕분에 색종이가 모두 떨어지기까지 한 달이 채 걸리지 않는다.

그리고 보면 『리스본행 야간열차』는 내 손에 오기까지 꽤 오래 걸린 편이었다. 심오하고 철학적인 글은 독자로 하여금 끊임없이 시험에 들게 한다. 회원들은 그 책을 추천한 사람이 북카페 관리인인 철학 교사라고 확신했을 터이다. 사실 그 책을 추천 목록에 적은 사람은 나지만, 애초에 재혁이가 내게 추천했으니 반은 맞은 셈이다.

복도에서 웅성거리는 소리가 들려오자 나는 문을 닫았다. 창문 너머에는 출근하는 사람들로 가득했다. 나는 무의식적으로 수를 세었다. 그러다 그 냄새를 멀리서 한 번 확인하고 창문을 닫았다. 그리고 대여실로 들어가 컴퓨터를 켰다.

메일함은 주말 동안 여러 나라에서 온 메일로 꽉 차 있었다. 미국과 홍콩에서 번역 의뢰 메일이 왔고, 브라질에선 무급 테스트 파일이 왔다. 영국에선 급여 관련 문의 메일이 와서 먼저 열어 보았다. 금액이 커서 해외 계좌가 아니라 국내 계좌로 송금하고 싶다는 내용이었다. 영문으로 된 계좌 정보와 집 주소를 적어 답했지만, 시차 때문에 오늘 저녁이 지나서야 답장이 올 것이다.

이어 해외 번역 사이트에도 들어갔다. 많은 회사가 이 사이트를 통해 내게 메일을 보낸다. 나는 프로필에 이름과 거주지, 그리고 경력과 이메일을 작성한 이력서를 올려 놓았다. 한 달 동안 열한 명이 내 프로필을 방문했다. 처음 들어 보는 나라가 하나 있었지만 전혀 궁금하지 않았다. 기계적으로 제안서를 읽었지만 머리에 들어오지 않았다.

딴 데 정신이 팔려 있기 때문이다.

대학교를 자퇴하고 번역가를 선택한 가장 큰 이유는 재택근무가 가능하기 때문이다.

하얀 냄새를 대하는 인내심은 고작 스물세 살에 곤두박질쳤다. 어딜 가나 하얀 냄새가 있었다.

게다가 스무 살이 넘은 대학생은 기대와 달리 초등학생과 별반 다르지 않았다. 아니 몇몇은 오히려 음흉한 구석이 있었다. 모두가 보는 앞에서 내 장애를 은근하게 끄집어내고 싶어 하는 잔인함을 지녔었다. 그런 멍청이일수록 꼭 하얀 냄새를 풍기지 않는다는 사실은 견디기 어려웠다. 그에 반해 마주치는 하얀색들은 아무 죄도 없어 보이거나, 장애를 순수하게 동정하거나, 자신의 꿈을 잡으려 애쓰는 입술들뿐이었다. 시간이 지날수록 그런 죽음을 더 많이 보게 된다는 현실이 무섭기만 했다.

그래서 도망쳤고, 결국 다다른 곳은 나만의 집이었다.

소리와 냄새는 바깥세상에 비하면 없다시피 했다. 이따금 화상 회의로 평생 만나지 않을 사람과 대화하는 소리와 창턱으로 기어들어오는 냄새가 전부였다.

작은 화면을 통해 처음 외국인을 보았을 때 나는 궁금해졌다.

외국인도 하얀 냄새를 풍길까?

바보 같은 의문이었다.

죽음은 이 세상 어디에나 있다.

점심시간이 다가오자 북카페는 사람들로 북적였다.

하나같이 대여실 안쪽을 흘끔거리며, 월요일 대낮에 한가하게 앉아 있는 사람의 눈치를 보았다. 서너 명은 호기심에 못 이겨 내게 말을 걸었다. 그러면 나는 청소부 엄마와 철학 교사 아들의 짧은 사연을 들려주었다. 나 자신을 둘의 지인이라고 소개하자 모두—북카페에서 엿듣는 사람까지—가 일제히 납득한다는 듯 고개를 끄덕였다. 그들은 예의상 몇 마디를 더 건넸다. 평소에는 텅 빈 대여실과 북카페를 자유롭게 드나들며 추천 목록을 적거나 책을 반납한다고 말했다.

재혁이는 일주일에 이틀 정도 퇴근길에 북카페에 들린다. 그 시간이면 사람들도 모두 퇴근한 뒤여서 서로 마주칠 일은 없었을 것이다. 나도 아주 가끔 주말에 대청소를 하거나 오래된 책을 정리할 때만 도와주러 오기에 실제로 사람을 보는 건 그녀 이후 처음이었다. 청소부 겸 북카페 관리인이었던 재혁이 어머니는 최근 몸 상태가 좋지 않아서 장기 휴가를 신청했다. 예상외로 휴가는 쉽게 받아들여졌는데, 대신 재혁이가 임시 관리인을 맡는 조건이 포함되어 있었다. 철학 교사가 관리인이면 북카페를 더 잘 운영할 거라고 생각했으리라. 이에 재혁이가 달리 무슨 말을 하겠는가? 재혁이는 순순히 그 제안을 수락했다.

점심시간이 끝나가자 북카페는 원래 모습을 되찾아 갔다. 무지개는 조각조각 나뉘었다. 마지막 조각이 대여될 때까지 나는 딱 한 번 눈을 들었다. 하얀 냄새 하나. 신입사원도 경영진도 아닌 그 중간 어디쯤이었다. 다행히도 남자는 책을 빌리지도 반납하지도 않았다. 추천 목록을 작성하지도 않았다. 하얀 냄새를 약간 남겨 두고 떠났지만, 그마저도 금세 사라졌다.

나는 남자가 나가는 것을 확인한 뒤 재혁이에게 문자를 보냈다.

카드 찾으러 북카페에 왔어. 온 김에 여기서 일하려는데, 괜찮지?

라일락 081

그러고 나니 녀석이 갑자기 들이닥칠까 덜컥 겁이 났다. 그래서 하나 더 보냈다.

색종이는 이미 내가 다 붙였으니까 걱정 말고. 삼십 분도 안 돼서 다 빌려 가더라.

몇 분 뒤, 답장이 왔다.

네 마음대로 해라.

어느덧 소곤거림이 멎은 북카페를 건너다보았다. 직원이 아무도 없었다. 나는 반납된 책을 도로 빈 책장에 꽂으려고 일어났다.
그때 휴대 전화 진동이 울렸다.

그 여자 카페에 가입했더라. 이름이 뭐더라? 단비?

나는 서둘러 컴퓨터를 켰다.
약 일 년 만에 방문한 인터넷 카페는 조금도 달라진 점이 없었다. 게시판은 공지 사항과 자기소개, 서평이 전부였다. 그래도 서평 게시판에는 꾸준히 글이 올라오고 있었다. 하지만 내 관심은 다른 곳을 향했다.
자기소개 게시판에 반년 만에 새로운 글이 올라왔다.

이름: 단미

나이: 27

직업: 사진작가

감명 깊게 읽은 책: 클라우드 아틀라스

가입 이유: 서평 이벤트에 참여하려고:)

  그 평범한 소개글을 몇 번이나 읽었는지 모르겠다.

  수없이 떠올렸음에도 이름은 여전히 특이했다. 나이는 나랑 같았고, 직업은 그녀와 잘 어울렸다. 가입 이유는 그녀의 성격을 잘 보여주었다.

  더는 읽지 않아도 되뇌는 지경에 이르자 나는 그녀의 블로그에 들어갔다.

  배경에는 산봉우리가 우뚝 솟아 있었고, 천장에는 기다란 만국기가 늘어졌다. 왼편에는 인디언 문양을 덧칠한 천막이 곱게 접혔고, 그 위 밤하늘엔 수많은 별이 부서져 있었다. 오른편에는 사하라 사막이 깔렸고, 그 위로 나이아가라 폭포가 엄숙하게 쏟아지고 있었다.

  화려한 대문과는 달리 게시판은 '적바림' 하나뿐이었다.

  처음 보는 단어였다.

  적바림을 누르자 토론토, 퀘벡, 뉴욕, 오사카, 블라디보스토크, 도쿄를 시작으로 오십 개가 넘는 도시가 주르륵 이어졌다. 그중엔 리스본도 있었다. 반 이상은 모르는 도시였다. 처음부터 하나하나 올라가 보았다. 도시마다 글 한 줄과 사진 한 장이 올라와 있었다.

  그런데 사진이 조금 특이했다.

라일락   083

정사각형인 사진은 스물다섯 조각으로 나뉘어 각기 다른 모습을 보여 주고 있었다. 어둑하기도 환하기도 비가 내리기도 눈이 내리기도 했다. 우산을 든 아이의 손과 얼굴 반쪽이 잘린 노부인의 얼굴도 있었다. 어렸을 때 처음 입체파 그림을 보고 나서 느꼈던 소름 끼치는 기분도 이런 느낌이었다. 현실 세계와 동떨어진 자화상처럼 각기 다른 세계의 스물네 조각이 만나 기이한 형태로 변했다.

사진은 전체적으로도 그랬다.

해와 달이 함께 떠 있는 도시. 낮과 밤을 한걸음에 넘나드는 도시. 다른 높이로 파도가 치는 도시.

오십 개가 넘는 사진이 모두 똑같은 방식으로 찍혔다. 그런데 더 이상한 점은 마지막 조각이었다. 귀퉁이 부분이 잘려 있었다. 아니, 네모나게 뚫려 있었다. 나는 그곳을 유심히 들여다보았다. 불완전한 사진에는 불완전한 시간이 흐르는지, 나는 그 묘한 매력에 깊이 빠져 눈을 뗄 수 없었다. 시간이 제멋대로 흘러갔다.

입구는 마지막 조각이었다.

그 속엔 사진 수십 장이 모두 이어져 있었다. 수천 조각이 모두 이어져 있었다.

나는 그곳에 들어가 수십 개의 세계를 탐구하기 시작했다. 틀에 갇힌 조각들을 눈으로 한 번 손으로 한 번 쓸어 보았다. 개중에 하나쯤은 내 세상이기를 바라기도 했다. 그녀가 만든 세계에는 하얀 냄새가 없기 때문이었다. 그녀는 그런 세상 속에서 살아왔던 것이 틀림없었다.

죽음이 없는 세계.

그래서 끝이 없기를 바랐다.

하지만 결국 맨 마지막 사진에 다다랐다.

[그리스+1] 산토리니 공항

그 사진 역시 스물다섯 조각으로 이루어졌고, 그중 한 조각은 새하얀 모퉁이였다. 나머지 스물네 조각은 거의 사람으로 채워져 있었다. 피부색도 인종도 옷차림도 쳐다보는 시선도 다 달랐지만, 모두가 어딘가를 향해 바쁘게 걸어가고 있었다. 나는 더 나아가 그들이 입체파 그림처럼 사실 한 사람이지 않을까 상상했다. 하나같이 똑같은 감정으로 미소 지었기 때문이다. 그건 아마도 설렘이었다.

그럼 그 모습을 지켜보던 작가는 무슨 감정을 머금었을까?

내 것과 같을까?

나는 첫 조각부터 줄곧 이 감정을 품고 있었다. 그네들에게 걸린 감정과 정반대의.

여자를 만난다면 그 의문을 제일 먼저 물어보고 싶었다.

마지막 사진의 마지막 조각을 끝으로 나는 북카페로 돌아왔다.

뻐근한 몸을 일으켜 반납된 책을 빈 책장에 꽂고 돌아와 다시 의자에 몸을 기대었다. 그러곤 막 잠에서 깬 사람이 꿈을 되뇌듯 여러 장면을 떠올려 보았다. 머릿속은 무서우리만치 빠르게 현실에 적응했다. 이제 그 몇몇 장면을 차근차근 따져 볼 수 있었다.

분명 스물네 시간 동안 한 시간마다 같은 장소에서 같은 각도로 찍은 사진들이었다.

그럼 여자는 왜 마지막 사진을 공항에서 찍었을까? '+1'로 미루어 보아 여행을 시작하기 직전에 찍었을 터였다. 아니면 이것도 작가의 의도일까? 혹은 사진은 찍었지만 다른 이유로 올리지 않은 걸까?

여자에게 대체 무슨 일이 있었던 걸까?

아니.

왜 여자는 완벽한 세계에서 나온 걸까?

시간은 어느덧 스물네 조각 중 열일곱 조각 정도가 흘렀다. 열여덟 조각부터 시간이 더디게 흘러갔다. 의문만 부풀리는 기다림은 도저히 참을 수 없는 고통 그 자체였다. 그 고통을 잊기 위한 방법은 다행히 가까이 있었다.

불현듯 해야만 하는 일을 떠올린 듯 나는 가방에서 책 한 권을 꺼냈다.

이어 『리스본행 야간열차』를 펼쳤다.

세 시간 전에 여자는 일 층에 도착했다.
그 후로 장미 향은 조금도 움직이지 않았다.
사람은 모두 건물에서 빠져나간 지 오래였다.
『리스본행 야간열차』에 붙은 보라색 색종이를 떼었다.
다시 네 시간이 흐르자 나는 초조해지기 시작했다.
장미는 제자리에서 살랑살랑 몸을 흔들었다.
이 향이 착각이 아닐까 하는 의문이 들었다.
혹은 또 다른 죽음이 아닐까?

내가 애써 무시해 왔던 죽음.

나는 중얼거렸다.

자살.

죽음에는 원래 두 종류가 있다. 원하는 죽음과 원하지 않은 죽음.

냄새에도 이제 두 종류가 있다. 장미 향과 하얀 냄새.

문득 여자가 이미 자살했을 거라는 섬뜩한 생각이 떠올랐다. 실은 흔들리는 건 냄새가 아니라 여자의 몸이었던 것이다.

나는 안절부절못하며 좁은 공간에서 방황하기 시작했다. 북카페와 대여실을 스무 번은 오갔다. 북카페 밖으로는 나가지 않았다. 여자가 일 층에 도착하고부터 하얀 냄새가 복도에 진동했기 때문이다. 그 냄새가 오히려 불안을 잠재웠고, 내게 위안을 주기도 했다. 그러면서도 그녀가 죽지 않았다는 확신을 놓치지 않으려 했다.

"그럼 하얀 냄새도 다 사라졌을 테니까."

나는 그렇게 말했다.

조금은 기다렸다.

하지만 죽음은 대답이 없다.

죽음이 말이 없다는 뜻은 아니다. 오히려 무척 수다스럽다. 단지 대답하지 않는다. 수많은 물음에도 자기 할 말만 늘어놓는다. 나는 오랫동안 들어와서 안다. 하지만 죽음이 하는 말에 귀 기울이지 않을 사람은 없다. 그 달콤하고 호기심을 자극하는 중얼거림을 감히 무시할 사람은.

나는 결국 지는 쪽이었다. 자기가 이길 싸움이라는 사실을 죽음은 아주 잘 알고 있다.

그러니 변할 리가 없지.

죽음이 변하면 그건 더 이상 죽음이 아닐 테니까.

지긋지긋한 냄새에 욕설을 내뱉으며 가방에 짐을 쑤셔 넣을 때까지도 그런 생각이 머릿속을 가득 채웠다.

확인해 봐야겠어.

그런데 정말 마주할 수 있을까? 그냥 도망치는 건 아닐까?

나는 눈을 질끈 감았다. 장미는 아직도 악취 속에 피어 있다. 내 머릿속에도 여러 가지 생각이 피어오르고 있었다.

복도 천장에 뿌리를 내리고 살랑이는 여자를? 바닥에 길게 늘어진 그림자가 내 발에 닿아도 도망치지 않고 똑바로 올려다볼 수 있을까? 혹시 지금 눈을 뜨면 그때처럼 집 거실이 내 앞에 펼쳐질까? 후들거리는 두 다리와 거친 숨소리와 함께?

어차피 지나야 하는 길이다.

하지만 온몸을 울리는 두근거림은 좀처럼 진정되지 않았다.

나는 쫓기듯 걸어 나갔다.

대여실 불을 끄는 동시에 문을 걸어 잠갔다.

하늘은 이미 스물네 조각이 다 채워졌고, 두세 조각이 더 채워진 때였다.

책들은 분주하게 움직이는 내 모습을 구경하고 있었다.

그리고 북카페를 나서는 순간이었다. 하얀 냄새가 열린 문틈으로 들어오는 순간이었다.

검붉은 무언가가 시야 끝을 건드렸다.

나는 뒷걸음질로 조금 돌아가 고개를 그쪽으로 돌렸다.

책장에 꽂힌 『죽음의 수용소에서』를 보았다.

검붉은 책은 저자의 몸에 아로새겨진 흉터와 같았다. 비틀대는 걸음걸이. 수용소. 앙상한 뼈. 타는 듯한 채찍질. 그 모든 것을 두 손으로 움켜잡았다.

"이게 무슨……"

대체 언제.

그녀가 찍은 조각에 흠뻑 빠졌을 때?

책은 점점 무거워졌다. 이에 내 몸도 점점 바닥에 가까워졌다.

그때 날카로운 기계음이 울려 귀를 기울였다. 나는 열린 문 쪽을 응시했다. 일 층 천장에 피었던 장미는 어느새 엘리베이터에서 막 걸어 나와 이쪽으로 오고 있었다. 하얀 냄새가 복도를 더 진하게 물들였다. 또각또각 하얀 발자국을 찍었다. 네모난 복도에 기다란 그림자가 등장했을 땐 숨이 멎는 듯했다. 곧이어 살아 있는 여자가 눈 앞에 나타났다. 장미 향은 그 전날과는 비교도 안 될 만큼 진했다. 그리고 목소리를 들었다.

"안녕하세요."

여자의 한 손과 내 두 손은 똑같은 책을 쥐고 있었다.

눈은 입술에 비해 덜 웃고 있었다. 양 뺨과 코끝이 불그스름했다. 여자는 입술 사이로 하얀 입김을 뱉었는데, 그게 죽음인지 겨울인지 헷갈렸다.

나는 황급히 책을 도로 꽂고 어정쩡한 자세로 여자를 마주했다.

"안녕하세요."

여자는 말없이 내게 가까이 다가오더니 책을 들어 보였다. 그리고는 내가 막 꽂은 책과 나란히 꽂았다. 두 책의 거리만큼 우리는 가까웠다. 그녀는 싱긋 웃었다.

나는 달아오르는 목을 어루만졌다.

"책 어떠셨어요?"

"좋은 책이었어요. 한 번에 다 읽기 아까울 정도로."

여자는 책을 쳐다보았다.

"조금 힘들기도 했어요. 가슴 아픈 내용이 많더라고요."

나는 작게 끄덕이다가 화들짝 놀랐다.

"서화 씨 서평 잘 봤어요."

내 이름은 그녀 이름처럼 특이하지 않았다.

"서화 씨 맞죠? 저번에 서평 썼다고 하셨잖아요. 이 책의 서평을 쓴 사람은 서화 씨 한 사람뿐이던데요."

기억이 나지 않았다. 그때의 기억은 얼굴과 냄새, 목소리뿐이었다.

나는 어느샌가 그녀의 눈을 똑바로 쳐다보고 있다는 사실을 깨달았다.

"네, 맞아요."

하얀 냄새를 풍기는 사람의 눈. 무척 예뻤다. 몇 초가 흐르고 내 시선이 발치에 떨어졌을 때 조금 어색한 느낌을 떨칠 수 없었다.

"그런데 오늘 여행 간다고 하지 않으셨나요?"

"네, 맞아요."

내 시선이 어깨에 걸린 자그마한 가방으로 올라가자 여자가 말했다.

"이번 여행은 짐이 이것뿐이에요."

"왜요?"

나는 불안한 기색을 감추려 애썼다.

여자는 머뭇거렸다.

"돌아올 날을 정하지 않았으니까요."

나는 블로그를 떠올렸다. 꼬박 스물네 시간을 한 장소에 머물며 사진기에 다가가고 물러나는 여자의 모습을 상상했다. 그러고는 확신했다. 여자는 그동안 단 한 번도 웃지 않았다고. 여자는 무표정으로 그 일을 해냈다. 또한 그 수많은 사진 속 어디에도 여자는 없었다.

텅 빈 마지막 조각은 자기 사진으로 채울 계획이었는지도 모른다.

"어느 나라로 가세요?"

그 말에 여자는 눈이 휘둥그레졌다.

"왜 그렇게 생각하세요? 저는 해외로 간다고는 말하지 않았는데."

"그냥 느낌이에요."

그 말을 되풀이할 뿐이었다.

"느낌. 그냥 느낌."

"그렇군요."

여자는 뜸을 들였다.

"그럴 걸 그랬나?"

나는 참지 못했다.

"그럼 어디로 가시는데요?"

"여수요."

생각지도 못한 행선지였다.

"부끄럽지만 국내 여행은 처음이에요. 특별한 이유는 없어요. 가까운 밤바다를 저녁 내내 걷고 싶다, 그리고 해돋이를 보고 싶다, 정도. 그렇게 검색하니까 여수가 제일 위에 뜨더라고요. 원래는 더 일찍 출발해야 했는데 늦잠을 자서 열차를 놓쳤네요. 바로 다음 표를 예약하려다가 그래도 책을 먼저 반납하자고 생각했어요. 서화 씨랑 약속했으니까요."

"아, 그랬군요."

거짓말이야.

"고마워요."

"네, 그럼."

여자는 소매를 걷어 시계를 쳐다보았다.

"이만 가 볼게요. 열차 시간이 다 되어서요."

"지금 바로요?"

여자는 고개를 반쯤 끄덕였다.

곧이어 여자가 몸을 돌릴 거라고 예상했다.

하지만 여자는 나를 지나쳐 북카페 안쪽으로 들어갔다. 그리곤 몸을 돌렸다. 여자는 처음 그때 그곳에 섰다. 여자는 문 너머와 나를 번갈아 쳐다보았다. 미소 안쪽에서 또 다른 거짓말이 자라고 있었다.

"다음에 또 올게요."

그 말을 끝으로 여자는 조금도 망설이지 않고 내 뒤로 사라졌다.

목소리는 바닥에서 흩어졌다.

하얀 냄새는 조금씩 옅어졌다.

그런데 장미 향은 더욱 진해졌다.

여자는 저 멀리 가라앉기 시작하더니 곧이어 내 발밑을 지나갔다.

나는 주위를 두리번거리기 시작했다.

고작 몇 분이 지났는데, 많은 것이 변했다.

꿈을 꾼 기분이 들었다. 나는 눈을 두어 번 깜박이다가 고개를 돌렸다. 검붉은 책 두 권이 나란히 꽂혀 있었다. 꿈이 아니었다. 다시 문 쪽으로 고개를 돌렸다. 여자를 처음 만난 그날, 내가 들어간 그 문이었다.

네모나게 뚫린 새하얀 문. 곧 사라질 문.

마지막 조각.

나는 그 앞에 섰다. 처음 그 사진을 보았을 때와는 달리 망설이지 않았다. 여느 날처럼 지독한 악취가 콧속을 파고들었다.

하지만 또다시 그녀가 만든 세계에 뛰어들었다. 아직 어떤 조각도 채워지지 않고 하얗기만 한 세상이었다.

언젠가 스물네 조각이 채워질 것이다.

하지만 여자가 찍은 사진과 다른 점이 하나 있다.

그곳엔 죽음이 있었다.

계단에서 하염없이 몸을 돌렸다. 이번엔 오른쪽으로.

그러나 이번에는 앞에 길라잡이가 있었다.

내가 끈질기게 쫓아가자, 붉은 선은 마침내 방향을 틀었다. 갑자기 앞에 나타난 문을 열어젖혔다. 나는 일 층 복도에 쓰러지듯 빠져나와 몸을 일으켰다. 뿌연 복도 양 끝을 두리번대며 장미 향을 확인했고, 저 멀리 현관 쪽에서 누군가 대화하는 소리를 들었다. 나는 성큼성큼 냄새와 속삭임을 따라 걷다가 모퉁이를 돌았다.

여자는 자기보다 키가 조금 작은 남자와 마주 서 있었다. 아마 마무리 인사를 나누는 중이었다. 경비 아저씨는 여자 어깨 위에 얹은 손을 거두고 반대쪽으로 걸어갔고, 그 뒷모습을 따라가던 여자의 슬픈 눈이 내게 옮겨 왔다. 나는 숨을 한 번 가다듬고, 불안하게 요동치는 그 눈길을 따라 걸었다. 장미 향은 나를 끌어당겼다.

나는 곧 그녀 앞에 섰다.

여자의 입이 열려 있다.

"서화 씨, 괜찮으세요? 땀이 엄청나요."

여자는 작은 가방을 뒤지기 시작했다.

나는 지저분한 말들 사이를 뒤졌다.

여자가 여수에 가서 정확히 무엇을 할지는 잘 모르겠다. 정말 밤바다를 따라 공허한 해변을 걸을지, 아니면 그와 비슷한 어느 곳에서 목을 매고 몸을 흔들지. 하지만 지금만큼은 한 사람의 생명을 구하겠다는 거창한 생각은 하지 않기로 했다. 우선 돌아올 날을 만들어 주고 싶었다. 그저 이 사람을 또 보고 싶었다. 그러니 말을 해야 했다.

"여행 끝나고 저와 얘기하지 않을래요?"

여자는 손을 멈추고 시선을 들었다.

나는 다음 말을 했다.

사실 첫 번째로 고른 말은 아니었다.

"이렇게 우연히 만나는 게 아니라 우리가 정한 장소와 시간에서요. 들려주고 싶은 말이 많아요. 그중엔 제 비밀도 있거든요. 아주 이상한 비밀이에요. 분명 재미있을 거예요. 단미 씨도 있지 않나요? 다른 사람에게 들려주고 싶은 말들. 비밀. 분명 그럴 거예요."

내가 한 말은 그게 다였다.

그 말을 들은 여자는 놀란 기색은 아니었다.

나는 답을 기다리면서 처음 삼킨 말을 떠올렸다.

당신은 곧 죽어요. 당신도 그 사실을 분명 알고 있어요. 그렇죠? 저는 곧 죽을 사람의 냄새를 맡아요. 아주 오랫동안 이렇게 살아왔어요. 거짓말이라고요? 당신은 정녕 이 냄새를 맡지 못하나요? 당신을 처음 만났을 땐 건물이 하얗게 끓고 있었어요. 내 인생에서 단 한 사람만 그런 냄새를 풍겼는데, 당신도 그만큼 특별한 사람인가 봐요. 아니면 당신의 죽음이 특별할지도 모르겠네요. 이유는 아직 모르겠어요. 알고 싶어요. 당신의 죽음을 내게 말해요. 놀라지 않을 자신이 있어요. 내가 들어 줄게요. 아니. 힘들면 굳이 말하지 않아도 돼요. 이미 알고 있으니까. 그러니 그냥 아무 말이나 해요.

나는 생각을 멈추었다. 여자가 말을 했기 때문이다.

처음엔 장미 향이었다. 점점 진해졌다. 무언가 끊임없이 말하고 있다. 지금 이 순간에도.

그렇기에 나는 대답을 실제로 귀로 듣기 전에 웃음을 터뜨릴 수 있었다.

여자는 한 번 더 말했다.

"좋아요."

여자는 두 손으로 얼굴을 가렸다. 눈물을 참고 있었다. 그 모습을 내게 보이지 않으려 애썼다.

여자는 느릿느릿 떠났다.

나는 여자를 배웅하고 한동안 그곳에 서 있었다.

곧이어 건물엔 한밤의 어둠이 찾아왔다. 안에선 작은 금속이 서로 몸을 부딪치고, 문이 여닫히는 소리가 안을 돌아다녔다.

이윽고 북카페 불이 탁 꺼졌다.

건물은 잠이 들었다.

나는 발길을 돌려 집으로 향했다.

끊임없이 짙어지는 장미 향을 맡으면서.

5.

언덕 끝을 올려보았다.
거기엔 하늘이 있었다.
구름이 없는 하늘은 바다 같았다. 밑에서 떠받치는 묵직한 공기가 사라지면 금방이라도 언덕 아래로 뛰어내릴 것 같은 짙푸른 바다였다. 지난 일주일 동안 나는 그 언덕을 달렸지만, 마지막 날이 와서야 그런 생각을 했다. 하늘로 위장한 바다가 언덕을 타고 쏟아지면 나는 막을 수 없을 거라고. 일순간 무수한 빗금이 나를 굽어볼 거라고.
나는 파도가 내쉬는 숨소리를 들을 것이다.
아무리 몸부림쳐도 더디게 흐르던 시간이 마침내 끝나서 그런지도 모르겠다. 막상 간절히 바라고 기다린 날이 오면 차분하고 감상적인 분위기에 사로잡히는 법이니까.

돌이켜 보면, 늦은 밤 이태원 골목에서 여자의 뒷모습을 보았을 때도 그와 비슷한 느낌을 받았다. 조금이지만 바닥에 쌓인 눈에도 높은 굽을 신은 여자는 성큼성큼 멀어지는 반면 맨발이나 다름없는 나는 몇 번이나 미끄러져 시야에서 흔들리는 뒷모습을 무력하게 쳐다볼 때 스쳐간 수많은 장면 중 하나는 분명 이 하늘이 쏟아지는 언덕이었다.

아무리 발버둥 쳐도 도저히 막을 수 없는 무언가.

그래서 나는 그다음 날에도 이 언덕 앞에 섰다.

상실을 질질 끌고 와서 위를 노려보았다. 언제 그랬냐는 듯 하늘인 척, 멀쩡한 척 둥둥 떠다니는 바다를 확인하기 위해. 나는 망설이지 않았다. 아무래도 상관없었다. 설령 오르는 도중에 휩쓸린대도, 끝자락에 닿기 직전에 휩쓸린대도 후회하지 않을 자신이 있었다. 그렇게 끈질기게 오르다 보면 언젠가 차가운 바다 밑바닥에 이마가 닿고, 더 위까지 허우적대면 바다 천장으로 빠져나와 그토록 바라던 진짜 하늘을 볼 수도 있지 않을까?

나는 미친 듯이 언덕을 뛰어오르기 시작했다.

시간을 돌려 여자와 만나기로 약속한 그날 아침, 나는 앞꿈치로 땅을 치며 몸을 풀고 있었다. 공기는 따뜻했다. 계절을 착각한 햇살과 바람을 만끽했다. 언덕을 오르기에 앞서 나는 여러 소리에 귀를 기울였다. 주위가 조용해지기까지 시간이 조금 걸렸다. 아즐아즐 꼬리를 흔드는 강아지와 다정한 노부부, 유모차를 끄는 여자들은 샛길로 접어들었다. 헐레벌떡 그네들을 따르는 지각생은 맨 앞사람을 금방 따라잡았다.

이윽고 사위가 고요했다. 눈을 천천히 감고 떴다.

그래도 마찬가지였다.

나는 오르막길을 힘차게 뛰어 올라갔다.

일주일간 반복하니 조금이나마 체력이 오른 느낌이 들었다. 여전히 허벅지가 지끈거리고 종아리가 무겁고 숨도 찼지만 나는 그 고통을 즐기는 수준에 이르렀다. 한 번도 쉬지 않고 언덕을 오르면 푸른 나무가 두 줄로 쭉 늘어선 산책로가 나온다. 그 길에서 상쾌한 공기를 깊게 들이마시며 더 오르다 보면 버려진 공터에 도착한다. 한쪽 벽면이 이끼로 뒤덮여 으스스한 분위기를 풍긴다. 꾀죄죄한 테니스 공과 셔틀콕은 바닥에 널브러져 있고 반쯤 부서진 운동기구는 발판만 삐걱 소리를 낸다. 고장 난 가로등 밑에는 시내를 내려다보는 기다란 의자가 있다. 언젠가부터 그 의자에 찾아오는 손님은 꽃잎과 비, 낙엽, 눈뿐이었으며 나는 최근에야 들른 손님이었다.

하지만 새로운 손님은 나 혼자가 아니었다.

가으내 쌓인 낙엽을 한쪽으로 밀고 앉아 서울 시내를 내려다보았다.

고속도로엔 차가 빽빽했고 공장 굴뚝은 더러운 구름을 뿜어 댔다. 더 들여다보면 출근하는 사람을 볼 수 있다. 여기서 보면 까만 글자 같았다. 특히 지금처럼 출근 시간에 내려다보면 문장 서너 줄은 거뜬히 완성된다. 도시라는 종이 속에서 사람들은 온몸으로 바쁘게 글을 쓰는 중이다. 끝을 알 수 없는 영원한 집필처럼 느껴지기도 했다. 물론 그네들의 집필을 한탄하거나 비난하지는 않는다. 저 무리에서 도망친 내가 그런 말을 할 자격은 없을 테니까. 그저 이따금 이렇게 앉아 사이사이에 띄어쓰기처럼 공백을 만드는 하얀 냄새를 안타깝게 헤아려 볼 뿐이다.

그런데 요즈음 그 사이에 빨간 줄을 그으며 문장을 가로지르는 존재가 있다.

나는 이제 이 사실을 인정하며, 제대로 말할 때가 됐다.

장미 향.

하얀 냄새는 멀어지면 사라지는 반면에 장미 향은 아니었다. 종일 내 곁에 맴돈다. 한 송이 정도의 양이었다.

착각이 아니라고 인정한 뒤부터 나는 한동안 그 시각장애인처럼 자각몽을 꾼다.

"현실이 되는 꿈이요."

어린 날, 내가 시각장애인에게 한 말이었다.

꿈속에서는 장미 향이 없다. 그 사실을 가장 먼저 깨달으며 비로소 꿈이 시작된다.

안도와 두려움을 동시에 느낀다.

장미 향은 사라졌지만 꿈이라는 사실에 안도하고, 평생 꿈에서 깨지 못하진 않을까 두려워한다. 이따금 아득한 수평선으로 둘러싸인 평원에서 나는 두리번거린다. 떨어질 곳이나 매달릴 곳을 찾아 헤맨다. 꿈에서 깨기 위해 죽음을 간절하게 원한다. 또는 내 하얀 냄새를 맡아 줄 누군가를 애타게 찾는다.

이어 새벽 어느 때에 나는 어두운 방으로 돌아온다.

장미 향과 하얀 냄새는 그 점이 비슷하다.

나로 하여금 꿈꾸기 무섭게 만든다.

물론 꿈에서 깼을 때 위로해 주는 존재는 장미 향이다.

향의 끝에는 분명 단미라는 여자가 있으며, 아슴푸레 떠다니는 이 빨간 줄을 따라가면 그녀에게 가닿을 터이다. 깨어난 새벽마다 뛰쳐나가고 싶은 충동이 일었지만 나는 가까스로 이성을 부여잡았다. 하지만 내심 알고 있었다. 나는 결국 충동을 이기지 못하고 가까운 미래에 욕심을 부릴 거라고.

허나 지금은 전보다 훨씬 먼 곳을 향해 있다.

일주일 전, 여자는 그곳에서 문자를 보냈다.

여자는 돌아올 날을 정했다. 그 사실이 얼마나 기뻤던지.

일주일 후에 봬요 :)

어쩌면 지금 이쪽을 바라보고 있을지도 모르겠다.

나는 아득히 먼 곳을 눈으로 더듬어 보았다. 방향을 정확히 잡았다는 확신이 들자 눈을 감았다.

그래도 마찬가지였다.

아직이었다.

나는 한쪽으로 밀었던 낙엽을 골고루 펴고 언덕을 내려갔다.

언덕을 반쯤 내려가 뒤돌아본 하늘은 아직 여느 하늘이었다. 그리고 너무나 높았다.

달리기만으로는 도저히 체력을 끌어올릴 수 없다고 판단한 나는 요리를 시작했다. 그 일은 생각보다 훨씬 어렵고 복잡했다. 칼과 도마를 강박증에 걸린 사람처럼 계속 씻었고, 상하기 쉬운 식재료는 남으면 아까워도 모조리 버렸다. 한 번에 다 먹을 양만 요리했으며, 완성하기까지 부엌을 떠날 수 없었다. 음식이 타거나 냄비에 불이 붙어도 알아채지 못하기 때문이다. 또한 요리법을 한 글자도 빠짐없이 따라 해야 했다. 나는 요리사의 미각을 흉내 내는 것을 목표로 삼았다.

며칠이 지나고 한두 번 그럴싸한 요리를 완성하자 다른 목표가 생기기도 했다.

내가 좋아하는 누군가에게 요리해 주고 싶었다.

그래. 단미라는 여자에게.

그녀는 내가 원하는 것을 단박에 눈치챌 것이다.

재료를 준비하고, 간을 맞추려는 나를, 그리고 완성된 요리를 식탁에 내려놓는 그 모든 과정을 흐뭇하게 지켜볼 터이다. 그때면 이미 내 비밀을 알겠지만, 우리는 여느 평범한 사람들처럼 식사를 시작한다. 그녀라면 내가 만든 음식을 칭찬하며 먹어 줄 것이다. 지난 열흘간 내 곁을 맴돈 장미 향이 말해 주었다. 그 냄새는 어느새 친근한 존재이면서 외로움을 달래 주는 존재가 되었다. 여자와 만나는 날이 가까워질수록 나는 텅 빈 집 안에서 두리번거리는 일이 잦았다.

이따금 돌아본 장미 향이 그녀이기를 바랐고, 그 바람은 커져만 갔다.

설거지를 마칠 즈음 누군가 현관문을 두드렸다. 낮고 약한 소리였다.

그런데 막상 문을 여니 아무도 없었고 밑에서 하얀 김이 모락모락 피어올랐다.

죽음은 아니었다.

그와 거리가 먼 여자아이가 자그마한 두 손으로 접시를 받치고 있었다.

"엄마가 주래요."

아이는 떡이 담긴 접시를 내밀었다.

나는 깜짝 놀랐다. 아이의 눈동자가 놀랄 만큼 까맣고 동그랬기 때문이다.

"고마워."

나는 접시를 받아들였다.

"그런데 왜……"

아이는 이미 현관을 뛰어나가고 있었다.

문을 닫자마자 또 누군가 두드렸다. 이번엔 엄마로 보이는 여자가 아이와 서 있었다.

"안녕하세요."

여자가 공손하게 인사하고는 담장 너머를 가리켰다. 얼굴이 앳되고 목소리가 나긋나긋했다. 직접 뜬 것 같은 목도리를 매고 있었다.

"저희 둘이 앞집으로 이사 왔어요."

나는 그곳을 건너다보았다. 붉은 벽돌로 둘러싸인 오래된 이층집. 그곳에서 꽤 오랫동안 하얀 냄새를 보내오던 할아버지가 돌아가셨나 보다.

"요즘에 이런 거 잘 안 한다지만, 그래도 인사 정도는 드리고 싶었어요. 이웃인데 얼굴 정도는 알고 지내야 하지 않을까 해서요."

"아, 네……"

엄마의 눈동자는 아이의 눈동자와 전혀 달랐다. 아주 평범했다.

"집안 대대로 떡집을 한 곳이에요. 아주 맛있을 거예요. 드셔 보세요."

나는 떡을 내려다보며 말했다.

"고맙습니다. 정말 맛있어 보여요. 잘 먹을게요."

여자는 미소로 답한 뒤 두 손을 아이의 어깨에 얹었다.

"선아, 인사해야지?"

아이는 엄마 다리 품으로 파고들었다. 그러면서도 나를 곁눈질로 살폈다.

"이름이 선아예요?"

"외자예요. 가선."

"예쁜 이름이네요."

그 말에 아이는 작게 웃었다. 그래도 동그란 눈동자는 조금도 가려지지 않았다.

"이만 가 볼게요. 이사를 처음 해 봐서 그런지 할 일이 많아서요. 떡은 식기 전에 꼭 드셔 보세요."

"아, 이 접시 나중에 가져다드릴게요. 그리고……"

불현듯 머릿속에 작은 생각이 스쳐 지나갔다.

재혁이가 아닌 다른 사람과 이런 식으로 대화를 나눈 적이 언제였지?

북카페에서 내게 말을 건 남자. 그리고 이름이 특이한 여자. 그리고 또……

몇몇 입술만 떠오를 뿐이었다.

그런데도 자연스럽게 대화하는 나 자신에게 놀랐다.

나는 침을 한 번 삼키고 말을 이었다.

"제가 필요하면 언제든지 불러 주세요. 그러니까 남자가 필요한 일이라든가 하는. 제가 혼자 오래 살아서 웬만한 일은 다 할 줄 알거든요."

여자는 끄덕였고, 아이는 수줍게 손을 흔들었다.

그렇게 대화는 끝이 났다.

재잘거리는 아이 목소리가 건너편 문 안으로 사라질 때까지 나는 우두커니 서 있었다.

몇 분 후, 하나 더 깨달은 사실이 있다.

맛을 느끼지 못하는 사람에게 줄 수 있는 최악의 음식은 바로 떡이라는 사실이다.

'대체 어디가 아픈 걸까?'

일주일간 수백 번은 생각했다.

해가 뉘엿뉘엿 지고 있었다. 이층 창틀에 걸터앉아 몰려오는 밤의 밑바닥을 내려다보는 척했다.

바람이 계절을 기억해 냈다.

코끝이 시렸다.

나는 훌쩍거렸다.

"그렇게 아파 보이진 않았는데."

그런 의문 속에서도 나는 착각이라는 결론은 내놓지 않았다. 냄새에 관한 문제라면 나는 언제나 단호했다. 증거를 대라면 자신 있게 엄마의 죽음을 내놓을 수 있다. 다른 하얀색은 착각이라고 할 수 있지만 그 냄새는 결코 아니었다. 다른 냄새는 소곤대는 정도라면 그건 비명이나 다름없었다. 어느 누가 비명을 착각한단 말인가?

선이가 마당에서 나를 발견하고 양손을 세차게 흔들었다.

나는 마주 손을 흔들며 중얼거렸다.

"그 정도로 하얀 냄새를 풍기는 사람은 엄마뿐이었어. 엄마는 자궁암에 걸렸으니, 여자도 암에 걸린 걸까? 하지만 암 환자를 한두 번 본 게 아니잖아. 엄마가 입원했을 때 마주친 암 환자들도 다른 사람과 별반 다르지 않았어."

선이는 엄마와 빨랫줄을 매고 있었다. 물론 아이는 주로 지켜보는 쪽이었다. 한쪽 끝이 걸릴 듯 말 듯 약을 올리자 아이는 내게 도움의 눈길을 보냈다. 나는 고개를 끄덕이고 앞집으로 건너가겠다는 신호를 보냈다.

그때 팽팽했던 향기가 요동쳤다.

나는 창밖으로 몸을 기울였다. 구름 없는 하늘은 이제 주황색이 조금 섞인 노을빛이었다. 그 속에서 장미 향은 틀림없이 움직이고 있었다.

마침내 옆집 빨랫줄은 허공에 직선을 그렸다. 그러자 아이는 팔을 교차하며 오지 말라는 신호를 보냈다.

나는 웃음을 참을 수 없었다.
이윽고 옷장 쪽으로 달려가는데 호주머니에서 진동이 울렸다.
여자가 돌아올 시간을 정했다.
그 사실이 얼마나 기쁘던지!

지금 막 열차를 탔어요. 여덟 시쯤 어때요?

인도 식당은 오래된 나무 같았다.
냄새는 나무껍질처럼 짙은 갈색이었다. 바닥과 식탁, 조명, 접시, 심지어 휴지까지.
뒤쪽 벽면에는 소리 없는 영상이 재생되고 있었다.
차츰 인도의 역사를 되짚어 가다가 어느 순간부터 여자가 입는 전통 의상을 보여 주었다. 흑백 영상이어서 색깔은 잿빛이나 다름 없었지만 실제로는 알록달록한 색깔이지 않을까 짐작했다. 그와 비슷한 문양을 아로새긴 예술품이 식당 곳곳에 있었다. 나머지 벽면에는 각각 감정이 하나인 탈과 손바닥만 한 거울이 다닥다닥 붙어 있었다.
이 식당을 추천한 사람은 재혁이지만 인도라는 나라를 정한 사람은 나였다.
이유는 간단했다.
그녀의 블로그에는 인도가 없었다.
내 앞에는 고요한 침묵이 앉아 있었다. 시간이 늦어지자 그 빈자리가 영원히 채워지지 않을 것만 같은 불안을 느꼈지만, 나는 차분하게 기다렸다.

기다림.

나는 엄마를 닮아 그 감정에 익숙했는데, 요즘 들어 그 사실을 잊곤 한다. 요즈음은 틈만 나면 초조함을 느꼈다. 다행히 오늘은 오래 가지 않았다. 심장이 쿵쿵 울렸다. 그와 엇비슷한 박동이 땅에서 울렸다.

장미 향이 뛰어오고 있었다.

이건 착각이 아니야.

마침내 식당 문이 종소리를 내었다. 이어 그 냄새가 또각또각 내 쪽으로 다가왔다.

그러곤 나를 조심스레 굽어보았다.

향기를 머금은 목소리가 앞에 떨어졌다.

"늦어서 미안해요. 어디 좀 들렀다 오느라. 많이 기다렸어요?"

나는 천천히 시선을 들었다.

장미 향은 지난 열흘간 나를 위로해 준 존재가 분명했다. 그런데도 일순간 그 냄새가 성가시게 느껴지는 순간이었다.

문득 깨달았다.

지난 일주일간 내 곁에 머물던 존재는 냄새가 아니라 분명 이 여자였다.

"아니요."

나는 입술 안쪽을 깨물었다.

"저는 방금 왔어요."

우리는 마주 앉아 말없이 서로를 쳐다보았다. 그녀 얼굴에 어렴풋이 스치는 미소에 나와 같은 감정을 느꼈다. 여자도 이미 나를 친근한 존재로 여기고 있었다.

종업원이 다가오자 샐러드를 시작으로 안다 커리와 시금치 커리, 탄두리 치킨을 주문했다.

나는 잔에 따뜻한 물을 따르고 그녀에게 건넸다.

"여행 잘 하셨나요?"

"좋았어요. 한국에도 아름다운 곳이 많더라고요."

여자는 어두운 찻잔으로 차가운 손을 녹였다.

"밤바다도 원 없이 보고."

"노래도 부르면서요?"

여자가 조금 더 미소 지었다. 귀 뒤로 넘긴 머리카락 몇 가닥이 턱에 부딪혔다.

이어 여자는 따뜻한 물을 홀짝였다. 찻잔을 두 손으로 들어 마시고 다시 두 손으로 내려놓았다. 그 과정이 예뻤다.

이제 말하지도 않아도 알겠는가?

장미 향이 짙어졌다.

"맞아요. 아주 유명한 노래가 있더라고요. 한 번만 들어도 흥얼거리게 만드는 그런 노래였어요. 실력은 형편없지만 밤바다를 따라 걸으며 콧노래로 불렀어요."

여자는 찻잔에서 눈길을 들었다. 느리고 조심스러웠다.

"그리고 서화 씨 생각도 했어요."

신기했다. 감정이 담긴 말이 무게를 가진다면 이렇게 묵직할까.

"저도요."

닮고 싶었다. 그 무게를.

"저도 단미 씨 생각을 아주 많이 했어요."

그 말에 여자는 언뜻 표정에 슬픈 기색을 내비쳤다. 그러나 그 빛은 호주머니에 손을 넣자 금세 스러졌다.

"사진도 많이 찍었어요. 보여 드릴까요?"

나는 고개를 끄덕였다. 그녀가 찍은 사진을 직접 보여 준다고 해서 조금 긴장했지만, 떨림은 금방 멈췄다. 의자를 당겨 몸을 기울였다. 눈앞에서 창백한 손가락을 따라 사진이 한 장 한 장 넘어갔다. 하마터면 지나간 사진을 손가락으로 끌어당길 뻔했다.

내가 기대한 조각들이 아니었다.

사진들은 몹시 평범했다.

물론 다른 사람에게 보여 줬다면 좋은 평가를 받았을지도 모른다. 구도나 명암을 조절하는 정도가 한눈에 봐도 수준급이었다.

하지만 내겐 모든 사진이 평범하고 지루하게 느껴졌다.

블로그에서 본 사진과는 너무나 다른 사진들.

사진은 순식간에 지나갔다. 마지막 사진은 유일하게 제목이 달려 있었다.

메밀꽃.

아래에서 위로 맨발, 모래, 부서지는 포말, 까만 바다, 수면에서 일렁이는 윤슬이 차곡차곡 쌓여 있었다.

"어때요? 잘 찍었나요?"

나도 모르게 속마음을 내비쳤다.

"사진이 조금 다르네요."

"그런가요? 그런데 무슨 사진이랑요?"

나는 조용히 사진에서 시선을 들었다.

여자는 내 마음을 읽었다.

"제 블로그를 보셨나 봐요."

"카페에 올리신 소개 글을 보다가 우연히……"

여자는 동의했다.

"그러네요, 조금이 아니라 많이 다르죠. 생각해 보니 그날 이후 사진을 처음 찍었어요. 돌이켜 보니 아주 먼 이야기처럼 느껴지네요. 이제는 그렇게 찍지 않으려고 해요."

이유를 물으려는데 주문한 음식이 나와 버렸다.

음식은 재혁이 걱정과는 달리 첫 데이트 식사로 나쁘지 않았다. 음식은 난로처럼 따뜻했고, 눈길을 사로잡을 만큼 특색이 있었다. 그녀에게도 낯선 음식이기에 내가 맞장구치기도 좋았다. 여자가 하나의 맛을 칭찬하면 나도 따라 칭찬했다. 두어 번 이어지자 한번은 반대로 해 보았다. 마지막 음식이 나오자 나는 먼저 입에 넣고 음미하며 눈짓으로 권했다. 이에 여자는 눈을 동그랗게 떴다.

"뭐 하나 물어봐도 되나요?"

내가 말했다.

그녀는 시금치 커리를 좋아했다.

"그럼요."

"단미 씨는 왜 사진 속에 없나요? 정성을 많이 들인 사진 같은데."

여자는 손을 멈추고 곰곰이 생각했다.

"사진의 가장 좋은 점은 결코 변하지 않는다는 사실이다. 그 안에 있는 사람들은 변할지라도."

여자는 잠시 침묵했고, 나는 그다음 문장을 기다렸다.

"가장 좋아하는 사진작가지만 그 말만큼은 동의하지 않았어요. 오히려 보자마자 그 반대라고 생각했죠. 그 생각에 확신이 들 즈음 저는 스물네 시간을 사진에 담아 표현하기 시작했어요. 변하는 건 사진과 그걸 찍은 사람, 즉 저뿐이라는 의미를 담아서요. 그것마저 부정하고 싶었지만, 어쩔 수 없는 사실이었죠. 하지만 사진 속 사람들은 달라요. 아무리 시간이 지난대도 변하지 않고 그 모습 그대로 평생 사진 속에서 사는 거죠."

나는 사진 몇 장을 떠올렸다.

"저는 변화가 두려웠어요. 아니, 무섭다는 표현이 더 맞을지도 모르겠네요."

"그럼 사진의 하얀 부분은요?"

"그건 문이에요."

"문이요?"

우연일까, 필연일까.

"저는 제 작품에 항상 문을 만들었어요. 눈처럼 하얀 문. 제 이야기에 들어오는 이를 위해."

같은 냄새. 같은 농도.

그리고 기억.

그 모든 것이 걷잡을 수 없이 몰려왔다.

"돌아가신 엄마도 생전에 비슷한 말씀을 하셨어요. 그리고 그림마다 문을 그리셨죠."

"정말요? 어머니가 화가였나요?"

나는 침을 꿀꺽 삼켰다.

"혹시 그림도 좋아하시나요?"

그 후로 꽤 오랫동안 우리는 이야기를 나누었다. 아주 멀고 긴 여행을 다녀온 뒤 오랜만에 만난 사람들처럼. 하지만 두 가지 이야기 속에는 중요한 일부가 담기지 않았다. 서로의 비밀이었다. 나는 이야기를 시작할 때부터 여자가 그럴 거라고 확신했고, 여자도 분명 그랬다.

하지만 그녀는 모르는 사실이 하나 더 있다.

나는 당신의 비밀을 알지만, 당신은 내 비밀을 모른다는 것.

식사를 마치고 나가는 길에 여자는 화장실에 가고 싶다고 했다. 가방을 들어 준다고 말하니 여자는 웃으며 고개를 저었다.

"입술 다시 발라야 해서요."

그래서 먼저 가게를 나왔다.

이태원 새벽 거리는 더없이 고요했다. 이국적인 빛깔을 뽐내던 간판과 조명은 사그라들었다. 마지막 승객을 태운 초록 버스는 묵묵히 자기 길을 떠났다.

나는 잿빛 한가운데에 덩그러니 서 있었다. 공기는 쓸쓸했고 그림자는 더욱 짙었다.

색을 채워 줄 장미 향을 기다렸지만 어쩐 일인지 꽤 오랫동안 나오지 않았다.

그때 하얀색이 코끝을 건드렸다. 정말 그랬다.

라일락

나는 밤하늘을 올려다보았다.

첫눈이 내렸다.

바람에 한들한들 나부끼는 아이 같은 눈이었다. 약하고 자그마한. 하지만 여느 아이처럼 그 안에는 강한 생명력이 있었다. 그러니 여기까지 내려온 것이다.

"가랑눈이다."

여자는 그 아이 같은 눈을 이름으로 불렀다.

손바닥을 내민 채 눈으로 그득한 밤하늘에 낯선 이름을 부르는 여자를 물끄러미 쳐다보았다.

눈은 하얗고 붉은 냄새들 품으로 떨어졌다.

여자는 내 시선을 느꼈다. 그리곤 머뭇머뭇 말을 했다. 틀림없이 몇 번이나 삼키고 주저한 말이었다.

"서화 씨, 혹시 제게서 무슨 냄새가 나나요?"

나는 정말이지 그녀 앞에 서면 강아지처럼 킁킁대는지도 모르겠다. 황급히 시선을 돌렸다.

"아니요. 그럴 리가요. 저는⋯⋯"

"냄새를 맡지 못해서요?"

다시 돌아본 여자의 얼굴은 느긋했다.

장미 향은 태연하게 말을 이었다.

"제게 말해 줄 이상하고 기이한 비밀이 그거였나요? 그리 놀랍지는 않은데요?"

전혀 눈치채지 못했다. 모를래야 모를 수가 없는데. 그러고 보니 여자는 내게 음식 맛이나 냄새를 묻지 않았다. 그럴 리가 없는데, 배려든 동정이든 수없이 겪은 그 눈짓을 놓칠 리 없는데.

여자는 내 앞으로 다가와 섰다.

여자는 즐거워 보였다. 그러곤 예쁜 입술로 말을 했다. 끔찍한 말을.

"제가 기대한 비밀은 **하얀 냄새**였는데."

일순간 하얀색이 멈췄다. 그런 착각이 들었다. 이름을 부르니 돌아본 듯 무수한 눈송이도 세상의 중간에서 멈췄다.

나는 아무런 대꾸도 할 수 없었다.

그러다 존재감을 드러내는 하얀 냄새에 코를 틀어막을 뻔했다.

여자는 거리 쪽으로 몸을 돌렸다.

거기도 포슬포슬 눈이 내리고 있었다.

"우리 이쪽으로 걸어요."

아무도 없는 거리지만 우리는 신호등이 파랗게 변할 때까지 기다렸다. 그사이 여자는 내가 쓴 서평에서 기억나는 문장을 들려주었다. 그중 마지막 문단은 정확하게 기억하고 있었다. 틀림없이 몇 번이나 읽었을 터였다. 머릿속엔 횡단보도를 따라 지워진 문장이 하나둘 떠오르기 시작했다. 내가 『죽음의 수용소』에 관한 서평을 쓴 건 어느 이른 아침이었다. 대학교를 자퇴하고 밤새 번역을 공부하다가 우연히 책장에 꽂힌 어떤 단어가 눈에 들어왔다.

수용소.

곧바로 책을 꺼내 보았다.

다음 단어는 지옥과 수감이었다.

제2차 세계대전, 지옥 같은 아우슈비츠 수용소에서 살아 돌아온 저자의 이야기.

그리곤 책을 펼쳤다. 꽤나 오랜만에 읽는 한글이었다.

책을 읽는 동안 처절한 환경 속에서도 삶의 의미를 찾는 저자를 이해해 보려고 했다. 나라면 그랬을까? 삶을 포기하고 죽음을 기다리는 많은 사람을 살릴 수 있을까? 그런 능력이 있다고 한들 내가 꼭 나서야만 할까? 책을 덮었을 때도 의문이 풀리지 않았다. 그 상태로 서평을 쭉 써 내려갔고, 곧 여자가 기억하는 마지막 문단까지 완성했다.

나는 후각을 잃었지만, 실은 어떤 사람한테서는 냄새를 맡기도 한다. 처음부터 이 냄새를 하얀 냄새라고 불러 왔다. 이 역겨운 악취는 죽음과 닮았다. 아니, 그 자체다. 이 속에서 살아온 내게 의미 따위는 없었다. 그럼에도 책을 덮은 그 순간 삶의 의미를 찾을 일말의 가능성을 느끼기도 했지만, 이기적이게도 다른 사람이 자신의 의미를 찾도록 도와야 하는지는 잘 모르겠다. 그렇기엔 이 세상엔 죽음이 너무 많고, 세상 자체가 내겐 수용소이자 가스실이기에.

서평을 다 쓴 뒤 나는 답을 찾을 수 있었다.
재혁이 어머니를 떠올렸기 때문이다.
'나는 의사도 영웅도 되고 싶지 않아.'
그 말을 '가스실'이라는 단어 뒤에 덧붙였다가 지웠다.

나는 끝끝내 그녀에게 하얀 냄새에 관해서 말하지 못했다.

"그냥 그렇게 상상했을 뿐이에요. 냄새를 너무 맡고 싶은 나머지……"

"기대했는데 아쉽네요. 내게서 그 악취가 나진 않을까 궁금했는데."

"왜 그런 생각을 했어요?"

죽음?

"아닌가요?"

"전혀요. 그럼 이렇게 같이 걷지도 못한다고요."

그 후로 여자는 말없이 걷기만 했다. 삼십 분이 지나자 발자국이 찍힐 만큼 바닥에 눈이 쌓였다.

십 분 정도 더 흐르고 여자는 내게 자국눈을 아느냐고 묻더니 눈이 가진 다양한 이름을 알려 주었다. 자기 이름만큼이나 특이한, 하지만 대부분 그저 스쳐 지나가는 무용한 존재들이었을 터였다. 더 나아가 비와 구름, 바다, 바람의 여러 이름까지. 하지만 어떤 이름도 귀에 와닿지 않았다. 내 신경은 온통 악취에 있었다. 그 존재가 머리에서 부글거렸다. 결국 참지 못하고 입을 열기까지 시간이 오래 걸리지 않았다. 이제 내 비밀의 이름을 말하려고 했다.

"여기."

정신 차려 보니 나는 몇 걸음 더 앞서 있었다. 여자는 뒤에서 손가락으로 옆을 가리켰다.

"여기가 좋겠어요."

어스름 골목길과 기다란 가로등이 눈앞에 나타났다. 눈이 내려도 삭막한 동네와는 동떨어진 자그마한 세계가 정말 그곳에서 펼쳐졌다. 고즈넉한 불빛은 잠시 들르는 눈송이를 둥글게 껴안고 있었다. 나는 본능적으로 그 품을 경계했지만, 여자는 주저 없이 뛰어들었다.

여자가 몸을 빙글 돌렸다.

"아참, 저는 오늘 아침에 서평 썼어요."

가로등을 지나 어둠이 짙어질 때면 또다시 가로등이 나타나 환하고 어둡기를 반복했다. 우리는 일정한 속도로 걸었다. 도중에 갈림길이 나와도 동시에 같은 길로 접어들었다. 마치 어디로 가는지 아는 사람처럼. 벽에는 괴상한 그림이 가득했다. 누군가는 지저분한 낙서라고 부를 터였다. 누군가는 자기만의 이름으로 부를 터였다.

"북카페는 오랜만이었어요."

무심코 돌아본 여자의 옆얼굴은 서늘했다.

우리는 골목을 들어오고부터 한 번도 대화를 나누지 않았는데, 여자는 방금까지 대화를 나눈 사람처럼 굴었다.

바람이 눈을 부추긴다.

반면 우리는 멈추어 섰다. 불빛의 품과 품 사이에서. 눈의 천장과 밑바닥 사이에서.

"한동안 집에만 있었거든요. 일을 하지도, 누구를 만나지도 않았어요. 그저 눈을 뜨면 몸을 일으키고 졸리면 눈을 감고 다시 떴어요. 늘 깜깜한 어둠 속에서요."

여자는 다시는 웃지 않을 거야.

그런 생각이 들자 불안해지기 시작했다.

하지만 내가 할 수 있는 일은 잠자코 듣는 것뿐이었다. 그런 목소리가 있다. 슬픈 과거를 더듬는 목소리. 가느다랗지만 차마 끊을 수 없는 울음이 배어 있다. 그런 목소리가 있다. 나는 순식간에 그녀의 이야기에 빠져들었다. 어둠 한구석으로, 잠시 후에는 가구의 그림자 따위로 그곳에 있었다.

"그날도 여느 날처럼 눈을 감지 않으려 애쓰며 멍하니 앉아 있었어요. 머릿속이 텅텅 비었는데도 그 어떤 작은 생각도 떠오르지 않았어요. 한참을 그러다가 도저히 참을 수 없는 지경에 이르렀어요. 밤이 온 거구나, 그곳으로 돌아가야 하는구나, 라고 생각하며 눈을 감은 채 쓰러졌어요. 뺨은 얼얼하고, 다리는 축축했어요. 창문이 덜그럭거리는 소리를 들었어요. 그날 밤인지 그다음 밤인지는 잘 모르겠지만 덕분에 아주 잠시 동안 영원처럼 긴 굴레에서 벗어나 한눈을 팔 수 있었어요. 눈에 익숙해진 말간 어둠을 따라 밤하늘을 그렸죠. 그리곤 달을 그려 넣었어요. 넓은 밤하늘에 걸린 동그랗고 자그마한 보름달. 외로워 보였어요. 그래서 다음은 별을, 그다음은 바다와 모래벌판을 그릴 참이었어요. 그때 그 자그마한 보름달이 밤하늘에 선을 그리며 움직이기 시작했어요. 그 몸짓은 우아하고 아름다웠어요. 제멋대로 움직이는 그림에 어리둥절하면서도, 천천히 계단을 내려오듯 나른한 움직임이 궁금했어요. 하지만 오래가지는 않았어요. 끝까지 지켜보고 싶었지만 눈까풀이 무거워지고 잠이 쏟아지고 말았어요. 영원만큼 긴 굴레에 익숙해진 탓일까요? 저는 순순히 눈을 감으려고 했어요. 바로 그때 보름달이 달려들 듯 제 눈앞에 떨어진 거예요. 저는 소스라치게 놀라며 일어났어요. 변명이 아니에요. 정말 놀라서, 순수한 마음으로. 그 소리까지 생생해요. 쿵쾅거리는 가슴이 진정됐을 즈음 보름달이 지나오며 남긴 직선을 따라 올라갔어요. 축축한 발자국이 바닥에 찍혔을 거예요. 저는 그쪽으로 걸었어요. 아주 오랫동안. 그래도 닿지 않아 까치발로 최대한 손을 뻗어 무언가 움켜쥐었어요. 그러자 환한 빛이 얼굴에 쏟아져 내렸어요. 눈이 타는 듯했지만 어떻게든 그 너머를 보려고 애썼어요. 이윽고 주위가 부스러졌어요. 거기에 뭐가 있었는지 아세요?"

여자는 그 너머를 떠올리며 고개를 들었다.

하늘엔 달도 별도 구름도 없었다. 텅 빈 하늘과 쏟아지는 눈뿐이었다.

지금 세상이 뒤집혀 이 눈이 하늘에 도로 쏟아진다면, 그 눈의 이름은 여전히 자국눈일까?

"짙푸른 하늘. 타오르는 태양. 뽀얀 구름…… 밤이 아니었어요! 하루 중 색이 제일 짙은 오후 어느 때. 어쩌면 일 년 중, 아니 제 남은 생에, 아니 세상이 태어난 이래로 가장 색이 짙었을지 모를 그 순간. 저는 물감을 수없이 덧댄 그림처럼 살아 숨 쉬는 풍경에 넋을 잃고 말았어요. 동시에 굳게 닫혔던 모든 감각이 깨어나는 듯했어요. 머리가 깨질 듯이 아프고 위장이 요동치고 방 안에 뒤섞인 악취에 구역질이 일었어요. 그래도 꾹 참고 조금이라도 더 그 풍경을, 앞으로 다신 오지 않을 아름다움을 한 조각이라도 더 눈에 담고 싶었어요. 그때 뒤에서 인기척을 느꼈어요! 저는 비명을 지르며 뒤돌아봤죠. 방 안은 다시 어둠으로 뒤덮였지만, 보름달은 여전히 떨어진 운석처럼 바닥에 박혀 있었어요. 덕분에 얼룩덜룩한 어둠 사이로 독특한 무언가가 눈에 띄었어요. 저 멀리 사람 형체가 축 늘어져 벽에 박혀 있었어요. 손으로 입을 틀어막았어요. 작은 소리라도 냈다간 그 형체가 금방이라도 달려들 거라고 확신했어요. 그런데 자세히 보니 형체는 언뜻 하얀 문에 기대어 서 있었어요. 뼈가 앙상하고 헝클어진 머리카락은 밑바닥까지 늘어뜨리고 얇고 하얀 원피스를 입고 있었어요. 그리고 미친 사람처럼 알아듣지 못 할 말을 중얼거렸어요.

아주 옛날부터 들어와 익숙한 목소리.

사랑스러운 아이.

소리를 지르고 집히는 걸 모두 집어 던져도 그 아이는 언제까지고 물러나지 않았죠. 오히려 놀리듯 제 행동을 따라 하기 시작했어요. 너무 무서웠어요. 하지만 궁금했죠. 우아하게 내려오는 보름달처럼. 그 아이도 제가 궁금했을까요? 제가 조심스레 다가가자 아이도 다가왔어요. 찐득한 발바닥이 고요한 어둠에서 쩍쩍 갈라졌어요. 아이는 비틀거렸어요. 아이는 더러웠고, 차마 다가가기 힘들 만큼 악취를 풍겼어요. 그래도 시끄러운 발소리는 몇 걸음 더 이어 갔어요. 이어 머리카락 사이로 아이의 눈이 보였죠. 상처로 빛이 바랜 눈. 다음 상처를 기꺼이 기다리는 눈. 그래서 손을 뻗은 거예요. 아이의 딱딱한 얼굴이 안쓰러워 한참 어루만졌어요. 앙상한 어깨와 팔로도 옮겨 갔어요. 아이는 제 손짓이 어디를 향하든 관심 없었어요. 줄곧 제 눈을 쳐다보고 또 쳐다보며 저라는 존재를 들여다봤어요. 늘 그랬죠. 중얼거림도 멈추지 않았어요. 그러면 저는 먼저 눈을 피하곤 했지만, 그날은 달랐어요. 제가 그린 보름달이 뒤에 있어 용기를 낸 것도 같아요. 아이 눈을 지그시 쳐다보았어요. 알아듣지 못 할 말과 악취도 이해하리라 마음먹었어요. 더 나아가 아이란 존재 자체도…… 그런 다짐도 잠시, 제 손이 나뭇가지 같은 아이 손가락에서 멈췄어요. 더는 아이가 아니었어요. 아니, 분명 아이가 맞는데 제가 알던 모습이 아니었어요. 궁금해서 미칠 때마다 들여다보던 그 감옥 같은 공간에서 존재 이유를 애원하며 묻던 그 아이가 아니었어요. 조용히 한 걸음 물러났어요. 그제야 똑바로 마주볼 수 있었어요.

거울에 비친 저 자신을.

나와 함께 태어난 아이를.

다시 한 걸음 다가갔어요.

저는 떨리는 손으로 제 모습을 찬찬히 뜯어봤어요. 스스로 망가트린 그 끔찍한 몰골을요. 거울 속엔 그뿐만이 아니었어요. 바닥에서 점점 부풀어 오르는 보름달. 회색빛이 되어가는 까만 어둠. 지저분한 쓰레기 더미. 그리고 그 빌어먹을 하얀 문.”

여자는 목소리에 울음기를 지웠다.

“주체할 수 없이 끓어오르는 분노에 몸이 부들부들 떨렸어요. 싫어. 절대 돌아가지 않아. 하얀 문을 들여다보았어요. 수천, 수만 번 돌아보았지만, 딱 한 번 열린 문. 내 존재를 처참히 짓누른 주제에 이를 조롱하듯 무척 가벼웠던 문. 떨림이 멈췄어요. 결심했어요. 그래, 여기서 나가 보자. 그때처럼. 그리곤 마침내 문을 열었어요. 두 팔로 몸을 부둥켜안았어요. 대체 언제 겨울이 온 건지……”

불현듯 나는 북카페에서 뛰쳐나갔던 밤을 떠올렸다. 그녀의 세상에 뛰어들던 그 순간, 나를 마주한 문 또한 역시 하얬다.

여자는 나를 올려다보았다.

머리에 소복이 눈이 쌓여 있다.

"지금처럼 발길 닿는 대로 돌아다녔어요. 오빠와 놀던 교회 옆 놀이터. 순수한 웃음이 가득했던 교실. 그러다 문득 어렸을 때 제게 작은 안식처가 되어 주던 북카페를 떠올렸죠. 늘 외로웠던 저를 동화 속 이야기로 달래 주던 공간이었어요. 그 문 앞에 설 때면 설레서 두근거렸는데, 슬프게도 더는 그렇진 않았어요. 그런데……"

첫눈이 부풀어 간다.

불현듯 여자는 나를 와락 껴안았다. 내 두 팔은 위로 뻗었다. 우리는 우스꽝스러운 자세로 서 있었다.

내 손은 곧 그녀의 어깨 위로 떨어졌다. 작고 약했다.

여자는 흐느꼈다.

"당신을 만났어요."

장미 향이 내 몸속으로 왈칵 흘러 들어왔다.

나는 반사적으로 그녀를 마주 끌어안았다.

"문고리가 돌아가는 그 순간, 잊은 줄 알았던 설렘을 다시 느꼈어요. 두근거림은 여전했어요. 정말 오랜만에 느끼는 감정이었죠. 지금 생각해 보면 어린 저를 설레게 만든 존재는 동화책이 아니라 그 안으로 들어와 줄 누군가일지도 몰라요. 혹시 제 심장 소리를 듣지 못했나요? 당신은 저를 빤히 쳐다보았잖아요. 그 눈길이 좋았어요. 어색하게 서 있던 모습도 말을 더듬으며 수줍어하는 모습도 좋았어요. 여행 내내 그 설렘을 잊지 못했어요. 지금처럼 또 느끼고 싶었어요."

그녀는 내 품을 꽉 쥐었다.

그러곤 말했다. 같은 말을 여러 번 했지만, 흐느끼는 바람에 이해하기 힘들었다. 아니, 그러길 바랐다.

"뭐라고요?"

"미안해요."

여자는 나를 조심스럽게 밀었다.

"나도 당신을 좋아해요. 하지만…… 너무 무서워요. 저는 이기적이에요. 차라리 그 하얀 냄새가 제게서 나길 바랐어요. 서평을 읽은 순간부터 내게서 그런 악취가 나길 빌었어요. 그럼 죄책감을 조금이나마 덜지 않을까 싶어서."

"그게 무슨……"

당신이 죽기 때문인가요?

"그게 무슨 말이냐고……"

하지만 나는 알았다.

이미 당신이 죽을 거라는 사실을 알아요.

걱정 말아요, 당신이 죽을 때까지 곁에 있을게요.

죽음 따윈 아무것도 아니에요.

장미 향이 더 짙어졌다. 나는 이 순간에도 그녀를 사랑했다.

그런데도 장미 향은 멀어지려 했다.

나는 그 직선을 따라 손을 뻗었다.

여자는 내 손을 뿌리쳤다.

"도저히 못 하겠어."

여자는 내달리기 시작했다.

어둡고 괴상한 그림들 사이로.

왜 그쪽에는 가로등이 없었을까? 혹은 그것이 여자가 불현듯 걸음을 멈추고 긴 이야기를 시작한 이유일까?

아무리 그 이름을 외쳐도 여자는 돌아보지 않았다. 돌아오지 않았다. 결코 헷갈리지 않을 부름에도 그랬다. 눈이 얇게 깔린 거리에 발자국이 수십 개 찍혔다. 애석하게도 나는 손바닥을 더 남긴 것 같다. 미끄러지고 넘어지며 장미 향을 쫓아 빙글빙글 돌았다. 어둡고 구불구불한 골목길은 여자를 완전히 감추었다.

그때 냄새 끝에서 문이 날카롭게 닫히는 소리가 들려왔다.

나는 비틀거리며 나아갔다.

허나 모퉁이를 돌았을 땐, 장미 향은 이미 텅 빈 도로를 가로지르고 있었다.

6.

기다림.
이유는 두 가지였다.
이번 기다림은 일주일이었다.
"가장 중요한 건 기다림이야. 사랑도 외로움도, 그리고 그 후에 행할 어떤 행동에도."
메아리처럼 울리는 그 말은 내가 당장 뛰쳐나가지 않은 첫 번째 이유였다.
엄마는 무엇을 기다린 걸까. 혹은 무엇을 기다려 본 걸까.
그런데—
둘 중 무엇이 먼저 시작한 거지?
"그렇지 않으면 곧 필 꽃을 강제로 피우는 거나 다름없어. 마치 겨울에 라일락을, 여름에 국화를 피우듯이 말이야. 잔머리 굴려 가며 억지로 꽃을 피워 팔아먹으려는 장사꾼을 도무지 이해할 수가 없어. 대체 왜 조금도 기다리지 못하는 걸까? 그 꽃이 피는 봄과 가을은 곧 오는데……"

엄마는 옆에서 한숨을 내쉬며 고개를 흔들었다.

어린 나는 속으로 장사꾼 같은 어른은 되지 않기로 다짐했다.

두 번째 이유는 여자가 쓴 서평이었다.

서평이 인터넷 게시판에 올라온 시간은 우리가 인도 식당에서 만나기 일곱 시간 전이었다. 강박증에 걸린 사람처럼 글을 읽고 또 읽다 보니 일련의 과정이 저절로 그려졌다. 내가 언덕을 올려다보며 하늘이 쏟아지는 상상을 했을 때 여자는 책을 덮었다. 내가 미친 듯이 언덕을 뛰어 올라갈 때 여자는 무표정한 얼굴로 서평을 쓰기 시작했다. 나는 다리를 흔들었고, 여자는 손가락을 흔들었다. 둘 다 목적지에 다다를 때까지 한 번도 멈추지 않았다. 끝끝내 다다랐고, 멈추었고, 오랫동안 먼 곳을 내다보며 서로를 생각했다.

이제 막 일주일이 지났다.

그동안 나는 서평을 스물두 번 읽었다. 그중 마지막 구절은 곧 보지 않아도 외울 지경이 되었다. 되뇌다 한 글자라도 헛갈리면 다시 읽었기 때문이다. 지난 일주일간, 이 구절은 하나의 목소리였으며, 집 안에서 떠다니는 유일한 말이었다.

'왜 살아야 하는지 아는 사람은 그 어떤 상황도 견딜 수 있다.' 저자인 빅터 프랭클 박사가 인용한 어느 철학자의 말이다.

문득 그런 생각이 들었다. 인간이 삶의 의미를 찾으며 행복에 이르는 데 '조건'이 필요할까? 저자는 분명 힘주어 이렇게 말할 것이다. '필요 없다!' 돌이켜 보면 나도 저자처럼 생각하며 살아왔다. 인간이라면 어떠한 상황에서도 자기 삶을 스스로 개척할 자유, 그리고 원하는 곳으로 나아갈 자유가 있다. 자유가 있기에 의지가 있고, 의지가 있기에 삶이 있다. 절망적인 상황에서도 저자처럼 삶의 의미를 찾으려 노력한다면 누구라도 행복이라는 결말에 이른다고 확신한다. 하지만 여기에는 아주 중요한 전제 조건이 있다. 바로 **나만의 행복**. 오로지 나 자신만이 만끽할 행복 말이다. 물론 저자처럼 극한의 환경에서도 연약한 타인을 배려하고 봉사하며 삶의 의미를 찾는다는 사람도 있을 것이다. 허나 그 비참한 상황이 오로지 나에게만 해당한다면? 그럼에도 다른 사람과의 행복, 즉 오가는 사랑을 통해 삶의 의미를 찾고자 한다면 어떨까? 시련을 극복할 가능성이 조금도 없으며, 삶과 대척점에서 세상 모든 의미를 무의미로 바꿀 만큼 절대적인 운명이 내 남은 시간의 전부라면? 이는 극단적인 예가 아니며 생각보다 흔해 빠진 진부한 이야기이다. 나는 실제로 그런 기대를 한 적이 있다. 불현듯 나타난, 도저히 홀로 극복하지 못할 운명이 무서워 줄곧 나를 사랑한다고 확신했던 사람을 찾아간 지난날이 있다. 나는 따뜻한 품과 위로를 기대했다. 하지만 철저히 거부당했고, 뒤틀린 사랑에서 가까스로 빠져나올 수 있었다. 그리고 또다시 고통스러운 나날을 보냈다. 며칠이 지났을까. 나는 그 깜깜한 어둠 속에서도 아주 작게나마 삶의 의미를 발견했다. 오가는 행복을 포기하는 것, 즉 누구도 내 운명을 대신 짊어질 수도 나를 그곳에서 구할 수도 없다는 사실을 받아들이고 온전히 나만의 행복을 삶의 의미로 정한 덕분에 가능했다. 하지만 하루가 채 가지 않았다. 불행히도 의미를 만났고, 우연히 이 책이 손에 들려 있었다. 책장이 한 장 한 장 넘어감에 따라 두근거리는 또 다른 생각을 떨치기 힘들었다. 지난날 내 존재를 거부한 그 사람이 내 삶을 받아 줬다면 어땠을까? 이에 감사하고 기꺼이 내 비참한 운명을 같이 나눴을까? 그런데 나는 정말로 그 선택을 원했던가? 잘 모르겠다. 이런 궁금증이 여행 내내 머릿속에서 떠나지 않았다. 이토록 설렘과 호기심을 느껴도 괜찮은 걸까? 아니, 설렘은 그 자그마한 의미에 결코 들어오지 말아야 할 존재임이 분명하다. 설렘은 나만의 행복이 아닌 오가는 행복에만 존재하기 때문이다. 그럼에도 잠시나마 그쪽으로 나아가기로 했다. 설렘이, 삶의 의미가 그토록 위대한 존재이기를 바라며, 나는 지금 그걸 확인하러 간다.

그래.
나도 당신이 그랬듯이, 당신을 찾아갈 생각이다.
여자를 처음 만난 후부터 상상으로만 행했던 일. 장미 향을 따라가는 것.
나는 거울 앞에 섰다. 한 손은 차 열쇠를 쥐고 있었고, 눈은 장미 향을 쥐고 있었다. 그림자는 여느 날처럼 거울 발치에 머리를 기울였다. 슬그머니 찾아온 밤기운이 불을 끈 거실을 덮었다. 어둠은 무언가를 기다리는 사람에 익숙한 듯 무신경했다. 초침이 돌아가듯 거실 속 모든 그림자가 바닥에서 각도를 틀었다. 조용하고 차분하게. 나는 그 바람이 이는 듯한 소리에 귀 기울였다.

마침내 기다림이 끝났다. 그러자 흥미로운 사실을 깨달았다.

거울 속엔 장미 향이 없었다.

일주일의 기다림이 없었다면, 나를 뿌리쳤던 여자가 없었다면 지금 신기해하며 거울을 매만지거나 거울에 비치는 남자에게 다가갔을지도 모른다. 그녀가 그랬던 것처럼.

"여기엔 냄새가 없구나."

나는 그 말을 나직하게 중얼거렸다. 사람들에겐 당연할지 모를 그 진리가 내게는 새로운 발견이었다. 불현듯 감각이 하나 사라진대도 태연하게 거울을 마주할 사람이 있을까? 그러므로 내가 미련 없이 몸을 돌린 건 결코 쉽지 않은 일이었다.

나는 문고리로 손을 뻗었다.

그때 호주머니에서 진동이 울렸다. 목구멍 안쪽이 순식간에 말라 버렸다. 나는 떨리는 손으로 휴대 전화를 꺼냈다.

나는 다시 이름을 확인했다.

재혁이었다.

지금 재혁이를 신경 쓸 겨를이 없었다. 그래서 도로 넣으려는데 실수로 화면을 눌러 버렸다.

최근 주고받은 대화가 주르륵 나타났다. 나는 날짜와 시간을 쳐다보았다. 방금 온 문자보다 놀란 건 내가 이미 답장을 두어 번 보냈다는 사실이었다. 나흘 전에 재혁이가 집에 초대하고 싶다고 문자 했고, 나는 오늘 날짜를 보냈다. 녀석은 믿을 수 없다는 듯 재차 물었고, 나는 다시 오늘 날짜를 보냈다. 일주일간 내 모든 대답은 하나뿐이었다. 나는 그녀를 찾아가기 전까지 일주일만 기다리기로 무의식 속에서 정한 것이었다.

엄마랑 너 기다리고 있어. 어디까지 왔어?

그럼에도 나는 한숨을 쉬거나 주저앉지 않았다.

일어날 일은 결국 일어나는 법이니까.

물론 내게 그 일은 장미 향을 따라가는 것이었다.

약 팔 년 만이었다.

하늘이 일부인 복도를 걷자 하얀 냄새가 사방에서 불어왔다. 하지만 몸을 움츠리거나 두리번대지 않았다. 나와는 상관없는 죽음이었기 때문이다. 설령 가는 도중에 그 냄새가 문을 열고 나온다 하더라도 아무렇지 않게 비켜 지나칠 것이다. 심지어 냄새 한 자락을 따라가 문을 두드릴 수도 있었다. 물론 실제로 그러진 않았다. 그런다고 달라질 건 없으니까. 하얀 냄새가 나를 맞이한다 하더라도 여전히 난 어떤 말도 해 줄 수 없었다. 그건 변하지 않았다.

"왜 그렇게 보세요? 제가 곧 죽어서요?"

이따금 그런 반응을 기대했다. 하얀 냄새를 풍기는 사람을 몰래 관찰하다가 일순간 눈이 마주쳤을 때 말이다. 아직까지 받아 보진 못했지만 그 물음을 실제로 듣는다면 나는 어떻게 대답해야 할까?

재혁이 집 앞에는 여전히 두 소년이 서 있었다. 하나는 신나서 열쇠를 돌렸고, 하나는 안절부절못하며 두리번거렸다. 내가 뒤에 서자 두리번거리는 소년이 뒤를 돌아보았다. 물론 내가 아니라 하늘을 보았다. 소년은 소리 없이 애원했다. 소용없는 짓이라는 걸 알았지만, 어쩔 수 없었다.

그날처럼 어스름달이 구름 뒤에 숨어 있었다. 해 줄 말이 없다는 듯.

문을 두드리기 전, 나는 하얀 냄새를 다시 한번 확인했다. 이쪽으로 걸어오면서 이 층의 마지막 죽음을 지나쳤지만, 한 번 더 확인했다. 나는 호흡을 가다듬고 주먹을 쥐었다. 문을 두드리자 그 너머에서 발이 빠르게 다가왔다.

이윽고 문이 열렸다.

그 순간 나는 놀라지 않을 수 없었다. 아마 소년과 똑같은 표정을 지었을 것이다.

"서화야, 어서 오렴."

소년은 다리를 보았지만, 나는 얼굴을 똑바로 쳐다보았다. 소년이 허리를 굽혀 인사했지만, 나는 꼿꼿하게 서 있었다. 마침내 그 차이를 발견해서야 나는 안으로 들어갔다.

이유를 흘끔거렸다.

재혁이 어머니의 눈은 무척 예뻤다.

식탁에는 각양각색의 요리가 펼쳐져 있었다. 주로 건강식이었고, 대부분 식감이 부드러웠다. 어머니는 내가 한 번씩이라도 먹어 보길 —늘 내게 싸 줄 반찬을 고민했고, 이번을 좋은 기회로 여겼다— 바랐지만, 식사는 금방 끝이 났다. 짧은 대화가 뒤를 이었다. 마지막에 정적을 깬 사람은 나였다.

"좋아하는 사람이 생겼어요. 그런데 그 사람이 많이 아파요."

어머니는 나를 물끄러미 바라보았다. 어머니가 말을 고르는 동안 나는 어머니 얼굴을 차근차근 살펴보았다. 십 년 전처럼 목에 주름이 많고 턱에 점이 세 개 있었지만, 눈시울이 환하고 속눈썹이 짙어서 나이보다 훨씬 어려 보였다. 예상과 달리 고된 삶과 불행한 과거 속에서 허우적대는 여자는 없었다. 거기엔 지난 아픔에서 위로를 고를 만큼 강인한 여자가 있었다. 그런 사람 특유의 숨이 새 나왔다. 언제든지 자기와 비슷한 아픔을 겪은 이와 마주할 때를 대비한 호흡 한 줌이었다. 그런 행동을 의무로, 심지어 마땅히 해야 할 책임으로 여기는 사람이 있다.

어머니는 여러 이야기를 들려주었다. 예기치 못한 사고와 아픔, 길 잃은 원망, 후회가 짧게 이어졌고, 아픈 결말로 끝을 맺었다.

"네 덕분이란다, 서화야."

나는 그 말이 여전히 아팠다.

"바깥양반이 그리되었을 땐 원망도 참 많이 했어. 처음엔 신에게, 그리고 뺑소니에게, 마지막엔 그이에게⋯⋯ 나는 장례를 치르면서 다짐했단다. 나는 당신과는 다르다고, 재혁이에게 아주 오래오래 사랑을 줄 거라고, 두고 보라고. 지금 생각해 보면 아주 웃기지도 않는구나. 나는 당신처럼 허무하게 죽을 리 없다고, 당신 몫까지 자식을 사랑하면서 오래오래 잘 먹고 잘살 거라고 믿었을까? 그렇다면 그건 착각이었어, 아주 큰 착각. 그걸 암 진단을 받고 나서야 깨달았단다. 죽음은 그리 멀지 않은 곳에 있구나. 그 사람 잘못이 아니었구나. 나도 그렇게 돼 재혁이에게 원망을 받았다면 참 억울하고 슬펐겠구나. 퇴원하는 날 그이를 찾아가 한참 울었어. 미안하다고, 몰랐다고…… 가뜩이나 무뚝뚝한 양반이 죽으니 더 말이 없더구나. 보나마나 별것도 아닌 일에 힘 빼지 말라며 퉁명스럽게 답했겠지. 아주 짧은 시간 동안이겠지만 위로가 될 만큼 안아 줬을 테고. 그런 사람이거든, 재혁 아빠는. 무덤 앞에 선 그날은 정말이지, 도저히 견디기 힘들 만큼 그 양반이 그리웠지만 그래도 이루 말할 수 없이 좋았어. 우리 가족은 비로소 서로를 원망하지 않게 된 거야."

어머니는 잠시 그곳을 보는 듯했다. 이어 내 손에 자기 손을 포갰다. 하얗지 않은 손에는 온기가 가득했다.

"늦었지만 네게 고맙다는 말을 하고 싶구나. 이 말조차 네겐 부담이 되겠지? 하지만 단지 그뿐이야. 그리고 이 말만은 직접 해주고 싶었어. 너는 잘못이 없어, 서화야. 그럼, 그 누구의 잘못도 아니지. 그저 물 흐르듯 일어난 일일 뿐이야. 내가 네게 반찬을 보내고 집에 초대하는 건 단지 고마움 때문은 아니야. 내 아들의 가장 친한 친구가 이른 나이에 사랑하는 사람을 잃었기 때문이야. 나도 그런 아픔을 겪어서인지 꿋꿋이 살아가는 서화가 참 대견하더구나. 아들 친구가 혼자 살아서 하나라도 더 챙겨 주고 싶은 건 엄마들에겐 아주 당연한 일이야. 그러니 더는 자책하거나 너 자신을 원망하지 말았으면 좋겠구나. 그건 무척 힘든 일이잖니, 그렇지?"

나는 손에서 시선을 들었다. 어머니는 내가 그러길 기다렸다.

"네가 좋아하는 그 아이도 그럴지 몰라. 틈만 나면 자기 몸을 팔로 꽁꽁 싸매고 평생 끝나지 않을 자책과 원망을 늘어놓을지 몰라. 어둡고 쓸쓸한 곳에서. 그러니 어서 그 아이에게도 말해 주렴. 그 누구의 탓도 아니라고. 그러니 하고 싶은 걸 하라고."

나는 어머니 눈을 물끄러미 바라보았다. 이어 어머니는 편안하게 미소 지었다. 내가 작게 끄덕이자 어머니가 기쁜 얼굴로 말했다.

"내가 굳이 말하지 않아도 우리 서화는 이미 알고 있었구나."

나는 고개를 돌려 또 먹고 싶은 반찬을 손가락으로 가리켰다.

"너 진짜!"

식사 내내 한마디도 안 하던 재혁이는 나를 자기 방으로 끌고 왔다. 이제 단미를 찾아간다는 말에 재혁이는 버럭 화를 냈다.

"너 그 여자가 올린 서평 안 읽었어? 그게 무슨 뜻인지 몰라?"

재혁이는 부엌 쪽을 돌아보며 목소리를 낮췄다.

"너한테 말하고 있는 거라고. 자기는 곧 죽으니까 누구를 만날 자격이 없다고. 이미 알잖아!"

나는 아무런 대꾸 없이 문 쪽으로 가자 재혁이가 말했다.

"그래, 우리 엄마처럼 살면 다행이지."

나는 돌아보았다. 재혁이는 몹시 불안해하고 있었다.

"내가 왜 이렇게까지 말하는 줄 알아? 너 지금 벌써 이상해. 다른 사람 같다고. 우리가 알아 온 지 십 년이 넘었어. 그 여자하고는? 기껏해야 보름? 만난 시간은 고작 두세 시간 아니야?"

시간은 의미 없었다. 처음부터였다. 여자를 만난 그 순간, 장미 향을 맡은 그 순간.

라일락

"인간은 쉽게 변하지 않아."

재혁이는 차분하게 설득하기로 마음을 고쳐먹었다.

"우리 엄마보다, 다른 사람보다 훨씬 심하게 냄새난다며. 네 어머니가 그랬던 것처럼. 어떻게 될지 아무도 몰라. 무섭지 않아? 아니면 벌써 잊은 거야? 그게 네가 느낄 슬픔의 양일지도 모르잖아."

"그럴지도 모르지."

"그럼 가지 마!"

재혁이는 어머니가 듣는대도 아랑곳하지 않고 소리쳤다.

"내가 전에도 말했지? 너 죽음에 너무 익숙해졌다고. 그 죽음은 다른 죽음과는 달라. 더 위험하다고."

"죽음에 더 위험한 건 없어."

재혁이는 머리를 박박 긁더니 말이 안 통하는 바보에게 말하듯 천천히 말했다.

"전에 카페에서 『리스본행 야간열차』에 관해 얘기한 거 기억 나? 소설 속 교수를 비웃으면서 삶과 죽음에 관해서 네가 말했잖아. 삶이 열차라면, 죽음은 종착지라고. 모두가 같은 곳을 향해 달려가는 거라고."

"그 끝은 모두 허무하기 짝이 없는 죽음이라고 했었지."

"그래. 하지만 또 다른 의미에선 사람마다 끝에 다다르는 시기가 다르다는 말에 너도 동의했어. 다시 말해 우리 삶에서 도중에 내리는 사람도 있다는 뜻이야. 네 어머니나, 내 아버지나. 그리고 그 여자도. 내린 곳이 그들의 종착지고, 그들에겐 죽음이야."

"같이 내리면 안 될까? 아주 잠깐이라도 같이 내려서 다시 타면 되잖아."

"말은 쉽지!"

불현듯 부엌에서 설거지하는 소리가 뚝 끊겼다. 우리는 서로를 번갈아 쳐다보았다. 다시 그릇이 부딪치자 재혁이는 숨죽여 말했다.

"사랑하는 사람이 죽는 것과 곧 죽을 사람을 사랑하는 건 차원이 달라."

"사람은 결국 죽어. 너도, 나도."

"우리는 죽지 않아, 적어도 오늘은! 그걸 제일 잘 아는 사람은 너야."

"아니."

나는 단호하게 말할 수 있었다. 그건 얼마 전까지만 해도 풀리지 않았던 의문이었기 때문이다. 하얀 죽음과 함께 찾아온 그 의문은 아주 오랫동안 나를 괴롭혔다.

"그래, 너는 안 죽어. 냄새가 안 나니까 알 수 있지. 하지만 나는 아니야."

나는 방 안을 둘러보았다. 냄새 없는 세상을 다시 한번 확인하고 싶어서거나 지금 이 순간에도 주위를 떠다니는 장미 향이 비칠지 궁금해서였다.

하지만 거울은 없었다.

"왠지 모르겠지만 그런 확신이 들어. 나는 내 죽음을 맡지 못 할 거야. 지금 당장 죽는다고 해도."

나는 문고리를 어루만졌다.

"지난 일주일 동안 곰곰이 생각했어. 죽음 앞에선 모두가 평등하다고 하잖아. 그러니 사람마다 하얀 냄새를 풍기는 정도가 똑같은 거겠지. 그런데 왜 엄마랑 그 여자만 예외일까?"

재혁이는 궁금해하지 않았지만, 나는 말했다.

"그건 나를 부르는 거야. 그러니 가야 해."

재혁이는 나를 빤히 쳐다보았다. 아까 그 소년처럼 말없이 애원했다.

나라고 이러지 않았겠는가?

재혁이가 하얀 냄새를 풍기는 사람을 사랑했다면 나도 똑같이 반응했을 것이다. 그 오랜 세월 나를 스쳐간 수많은 죽음을 끄집어내며 말렸을 터이다. 단미를 만나기 전, 장미 향이 없던 세상의 나라면.

"너무 걱정하지 마, 재혁아. 우리도 죽어. 곧 죽을 사람이야. 하얀 냄새는 안 나지만 그 사실은 변하지 않지."

나는 솔직하게 말했다.

"누구도 맡지 못하겠지만 나는 내게서도 하얀 냄새가 난다고 믿기로 했어. 지금 피해도 마찬가지야. 혹시나 앞으로 내가 사랑할 사람이 또 나타난대도 그 사람이 하얀 냄새를 풍기지 않을 리 없어."

운명이란 대개 그러니까.

그런데 그런 비참한 운명에도 자꾸만 웃음이 새 나와서 참기 힘들었다. 이렇게 실제로 말하니 지난 일주일의 기다림에도 완벽하게 풀리지 않던 생각들이 정리되고 술술 풀려나갔다. 마치 여기에 오게 된 이유라도 되듯.

"하나의 죽음이 또 다른 죽음을 사랑한다는 말이야. 이미 모두가 그렇듯이."

나 자신도 지금 무슨 말을 하고 있는지 이해할 수 없었다.

"이렇게 말한 철학자도 있겠지?"

재혁이는 눈을 질끈 감으며 고개를 저었다.

"번역가가 아니라 철학자를 하지 그러냐. 사랑에 빠진 철학자라면 역사에 남을 텐데. 왜냐고? 이제껏 그런 사람은 없었으니까, 이 또라이야."

이윽고 문을 열었을 때 아까부터 해 주려던 말이 불쑥 떠올랐다.

"어머니는 하얀 냄새를 안 풍기셔. 더는 불안해하지 않아도 돼."

그 말에 재혁이는 깜짝 놀랐다.

십 년 동안 궁금했겠구나.

조금 미안한 기분이 들었다. 그러면서도 그동안 내색하지 않은 재혁이가 고마웠다. 곁에 이런 친구를 둔 건 행운이었다. 물론 다른 의미에서도.

"그리고 서평 당첨자 말인데."

재혁이는 단번에 내 의도를 알아채더니 원래 모습으로 돌아왔다.

"까불지 마. 그건 서평이 아니야."

미안한 기색이 순식간에 사라졌다.

"무슨 말인지 알아먹지도 못 할 말을 장황하게 늘어놓은 글이라고."

"너는 융통성이 너무 없어."

나는 덤비려는 녀석을 바닥에 넘어뜨리고 문을 열었다.

"그럼 당첨자를 두 명으로 해. 한 명씩 정해서 책도 사 주는 걸로."

문이 닫히는 사이로 무자비한 욕이 날아왔다.

라일락

나는 재빨리 부엌으로 달려갔다.
"어머니, 반찬은 내일 가지러 올게요!"
그러곤 거실을 지나 집을 빠져나간 뒤 악취가 감도는 어두운 복도에 뛰어들었다.

그 냄새가 다시 보였다.
집은 하얀 냄새에 점령당해 있었다.
끓어오르는 수증기처럼 부푼 연기가 위로 솟아 구름에 닿았다. 구름 일부가 폭포처럼 집 위로 쏟아지는 것처럼 보이기도 했다. 멀리서 보았을 땐 허공에 크고 네모난 구멍이 뚫린 것처럼 보였다. 그 조각은 분명 여자의 것이었다.
하얀색이 가장 짙은 부분에는 붉은색 조명이 동그랗게 원을 그렸다. 짙은 안개에 가려진 태양처럼. 시간이 지나도 태양은 꿈쩍도 하지 않았다. 깊이 잠들어 있었다. 서서히 꺼져 갔다. 태양은 그 모습처럼 몸을 웅크리고 있었다.
서성이면 연노란 불빛이 깜박이는 곳이 아마 대문이었을 것이다. 둘러싸인 죽음은 내 주먹질을 가볍게 견뎌 냈다. 나는 작전을 바꿔 주위를 빙글빙글 돌기 시작했다. 벽처럼 보이는 곳에 팔을 집어넣으면 연기에 팔꿈치까지 잠겼다. 그 상태로 세 바퀴를 돌고 나서 위를 쳐다보았다. 어디까지가 외벽인지 도통 높이를 가늠하기 어려웠다. 담장을 잡으려 높이 뛰어도 손가락에 아무것도 짚히지 않았다. 나는 두 바퀴를 더 돌았다. 한 번 뛸 때마다 냄새에 안겼다. 그래도 집히는 건 없었다.

한번은 차 위로 올라가 외벽 너머를 유심히 쳐다보았다.

여자는 이번엔 커튼을 치는 걸 잊지 않았다. 빛 한 조각, 내가 던지는 이름과 돌 한 조각조차 들어가지 못했다. 나와는 달리 완벽하게 까만 어둠을 보고 있을 터였다. 눈을 떠도 감아도, 혹은 둘 중 무엇인지 잊어도 될 만큼 짙은 어둠일 터였다.

나는 하얀 어둠을 보았다.

외치고 두드리고 맴돌았다.

결국 지쳐서 그 죽음에 몸을 기댔다. 하얀 냄새는 조금씩 나를 집어삼켰다. 곧이어 내 몸에서 하얀 냄새가 나는 듯한 착각마저 들었다.

내 죽음을 들이마셨다.

그대로 하얀 냄새가 몸에 배기를 바라기도 했다. 그 악취가 내 몸속 어딘가를 망가뜨리기를 바라기까지 했다. 그럼 그녀가 문을 열고 나올지도 몰랐다. 죽음이 죽음을 사랑한다고 말하지 않았던가. 내 죽음에 기뻐하는 여자. 나를 껴안고 자기와 똑같은 냄새를 들이마신다.

죽음을 앞둔 여자는 그로 인해 사랑의 또 다른 조건을 충족한다.

죽음이 오가는 사랑.

나는 그 일이 실제로 일어나길 원했다.

그만큼 단미가 보고 싶었다.

카페 창가에 앉아 밖을 내다보았다.

밤공기엔 짙푸른빛이 돌았다. 하늘엔 부스러기 같은 잔별이 수를 놓았다.

영업시간이 끝나기 직전인 카페에 손님은 나뿐이었다. 뒤에선 커피콩이 갈리며 요란하게 소리 내었고, 사이사이에 종업원의 짜증이 섞여 있었다.
　거리는 벌써부터 성탄절 분위기가 물씬 풍겼다. 그래서인지 늦은 시간에도 사람들로 거리가 활기를 띠었다. 성탄절에 어울리는 여러 장식이 나무에 주렁주렁 걸려 있었다. 지나가는 아이의 손끝은 붉은 양말과 말랑말랑한 수염을 가리켰다. 아이 눈은 반짝였고, 불 꺼진 가게 안에서 자그마한 트리가 반짝였다.
　나는 시각에서 후각으로 관심을 돌려 보았다.
　몇몇은 하얀 냄새를 풍겼다. 그럼에도 사랑이 오갔다.

　하지만 여기에는 아주 중요한 전제 조건이 있다.

　여자는 거침없이 손가락을 움직였다.

　바로 나만의 행복.

　나는 남자에게, 여자에게, 아이에게, 노인에게서 하얀 냄새를 맡아왔다. 그 오랜 세월 동안 한 걸음 물러서서 흘끔거렸다. 곁눈질은 똑바로 쳐다보기보다 더 객관적이고 정확할 때가 있다. 특히 외로움이 타인을 쳐다볼 때 더욱 그렇다. 그래서 나는 더 잘 안다. 그네들은 늘 사랑을 주고받았다.
　모두 그렇게 살아간다.
　그래, 우리.

기다림은 충분했다.

나는 전화를 걸었다.

이번엔 보름달이 아닌 네모난 불빛이 그녀 앞에 떨어질 것이다. 여자는 전처럼 화들짝 놀랄까? 아니면 초승달 같은 미소를 머금을까?

신호는 일곱 번 이어졌다.

그사이에 나는 밝은 목소리를 상상해 볼 만큼 여유를 부렸다. 하얀 냄새건 장미 향이건 모두 내 정신병으로 인한 환상일 뿐이고, 나와 헤어진 뒤 여자가 어두운 방구석에서 쭈그리고 앉아 슬픔에 잠겨 있다는 것도 내 착각이며, 나 따위는 금세 잊고 설레는 해외여행 준비로 바쁜 와중이지만 걸려 온 낯선 번호를 보고 잠시 고민한 뒤 예의 바르게 전화를 받는 그 목소리를 상상하는 순간이었다.

여덟 번째에서 신호가 뚝 끊기자 정적이 흘렀고, 여자의 삶은 다시 짙은 어둠으로 휩싸였다. 나는 통화 중이라는 화면을 확인하고 다시 귀에 갖다 댔다. 여보세요? 그 말과 이름을 번갈아 말했다. 신음소리 같은 떨림이 들려왔다. 일식에 굳게 닫힌 달.

"네……"

미소는 없었다.

"저예요."

내가 말했다.

여자는 힘겹게 말을 이었다.

"왜 전화했어요?"

"보고 싶어서요."

부스러기 같은 웃음.

"이렇게 갑자기요?"

"그러게요. 당신 발이 조금만 느렸다면 이렇겐 안 했을 텐데."

"나중에 경비 아저씨한테 이를 거예요. 북카페에 이상한 사람이 있다고."

"어쩔 수 없어요. 그럴 만한 이유가 있거든요."

여자는 머뭇거렸다.

"뭔데요?"

나는 조금 뜸 들이고 말했다.

"당첨이요."

나는 이유를 설명했다.

"축하해요. 서평 이벤트 기억하죠? 단미 씨 글이 뽑혔어요. 그러니……"

"지금 뭐 하세요?"

더는 참을 수 없다는 듯 여자가 말을 잘랐다.

"그럴 리가 없잖아요."

"왜요?"

"그야……"

여자는 말을 돌렸다.

"서화 씨가 멋대로 정한 건 아니겠죠?"

"그럴지도 모르죠."

"참 이상한 사람이네요."

"이제 시작인걸요."

나는 맞장구치며 경품을 기억하느냐고 물었다.

"네."

얼마 만일까?

"기억해요."

눈길이 차츰 올라가는 목소리였다. 여자는 눈을 가늘게 뜨고 얼룩덜룩한 천장을 쳐다보는 것 같았다. 바닥과 멀어진 소리는 속삭이듯 약하고 가늘었다.

나도 밤하늘을 올려다보았다. 달은 빛이 환했고, 푸른빛이 도는 하늘과 구름은 간격이 멀었다. 구름이 조금 더 밑이었다.

"갖고 싶은 책이 없어요. 그냥 서화 씨가 아무거나 보내 주세요."

"좋아요. 하지만 규칙이 있어요."

나는 재혁이 방에서부터 준비해 온 말을 했다. 거짓말은 끝이 이랬다.

"경품은 당첨자에게 직접 전달해야 한다는 규칙이 있어요."

여자는 가만히 듣기만 했다. 이따금 부스럭대는 소리가 들렸다. 이어 목소리가 또렷해졌다.

"그럼 안 받을게요."

다음 말.

"지금 단미 씨 집 근처 카페예요. 당신을 기다리고 있어요."

내가 침착한 목소리로 카페 이름을 대자 여자가 놀라 되물었다.

"저는 그 어디에도 집 주소를 쓰지 않았는데요."

"이제 시작이라니까요?"

내가 말했다.

"기다릴게요."

여자는 아무 말도 하지 않았다.

어느덧 어둠이 눈에 익어 주위를 둘러보는 여자가 선했다. 거울을 엎어 놓았거나 뒤집어 놓았을 터였다. 시선은 곧 자기 몸 구석구석으로 향한다. 그 소리는 구겨진 종이를 펴듯 시끄러웠지만, 나는 그 기지개 같은 소음에 말없이 귀 기울였다.

이윽고 여자는 조금 기다려 달라는 말과 함께 전화를 끊었다.

커피가 나오자 구석으로 자리를 옮겼다.

장미 향이 움직이기 시작하자, 가슴이 두근거리기 시작했다. 삼십 분이 더 지나자 무서우리만치 빠르게 하얀 냄새가 카페를 뒤덮기 시작했다. 반면 장미 향은 몇 걸음 뒤에 있다가 점차 진해졌다. 고작 일주일이 지났을 뿐인데 장미 향은 전과 비교도 안 될 만큼 짙었다. 두 냄새는 경쟁하듯 서로를 밀치고 물들이고 껴안았다. 공책 때문에 다투는 소년들처럼 뒤엉켰다.

곧이어 종소리가 울렸다.

여자가 마지막으로 들어왔다.

하얀 냄새가 아주 조금 더 진하다는 생각을 떨쳐 내며 문 쪽을 쳐다보았다.

여자는 옷에 파묻혀 있었다.

부스스한 머리카락은 눈에 띄게 자라 있었다. 목도리는 얼굴의 반을 가렸고, 어깨부터 축 늘어진 소매는 두 손을 완벽하게 가렸다. 엄마 옷을 몰래 입은 아이 같았다. 그래서 내가 찻잔을 건네며 처음 한 말은 이랬다.

그 아이를 보았나요.

그전에 여자는 뛰다시피 걸어와 내 앞에 서더니 앞자리에 털썩 앉았다. 그리곤 내 물음에 고개를 저었다.

"아니요. 이제 나타나지 않아요."

여자는 목도리를 끌어내려 커피를 홀짝였다.

"그때 용기를 많이 냈다고 생각했는데, 전 여전히 나약하고요."

눈 밑은 어두운 방의 일부를 가져다 놓은 것 같았다. 아무리 화장으로 색을 덧대도 그 부분을 가릴 수 없었다. 눈과 입술은 조금 벌어져 있었다. 그 틈으로 나를 불안하게 쳐다보았다.

"그건 그렇고 정말 여기 계셨네요."

나는 빈손을 내려다보았다.

"책은 없어요. 미안해요."

"괜찮아요. 책 때문에 나온 게 아니니까."

여자가 사과했다.

"여기 나온 건 일전에 제가 보인 행동 때문이에요. 그렇게 멋대로 굴면 안 되는데…… 미안해요."

겨우 몇 마디에도 힘겨운지 입시울이 떨렸다.

"그냥 술김에 그런 거라고 생각해 줘요."

우리는 그때 술을 먹지 않았다.

나는 고개를 들었다.

"그럼 눈물은 왜 흘린 거죠?"

"그건……"

"단미 씨가 쓴 서평과 관련이 있나요?"

실은 여자가 앞에 앉기 전까진 차분하게 풀어 갈 생각이었다. 하지만 내 생각은 여자의 텅 빈 눈을 보자 순식간에 몸을 뒤집었다. 기다림에 지쳐 인내심이 한계에 다다랐는지도 모른다. 혹은 그녀가 과거의 나와 너무나 닮아서인지도 모르겠다.

"제가 전에 말했죠? 꽃이 만개한 공간에 갇힌 뒤로 후각을 잃었다고. 돌이켜보면 그때부터예요. 제가 당신처럼 겁쟁이가 된 순간이요."

여자는 얼굴을 찌푸렸다.

"무슨 뜻이에요?"

용기를 냈던 겁쟁이.

그 말은 분명 여자가 듣고 싶지 않았던 말이었다.

"단미 씨와 제가 비슷하다는 말이에요."

나는 아랑곳하지 않았다.

"제 세상은 도화지처럼 새하얬죠. 그 속에서 내 세상을 칠해 줄 누군가, 그래요, 화가 같은 존재를 하염없이 기다렸어요. 물론 그때는 몰랐어요. 줄곧 누군가를 기다렸다는 사실을. 그 사람이 앞에 나타나서야 비로소 깨달았어요. 그런데 정작 그 사람은 모르더라고요. 다른 사람의 세상을 색칠하듯 바꿀 수 있으면서 정작 자기 세상은 무서워서 숨어 버리는 겁쟁이거든요."

여자가 일어나자 의자와 찻잔이 동시에 쓰러졌다.

"당신은 저에 관해 아무것도 몰라요."

"저번에 제게 물었죠? 단미 씨한테서 무슨 냄새가 나는지."

이건 분명 비극이야. 하지만 멈출 수 없었다.

"맞아요. 나는 후각을 잃었지만 다른 냄새를 맡을 수 있어요. 그건……"

여자는 천천히 뒷걸음질 쳤다. 엎질러진 커피는 바닥에 뚝뚝 떨어졌고, 의자는 발에 차여 구석으로 굴러갔다. 여자는 내 다음 말을 비틀거리는 뒷걸음질로 기다렸다. 반은 기대하고, 반은 두려워하며 내 입에서 흘러나올 죽음을 견딜 준비를 했다.

이윽고 여자가 멈춰 섰다.

나는 그녀를 똑바로 노려보았다. 잔인하게도.

"또 도망치려고요?"

여자는 정말 그렇게 했다.

그녀가 문을 밀치고 나가자 날카로운 소리가 천장에 울렸다. 그 순간 여자는 하얀 냄새였고, 나는 장미 향이었다. 나는 곧바로 뒤따랐고, 종소리는 이내 카페 안에서 멎었다.

거리엔 아무도 없었다.

숨소리와 발소리뿐이었다.

내 발치에 기다란 그림자가 닿았다. 여자의 머리였다. 여자는 바닥에서 비틀거리고 있었다. 비쩍 마른 다리는 몹시 느려서 제자리에서 뛰는 것만 같았다. 나는 한달음에 뒤쫓아가 여자의 팔을 잡고 끌어당겼다.

나는 나지막이 속삭였다.

"너는 겁쟁이야."

그러면서도 속으로 비밀을 고르고 있었다. 하얀 냄새? 장미 향?

"사진에 문을 만드는 이유가 그곳으로 들어오는 이를 위함이라고? 자기 이야기에 들어오는 사람들? 아니, 그건 거짓말이야. 좀 솔

라일락 149

직해져."

여자가 팔을 뿌리치자 다시 잡았다. 그리곤 똑똑히 말을 뿌렸다.

"네가 들어가고 싶었겠지. 그 문 안쪽으로. 사람과 사람 사이에서 사랑이 오가는 그 스물네 시간에 들어가고 싶었잖아. 그때나 지금이나 당신은 평생 자신만의 사랑도 오가는 사랑도 하지 못한 거야. 그저 처량한 여자처럼 궁상맞게 카메라 앞에 쭈그리고 앉아 부러움에 몸부림친 거야. 그 속으로 뛰어 들어갈 생각은 왜 하지 않았을까? 문을 만든다는 핑계를 대며 왜 쭉 지켜만 본 걸까? 나는 그 이유를 잘 알지."

여자는 울고 있었다. 듣고 싶지 않아 몸부림쳤다.

내 입에서 죽음이 아니라 삶이 흘러나왔기 때문이다.

그렇기에 나는 더 나아갔다.

두 가지 비밀 중 하나를 골랐다.

"무서웠던 거야. 그 안에 아무도 없을까 봐."

나는 그녀를 품에 끌어당기거나 손가락으로 눈물을 쓸어 내지 않으려고 안간힘을 썼다. 호흡 한 줌으로 그 일을 해냈다. 그러고는 말을 했다.

"근데 아직도 모르겠어? 당신은 이미 들어와 있어. 나는 네 뒤를 따라 들어왔을 뿐이야. 바로 네가 만든 하얀 문으로."

단미는 몸을 덜덜 떨었다. 눈물이 제멋대로 흘러내리도록 내버려 두었다. 당장이라도 닦아 내고 싶었지만 그러지 않았다. 대신 억지로라도 웃어 보였다. 그러자 떨림이 차츰 멈췄다.

"그건 우리가 이미 서로를 사랑한다는 뜻이야. 너와 나는 이미 사랑을 주고받고 있어."

단미는 말없이 물었다.

'내게 그럴 자격이 있을까?'

자격. 나는 그 단어가 참 싫었다.

하지만 그 말을, 내가 사랑하는 사람이 간절히 원했다.

"그래."

내가 말했다.

"너는 자격이 있어. 전에 말했지? 네게 냄새가 난다고."

장미 향.

어떻게 죽음을 고백하겠는가?

"장미?"

"응, 장미. 아주 아주 새빨간 장미."

나는 주위를 둘러보았다. 하얀 냄새는 이제 눈에 보이지 않았다. 대신 장미 향이 주위를 둥글게 떠다녔다.

"눈에도 보여. 정말이야. 그래서 네가 어디에 있든 난 알 수 있어."

단미도 나를 따라 둘러보았다.

"나도 보고 싶어."

"볼 수 있어."

"그런 날이 올까?"

"그럴 거야."

나는 단미를 꼭 껴안고 장미 향을 들이켰다.

"응, 분명 그럴 거야."

단미는 나를 마주 끌어안더니 똑같이 코를 킁킁거렸다.

우리는 웃음을 터뜨렸다.
이어 나는 장미 향에 관해서 조금 더 자세히 알려 주었다. 단미는 내 품에서 희미해지는 목소리로 대꾸했다. 이어 눈과 입을 꼭 닫았다. 금방이라도 잠에 빠질 것 같았다.
몇 번째 조각인지 모를 초겨울 어느 새벽이었다.
그날 이후부터였다.
하얀 냄새보다 장미 향이 더 짙어진 날들은.
잠든 단미를 업고 텅 빈 거리를 걷다가 문득 그렇게 생각했다. 언젠가 이 하얀 냄새를 모조리 지울 만큼 장미 향이 짙어지지 않을까. 오늘 말 못 한 비밀이, 죽음이 거짓말처럼 그 저편으로 사라지지 않을까. 정말 내가 단미를 사랑할수록 장미 향이 짙어진다면 나는 얼마든지 그렇게 하리라 다짐했다. 그렇게 해서 죽음이 사라진다면……
하지만 한편으로는 그 속도가 너무 빠르진 않을까 두렵기도 했다.

튤립

1.

"삼촌! 여기요, 여기. 빨리요!"

선이가 두 손으로 코를 틀어막고 재촉했다.

나는 신발장 뒤에서 묵은때를 벗기고 있었다. 아이의 부름에 황급히 몸을 일으키다가 베이킹 소다를 신발 위에 쏟아 버렸다. 그래도 일단 화장실로 달려갔다.

"여기? 아니면……"

"아니, 거기가 아니고……"

선이는 용기를 내어 손가락으로 가리켰다. 반들반들한 배수구였다.

"여기요. 여기에서 냄새 무지 많이 나요, 우웩."

나는 배수구 안팎을 박박 문지르기 시작했다. 그런데 아무리 닦아도 그대로였다. 그래도 멈출 수 없었다. 선이가 이만 됐다는 듯 등을

튤립 155

툭툭 치고 나서야 나는 손을 멈추고 고개를 들었다.

화장실은 습기와 땀으로 흘러내렸다.

선이는 다시 집 곳곳을 탐험하기 시작했다.

앞서 말했듯이 내 세상이 하얀 도화지라면 화가는 단미였다. 전에는 누군가 조금이라도 도화지 위에 색을 칠하거나 묻히면 나는 그 위에 하얀 물감을 부어 버리곤 했다. 오랜 시간 많은 색이 오고 묻혔다. 어느덧 농도와 깊이는 파도가 치는 바다가 되었다. 어느 초겨울, 바다 한가운데에 커다란 운석 같은 하나의 색이 풍덩 빠졌다. 그 색은 걷잡을 수 없이 퍼져 벌써 반 이상을 붉게 물들였다. 내 경우엔 그건 물감이 아니라 사람이었다. 호기심 반 그리움 반으로 그 사람을 잡으려고 발버둥 쳤다. 그런데 가까이 가 보니 그 사람 역시 바닷속에서 발버둥 치고 있었다. 그래서 이리도 빨리 내 바다가 물들었구나, 나는 생각했다. 버둥대는 화가를 발견한 순간. 팔을 뻗는 그 순간.

단미와 사귀고 삼 주가 지났다.

그동안 우리는 하루도 빠짐없이 만났다. 함께 할 수 있는 모든 일을 했다. 그건 아주 당연한 행동처럼 느껴졌다.

단미는 최근에 봉사 활동을 시작했다. 어렸을 때부터 알고 지낸 최 교수라는 의사 소개로 왕복 두 시간 거리인 보육원을 하루도 빠짐없이 찾아가 일손을 보탰다. 순수한 아이들 틈에서 자기 꿈을 찾으려는 건 단미의 두 번째 바람이었다. 첫 번째는 물론 아이들의 행복이었다.

나도 그 행복을 위해 돕고 싶었지만, 밀린 번역 업무 때문에 도저히 그럴 만한 시간이 없었다. 심지어 사귀고부터 밤을 새우다시피 작업했는데, 내 몰골을 보고 눈치챘는지 단미는 집 근처까지 찾아왔고, 꽤 이른 시간에 우리는 헤어졌다. 덕분에 큰 프로젝트 순서로 하나씩 잘 마무리되었고, 열흘 정도 지나자 숨을 돌릴 만큼 여유가 생겼다. 회의 준비가 일찍 끝나면 단미와 같이 할 일이 뭐가 있을지 검색하기도 했다.

오랜만에 아침을 되찾은 나는 언덕을 뛰어오른다.
하늘이 쏟아질 것 같은 불안감도 여전히 가슴 한편에서 뛰고 있다. 그 두근거림이 가쁜 호흡으로 바뀌면 텅 빈 공터에서 시내를 내려다보는 의자에 다다른다. 나는 숨을 고르며 그 풍경을 만끽한다. 그러고는 의자에 앉아 바쁜 출근길을 내려다보면서 단미가 직접 만든 건강 음료를 마신다. 단미는 매일 헤어지기 직전에 빈 병을 받아가고 새 음료가 든 병을 내밀었다. 그때마다 그 안에 들어간 내용물을 하나도 빠짐없이 얘기했는데, 이따금 과일을 다르게 넣거나 요리법을 바꾸면 다음 날 묻곤 한다.
"어땠어?"
그러면 나는 말한다.
"아주 맛있었어."
"더 자세하게 말해 줄래?"
그 말이 우리에게 왜 그리 웃긴지는 누구도 이해 못 할 것이다
어제보다 덜 갈린 바나나를 입안에 굴리며 시간을 확인했다. 여덟

튤립 157

시가 막 지나자 초침이 돌아가듯 장미 향이 움직이기 시작한다. 또 그처럼 생활이 똑같이 반복된다. 시작은 내가 전화를 걸면서부터다.

십이월의 바람이 불어온다. 입이 활짝 열리면 겨울이 가득 들어온다.

"여보세요?"

한 시간 동안 이어지는 통화는 아이들 환호와 맞물리면서 끝난다. 보통 오늘 저녁엔 무엇을 할지 이야기를 나누었는데, 최근 며칠은 성탄절을 어떻게 보낼지 고민했다. 하지만 둘 다 이렇다 할 계획을 떠올리지 못했다.

"오늘은 집에서 저녁 먹자. 내가 요리해 줄게."

단미가 태연하게 말했다.

"나 크리스마스에 가고 싶은 곳이 생겼어."

"어딘데?"

내가 말했다.

"그건 이따가 말해 줄게."

"궁금하다."

"뭐야, 그 어색한 말투는?"

"내가?"

짓궂은 말은 아이들 재촉에 묻혀 버렸다.

단미가 다급한 목소리로 덧붙였다.

"조금 늦을 수도 있어. 보육원 끝나고 최 교수님을 잠깐 뵙기로 했거든. 어차피 요리 재료 때문에 집에 들러야 하기도 하고. 쉬는 시간에 원장님께 오늘만 일찍 퇴근해도 되냐고 여쭤봐야겠다."

"알았어. 끝나면 전화해."

"응, 이따 보자!"

아이들의 환호성이 뚝 끊기자 평소엔 들리지 않던 소리가 내 귀를 스쳤다. 나는 멍하니 허공을 쳐다보다가 빈 병으로 시선을 돌렸다. 그러다 불현듯 어떤 생각이 머리를 스쳤고, 서둘러 언덕을 내려갔다.

두 시간 뒤 집에 도착했을 때 까치발을 든 작은 형체가 눈에 들어왔다. 또래보다 키가 작은 선이의 버릇이었다. 내가 손에 든 봉지를 흔들자 아이는 내 쪽으로 발끝을 모았다.

선이가 허리를 굽혀 인사했다.

"안녕하세요."

평소에는 새침데기인 선이는 아침 인사를 할 때만 과하게 예의를 갖추는 특이한 아이였다.

"여기서 뭐 해?"

"그냥요."

선이는 뒷짐을 지고 입술을 비죽 내밀었다. 자세히 보니 오늘은 빈손이었다.

"엄마가 집에 없나 보구나?"

선이는 근래에 자주 집에 놀러 왔다. 초인종 소리에 문을 열면 옆구리에 영어 문제집을 낀 선이가 서 있었다. 어디서 내가 영어 번역을 한다는 얘기를 들었는지는 모르겠지만, 어쨌든 아이는 기회를 놓치지 않았다. 마침내 엄마를 훌륭한 구실로 설득하는 데 성공하고는 앞집을 찾아와 자유를 만끽했다. 실은 숙제가 없는 날이 더 많았다.
"아저씨 어디 갔다 와요?"
하나 더. 선이는 늘 무표정이었다.
"아저씨 아니거든?"
"그럼 뭐라고 불러요? 오빠는 아니잖아요."
선이가 어깨를 으쓱거렸다.
"아저씨가 오빠면 우리 엄마는 언니라고요."
이 아이 말이 맞다. 선이 엄마와 나는 고작 세 살 차이니까.
"좋아, 그럼 삼촌으로 하자."
"삼촌이요?"
내가 누군가에게 삼촌이라고 불릴 일은 없을 터였다. 재혁이가 결혼하고 아이를 낳는다면 또 모르지만, 그 녀석이 아빠가 된다는 건 상상이 가지 않았다.
뭐든지 반대로 하려는 아홉 살 소녀는 몸을 이리저리 꼬았다. 상대방 제안을 순순히 받아들이기에는 자존심이 허락하지 않나 보다.
"그건 뭐예요?"
선이는 내가 든 까만 봉지를 가리키며 말을 돌렸다.
"이거?"
그때 갑자기 좋은 생각이 떠올랐다. 나는 의외로 아이를 설득하는 데 재주가 좋았다.
"선아, 잠깐 아저씨네 가 줄 수 있어?"
선이는 그 이유를 눈으로 물었다. 봉지를 열어 보여 주자 한 걸음 다가왔다. 거기엔 각종 청소 도구와 베이킹 소다가 들어 있었다.

나는 선이의 눈을 똑바로 쳐다보았다.

"지금 집 청소를 하려고 하거든. 그런데 아저씨가 냄새를 못 맡아. 그러니 옆에서 냄새가 나나 안 나나 선생님처럼 검사해 주면 돼. 해 줄 수 있니?"

선이는 특유의 무표정으로 고민했다.

"아이스크림 사 줄게."

내가 제안했다.

"좋아요."

선이는 몸을 휙 돌리더니 우체통을 열고 거짓말처럼 안에서 열쇠를 꺼냈다. 그러더니 대문을 제 집처럼 열고 들어갔다.

"안 와요?"

"지금 가."

나는 선이 엄마에게 전화해 허락을 받았고, 서둘러 선이를 뒤따랐다.

점심을 먹고 시작한 청소는 무려 다섯 시간이 지나서야 끝났다. 선이의 무표정은 세 번이나 무너졌고, 그럴 때마다 부럽다는 듯 내 코를 잡아당겼다. 나는 적잖은 충격을 받은 채로 청소에 몰두했다. 이렇게 더럽고 냄새나는 곳이 많을 줄은 상상도 못 했다. 냄새를 못 맡는다고 해도 그동안 청소를 게을리하지 않았기 때문이다. 그러면서도 단미를 집에 초대한다는 실감이 들었다.

나는 짧은 대학 생활로 사람들이 얼마나 후각에 예민한지 알고 있었다. 노골적인 불쾌감은 시각도 청각도 아닌 후각으로 인할 때가 많았다. 냄새, 특히 악취는 험담에서 자주 모습을 드러냈고, 이따금 연인 사이에 말 못 할 고민에서도 나타났다. 그러니 내가 공터에서 느낀 감정은 아주 당연한 일이었다.

상상해 보라.

후각장애인 남자 친구에게 냄새 때문에 불평을 터뜨리는 여자가 어디 있겠는가?

단미는 내게서, 집에서 악취가 풍겨도 결코 말하지 않을 것이다. 내가 외출한 사이 몰래 청소를 할 수도 있다. 나는 그걸 용납할 수 없었다.

나는 청소하는 내내 선이가 짚었던 곳을 기억 한편에 꼭꼭 새겼다. 선이에게는 미안하지만 강박증에 걸린 사람처럼 그 많은 곳을 세 번이나 확인받았다. 대신 냉동실에는 선이 전용 아이스크림으로 꽉 찼고, 아이가 내 집에 놀러 올 이유가 하나 더 늘었다.

우리는 이 층 창틀에 걸터앉아 아이스크림을 먹으며 연붉은 노을을 바라보았다. 크게 넘어져 생긴 상처 같았다. 열구름은 쓸모없는 솜 같았다. 바람은 차가운 입술을 더 시리게 만들었다.

아이는 코를 훌쩍이면서도 아이스크림을 해치웠다.

불현듯 선이는 내가 왜 냄새를 못 맡는지 궁금해했다. 매번 느끼지만 나를 쳐다보는 선이 눈동자는 유난히 크고 까맸다. 지금 돌이켜보면 왜 그렇게 솔직했을까 싶다. 내 비밀쯤은 이 아이의 왕성한 호기심에 금방 밀려날 거라고, 설령 아이가 내 비밀을 말하고 다닌다 한들 믿어 줄 어른은 없을 거라고 생각했을까?

아무튼 나는 그 눈을 거부할 수 없었다.

그래서 상처 입은 하늘을 가리켰다.

이어 하얀 냄새와 장미 향을 포함한 내 은밀한 비밀을 모조리 털어놓았다. 꽤나 긴 이야기를 아이는 묵묵히 들었다.

"진짜 장미 향이에요?"

"응, 맞아. 그 냄새만은 똑똑히 기억하거든."

선이는 창틀을 밟고 일어섰다.

"그 언니는 지금 어디 있어요?"

"어디 보자."

나는 팔로 선이 허리를 안전하게 감쌌다.

"이 속도면 차를 타고 오고 있을 거야. 이제 막 공원을 지나쳤고, 놀이터 옆에서 멈췄어. 저 골목이 꽤 복잡하긴 하지? 거기선 오른쪽으로 돌아 들어와야 하는데 직진을 하려는 것 같아. 내가 몇 번이나 당부했는데, 언니가 잊은 걸까?"

"잊지 않았을 거예요."

"왜 그렇게 생각해?"

"꽃은 똑똑하니까."

나는 깜짝 놀랐다. 아이가 정말로 꽃을 눈으로 좇고 있는 것만 같았다.

"맞았어. 조금 전에 택시가 후진을 했거든. 그리곤 오른쪽으로 맞게 돌아 들어왔으니 지금쯤……"

"저기!"

선이는 조심스럽게 다가오는 택시를 가리켰다. 이어 신이 나 듯 해맑게 웃었다.

튤립 163

"진짜 신기해요! 그럼 숨바꼭질해도 금방 찾겠네요?"
"응, 그렇겠다. 다음에 한번……"
그때 초인종이 울렸고, 놀이는 이만 끝이라는 듯 아이는 미련 없이 엄마에게 달려갔다. 그 모습에 나는 이유 모를 안도를 느꼈다. 이윽고 밑에서 차 문이 닫히는 소리가 올라왔고, 나도 덩달아 계단을 다급하게 뛰어 내려갔다.

"무슨 짐이 이렇게 많아?"
단미는 어깨를 으쓱했다.
"이것저것 챙기다 보니까 많아졌어."
큰 여행 가방 두 개를 내려놓은 택시는 벌써 골목을 빠져나갔다. 단미는 배고프다고 말하며 서둘러 걸어가다가 대문에서 멈췄다. 돌계단과 잔디로 시작하는 문간에 서서 연신 감탄했다.
"아버지가 직접 지은 집이야."
"맞다, 아버지가 건축가셨지?"
"응. 나는 본 적 없지만."
엄마가 설계에 참여했는지는 모르지만 평생을 봐도 질리지 않을 만큼 그림 같은 집이었다. 돌계단 위로 붉은 벽돌과 징크로 지은 집은 구조가 사선 형태로 보는 각도마다 달리 보였다. 시간마다, 더 나아가 계절마다 그에 맞는 고즈넉한 분위기로 변모했다. 특히 지붕에 눈이 소복이 쌓이는 겨울이면 지나가는 사람들이 사진을 찍었다. 이따금 이 층에서 턱을 괴고 있는 내 모습까지 담아 갔다.
"건축가와 화가의 집이라니. 뭔가 낭만적이네."

그러다 입이 반쯤 열린 강아지 우체통을 눈으로 가리켰다.
내가 말했다.
"할머니 말씀으로는 아버지는 내가 강아지를 좋아할 거라고 생각했대. 엄마는 화단을 망가뜨린다고 반대하셨거든. 그럼 키우지는 못할 테니 아들에게 이렇게라도 만들어 주자 생각하셨나 봐."
"아버지가 너를 많이 사랑하셨구나?"
"글쎄."
나는 우체통 문을 닫고 가방을 집 안으로 옮겼다.
거실로 들어오자 단미 입이 또 한 번 벌어졌다.
"생각보다 그림이 많네. 다 어머니가 그린 거야?"
내가 끄덕이자 단미는 그림 하나하나를 유심히 쳐다보았다.
"정말 그림마다 문이 있어."
우리가 시간을 가장 많이 보낸 곳은 미술관이었다. 단미는 화가의 배경에는 관심이 거의 없었다. 그저 상상하기를 즐겼고, 나는 그런 단미를 구경했다. 작가 서명이 없는 그림을 보면 고개를 갸우뚱했고, 알 길이 없는 그 이유를 내게 묻곤 했다. 그뿐만이 아니었다. 화가의 나이와 성별, 수염 유무와 길이, 그림을 그린 이유, 날씨, 심지어 붓을 쥔 손 모양까지 상상했다. 그 일이 끝나면 머릿속에 새로 그린 화가를 내게 들려줬다. 나는 그 이야기들이 매번 새로웠고, 그렇게 즉석에서 이야기를 만드는 능력이 신기하기도 했다.
"이 그림은 언제 그리신 거야?"
단미는 마지막 그림 앞에 서 있었다. 이 집에서 가장 크고 마지막에 그려진 그림. 행복하게 미소 짓는 아이가 바닥에 누워 있다. 누군가에게 안기는 듯한 팔과 다리는 색종이가 바람에 흩어지듯 장미 꽃잎으로 변해 허공에 선을 그리는 그림이었다.

엄마의 유작.

유일하게 문을 그리지 않은 그림이기도 했다.

"여기 뭐라고 쓰여 있어."

단미가 그림 오른쪽 하단을 가리켰다.

"그건 '내음'이야."

"내음?"

나는 과거를 떠올렸다.

"엄마는 냄새나 향기라는 단어를 잘 쓰지 않았어. 특히 꽃에 관해서 말할 때는."

단미가 중얼거렸다.

"내음."

이윽고 그림 속 아이와 나를 번갈아 쳐다보았다.

"누구를 그린지는 몰라. 물어보질 못했거든."

"서화를 그린 거야."

확신에 가득 찬 목소리가 말했다.

나는 그녀의 옆얼굴을 보았다.

"저는 제 작품에 항상 문을 만들었어요. 눈처럼 하얀 문. 제 이야기에 들어오는 이를 위해."

단미는 정말 엄마가 그린 문을 연 걸까?

나는 단미 옆으로 다가가 그림을 보았다.

다시 살펴봐도 이 그림엔 문이 없었다.

"여기 꽃도 있네?"

"그건 내가 꽂아 둔 거야."

새까만 장미. 그림 하단에 작은 꽃병을 만들고 그 안에 꽂아 둔 장미였다.

"안에 물이 없는데, 조화야?"

"잘 모르겠어. 나는 냄새를 못 맡으니까. 만져 보면 진짜 같은데 어디서 가져왔는지 도통 기억이 나지 않아."

단미는 조심스럽게 꽃잎을 만지더니 이어 코에 갖다 댔다. 예상대로 꽃은 어떤 냄새도 풍기지 않았다. 역시 가짜 꽃이었나?

"색만 다르지, 그림 속 꽃이랑 닮았네. 마치 그림에서 떨어진 것처럼."

그러고 보니 정말 그랬다. 꽃잎이 아이로 변하는 건지, 아이가 꽃잎으로 변하는 건지 모를 그림에서 뚝 떨어진 것만 같았다.

우리는 소년을 보았다.

무거운 침묵이 세 사람 사이에서 흘렀다.

나는 단미를 흘끔거렸다.

짐작건대 단미는 처음으로 그림을 앞에 두고 상상하지 않았다. 그저 그림을, 아이를, 꽃잎을 그 모습 그대로 눈에 담았다.

반대로 나는 상상해 보았다. 꽤 오랫동안.

어둑한 거실 한편. 우리는 거기에 서 있었다.

그림이 있고, 아이가 있고, 내음이 있었다.

튤립

장미 향이 집 안에서 은은하게 감돌았다.

단미는 냉장고 문을 열더니 한숨을 쉬었다.
"내가 이럴 줄 알았어."
그러곤 가방 하나를 열어 반찬통 여러 개를 꺼내더니 빈 냉장고를 채우기 시작했다. 다른 가방에는 간단한 요리 도구와 저녁 재료가 들어 있었다.
단미가 요리하는 동안 나는 벽트리를 설치했다. 설명서대로 다 했는데 불이 켜지지 않아 전구를 처음부터 다시 감고 있었다.
그때 단미가 불쑥 물었다.
"이건 뭐야?"
내가 돌아보자 익숙한 반찬통과 작은 쪽지가 단미 손에 들려 있었다. 단미는 글귀를 읽었다.
"올해 안에 다 먹을 것?"
그리고 무표정한 얼굴로 시선을 들었다.
"여자 글씨네, 이건 누가 준 거야?"
나는 곧바로 설명했다.
"친구 어머니가 주신 거야. 내가 전에 말한 적 있지? 재혁이라고. 걔 엄마가 보내 주셨어."
"그래?"
"응."
단미는 나를 스치듯 째려보더니 손에 든 반찬통을 냉장고에 도로 넣었다.

나는 전구를 다시 감다가 줄이 꼬인 곳을 발견했다. 그 부분을 풀자마자 다행히 전구에 불이 들어왔다.
"서화야, 다 됐어. 얼른 와."
오늘 저녁은 일본 가정식이었다. 옹기종기 모인 반찬은 건강 챙기라고 입버릇처럼 말하던 단미답게 한눈에 봐도 건강식이었다. 된장국처럼 생긴 돈지루를 마지막으로 내려놓고 단미는 앞에 앉았다. 이어 기대에 가득 찬 눈으로 나를 지그시 바라보았다.
나는 돈지루를 한가득 입에 넣었다.
"완전 맛있어! 내 입맛에 딱이야."
돌이켜 보면 단미는 그런 예정된 반응을 무척 만족스러워했다. 그날 이후부터 거의 매일 저녁을 차린 이유도 그 반응을 보기 위해서이지 않을까 짐작한다. 그 평범한 말은 내가 함으로써 특별한 말로 변하기 때문일지도 모르겠다.
그날 저녁 식사는 평소와 조금 달랐다. 우리의 시선은 식사 내내 얽혀 있었다. 말보다 웃음소리가 더 길었다. 다가오는 성탄절에 꽤 들떠 있었다. 식탁 위 조명과 벽트리에 매달린 작은 전구들만이 아늑하게 빛났다. 물론 내게는 장미 향까지 더해져 성탄절 분위기가 더욱 진했다.
하지만 그 냄새. 그래, 그 하얀 냄새.
"편의점 도시락은 먹으면 안 돼. 완전 소금 덩어리⋯⋯"
돌연 단미가 고개를 획 돌리더니 기침을 하기 시작했다. 온몸이 들썩이는 기침이 연거푸 터져 나왔다. 그 떨림이 식탁을 타고 고스란히 전해졌다. 호흡을 고르며 미안하다고 말하기 무섭게 다시 기침이 터졌다.

"감기가 잘 안 낫네."

단미는 머쓱해하며 입가를 닦았다.

"너무 걱정하지 마. 나는 원래 감기 한번 걸리면 잘 안 낫는 편이니까."

하지만 하얀 냄새는 다른 말을 했다.

감기가 아니라 죽음이야.
성탄절이 주는 설렘 같은.
그러니 곧 네 앞에 다다를 거야.

텅 빈 말들이 오갔다. 설렘은 차갑게 식어 갔다. 서로의 말이 귓가에서 매달렸다. 그러다 문득 그곳을 쳐다보는 뒷모습에 정신이 퍼뜩 들었다.

단미는 그곳을 뒤돌아보았다.

"저기에 문이 있네?"

나도 그곳을 따라 보았다.

화실로 향하는 문.

나는 황급히 말했다.

"저기는 그냥……"

그때 작은 기계음이 어둑한 집 안에서 울렸다. 나는 반사적으로 자리에서 일어났다. 이어 현관문이 벌컥 열리는 소리가 들렸고, 나는 한달음에 거실을 가로질렀다. 이 소리를 내는 사람은 딱 한 명이었다.

재혁이가 차가운 바람을 이끌고 안으로 들어왔다.

"뭐야, 너 있었어? 불 다 끄고 뭐 해?"

나는 목소리를 낮췄다.

"미쳤어? 여긴 왜 온 거야?"

그 말에 녀석이 포도주를 들어 보였다.

"빨리 나가."

"누구야?"

단미가 어느새 등 뒤로 다가왔다.

재혁이는 나와 단미를 번갈아 쳐다보더니 갑자기 씩 웃었다.

이 자식이 설마 들어오려고 하는 건가?

재혁이는 아직까지도 단미를 못마땅해했다. 그동안 단미는 재혁이를 만나 보고 싶다고 여러 번 말했지만, 녀석은 싫다고 딱 잘라 거절했다. 그럼 그 말을 지킬 것이지 왜 이런 중요한 날에 와서 변덕을 부리는지 도통 이해할 수 없었다.

"맛있는 냄새가 나네?"

재혁이는 기어이 나를 밀치고 들어왔다.

"대신 이거. 어렵게 구한 포도주야."

그리곤 포도주를 건넨 손을 단미에게 내밀었다.

"안녕하세요. 박재혁이라고 해요. 성함이 단미 맞죠?"

단미는 재혁이의 묘한 미소를 올려다보았다. 무슨 말을 돌려줄지 잠시 고민하더니, 보란 듯이 그와 비슷한 미소를 머금었다.

"반가워요, 재혁 씨. 서화한테 얘기 많이 들었어요. 어서 들어오세요."
 마주 잡은 두 손은 빠르게 떨어졌다.

"우웩, 이게 대체 무슨 맛이야."
 재혁이는 돈지루를 먹더니 얼굴을 찌푸렸다.
"그냥 맹물이잖아."
"무슨 소리야? 맛있기만 한데."
"그냥 뜨거운 물인데 뭐가 맛있다는 거야?"
 재혁이와 나는 단미를 흘끔거렸다. 단미는 조금 전에 맛있게 드시라며 남은 돈지루를 몽땅 재혁이 그릇에 퍼 주었다.
"어머니는 요리를 잘하시나 봐요?"
 단미는 돈지루를 떠먹으며 말했다.
"아, 예."
 재혁이는 다른 반찬을 의심스럽게 훑어보았다.
"할머니가 식당을 하셨어요. 어렸을 때부터 일을 거들면서 많이 배우셨답니다."
"맛있는 거 먹을 때 서화도 좀 챙겨 주세요."
"억지로라도 집에 데려가서 먹이고 싶죠. 엄마가 반찬도 줘요. 아주 정성을 듬뿍 담아, 유통 기한까지 적어 가면서."
 단미는 나를 돌아보며 슬며시 웃었다.
"아, 그렇구나."
"근데 엄마가 준 반찬은 다 어디 갔냐?"
 재혁이는 결론을 내렸다.

"그거라도 먹어야겠는데."

단미는 자기가 만든 반찬만 식탁에 올려놓았다. 조금 전, 포도주를 넣으려고 냉장고를 열었을 때 구석에 박힌 어머니 반찬통을 보았지만, 재혁이가 볼세라 얼른 문을 닫았다. 그 광경을 차마 보여 줄 수 없었다. 나는 대답하지 못하고 딴청을 피웠고, 단미는 말없이 돈지루를 국그릇째 들이켰다. 그런 우리를 재혁이는 못마땅하게 바라보았다.

이어 재혁이는 냉장고 쪽으로 걸어가 문을 벌컥 열었다.

꽤 오랫동안 어색함이 감돌던 식탁은 이내 성탄절과 어울리지 않는 주제로 대화가 흘러갔다. 단미는 재혁이가 철학 교사라는 사실을 떠올렸고, 고대 그리스 철학자를 시작으로 이런저런 질문을 던졌다. 나는 재혁이에 버금가는 철학 지식—단미가 해외에서 제일 오래 머문 나라는 독일이었다. 블로그에 올린 사진의 반 정도는 독일 도시 곳곳을 돌아다니며 찍었다—에 감탄하며 호응했고, 재혁이는 내게 시끄러우니 설거지나 하라고 짜증을 부렸다. 걱정과는 달리 두 사람이 금방 친해지겠다는 생각이 들었다.

하지만 그것은 단지 탐색전일 뿐이었다.

토론 주제는 개발도상국과 전쟁을 시작으로 살인, 아동학대, 절대자까지 자연스럽게 흘러갔다. 여기까지는 서로 의견을 나누고 받아들이고 보태었다. 하지만 마지막 주제에서 완전히 어긋났다.

그 주제는 바로 **거짓말**이었다.

"이해할 수 없어요."

단미가 말했다.

"진실을 말하지 않은 것과 거짓을 말하는 것은 다른 문제예요. 재혁 씨는 지금 진실을 말하지 않은 것 또한 거짓말이라고 주장하는 거예요."

"둘 다 본인이든 타인이든 영향을 준다는 공통점이 있죠. 아니면 거짓말을 거짓으로 바꾸면 이해하나요?"

재혁이는 식탁을 손가락으로 두드렸다.

"여기 의사가 하나 있어요. 마지막이 언제인지 기억도 안 날 만큼 아주 오랜만에 휴가를 받은 의사가 독일행 비행기에 몸을 실어요. 이륙 후 몇 시간 뒤, 화장실에서 나온 의사는 우연히 바닥에서 죽어가는 연쇄 살인범을 봅니다. 한때 세간을 떠들썩하게 만든 극악무도한 살인범은 자기가 죽인 피해자처럼 피와 비명을 토하고 있어요. 승무원들은 바쁘게 움직이며 수천 미터 상공에서 몰려든 구경꾼을 달래느라 정신이 없어요. 의사를 찾는 기내 방송이 머리 위에서 울리고 성가신 구경꾼이 자기를 밀치는 와중에도 의사의 머릿속에는 골든 타임이 저절로 떠오르고 초 단위로 시간이 가기 시작합니다. 비행기가 비상 착륙할 때까지 기다린다는 건 터무니없다는 사실을 수백 명 중 단 두 사람, 의사와 살인범만 알고 있죠. 이윽고 눈치 빠른 최고참 승무원이 남자를 빤히 쳐다봅니다. 의사냐고 소리쳐 묻는 승무원에게 남자는 아무 대답도 하지 못해요. 의사는 살인범의 벌건 눈을 내려다봅니다. 살인범은 이 남자가 의사라고 조용히 확신합니다. 둘은 비슷한 표정을 지어요. 의사는 고민합니다. 이미 죗값을 치렀다지만 글쎄요. 과연 생명을 살리는 의사도 그 형량에 만족했을까요?"

"그건 너무 극단적인 예잖아요."

"극단적이든 아니든 하나의 예라도 적절하게 통한다면 철학적 근거로는 충분합니다."

"그래서 하고 싶은 말이 뭐예요?"

단미는 초조해했고, 재혁이는 그 사실을 눈치챘다.

"그게 바로 제가 세운 '거짓'의 정의입니다. 승무원이 애타게 물어도 의사는 침묵했죠. 설령 자기에게 직접적으로 묻지 않았어도 누가 봐도 의사가 필요한 그 상황에서 진실을 말하지 않은 것 자체가 거짓이라는 겁니다. 거짓이라는 건 어떠한 행위에서 비롯되죠. 의사는 나서지 않겠다는 행위를 선택한 거예요. 그 행위를 선이냐 악이냐 판단하는 건 각자의 몫이고요. 물론 저는 그 행위를 악으로 규정합니다. 고민할 필요도 없이 진실을 밝히고 환자를 돌봐야죠. 그건 오로지 자기만을 위한 거짓, 즉 살해당한 피해자나 죽어 가는 한 인간이 아닌 오로지 자기 자신만을 위한 거짓된 행위. 물론 타인을 위한 행동이라고 해서 선이 되는 건 아닙니다만, 대부분 이런 제 의견을 비난하더군요. 이런저런 이유를 대며 살인범을 살리지 않는 쪽, 즉 가만히 모른 척하는 행위를 선으로 규정해요. 그게 마치 불만족스러운 형량을 채우기라도 하듯 말이죠. 그럼 상대가 연쇄 살인범이 아닌 평범한 사람이라면 어떨까요?"

그때 재혁이의 휴대 전화가 울렸다. 하지만 재혁이는 말을 멈추지 않았다.

나는 손을 멈추고 다음 말을 기다렸다.

재혁이는 단미뿐만 아니라 내게도 그 말을 전하고 있었다.

"평범한 사람을 앞에 두고 당연히 행할 말, 즉 진실을 말하지 않는다면? 그로 인해 상대방이 죽음, 혹은 그 이상의 고통을 느끼게 된다면 상황은 어떻게 바뀔까요? 그게 과연 단순히 거짓의 범위일까요? 선과 악을 논할 가치가 있을까요? 단미 씨는 어떻게 생각하시죠?"

단미는 그 질문에 영원히 대답하지 못한다.

재혁이의 휴대 전화가 세 번이나 더 울렸기 때문이다. 단미의 입은 할 말을 떠올린 듯 벌어졌지만, 결국 재혁이가 참지 못하고 휴대 전화를 집어 들면서 두 사람의 토론은 끝이 났다.

재혁이가 테라스로 나가자 단미는 옆으로 다가온 내게 머리를 기댔다.

"오늘 뭔가 날카롭네, 저 녀석."

단미는 나를 올려다보았다.

"재혁 씨는 너를 많이 좋아하나 봐. 그만큼 나를 싫어하는 것 같고."

"그게 무슨 끔찍한 소리야?"

단미는 말없이 내 허리를 감싸안았다.

거실로 들어온 재혁이는 엉켜 있는 우리에게 짜증을 부렸다. 이어 거실 한가운데에 어정쩡하게 서서 꺼진 휴대 전화를 만지작거렸다.

"나가서 술이나 한잔하자. 내가 살게."

"우린 바쁜데."

단미가 빈정거렸다.

"여자 친구 아니에요? 네 번이나 전화가 왔는데 만나러 안 가요?"

"약속 취소됐어요. 연달아 장거리 비행을 하느라 피곤하다고 오늘은 집에서 쉬고 싶대요."

단미는 이해할 수 없다는 듯 고개를 저었다.

"그건 지금 당장 보고 싶다는 뜻이라고요. 철학 선생님이 그런 것도 눈치 못 채요?"

재혁이는 못마땅한 표정을 지었지만, 곧바로 외투를 집어 들었다.

"제가 좋아하는 철학자는 결혼 안 했어요."

"못 한 거죠. 지금 재혁 씨처럼 행동하다가요. 부디 그런 건 닮지 말아요."

단미는 내 등을 재혁이 쪽으로 밀었다.

"바람 좀 쐬고 와. 올 때 아이스크림 꼭 사 오고."

단미는 웃으면서 손을 흔들다가 내 뒤쪽을 가리켰다. 돌아보니 재혁이는 벌써 집에서 반쯤 나가 있었다. 나는 서둘러 뒤를 따르다가 문이 닫히기 직전 거실 안쪽을 보았다. 단미는 그 자리 그대로 서 있었다.

문이 저절로 닫혔다.

둘은 끝내 말을 놓지 않았다.

지하철역으로 이어지는 공원을 걸으면서 나는 재혁이에게 넌지시 물었다. 재혁이는 사람의 성향을 잘 파악하는 편이었고, 해마다 수많은 학생을 교육하면서 그 능력은 더 발달된 듯 보였다. 재혁이도 단미를 좋은 사람이라고 느꼈으면 싶었다.

재혁이는 곰곰이 생각했다.

튤립 177

"괜찮은 사람 같아. 너를 많이 좋아하는 게 느껴져. 그리고 나를 싫어하기도 하지."

단미가 한 말을 그대로 해서 나는 놀랐다.

"내가 너에 관해서 자기보다 더 잘 아니까 질투하는 것 같아. 아주 유치해."

나는 그 대답이 만족스러웠다. 재혁이가 한 말치고는 분명 극찬이었다.

"근데 곧 죽을 사람이 맞긴 해? 전혀 그렇게 보이지 않던데."

이번엔 재혁이가 슬쩍 물었다. 나는 먼 곳을 건너다보았다. 열차가 발밑을 지나갔다.

"나도 모르겠어……"

새삼 이런 이야기를 나누는 친구가 있다는 사실에 감사했다. 하지만 남자들끼리 곧잘 그러듯 다른 걱정거리는 까맣게 잊은 채 애인 자랑을 늘어놓기 시작했다. 그중에서도 단미가 내게 맞는 식당을 고르느라 고생한다는 말은 녀석의 심기를 건드리기에 충분했다.

"와, 이 새끼 이거. 나는 거의 십 년을 그렇게 했어도 고맙단 소리 한 번을 못 들었는데. 이제 보니 그런 걸 느낄 줄 아는 놈이었구나?"

"내가 그랬다고?"

우리는 지하철역에 다다랐다.

"내가 서울 맛집을 하도 꿰고 있어서 여자 친구한테 의심받는 건 아냐? 대체 여자를 얼마나 만났느냐고 하더라. 가는 곳마다 와 본 적이 있다고 말해서 한번은 여자 친구가 어찌나 화를 내던지."

역으로 내려가는 계단에 서서 재혁이는 진부한 질문을 던졌다.

"너 사랑이랑 우정 중에 뭐가 더……"
"사랑."
그 단어를 내뱉자마자 나는 역으로부터 최대한 빠르게 멀어졌다.

아이스크림이 든 까만 봉지가 손끝에서 부스럭거렸다.
나는 장미 향을 따라 걸었다. 평소와 달리 그 끝에는 내가 사는 집이 있었다. 그렇기에 수없이 걸어 익숙해진 길이 그날따라 낯설게 느껴졌다. 거리를 따라 흐르는 건 강이 아니라 냄새였다. 물줄기 같은 장미 향은 정확히 내 걸음만큼 발밑에서 흩어졌다. 집과 가까워질수록 그 양은 점점 부풀었다.
이어 도착한 집은 깊이 잠들어 있었다.
단미가 다시 불을 껐나?
거실은 재혁이가 오기 전 모습과 똑같았다. 식탁 위 조명과 벽트리에 감긴 작은 전구들뿐이었다. 어둠 속에서 일렁이는 촛불 같았다. 단미는 보이지 않았다. 그림자나 인기척도 없었다. 문이 뒤에서 닫히자 잡다한 소음이 끊겼다. 이름은 내 입술에서 고꾸라졌다. 그 울림은 식탁까지 닿지 못했다. 설령 닿을지라도 돌아올 대답은 없다는 사실을 나는 곧바로 알아챘다. 불안하게 뛰는 가슴을 다독이며 집 어딘가에서 흘러나오는 장미 향을 눈으로 좇았다. 그 냄새는 충분히 믿을 만했다.
서서히 어둠이 눈에 익고 비로소 작은 차이가 모습을 드러냈다.
불빛이 닿을락 말락 한 어둠 한편에 작은 구멍 같은 붉은 점이 찍혀 있었다. 나를 쳐다보는 것 같았다. 눈꺼풀을 열고 닫듯 일정한 간격으로 반짝였다. 내가 순식간에 거실을 가로질러 굽어보았을 때 그 눈이 문고리라는 사실을 알았다. 정확히는 그 너머에서 넘어와 물들여진 것이었다.

나는 그 문을 열었다.

화원은 전에 왔을 때와 별반 다르지 않았다.

꽃을 피우는 법을 잊은 흙은 새까맣게 굳어 있었다. 페인트가 벗겨진 벽 곳곳은 나뭇가지처럼 갈라져 있었다. 화원을 가로지르는 길은 먼지가 소복이 쌓여 있었는데, 그 사이에 방금 찍힌 듯한 발자국이 죽 이어져 있었다. 내 시선은 발자국을 따라 화원 끝으로 향했다.

다시는 올 일이 없을 거라고 생각했었다.

나무줄기와 덩굴로 빼곡히 둘러싸인, 어디가 문이고 손잡이인지 모를, 본래의 형체도 가늠하기 힘든 공간. 어렸을 땐 괴물의 집으로 여겨 들어오라는 엄마의 손짓에도 뒷걸음질 쳤던 공간. 집에서 혹은 이 세상에서 가장 이질적인 공간.

화실.

열린 문틈으로 장미 향이 쏟아져 나오고 있었다. 상처를 입고 피를 흘리는 나무 같았다.

단미가 저 안에 있어.

나는 홀린 듯이 그쪽으로 걸어가 손잡이 같은 어딘가에 손을 뻗었다.

나는 흠칫 놀랐다.

거칠고 딱딱하리라 예상했는데, 의외로 따스하고 부드러웠기 때문이다. 하지만 눈앞에 펼쳐진 광경에 그 감촉은 금세 사라졌다.
 마침내 화실 안에 도달했다.
 나는 내 눈을 의심했다.

2.

내가 마지막으로 화실에 들어온 시기는 약 팔 년 전, 스무 살이 되던 해였다.

쌓인 눈에 무릎까지 잠겨 사람들의 키가 한 뼘 정도 줄어든 이월 어느 날을 기억한다. 그날은 아침부터 한파 경보로 동네가 떠들썩했고, 뉴스에서는 몇십 년 만에 오는 강추위라는 말을 서슴없이 내뱉었다. 바로 그날 오후, 고등학교 졸업식이 약식으로 진행되어 금방 끝났다. 눈이 더 쌓여 열차가 끊기기 전에 서둘러 할머니를 열차역까지 배웅한 뒤 집으로 돌아와 꽁꽁 언 목도리를 풀었다. 목뒤로 숨어 있던 작은 눈덩이를 일일이 털어 내야 했다. 뺨과 귀가 깨질 듯이 아팠고, 차가운 열기에 온몸이 달아올랐다. 오늘은 결코 밖에 나가지 않겠다고 다짐하며 주전자에 물을 끓였다. 그런데 잠깐 주방에 들어갔다 온 사이에 거짓말처럼 눈이 그쳤다. 그렇기에 주전기가 뿜어 대는 하얀 김이 내 눈길을 끌 수 있었다.
재혁이 어머니가 입원한 지 삼 개월 정도 지났지만 나는 아직 그 충격에서 헤어 나오지 못한 상태였다.
그래서인지 하얀색을 보자마자 악취가 머릿속에 떠올랐다.
그리고 거실 유리창에 비치는 여자와 남자아이.
그 둘의 표정은 마지막 그림 속 소년과 정반대였다. 바닥에서 아이는 하얀 죽음을 맡으며 기침을 터뜨렸고, 여자는 충격을 받은 채 쓰러진 아이를 끌어안았다. 주위는 온통 눈처럼 새하얬다. 여자가 뿜어 대는 죽음이었다.
눈이 다시 내렸다.
이윽고 마음이 움직였다.
그렇기에 그 시절처럼 순수한 말을 했다.
"엄마가 지금 화실에 있지 않을까?"
나는 화실로 달려갔다.
엄마의 장례식 직후에 들어가고 처음이었다. 긴 시간 동안 그곳엔 눈길조차 주지 않았다. 그럼에도 그런 말을 중얼대며 달려간 이유는 엄마가 화실을 무척 사랑했기 때문이다. 내 품에서 빠져나간 엄마를 잠결에 느끼고 쫓아갔을 때도, 학교 수업이 끝나고 곧장 돌아와 공허한 거실로 들어왔을 때도, 술래가 되어 꼭꼭 숨어 있어야 할 때도 엄마는 화실에 있었다. 엄마는 그곳에서 그림을 그리고, 혼잣말을 하고, 심지어 잠을 자기도 했다. 심지어 나보다 화실을 더 좋아한다며 투정 부린 적도 있다. 그러니 이십 년 전으로 돌아간 발걸음이 화실로 향한 건 지극히 당연한 행동이었다.

시시한 결말이지만 그곳에 엄마는 없었다. 벌레 사체와 배설물, 거미줄이 전부였다. 혹시나 하는 마음에 화실 구석에 전등을 비추었더니 흙 속에서 무언가 꿈틀거리고 사방으로 흩어져 비명이 절로 나왔다. 바닥에 주저앉자 눈물이 절로 솟았다. 배신을 당한 기분이 들었기 때문이다. 애석하게도 문을 닫는 것조차 쉽지 않았다. 문은 무겁고, 차갑고, 딱딱했다. 온 힘을 다해 문을 안으로 밀었고, 발길질을 했다. 다시는 열지 않을 문이기에 상관없었다.

내가 단미를 찾으러 다급히 화실에 들어간 이유도 거기에 있다. 십 년이 지난 지금 화실은 그때보다 더 엉망진창이고 그때 맡지 못한 악취가 진동하리라 확신했다.

하지만 내 예상은 보기 좋게 빗나갔다.

화실은 빨간 장미로 만발해 있었다.

하얀 천장과 흐드러진 꽃의 물결에 넋을 잃었다.

그 따뜻하고 부드러운 흐름 속으로 들어가자 머릿속에서 짤막한 대화가 떠올랐다.

"할머니, 저 화실도 아빠가 만든 거야?"
"아범이 지었지. 눈탱이가 맛이 갔었어. 뭐에 홀린 놈처럼."
"귀신 말이야, 할머니?"

"너무 예뻐, 서화야. 이 많은 꽃을 네가 다 심은 거야?"

단미는 화실 한가운데에 서서 나를 보았다. 손에 든 장미 한 송이를 내게 흔들면서. 정신을 아득하게 만드는 이 냄새의 주인은 누구일까. 단미일까, 장미일까.
나는 정원에서 가장 향기로운 꽃을 맡으려는 사람처럼 단미에게 다가가 몸을 숙여 입을 맞췄다.
단미였다. 분명 그랬다.
가볍고 짧은 입맞춤이 끝나고 길고 진한 입맞춤이 이어졌다.
그사이, 찰나의 순간, 단미 어깨 너머로 순식간에 만개하는 장미를 본 것도 같다.
장미 향이 그만큼 진해졌다.

시동을 끄자 차 안은 정적이 감돌았다. 여기까지 오는 동안 우리는 한마디도 하지 않았다. 나는 앞을 보았고, 단미는 창문 너머를 응시했다. 하지만 우리는 분명 같은 곳을 쳐다보고 있었다.
화실.
첫 입맞춤은 아니었다. 하지만 시간의 감각이 뭉개지는, 어쩐지 현실과 동떨어진 공간에서 나눈 감촉은 오랫동안 입술에서 떨어지지 않았다. 그곳은 첫 입맞춤 같은 공간이었다.
"저기가 최 교수님 댁이야. 우리 집 맞은편."
단미는 칙칙한 이층집을 가리켰다. 자정이 넘은 시간인데도 일 층이 환했다.
"그럼 크리스마스에 보자."
"잠깐, 단미야."
나는 막 차에서 나가려는 단미의 손목을 붙잡았다.
"혹시라도 몸이 아프다 싶으면 꼭 전화해."

단미는 놀란 눈으로 쳐다보았다.

우리는 며칠 뒤 성탄절에 만나기로 했다. 내일부터 단미는 고아원에서 성탄절 전야 행사 준비로, 나는 성탄절부터 연말까지 예정된 일을 한꺼번에 받아 처리하기에 바쁠 예정이었다. 나는 성탄절에 아침 일찍 만나기를 바랐지만, 단미는 최 교수님께 진료받기로 했다면서 오후에 만나길 원했다.

"크리스마스에 병원을?"

나는 의아해하며 물었다. 그건 분명 흔치 않은 일이었다.

"감기가 독한지 쉽게 낫지 않을 거 같아. 기침도 멈추지 않고. 그래서 말씀드렸더니 그날은 휴무로 문을 닫지만 오전에 오면 진료를 봐 주신다고 하셨어. 이번 크리스마스에 몸이 아파 마음껏 놀지 못하면 평생 후회할 거라며 생떼를 부렸거든."

"그래?"

나는 더는 묻지 않았다.

"그렇게 해 주신다니 다행이야. 그래도 몸이 더 아플 거 같으면 나한테 연락해. 알겠지?"

"응, 그럴게."

단미는 내 볼에 입을 맞춘 뒤 차에서 내려 가 버렸다. 멀리서 대문이 닫혔고, 이어 이 층 방에 불이 환하게 켜졌다. 차에서 장미 향이 거의 빠져나갈 즈음 나는 시동을 걸었다. 출발하기 전에 눈에 잘 띄지 않은 의사의 집을 한 번 더 확인했다.

집에 도착하자마자 나는 화실로 향했다.

발자국도 덩굴의 감촉도 장미도 그대로였다. 냄새는 거의 사라지고 없었다. 다시 한 송이 정도만 풍겼다.
나는 화실 안을 둘러보며 장미 수를 세다가 그만두었다. 역시 후각을 잃은 날 보았던 만큼은 못 되었다. 그땐 더 피다 못해 꽃가루까지 날렸었다.
단미가 떨어뜨린 장미를 주워 보았다. 소름 끼칠 만큼 보드랍고, 생기가 넘쳤다. 꽃잎을 만지면 정말이지 색이 묻어 나올 것만 같았다.
"진짜 살아 있는 꽃이잖아."
나는 비현실적인 광경을 이해해 보려고 했다.
"대체 누가 이런 짓을 한 거지?"
이윽고 흐드러진 꽃 무리를 따라 하나의 의문이 맴돌았다.
"아버지는 대체 뭘 만드신 거야?"

누가 아버지에 관해 물으면 늘 돌아가셨다고 말해 왔지만 실은 정확히 알지는 못한다. 어린 내가 물으면 엄마는 항상 말을 얼버무렸고, 할머니는 뜬금없이 욕과 저주를 퍼부으며 자리를 피했다. 결국 그럴듯한 대답을 들은 날은 세월이 조금 흘러 스물두 살에 맞은 겨울 방학, 정확히는 할머니가 돌아가시기 이틀 전이었다. 할머니는 할아버지를 기억하는 시골집에서 마지막을 맞이하고 싶어 했고, 완고한 할머니 고집을 꺾지 못한 나는 한 달 정도 시골집에 머물기 위해 내려왔다.
새벽마다 주무시는 할머니 콧잔등에 손가락을 갖다 대고 안도하면서 열흘을 보냈다.

튤립 187

눈이 보슬보슬 내리는 아침이었다. 탁 트인 마루에 누운 할머니 눈동자는 위에서 아래로 허예지고 꺼메지기를 반복했다. 추우니까 안으로 들어오래도 할머니는 하늘로 올라가면 다시는 못 볼 눈이라며, 눈은 구름 아래로 내리지 않냐면서 이상한 말투로 고집을 부렸다. 나는 포기하고 할머니 머리맡에 앉아 손을 마주잡았다. 내 눈동자는 여기 온 이후로 쭉 하얬다.
"할미한테 냄새 많이 나지 아녀?"
할머니는 담담하게 말했다.
"많이 심할 턴디."
나는 할머니를 돌아보았다.
아, 그렇겠지.
전혀 예상하지 못한 건 아니었다.
"괜찮아, 할머니. 많이 익숙해졌어."
"그래……"
가랑눈. 할머니가 돌아가실 때까지 그치지 않은 눈.
"할머니."
"음?"
"아빠는 어디 있는 거야?"
지금이 아니면 안 되겠다는 생각이 들었다. 할머니까지 없으면 나는 평생 아버지에 관해서 알지 못 할 터였다. 마주 잡은 할머니 손이 미세하게 떨렸다.
"그 미친놈은 왜 또 물어보는 거여."
"할머니가 없으면 평생 모를 거 아니야. 그리고 도망갔다거나 바람났다거나 거짓말하지 마. 나 스물두 살이야."

할머니가 껄껄 웃음을 터뜨렸다.

"그렇구나. 우리 서화가 벌써 그렇게 됐구나. 스물두 살, 그래, 어디 보자, 그 미친놈은 아마……"

할머니는 유언을 말하는 사람답게 말끝을 떨었다.

"죽은 거 갸뎌."

할머니는 분명 내가 실망하리라 생각하셨을 것이다. 위로였을까? 할머니는 이렇게 덧붙였다.

"그래도 아비는 너와 어미를 죽을 만큼 사랑했단다."

그러나 위로는 길을 잃었다.

속으로 가랑눈이 함박눈으로 변하길 바랐다. 조금이라도 빨리 그 유언이 눈에 파묻히길 원했다.

물론 수년이 흘러도 그렇게 되지 못했다.

이틀 뒤 할머니는 구름보다 높은 곳으로 떠났다. 하얀 냄새와 함께.

사람이 죽으면 냄새도 함께 사라진다.

할머니의 장례식은 엄마 장례식과 별반 다르지 않았다. 장소도, 시기도, 조문객도. 하지만 아버지가 오겠다는 기대는 조금도 하지 않았다.

엄마 장례식 때 나는 당연히 아빠가 나타날 줄 알았다.

나는 기다렸다.

앞에서 하얀색 하나가 엄마한테 절을 했다. 그다음 하얀색은 밥을 두 그릇이나 먹었고, 그다음 하얀색은 할머니와 악수했고, 마지막 하얀색은 내 머리를 쓰다듬었다. 그날 일곱 송이가 엄마 장례식

튤립 189

을 찾아왔다. 그네들 장례식은 곧 올 터였다. 하지만 그때까지만 해도 그 냄새의 의미가 온전히 와닿지 않았던 나는 그들이 앞을 지날 때마다 입 밖으로 숫자를 셌는데, 당황한 냄새들은 할머니와 시선을 나누곤 다 이해한다는 듯 고개를 떨구었다. 나는 아랑곳하지 않고 다른 조문객이 들어오면 할머니와 번갈아 두리번거렸다. 어서 할머니가 들어오는 누군가에게 욕을 쏟아붓길 바랐다. 그 사람은 분명 아빠일 테니까. 나는 중얼대며 아빠의 손 크기와 목소리를 상상했다. 큰 손과 낮은 목소리를 골랐다. 얼굴은 상상이 안 갔지만 그 안에 미안함이 그려져 있을 것이다. 이제 곧 할머니 욕과 주먹을 뒤로 하고 나를 꼭 안아 주실 것이다.

본능적으로 하얀 냄새는 풍기지 않길 바랐지만, 그런 걱정은 애초에 할 필요가 없었다.

아버지는 오지 않았다.

그 기대에 정신이 팔린 사이 장례식이 끝났고 난 엄마를 위해 울지 못했다. 그리고 나를 위해서도.

화실은 아버지가 내게 주는 선물이 아닐까? 강아지 우체통 같은?

나는 거실로 돌아와 장미 소년과 꽃병에 꽂힌 까만 장미를 보았다.

단미 말이 맞았다. 그림 속 꽃잎은 색만 다를 뿐 같은 장미가 틀림없었다.

그림 속 꽃잎과 장미. 그림 속 소년과 나.

그날 그림 앞에서 잠이 들었다.

아빠를 부르며 수없이 많은 문을 여는 꿈을 꾸었다. 하지만 아빠는 없었다. 마지막엔 발밑의 문만 남았다. 아무리 기다려도 오지 않았다. 차마 그 문을 열지 못한 채 눈을 떴다.

아빠는 다시금 아버지가 되었다.

우리는 그렇게 또 멀어졌다.

3.

햇볕이 따사롭게 내리는 성탄절이었다.

도시와 궁궐 사이에 우뚝 솟은 광화문은 호기심 가득한 눈으로 북적북적했다. 대부분 외국인이었고, 각각 무리를 이루고 있었다. 나는 그 사이에서 이방인처럼 어정쩡하게 서 있었다. 이어 하나둘 사진을 찍어 달라는 부탁을 받았고, 무표정한 수문장 옆으로 큼지막한 가방을 멘 가족부터 한복을 입은 연인까지 차례로 가서 섰다. 적당한 순간에 호기심에서 빠져나와 광화문을 지났다. 곧 수문장 교대 의식이 시작될 터라 안쪽에서는 인파가 원을 그리고 있었다. 뭐가 그리 궁금한지 원의 조각들은 서로에게 쉴 새 없이 재잘거렸다. 그중에 내 눈길을 뒷모습으로 끌어당긴 사람은 옛 시대 아이 같은 소녀였다. 선이보다 몸집이 한참 작은 아이는 기다리다 지쳐 붙잡은 부모의 옷소매를 놓더니 파란색 저고리를 하늘거리며 궁궐로 뛰어

들어갔다. 강요에서 해방된 아이는 폴짝폴짝 뛰다가 눈에 들어온 흥례문 앞 계단을 성큼성큼 올라갔다. 이어 몸을 돌리더니 자기가 막 이룬 성취를 부모에게 확인시켰다. 하지만 부모는 아이에게 어서 오라고 손짓할 뿐이었다. 아이는 멀리서 씩씩거리며 화를 냈다.

나는 원에서 빠져나와 매표소 쪽으로 갔다. 슬슬 표를 사야 하는데 직원은 전화를 끊을 생각이 없어 보였다. 이어 유리 벽에 비친 이 방인이 눈에 들어왔다. 은빛 배자와 저고리, 한복 바지를 입은 모습은 어색하기 짝이 없었다. 소용없다는 사실을 알면서도 옷매무새를 이쪽저쪽으로 가다듬었다. 유리 벽은 묵묵히 자기 일을 해내었다. 그 속에선 나만 다른 곳을 보고 있었다. 반쪽짜리 원은 환호하며 사진기를 들어 올렸다. 시나브로 수많은 팔이 올라가고 허공에 웃음이 걸리기 시작했다.

수문장 교대 의식이 시작되었다. 깃발이 웅장하게 다가왔다. 사람들은 숨과 시끄러운 웃음을 죽였다.

반면 나는 서둘러 광화문 밖으로 나갔다.

호기심이 잠잠해진 거리에서 내 시선은 한쪽 끝을 향했다. 단미가 저 멀리 모퉁이를 돌아 다가오고 있었다. 텅 빈 거리에 하늘에서 떨어진 것 같은 북소리가 울렸다. 일정한 운율로 주위가 떨렸다. 단미가 손을 흔들자 그 소리가 세차게 뛰었다.

우리는 아흐레 만에 만났다.

그동안 단미는 거의 매일 화실에 관해서 물었다. 그때가 꿈이 아니었는지 몇 번이나 확인했다. 이렇게 대놓고 장미와 비슷한 색깔의 한복을 입을 정도로 푹 빠져 있었다. 가지런히 땋은 머리카락에 장미 모양을 아로새긴 댕기도 달랑거렸다. 그리고 당연하다는 듯 풍기는 향기.

"오늘 너무 예쁘다."

화실과 잘 어울릴 것 같다는 말은 굳이 하지 않았다.

단미는 그 사실을 이미 알고 있었다.

우리는 광화문을 지나 안으로 들어갔다. 단미는 바짝 긴장한 수문장을 가리켰다.

햇살이 올올이 떨어지는 성탄절이었다.

우리는 원의 일부가 되었다.

더는 이방인이 아니었다.

경복궁과 성탄절은 제법 잘 어울렸다. 기와 군데군데 눈이 덮여 있었고, 검푸르죽죽하게 변한 하늘 아래 환한 전구 불빛이 여러 갈래로 길을 밝혔다. 수많은 한복은 빛을 받아 반짝였고, 수많은 가족과 연인은 떠나기 싫은 사람처럼 같은 곳을 빙빙 돌았다. 모두 같은 얼굴을 하고 있었다. 하지만 그네들이 저토록 사랑스럽게 웃는 이유는 예스러운 옷이나 고즈넉한 공간이나 크리스마스 때문이 아니라 문득 옆에서 들려오는 흔하고 익숙한 목소리 때문이라는 것이다.

나도 마찬가지였다.

나는 옆을 돌아보았다.

단미가 다시 말했다.

"저번에 말한 거 진짜 아니지?"

"무슨 말?

"장미 향 말이야."

우리는 근정전을 세 번 둘러본 뒤 경회루 맞은편에서 꽁꽁 언 연못을 굽어보았다. 깊이 잠겨 흐릿해진 나뭇잎이 나지막이 뛰어들라고 유혹하는 것 같았다. 아이 몇몇은 그 유혹에 넘어갈 뻔했다.

"그건 무슨 뜻이었어? 진짜로 향기를 맡은 건 아닐 테고."

"진짜 맞아."

머리를 뒤로 땋아서인지 고스란히 드러난 단미의 얼굴에는 홍조가 만연했다. 그 불그스레한 얼룩 위로 손난로를 갖다 댔다. 단미 눈은 나를 빤히 쳐다보며 대답을 재촉했다.

"진짜야. 거짓말 같아?"

"냄새를 맡지 못하는 것과 장미 향을 맡는 것. 둘 중 하나는 거짓말이지 않겠어?"

"그럼 그날 네 집 근처에서 내가 기다린 건?"

"음…… 기억은 안 나지만 북카페 가입할 때 집 주소를 썼겠지."

설령 그랬더라도 그걸 열람할 권한은 내게 없다.

'너는 내게 특별한 사람이야.'

사랑하는 연인끼리 나누는 그 흔하디흔한 문장을 증명하기란 늘 어렵다고들 한다. 그렇다면 내 경우는 어떻겠는가? 어찌 진실한 마음을 전할 수 있겠는가?

그네들과 달리 무척 쉽다.

"그럼 내기할래?"

단미는 눈을 번뜩였다.

"지금부터 십 분 동안 경복궁 안 어딘가에 숨는 거야. 내가 너를 찾으면 내 말을 믿고 소원을 하나 들어줘."
"못 찾으면?"
"나는 거짓말로 고백한 최악의 남자가 되는 거지. 덤으로 소원도 들어줄게."
단미는 치마를 한 뼘 올렸다. 홍색 꽃신이 밖으로 드러났다.
"어디 한번 잘 숨어 봐. 아니면 경복궁 밖으로 나가도 괜찮아. 네가 어딜 가든 찾을 수 있으니까."
"기대할게. 하지만 내가 이길 거야."
단미는 가장 가까운 문을 향해 내달렸다.
과연 단미는 내가 자기를 찾기를 바랐을까. 아니면 그럴듯한 거짓말로 고백했던 남자를 원했을까.
나 자신은 줄곧 후자이기를 원했다. 그런 평범함이 간절했다. 냄새를 맡지 못하는 것만큼이나 평범한 건 내게 없었다.
하지만 단미는 어떨지 모르겠다. 둘 다 원할 수도, 원하지 않을 수도 있다.
그러고 보면 어릴 때 엄마와도 술래잡기를 자주 했었다. 내가 숨으면 술래인 엄마는 금방 나를 찾곤 했다. 다가오는 걸음걸이에 망설임이 없었다. 그리고 기쁨보다 안도에 가까운 목소리로 내 이름을 불렀다. 엄마는 결코 봐주는 법이 없었다.
나는 꽃담을 지나 자경전 뒤쪽으로 굴뚝이 모여 있는 곳으로 들어갔다. 금방 눈에 띄는 곳이었다. 속에서 연기가 피어오르고 있었기 때문이다. 햇볕이 잘 닿지 않은 곳이라 앙상한 나뭇가지에도 눈이 덮여 있었다. 처마에는 고드름이 매달려 있었다. 마지막 갈림길에서는 다급한 마음이 남긴 흔적을 맡았다. 오 분 정도 지나고 내가 등 뒤로 다가갔을 때 단미는 그림자마저 감추려 쭈그리고 앉아 있었다. 십장생무늬가 독특한 벽에 기대 있었다. 이어 내 인기척을 느끼고 벌떡 일어났다. 말없이 서 있는 나를 쳐다보며 반쯤 웃고 반쯤 두려워했다. 그 표정이 아직도 마음 한구석에 박혀 있다. 어린 나도 그런 표정을 지었을 것이다.

나는 기쁜 목소리로 말하려고 했지만 엄마가 그랬듯 쉽지 않았다. 단미는 한동안 말을 잇지 못했다. 이어 잠시 생각에 잠기더니 손가락 하나를 올렸다.

밤이 다가오고 하늘이 검기울기 시작했다.

술래잡기를 세 번 더 하고 나서야 우리는 경복궁을 나섰다.

우리는 옷을 갈아입은 뒤 크리스마스 마켓으로 향했다. 청계천은 군데군데 얼어 물줄기가 이리저리 부딪혔다. 흐르는 물결에 얼핏 짜증이 어려 있었다. 크리스마스 마켓을 향하는 거대한 인간의 물결은 그와 비슷하면서도 달랐다. 느릿느릿, 그리고 묵직하게 한 방향으로 흘러갔다. 얼어붙은 하천처럼 서로 부딪혔지만, 그마저도 즐기는 것 같았다.

그중엔 물론 하얀 웃음도 있었다.

단미를 제외해도 말이다.

"나 화장실 좀 갔다 올게."

크리스마스 마켓 입구로 이어지는 마지막 내리막길에서 단미가 말했다. 사람들은 멈춰 선 우리를 뒤에서 밀치고 지나갔다. 이 평화로운 물결에도 짜증이 어리기 시작했다. 두 갈래로 나뉘었다가 다시 이어졌다.

단미는 곤란한 듯 나를 흘끔거렸다.

오늘만 벌써 네 번째였다. 마지막으로 화장실에 간 지 이십 분이 채 지나지 않았다.

"자꾸 화장실 가서 창피하네. 역시 아침을 먹지 말아야 했어. 먼저 가 있을래?"

나는 애써 미소 지었다.

"여기서 기다릴게."

단미는 답하기도 전에 이미 몸을 반쯤 돌리고 있었다.

"응."

잠시 후 하얀 냄새가 저 멀리서 다시금 두근댈 터였다.

나는 거대한 물결에서 비켜서서 지켜보았다. 이따금 고개를 돌리거나 입 밖으로 숫자를 내뱉었다. 홀로 누군가를 기다릴 때, 특히 이렇게 사람이 북적이는 곳에서는 항상 괴로웠다. 예전과 달리 눈을 마주칠 수는 있지만, 아무렇지 않다는 뜻은 아니었다. 그렇다고 그 죄 없는 냄새들을 무시할 수도 없었다.

하지만 이번엔 달랐다.

모든 죽음을 외면할 수 있었다.

또 시작됐기 때문이다. 이번에도 비슷한 두 가지 소리가 들리는 듯했다.

심장 박동과 기침 소리.

둘은 닮았다.

간격도. 울림도. 비좁은 공간에서 뛴다는 점도.

두 소음은 찡그린 얼굴과 굽어진 무릎 사이에서 터졌고, 하얀 냄새가 되어 내게 전해졌다. 그 소리는 너무 커서 다른 사람의 죽음을 잊기에 충분했다. 그러다 문득 단미가 화장실에서 간 지 꽤 오래되었다는 느낌이 들었다. 앞선 세 번의 기다림을 합친 시간만큼 길었다.

느낌은 확신이 되었다.

이어 거대한 물길로 뛰어들었다.

심장과 기침은 각각 두 다리로 옮겨갔다. 점점 크고 빠르게 뛰었다. 나는 무언가 중얼거렸지만 누구도, 심지어 나 자신도 듣지 못했다. 아마 이름이었을 것이다. 그 순간 나는 한 줄기 물길이었다. 짜증이 그득한 물길. 무수한 다른 물결을 사정없이 밀치고 끼어들어 흘러내렸다. 이윽고 두 갈래로 나뉘었다.

마침내 멈추었을 때 나는 태연하게 걸어오는 단미를 발견했다. 내가 가까이 다가가자 단미는 어리둥절해하며 많이 늦어서 미안하다고 말하며 나를 다독였다. 내가 후들거리는 다리와 숨을 간신히 붙잡고 몸을 일으켰을 때 눈에 들어온 건 단미 입가에 박힌 붉은 점이었다.

나는 반사적으로 그 점을 손가락으로 쓸어 보였다.

단미는 화들짝 놀라며 자기 입술을 손으로 가렸다.

"립스틱 묻었어."

내가 말했다.

"어서 가자. 늦겠어."

나는 단미의 손을 붙잡고 사람들 틈으로 들어갔다.

단미의 손은 아까보다 조금 더 따뜻했다. 아니, 내 손이 차가워진 것이다.

'Seoul Christmas Market'을 둥글게 새긴 간판을 지나자 주황색과 노란색이 뒤섞인 풍경이 펼쳐졌다. 걸어 다니는 루돌프 인형이 입구에서 손님을 맞이했다. 알록달록한 만국기가 하늘에서 여러 갈래로 펄럭였고, 종소리가 섞인 배경음이 드문드문 울렸다. 한쪽에는 세계 각지의 음식을 파는 푸드 트럭—각각 작은 국기가 꽂혀 있었다—이 주르륵 이어졌고, 다른 쪽에는 고깔 모양의 하얀 천막이 옹기종기 모여 있었다. 그 안에서 무언가 만들고 팔고 나눴으며, 첫인사와 끝인사는 약속이라도 한 듯 똑같이 입을 모았다.
"메리 크리스마스!"
어떤 마법 주문 같았다. 그 말을 듣고 웃지 않은 사람은 한 명도 없었으며, 이어 약속이라도 한 듯 상대방에게 똑같은 말로 돌려 주었다.
그 마법은 우리에게도 통했다.
어느새 나는 단미와 나란히 걷고 있었다.
단미는 푸드 트럭을 쭉 훑었다. 배 속이 요동치기 시작했다. 정말 오랜만에 그랬다.
"뭐 먹을지 정했어?"
"단연 스페인이지. 그리고……"
단미는 여러 국가를 나열하며 손가락을 하나씩 접었다. 마지막은 신중하게 고민하다가 마침내 그리스 국기를 가리켰다. 우리의 관심을 눈치챈 까만 콧수염이 푸드 트럭 안에서 인사하며 그 '주문'을 뻥긋댔다. 단미는 손을 흔들면서 똑같이 화답했다.

"마지막은 저기야. 예전부터 꼭 먹어 보고 싶은 샌드위치가 있었어."

우리는 아홉 가지 요리를 허겁지겁 해치운 뒤 하나같이 개성 넘치는 천막을 구경하기 시작했다. 나무 공예품 만들기, 뜨개질 배우기, 트리 꾸미기, 엽서를 꾸며 산타에게 손수 부치기―실제로 답장을 받을 수 있다는 말로 유혹했다―향초와 비누 만들기 등 직접 체험하는 곳이 대부분이었다. 하지만 확 끌리는 곳은 없었다. 그 뒤로 수많은 고깔 천막을 지나치다 멈춘 곳은 초상화를 그려 주는 고깔이었다. 프랑스 보르도 출신인 화가는 묻지도 않았는데 거의 평생 대사관에서 일했다고 설명했다. 현재는 직장에서 은퇴한 뒤 취미로 그림을 그린다고 덧붙였다. 부스스한 수염과 어울리는 연필화가 특징이었고, 아무리 구석진 곳이라 해도 대놓고 담배를 태우는 모습이 인상적이었다. 그 모습이 마치 화가가 직접 손님을 고르는 것만 같았다. 꽤 떨어진 곳에서부터 느낀 시선은 착각이 아니었다. 가까이 다가가자 화가는 자기 인생을 늘어놓으며 우리를 안으로 끌고 들어간 뒤 천막 입구를 닫았다. 각양각색의 코르크로 꾸민 천막 안은 길이가 다른 연필과 도화지를 올려놓은 이젤, 나무로 만든 의자가 다였다. 우리가 의자에 앉자 화가는 나지막이 주문을 던지고 꽤 오랜 시간 그림을 그렸다. 연필심이 도화지 위에서 닳았다. 그 소곤거리는 듯한 소리는 우리의 온몸을 간지럽히는 것만 같았다. 허리가 뻐근하고 등줄기에 땀이 나기 시작했을 때야 화가는 얼굴을 완성했다. 그러고 나서도 삼십 분이 꾸물꾸물 지나갔다. 화가는 그림을 그리는 내내 담배를 태웠는데, 나는 물론 아무렇지도 않았고 단미도 그 모습을 신기해할 뿐 연기 냄새 때문에 괴로워하지 않았다. 그 구경거리라도 없었으면 도저히 견디지 못했을 수도 있다.

한 시간이 지나서야 완성된 그림은 솔직히 만족스럽지 않았다. 공들인 시간에 비해 하체는 없었고, 신혼부부도, 노부부도 아닌 어중간한 세월의 남녀가 미소 짓고 있었다. 영어로 의도를 물어도 끈질기게 불어로 대답하며 장난치는 통에 결국 포기할 수밖에 없었다. 하지만 '메리 크리스마스'를 듣는 바람에, 그래, 그게 다 무슨 소용이겠냐 싶어서 미련 없이 작별했다.

화가는 기어이 돈을 받지 않았다.

거리의 한가운데에는 대형 성탄절 나무가 우뚝 솟아 있었다. 열 시에 밝힐 점등식 준비로 산타 모자를 쓴 남자들이 분주하게 나무를 꾸미고 있었다. 족히 이십 미터에 달하는 나무는 케이크처럼 단이 나뉘어 각각 선물 상자와 구슬, 조형물로 채워졌다. 아홉 시가 지나자 알록달록한 쪽지들이 별처럼 수놓기 시작했다. 우리는 나무 앞으로 갔다. 탁자 위에 집게와 색종이가 수북이 쌓여 있었다.

'쪽지에 소원을 적어 나무에 매달아 보세요.'

우리는 각자 소원을 적고 매달기로 했다.

내가 다 쓰고 돌아보았을 때 단미는 이미 빈 곳을 찾아 두리번거리고 있었다. 하지만 색종이는 이미 손이 닿는 곳까지 가득 매어져 있었다. 단미에게 있어서 용납하지 못하는 순간이었다. 단미는 장난

반 진심 반으로 자기를 목말 태울 수 있겠느냐고 물었다.
그때 덩치가 산만 한 남자가 알은체했다.
"안녕."
입구에서 먼저 사진을 찍자고 하더니 만 원을 앗아간 외국인 산타였다. 자기 마을을 잘 즐기고 있느냐며 너스레를 떨었다.
"네 덕분에."
단미가 영어로 되받아쳤다.
"사진 또 찍지 않을래? 대신 부탁을 하나 들어줘."
산타가 다가오자 단미는 자기 소원을 적은 쪽지를 내밀었다.
"분명 네가 이 마을의 대장일 테니까."
그 후로 몇 마디가 더 오가자 남자는 웃음을 터뜨렸고, 사다리와 큰 별을 든 다른 산타를 손짓으로 불렀다. 왜소한 산타는 곤란한 듯 머리를 긁적였지만, 큰 산타가 험상궂은 얼굴로 노려보자 한숨 쉬며 고개를 끄덕였다.
우리는 잠시 지켜보았다.
이어 나무 꼭대기에 큰 별이 걸렸고, 그 바로 아래 쪽지가 달렸다. 닿지도 보이지도 않은 작은 소망이었다.

"요즘은 연인끼리도 같이 한대."
어설픈 거짓말은 통하지 않았다.
"우리도 서른이 코앞이니까 새롭게 시작하는 느낌으로, 어때?"
"밤이 되니까 조금 쌀쌀하네."
우리는 마술 공연과 인형극을 짧게 관람하고 마지막까지 아껴 둔

이로스 샌드위치를 먹었다. 단미가 주문할 때 '기로스'가 아닌 '이로스'라고 발음하자 콧수염이 까만 요리사는 무척 기뻐하며 맥주 두 잔을 무료로 내줬다. 감사 인사로 서툰 한국어와 서툰 그리스어가 오갔다. 그리고 마법.

우리는 대형 나무가 잘 보이는 곳에 자리를 잡았다. 하지만 사람들이 몰려들자 꼭대기에 달린 별밖에 보이지 않았다. 단미는 내 제안을 적당히 흘리며 샌드위치를 하나 더 먹을지 고민하고 있었다.

"나 매년 건강검진 받잖아. 내년엔 같이 가자."

"나는 원래 한번 아프면 오래가. 이제 다 나았으니까 걱정하지 않아도 돼. 최 교수님도 오늘 그렇게 말했어."

"의사가 그렇게 말했다고?"

"그렇다니까?"

돌이켜 생각해 보면 마음이 조급해지기 시작한 건 그때부터였다.

분명 장미 향이 짙어질수록 하얀 냄새는 옅어져 갔다. 그건 틀림없었다. 사랑이 깊어질수록 죽음이 얕아진다는 말을 믿으라고 한다면 기꺼이 그럴 수 있었다. 그러나 그뿐이었다. 옅어질 뿐 사라질 리가 없었다. 죽음이라면 더더욱 그렇다.

나는 확인하고 싶었다.

그래서 몇 가지 방법을 생각해 냈다.

혹시 알아? 단미 자신도 그런 운명인지 모를지. 이 세상엔 그런 예기치 못한 죽음이 더 많으니까.

불현듯 단미가 한쪽을 가리켰다.

"어! 저기 담요를 무료로 나눠 준대."

이번엔 산타 할머니였다. 돈독 오른 그 대장 산타도 옆에 서 있었다. 두 산타 앞으로 사람들이 순식간에 한 줄로 뒤엉켰다가 죽 늘어졌다.

내가 일어나기 무섭게 단미가 행동에 나섰다.

"내가 갈게!"

단미는 뒤로 점점 밀리더니 꽤 멀어져서야 멈췄다.

나는 단미가 담요까지 전진하는 속도와 점등식까지 남은 시간을 헤아리며 식은 샌드위치를 씹었다. 그 의사 집이 단미 집 맞은편이었지, 나는 속으로 결정했다. 바로 그때 성탄절 나무가 일순간 번쩍였다. 분명 실수로 일어난 사고였다. 누가 부르기라도 한 듯 거의 모든 사람이 그쪽을 돌아보았고, 앞사람을 밀치거나 카메라를 들어 올리며 주위에 아우성이 오르내렸다. 바로 눈앞에서 아이가 울었지만 나를 제외하고 누구도 그 소리를 듣지 못했다. 내가 앉은 곳까지 사람이 급격하게 밀려들었지만 나는 꼼짝도 할 수 없었다. 빛이 번쩍이는 찰나의 순간 시선의 끝에서 단미의 가방 속이 훤히 드러났기 때문이다. 그 장면이 사진으로 찍힌 듯 머릿속에 선명하게 떠올랐고, 가방 속 내용물 하나하나를 살펴보았다. 마침내 내가 원하던 물건을 보았을 때 가방에 손을 뻗어 활짝 펼쳤다. 그 존재를 실제로 보았을 때, 나는 그것의 감촉을 먼저 느꼈다. 이어 둥글게 말린 하얀 봉지를 떨리는 손으로 꺼내 보았다. 그것은 손가락 사이로 빠져나가 무릎까지 주르륵 펼쳐졌다. 아침, 점심, 저녁으로 나뉘어 알약이 세 알씩 들어 있었다. 겨우 세 알? 나는 당황했다. 도저히 목구멍 안쪽으로 넘기지 못 할 만큼 무지막지한 알약은 그 어디에도 없었다. 나는 하얗고 기다란 알약에 새겨진 영어를 유심히 들여다보았다. 단어 중간부터 알파벳을 다르게 발음하려다가 몇 번이나 처음으로 돌아갔다.

영어로 된 사과 방송이 나왔다. 사람들은 탄식했다.
나는 그 완벽한 단어를 마침내 읽을 수 있었다.
타이레놀.
평범한 감기약이었다.

죽음의 원인
-자연히 죽는 사람 (할머니)
-병에 걸려 죽는 사람 (엄마)
-누군가에 의한 죽음 (타살) 혹은…… 자살 (???)

단미는 광고로 뒤덮은 싸구려 담요보다 내 겉옷이 더 낫다고 판단했다.
단미는 큰 눈으로 말없이 마지막 경고를 주었다. 나는 앞선 경고에도 단미의 말을 제대로 귀담아듣지 않았다. 머릿속이 갖가지 기억으로 뒤죽박죽 섞였기 때문이다.
나는 적당한 대답을 골랐다.
"아니, 처음이야. 그동안 이렇게 좋은 곳이 있는 줄 몰랐어."
"그렇게 좋지는 않아. 난 항상 왔거든. 혼자."
단미는 주위를 둘러보았다. 다양한 언어와 인종과 추억을 회상했다.

"그래도 난 잘 알고 있었어. 무엇을 하는지보다 누구와 함께하는지가 중요하다는 걸 말이야. 물론 자기 위로라고 해도 좋아."

어느덧 밤이 성큼 다가왔다. 사람들은 이제 모두 같은 곳을 쳐다보면서 기다리고 있었다. 우리는 앞으로 몸을 기울이고 목소리를 낮췄다. 나는 조금이나마 정신을 다잡았다.

"의외네. 친구들과 시끌벅적한 파티를 열었을 것 같은데."

"난 늘 이방인이었거든. 일 년 중 가장 특별한 날에 혼자 남겨지고 싶었어."

단미는 묘한 미소로 말했다.

"그런데 주변에서 날 혼자 두려고 하지 않더라고. 난 그날을 다른 사람으로 채우고 싶지 않았는데 말이야. 그 마음을 아는지 모르는지 같이 사는 친구나 이웃이 끈질기게 붙잡으면 한국에서 가족이 온다고, 남자 친구가 생겼다고 둘러대고 나서야 더는 권하지 않았어. 그거 알아? 이 세상에서 가장 고집이 센 사람이 누군지. 바로 외로운 사람이야. 외로운 사람이 부리는 고집은 쉽게 꺾지 못해. 특히 상대방이 외롭지 않은 사람이라면."

단미는 마켓 입구를 바라보았다. 자기와 비슷한 사람을 찾고 있었다. 최소한 한 명쯤은 온다고 믿었다.

"그리고 불빛이 가장 따뜻할 즈음 이런 곳을 가는 거야. 나는 주로 버스킹을 구경하며 군중에 내 외로움을 묻었고, 그 와중에 몇 마디 말과 웃음으로 사귄 인연은 곧 가족의 품으로 돌아가 다시 혼자가 되었어. 그들은 당연히 내게도 그런 품이 있을 거라고 생각한 거야. 그때가 가장 외로운 순간이었지만, 내가 자처한 상황이니 불만을 갖지는 않았어. 그저 언젠가 내게도 돌아갈 사람과 그의 따뜻한 품이 생길 거라고 굳게 믿었어. 바로 오늘 같은 날 말이야."
 상냥한 말은 마법과 같았다. 복잡한 머릿속은 이내 고요해졌다.
 단미는 이제 내 외로움을 기다렸다.
 나는 수십 가지 성탄절을 떠올렸다. 시간순으로 나열하기가 불가능한, 하나의 밤이나 다름없는 외로움.
 "너와 비슷하기도 전혀 다르기도 해."
 이윽고 내가 말했다.
 "재혁이가 매년 집에 초대하면 너와 마찬가지로 거절했지만, 전혀 다른 이유를 댔어. 나는 완전한 혼자였어. 그러길 진심으로 원했고. 그러니 그 말을 내뱉는 데도 망설이지 않았겠지. 나는 한 번도 내 옆자리를 생각해 본 적이 없거든. 그 이유는 누구와 함께하는지보다 무엇을 하는지가 중요해서야. 그럼 내가 원한 건 뭘까?"
 "고독을 핑계로 쓰는 것?"
 "그리고?"
 "이렇게까지 해야 할까 후회하는 것?"
 "그리고?"
 "모르겠어."
 나는 웃었다.
 "26을 보는 것."
 외롭지 않다고 말하면서 정작 그 숫자를 기다리는 모순은 대체 어떤 감정에서 비롯된 것일까. 단미를 만나고 이런 곳에 오고 나서야 어렴풋하게나마 깨달았다. 성탄절 내내 안에서 밖으로 튀어 나가는 감정. 그 답을 누군가와 함께해서야 깨닫는 건 정말이지 잔인한 일이 아닐 수 없다.

크리스마스가 끝나고 마침내 찾아온 이십육일은 도저히 견디기 힘든 허무함과 수치심으로 나를 덮쳤다. 평소와 다름 없어진 일반적인 새벽은 온몸으로 느끼는 노골적인 외로움이었고, 정확히 일 년 뒤 다시 만날 깊은 새벽이었다. 하지만 그렇게라도 하지 않으면 견딜 수 없었다. 또다시 그런 감정들이 반복된다고 해도.

"그다음엔 뭘 했어?"

내 물음에 단미는 쓸쓸한 표정을 지었다.

"정말 못됐지만 며칠 뒤 그해의 마지막 날에 말없이 그들을 떠났어. 홀로 작별 인사를 고하고 자정이 지나기 전에 다른 나라에 도착하는 밤 비행기나 열차를 탔어. 몇 시간 후 도착하면 자정까지 한두 시간 시간이 남는데 그때 첫 사진을 찍을 준비를 했어. 그날 공항이나 열차역은 신기한 풍경으로 가득해. 특히 새해에 공항에 돌아다니는 사람은 얼굴에 생생한 감정을 담고 있거든. 설렘, 열의, 결심, 후회 등. 카메라를 든 나를 발견하면 반갑게 웃으며 인사해 주기도 했어. 그렇게 하루가 지나면 가장 인상 깊었던 타인의 표정을 되뇌며 공항을 나섰고, 일 년 뒤 돌아와 또다시 밤 비행기에 몸을 실었어."

그 말을 하는 단미의 얼굴에는 처음 보는 슬픔이 어려 있었다. 공항에서 그런 표정을 짓는 사람도 있었을까? 혹은 렌즈에 비친 자신을 보았을까?

"그럼 며칠 뒤 나를 떠나는 거야?"

단미는 고개를 절레절레 흔들었다.

"그건 너무 힘든 일이어서 다시는 못 해."
"나와 함께라면 어때?"
"응?"
나는 소원을 말했다.
"그날 같이 떠나는 거야. 밤 비행기를 타고."
단미는 내 소원을 지그시 쳐다보았다. 한 번쯤은 상상했을 소망을.
밤이 깊어지니 날이 몹시 추워졌다. 그때 그 겨울은 왜 그리 추웠는지.
이지러진 달은 입김 같은 구름을 뱉어냈다.
"따뜻한 나라가 좋겠어. 눈과 추위는 이제 지긋지긋하거든."
"소원으로 그걸 말하는 건 조금 치사한데."
그동안 단미는 여행 가자는 내 제안을 거절해 왔다. 이유도 직접적으로 말해 주지 않았다.
"공항에 도착하면 우리 사진을 찍는 거야. 단 한 장만. 그리고 바로 나가자. 다른 사람은 상관하지 말고."
"왜 나와 여행을 가고 싶은데?"
"아까 말했다시피 무엇을 하는지도 내겐 중요하거든. 내가 전에 말했지? 널 만나기 전에 내 세상은 도화지처럼 새하얬다고. 이렇게 너와 앉아 있는 것만으로도 설레고 기쁘지만 너와 함께 그릴 그림이 궁금해. 붓질 한 번도 헛되이 쓰고 싶지 않을 만큼 소중한 그림들을."
우리의 첫 번째 그림.
가벼운 옷차림. 속을 다 드러내는 정직한 푸른 바다. 큰 바위에 몸을 내던지는 물꽃과 꽃가루처럼 날리는 메밀꽃. 따스한 바람.

그래, 바람.

어떤 냄새든 모조리 날려 버리는 그런 간절한 바람.

나는 대답을 기다렸다.

단미의 눈은 꼼짝도 하지 않았다. 밤 비행기에서 홀로 창밖을 내려다보는 눈이었다. 반쪽은 밑에 깔린 구름이고 반의반은 금속 날개이며 나머지 반의반은 설렘이었다.

단미는 눈을 한 번 감았다가 떴다. 이제 나를 보았다.

"응. 그러자."

그 말은 자그마한 무언가와 함께 내렸다.

수많은 웃음과 손바닥은 하늘을 쳐다보았다.

점등식은 밤하늘에서 먼저 시작되었다. 하얗고 차갑고 동그란 전구였다. 눈이 부시지 않은 조명이었다.

눈이었다.

마법에 색깔이 붙었다.

화이트 크리스마스.

그날은 모두에게 남은 인생에서 더는 없을지도 모를 날이 되었다. 한겨울 공기가 열기로 들썩였다. 어른들의 천진난만한 환호성에 아이들은 어리둥절해했다. 요리사들은 감탄하며 트럭 밖으로 나왔다. 몇몇은 가만히 앉아 있는 우리에게 이해가 안 된다는 눈길을 보내기도 했다. 도저히 열 시까지 기다리지 못하고 성탄절 나무가 환한 빛을 뿜냈다. 이번에는 실수가 아니었다. 나무에는 수많은 소원이 깃들어 있었다. 빛이 너무 뜨거운 나머지 다 타 버릴지도 몰랐다.

튤립 211

하지만 어쨌든 그 알록달록한 빛에 수많은 눈이 물들었다. 어떤 눈인지는 그리 중요하지 않다. 중요한 사실은 그 속에 담겼다는 것이다. 그렇기에 하나같이 손을 모으고 그것을 놓치지 않는 데 열중했을 터였다.

하지만 우리는.

그냥 갈까?

거기서 떠나기로 했다.
단미는 대답하지 않았다. 하지만 나는 알 수 있었다.
단미는 애초에 이런 곳에 오고 싶지 않았다.
단미는 나를 원했다. 그러니 어서 자기를 이 귀찮고 피곤한 공간으로부터 이끌어 내주기를 바랐다. 단미를 붙잡은 채 밀려오는 인파를 뚫고 지나갈 땐 묘한 쾌감마저 일었다.
우리는 웃으며 그 어려운 일을 해냈다.
입구를 지나쳤을 때 나는 딱 한 번 돌아보았다. 혹시 뒤따라오던 단미의 마음이 변하지 않았는지 확인하려고, 혹 그렇다면 다시 한번 확신을 주려고.
그러나 일순간 나는 그 너머에 시선을 빼앗겼다.
이윽고 단미가 어서 가자며 내 팔을 끌어당기고 나서야 눈길을 거뒀다. 내 착각일지도 모른다. 다음 날 이른 아침에 침대에서 물었을 때도 단미는 잠이 덜 깬 것 같다며 내 위로 이불을 끌어당겼다. 분명 그렇겠지만, 그럴 리 없지만…… 아니, 나는 똑똑히 보았다. 그 후로 시간이 꽤 흘렀어도 이따금 그 광경에 사로잡힌다.
인생의 처음이자 마지막 크리스마스 마켓.
그곳에만 눈이 내리고 있었다.

질질 끌려온 온갖 소음은 어둑한 방에 이르러서도 귓전에 달라붙어 있었다. 두 몸이 엉키며 내는 소리도, 두 사람의 무게에 계단이 삐걱대는 소리도 그 소음을 이기지 못했다. 침대에 이르러 입술을 위아래로 맞추고 어둠이 익지 않은 두 눈이 서로를 아주 잠시 응시했을 때 그 소음은 비로소 창문 너머 내리는 눈처럼 귀에서 떨어졌다. 공허함 속에서 나는 부끄러움─단미가 다른 이유로 멋대로 오해했다─을 느꼈는데, 주변의 침침한 사물이 붕 뜨는 느낌이 들었기 때문이다. 인간이 내는 소음을 숨죽여 지켜보는 오래된 외로움들. 첫 음을 기다리는 관객들.
이윽고 장난기 어린 단미의 얼굴이 떠올랐을 때, 나는 곧 그녀의 얼굴 밑으로 가라앉았다.
평소에 내 손길이 닿지 않았던 단미의 일부분은 몹시 서늘했다. 마치 발가벗은 채 겨울바람을 온몸으로 맞은 사람처럼. 나는 그 부분에 온기를 전하려 애썼다. 그러면 다행히도, 조금이지만 빠르게, 그 부분이 온기를 받아들였고, 나는 다시금 서늘한 부분을 찾아 헤맸다.
그렇다 한들 내 온기는 떨어지지 않았다.
단미 덕분이었다. 단미가 풍기는 장미 향 덕분이었다.
냄새는 더는 코가 아닌 피부로 스며드는 듯했다. 또 하나의 피부가 되어 내부에서 떠다녔다. 그 향을 입술로 다시 뱉어내도 부족하지 않았다. 새로운 냄새가 끊임없이 스며들어왔기 때문이다. 그런데 또 몸이 견디기 힘들 만큼 뜨거웠냐고 하면 그렇지는 않았다. 시간이 흐를수록 끓어넘치는 온도가 아니었다. 아득하고 아늑한 온도. 태어날 때부터, 아니 그전부터 간직해 온 듯한 온도.

장미 향은 내게 꼭 맞는 온기를 지녔다.

그것은 내가 단미에게 온기를 전하려는 이유였다. 내게 꼭 맞는 온기를 풍기는 그녀이기에, 그녀에게 꼭 맞는 온도의 정도도 분명 나와 같을 거라고 생각했다. 그래서 몸이든 마음이든 서늘한 부분을 두고 볼 수 없었다.

나는 단미를 사랑했다. 하나의 몸과 마음도 사랑했다. 일부분도 사랑했다.

내가 온기를 돌려주는 유일한 방법들이었다.

이십육일이 되었다. 아마 그럴 것이다.

고요함이 다시 찾아왔고, 우리는 오랫동안 마주 끌어안았다.

따뜻해. 그 순간만큼은 사랑의 또 다른 말이었다.

"근데 진짜 신기하다."
"뭐가?"
"장미 향 말이야."

단미가 갈라진 목소리로 말했다.

"내가 그런 특별한 사람이라는 게 믿기지 않아."

이어 우리는 천천히 기억을 더듬으며 처음 만난 날까지 거슬러 올라갔다. 마침내 서로의 첫인상에 도달했을 때 단미는 웃음을 터뜨렸다.
"눈을 이렇게 떴다니까?"
내가 보지 않으려고 버둥거리자, 단미는 기어코 내 얼굴을 바로잡고 말했다.
"여자한테 첫눈에 반한 남자치고 표정이 너무 무서웠다고. 일 분은 이러고 쳐다봤을걸?"
커튼 사이로 내리는 눈은 시나브로 부풀었다. 그런데도 여전히 한들한들 떨어졌다.
그즈음 우리는 차례로 샤워를 마치고 녹초가 된 몸을 나란히 뉘었다.
여느 첫날밤이 그러듯 꾸벅꾸벅 졸다가 깨기를 반복했다. 상대가 첫 음을 떼는 순간 줄곧 당신의 말을 경청하고 있었다는 듯 꾸민 목소리가 입 안쪽에 있었다. 그런 종류의 대화가 여남은 번 오가자 서로의 숨소리만 남았다.
"꽃이 더 많아졌어."
그 속삭임에 나는 어둠 속에서 눈을 활짝 열었다. 내가 씻는 사이 단미는 화실에 다녀왔다.
"눈으로 직접 보기 전까진 믿을 수 없었어. 그사이에 꽃이 피다니…… 장미도, 화실도, 향기도, 우리도. 말이 되는 게 하나도 없어."
다음 질문을 하기 전에 단미는 이미 답을 정했을 터였다.
장미 향을 맡은 건 처음이야?
그 물음은 불완전한 어둠 속에서 정처 없이 떠다녔다.

단미는 너무도 당연할 연인의 대답으로 오늘 하루를 완벽하게 마무리 지을 참이었을까.

그러나 나는 머뭇거렸다.

"두 번째야."

가슴맡에서 서서히 무언가의 고개가 들렸다. 의아함이었다.

"첫 번째는 누구야?"

얼마 전까지만 해도 그 물음의 답은 단미가 기대한 답이 맞았다. 하지만 장미가 만발한 화실과 그곳에 서 있던 단미, 신체 일부가 꽃잎으로 흩날리는 소년을 보자 또 다른 기억의 마지막 조각이 모습을 드러냈다.

나는 눈을 감고 단미를 끌어안았다. 곧 단미도 받아들였다.

우리는 하나의 온기가 되었다.

이윽고 나는 중얼거렸다.

"죽은 우리 엄마."

카네이션

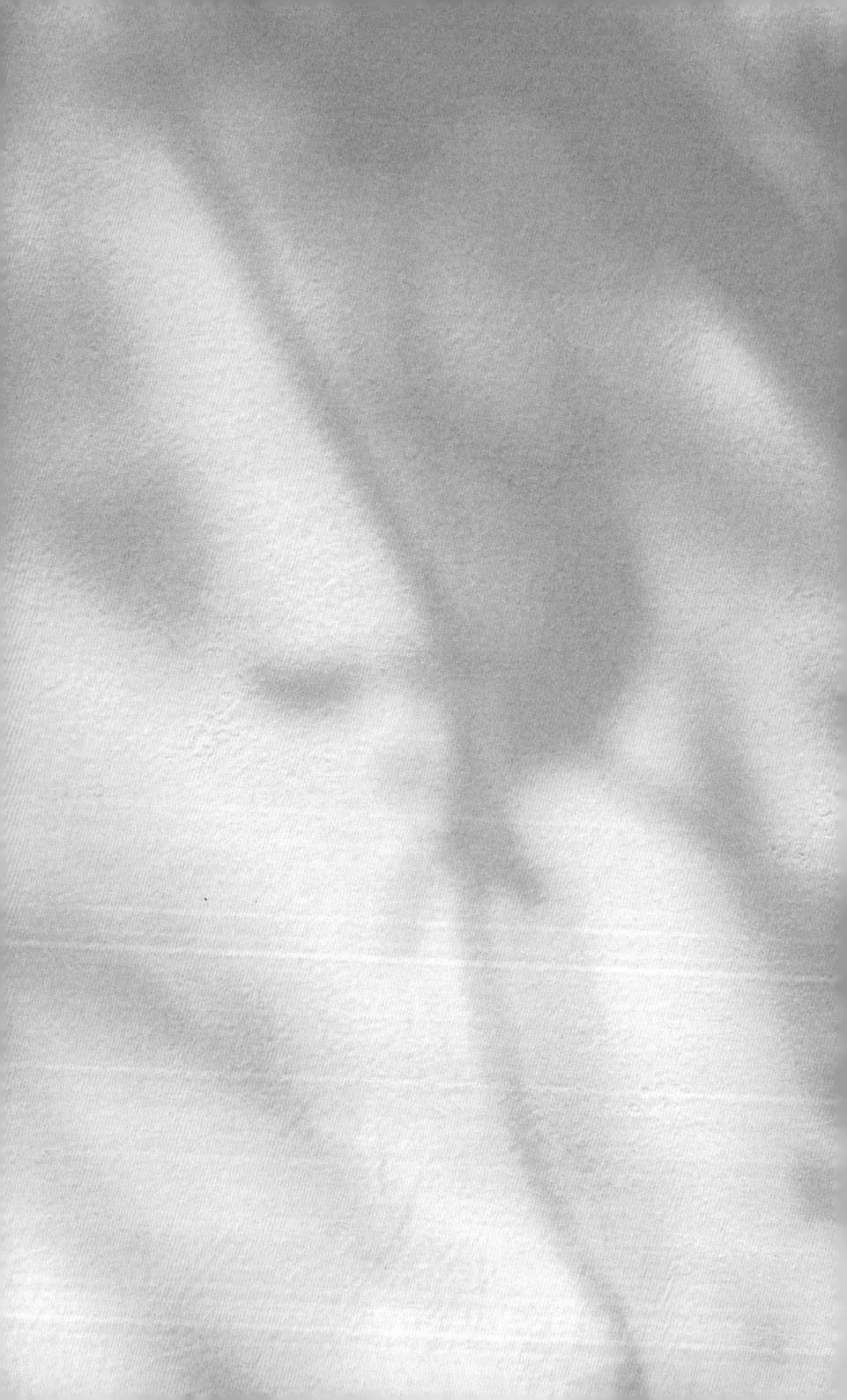

이제는 한 줌의 추억이 되었다.
그걸 들추어 보면 늘 엄마가 꽃을 사랑하는 수많은 이유 중 하나가 먼지처럼 날린다.

왜냐하면 꽃이 엄마를 사랑하기 때문이야.

그 고백을 직접 듣기라도 한 듯 확신에 찬 목소리가 귀에 내려앉는다.
아, 먼지가 아니라 꽃가루였나.

꽃은 무척 똑똑해서 자기를 소중하게 대하는 존재만을 유혹하고 사랑해. 손짓하듯 그가 좋아하는 향기를 뿌리면서 말이야. 그런데 때론 잔인하기도 해. 마음에 들지 않은 상대라면, 설령 그로 인해 상대방이 죽는대도 자신을 허락하지 않고 꼭꼭 숨어 버려. 하지만 사랑하는 이

카네이션

를 위해서는 크기와 색깔, 모양, 질감, 심지어 향기까지 그에게 맞출 만큼 상냥하고 이기적인 존재지. 상대가 고약한 냄새를 좋아한다면 주변은 아랑곳하지 않고 기꺼이 시체 썩는 냄새를 풍기고, 그이가 혀가 길다면 자기 입술을 몸속 깊은 곳까지 내려보내 둘만의 시간을 보내려고 해. 그래서 꽃의 모양이나 향기를 자세히 들여다보면 그 꽃이 누구를 사랑하는지 엿볼 수 있어. 화가면서 어떻게 다 아느냐고? 엄마는 꽃가루를 봤거든! 마침내 꽃이 건네주는 증표 말이야.

엄마는 꽃을 몹시 사랑한 나머지 꽃이 되고 싶었던 걸까? 아니면 꽃에게 사랑받는 존재가 되고 싶었던 걸까?

후각을 잃은 다음 날, 퇴원하고 집으로 돌아가는 길에서 엄마는 입을 굳게 닫았다. 나는 냄새가 없는 세상이 낯설어 엄마 손을 매달리다시피 꼭 붙잡았다. 소리에 더 예민해진 느낌이 들었다. 자동차 경적이 귀에 대고 으르렁거렸다. 사람들은 단지 옆을 지나간 것 뿐이었는데, 내게 큰 소리로 말을 건네는 것만 같았다. 내가 움츠러들 때마다 엄마는 마주 잡은 손을 움켜쥐었다. 굳이 보지 않아도 알 수 있었다. 무척 아팠고, 또 시끄러웠다.
　거실로 들어오자마자 엄마는 내 어깨를 붙잡았다.
　"서화야. 엄마한테서 냄새가 나면 꼭 말해 줘야 해."
　후각을 잃은 내가 곧 무슨 냄새를 맡을 거라는 걸 아는 사람처럼 말했다. 그 말은 너무도 당연하다는 듯 휙 지나갔고, 이어 후각을 잃은 사람이 대비해야 할 몇 가지 규칙과 위험 요소를 알려 주었다. 하지만 사흘이 지나고 삼 주가 지나고 또 석 달쯤 지나자 엄마는 약간 바랜 눈으로 묻기 시작했다. 그럴 때마다 나는 고개를 돌릴 수밖에 없었다.

무서웠다. 처음이기 때문이다.

냄새를 강요하는 엄마의 눈.

나는 아무 이유 없이 허공에 대고 킁킁거린다.

엄마에게서 어떤 냄새도 나지 않았다……

그때 우리는 서로에게 어마어마한 실수를 저지르고 말았다. 그건 사랑하는 사람 사이에서 흔히 생기는 오해 따위가 아니었다. 비극이나 마찬가지였다. 과정은 없고, 그 자체에서 비롯된다. 그렇기에 그 처음은 모호한 오해와 달리 너무도 명확하다. 다만 원인은 여러 가지다. 단어, 문장, 혹은 문단.

우리 같은 경우에는 엄마가 중요한 '단어'를 빠트렸고, 나는 시선을 피할 뿐 되묻지 못했다.

정확히 **어떤 냄새**를 말하는지.

냄새는 하늘에 수놓은 별만큼, 땅에 핀 꽃만큼이나 많은데 그중에서 어떤 냄새를 말하는 건지 말이다. 그랬다면 적어도 당신의 죽음을 아들의 입으로 듣지는 않았을 텐데……

아이를 변호하자면 되묻지 못한 이유가 하나 있다. 실은 처음 그 말을 듣자마자 떠오른 의문이었다. 엄마에게 묻고 싶었지만, 차마 그러지 못했다. 덜 자란 목구멍으로는 도저히 끌어올리지 못해 가슴 한편에 박힌 의문. 그대로 자라 굳어 버린 의문을 건들면 지금도 앳된 원망이 들린다.

카네이션

"엄마는 왜 나를 구하지 않은 거야? 왜 울고만 있었어?"

나는 아무리 생각해도 엄마를 이해할 수 없었다.

내가 갇힌 공간은 다름 아닌 화실이었다.

덩굴로 둘러싸인, 그림보다 꽃이 더 많이 태어나는, 조금 특이한 화실.

화실은 내가 태어나기 전에 지어진 곳이고, 심지어 생애 첫 기억은 그곳에서 만발한 장미와 엄마의 웃음이다. 엄마는 그 안에서 그림을 그리고 장미를 가꿨다. 예상컨대 화실이 지어진 직후부터 하루도 빠짐없이 드나들었을 테다. 내 기억 속에서도 화가는 도화지보다 꽃을 쳐다보는 시간이 더 많았다. 나는 항상 그 모습을 의아해하며 훔쳐보았다. 이따금 엄마가 정말로 냄새를 맡을 수 있다는 착각마저 들었다.

냄새를 맡지 못하는데, 그저 바라보는 것만으로도 저토록 좋은 이유가 뭘까?

반면 나는 그 장미 향을 좋아하지 않았다. 수많은 장미로 그득한 화실은 향이 무척 지독해서 잠시만 머물러도 어지러워 들어가기 전에 마음의 준비를 해야 했다. 그러고 들어가면 엄마는 보란 듯이 장미를 코에 갖다 대고 들이마셨다. 이어 행복한 얼굴로 미소 지었다. 내가 화실에서 본 모든 장면마다.

그만큼 엄마는 화실을 사랑했다.

그래서 더 이해할 수 없었다.

엄마에게는 그 어떤 공간보다 익숙하고 사랑스러운 곳이 바로 화실이란 말이다. 늘 그랬듯 꽃 한 송이만큼 가벼운 덩굴나무 문을 열고 다른 손으로 나를 밖으로 이끌었으면 됐다.

그런데 엄마는 울고만 있었다. 나를 앞에 내버려둔 채.

대체 왜? 혹시 기다린 걸까, 누군가 꺼내 주기를?

엄마 때문에 나는 후각을 잃었어.

아이가 어느 새벽에 내린 결론이었다.

의문에서 비롯된 결론은 불행을 부추겼다.

그 무렵 나는 이기적인 엄마를 미워하기 시작했다. 무기력하게 훌쩍이는 소리가 지긋지긋했다.

"게다가 냄새를 맡으면 알려 달라니, 뻔뻔한 것도 정도가 있지. 물감을 뒤엎어 놓고 그림 그려 달라는 사람과 뭐가 달라?"

지금이라면 시각이나 청각보단 후각을 잃은 편이 더 낫지 않느냐는 말을 어느 정도는 납득할 수 있다. 원한다면 그 무지함에 기꺼이 맞장구쳐 줄 수 있다. 하지만 그때는 아이의 성격을 통째로 바꿀 만큼 무시무시한 사건이었다. 후각은 내 존재 의미나 다름 없었기 때문이다.

그 사명은 내가 세상 밖으로 나온 순간부터 부여되었다.

엄마는 냄새를 맡지 못했다. 정확히 말하자면 임신 중에 생긴 장애였다. 단언컨대 내 탓은 아니다. 출산 직후에 나타난 증상이라면 가능성이 조금이라도 있지만, 임산부가 태아에 의해 후각 장애가 발생할 일은 불가능에 가깝다고 여러 논문과 매년 만나는 의사가 말했고, 곧 등장할 최 교수님도 그 의견에 동의했다. 하지만 어린 나는 생각이 달랐을지도 모르겠다. 그때 나는 내심 이 모든 일을 내 탓으로 여기며 엄마에게 미안함을 느꼈다. 그래서 냄새를 맡았다. 너무도 자연스럽게. 그 감각을 좇기라도 하듯이.

시작은 화실이었다.

첫 냄새는 몸을 흔드는 만발한 장미와 사랑스러운 웃음이었다. 주위에서 도화지를 올린 화가가 삐걱댔고, 파란 물감이 바닥에서 흘렀다. 내 눈동자는 한 폭의 그림이었다.

이후 화가의 아들이 즐긴 첫 번째 놀이는 엄마의 세상을 색칠하는 일이었다.

그 시절 내 입술과 엄마의 귀는 단짝이나 다름없었다. 입술 양쪽으로 작은 손이 모이면 만남이 시작된다.

언제 어디서든 입술이 색을 떠올리면 귀는 기울였다. 그런 이야기를 속삭일 때면 입술은 줄곧 말하기만 할 뿐 무엇도 듣지 않았고, 귀는 듣기만 할 뿐 무엇도 말하지 않았다. 그런 사이는 대개 곧 서로에게 싫증을 내곤 하지만 둘은 결코 그렇지 않았다. 입술은 귀가 세상에 존재하는 수많은 냄새를 여전히 기억한다는 사실을 알아챘고, 그 범위가 자기보다 상당히 넓다고 인정했다. 입술은 낙심했다. 어느 날 밤, 물감을 신중하게 고르는 화가처럼 멍했지만, 다행히도 고민은 그리 길지 않았다. 그럼 콧구멍들— 내가 어렸을 때 일반인을 부르는 별명이었다—이 놓치곤 하는 냄새를 알려 주기로 마음먹었다.

낙엽은 미지근한 상아색. 비는 서늘한 잿빛. 덩굴나무는 따스한 고동색.

엄마의 등에 업혀 속삭인 냄새들이다.

다행히도 귀는 그 독특한 냄새에 놀라고 기뻐했다. 더 나아가 함박눈, 달빛, 안개 등. 그리고 얼마 지나지 않아 나는 사람들이 그런 냄새가 세상에 존재한다는 것을 모른다는 사실에 적잖이 놀랐다. 실제로 그랬다. 그네들은 그 사실조차, 그런 냄새의 존재조차 평생 깨닫지 못한다. 이따금 알려 주고 싶어 입이 근질거렸지만 꾹 참았다. 그건 엄마의 세상을 색칠하는 일을 더욱 특별하게 만들었기 때문이다. 엄마만의 화가. 화가만의 그림. 아이는 멋지게도 비밀을 잘 지켰다.

 꽃과 꽃이 사랑하는 이의 관계처럼 사랑을 받아야만 알 수 있는 비밀.

 이 세상에 존재하는 모든 것은 자기만의 냄새를 가지고 있다.

 하지만 비밀을 증명할 방법은 후각과 함께 사라지고 말았다. 입술과 귀는 영영 만나지 못 할 거라고 생각했지만, 슬프게도 딱 한 번 더 만났다. 귀가 병원 침대에 누워 올곧은 녹색의 음을 듣기 직전, 입술은 냄새 하나를 들려주었다. 그리곤 웃음 조금과 물음표 같은 이야기가 그에 대한 보답처럼 남겨졌다.

 그 냄새는 귀가 사랑하고 기억하고 그리워한 것이었다.

 하지만 모든 것이 곧 이울었다.

 그 사이는 삼 개월이라는 시간이 제멋대로 차지했다.

 초겨울과 늦겨울 사이, 내가 한두 번째이자 마지막 놀이는 색깔을 잊는 일이었다.

 나는 그 일을 담담하게 해냈다. 그 놀이는 첫 번째 놀이보다 무척 쉬웠다. 어린 나이에 후각을 잃어서인지 비밀스러운 냄새는 물론이고 일반적인 냄새도 빠르게 잊어 갔다. 엄마는 무표정한 얼굴로 내가 속에서 하고 있는 놀이를 알아챘다. 그렇지만 무슨 할 말이 있겠는가? 아이의 세상을 칠할 수 있는 화가는 세상 그 어디에도 없었다.

다시 말해 엄마는 내게도, 심지어 자기에게도 화가가 아니게 되었다.

일상은 걷잡을 수 없이 빠르게 변해 갔다.

더는 엄마를 대신해서 음식의 간을 맞출 필요가 없었다. 반찬 투정을 하거나 좋아하는 음식을 찾지도 않았다. 떡볶이는 성가신 찰흙이 되었고, 아이스크림은 서늘한 진흙이 되었다. 무엇이 들어오든 우적우적 잘게 씹어 안으로 넘겼다. 곧 그마저도 성가셔서 남기기 일쑤였다. 어색한 침묵이 식사마다 찾아왔다.

우리는 냄새 없이 무슨 말을 나눠야 할지 도통 몰랐다.

하루는 엄마가 참지 못하고 뒤에서 껴안았을 때 비명을 지르며 넘어진 적이 있다. 어깨에서 익숙한 턱의 무게를 느꼈을 때 나는 소스라치게 놀랐다. 엄마를 흉내 내는 거대한 그림자 덩어리처럼 느껴졌기 때문이다. 그림자는 당연하게도 냄새를 풍기지 않는다. 그런데 엄마도 마찬가지였다.

냄새가 없었다.

늘 나와 내 주위를 기분 좋게 덮어 주던, 꽃과 물감이 섞인 듯한 오묘한 냄새. 향기.

내음.

내가 알려 주지 않은 유일한 냄새.

무척 소중한 그 냄새는 이 세상 모든 냄새를 엄마에게 알려 줄 때까지 고민하고 들려줄 계획이었다.

하지만 결국 한계에 부딪혔다. 생각해 낸 색깔과 냄새가 이미 알려 준 물감과 겹친다는 느낌이 자주 들었다. 그러나 포기하지 않고 표현을 찾아보고, 공책에 적고, 독특한 물감을 머릿속에 넣어 준비했다.

화가는 자기 작품을 물감과 상상력으로 완성한다. 반대로 말하자면 그 두 가지를 잃으면 화가는 그림을 그릴 수 없다.

후각을 잃기 전에 그 내음을 완벽하게 그려 냈다면 그렇게 엄마의 품에서 튕겨 나갔을까?

나는 그림자가 엄마로 변하는 과정을 지켜보았다.

이어 엄마는 가슴을 부여잡으며 거실 한가운데에서 가라앉았다.

방으로 가는 계단 한가운데에서 밑을 내려다보았다. 언뜻 그림자처럼 보였지만 아니었다. 숨죽이고 자세히 살펴보았다.

그건 엄마가 맞았다.

그 이후 이따금 악몽을 꿨다. 처음에는 알록달록한 세상으로 시작한다. 내가 표현했던 색을 고스란히 재현한 세상이 눈앞에 펼쳐진다. 하지만 악몽이 며칠 간격으로 이어질수록 시나브로 하얗게 변해 간다. 위에서 아래로. 태양과 구름, 소나기에서 땅으로. 나를 포함한 모든 것이 하얗게 변한 뒤 그 악몽을 반복한다. 그런데 무섭거나 슬프지 않았다. 그토록 고민한 세상을 단 한 번이라도 보아서 만족하기까지 했다. 같은 꿈이 서너 번 반복되자 나는 움직일 수 있었다. 겨울로 여기니 겨울이 되어 입김을 후 불었다. 내가 멈춘 곳은 하늘과 설산과 대지가 한눈에 보이는 곳이었다. 하얀 모자. 하얀 목도리. 하얀 신발. 나는 웃었고, 만족했다. 더는 색을 떠올리려 애쓰지 않아도 되었다. 이윽고 나쁘지만은 않은 꿈으로 여긴다. 잠시 후 눈을 뜨고 어슴푸레한 새벽이 아닌 환한 아침을 맞이한다. 그때까지도 전혀 눈치채지 못했다.

그건 끝난 것이 아니었다. 전조현상일 뿐이었다. 현실은 조금씩 물들고 있었다.

눈앞에 나타나기까지 시간이 걸릴 뿐이었다.

나로 하여금 하얀 냄새를 처음 마주하게 한 사람은 옆집 할머니였다. 팔순을 훌쩍 넘긴 할머니는 이 마을과 같이 태어난 분인 만큼 누구나 아는 이웃이었다. 동네에서 최고로 큰 저택에 홀로 지내서인지 사람들은 그분이 외로운 사람이라고 성급하게 결론을 내렸지만 실제로는 그렇지 않았다. 할머니에게는 뜨개질이 있었고, 요리가 있었고, 내가 있었다. 엄마가 전시 일정이 빠듯하거나 해외로 출장을 떠날 때마다 나를 돌봐 주었다. 내가 후각을 잃고 그리워한 음식 — 엄마에겐 비밀이었다 — 은 대부분 할머니가 만든 음식이었다. 또한 불행한 사건을 겪은 사람은 사랑하는 이가 아닌 타인에게 종종 위로를 받곤 하는데, 내게는 그런 사람이 바로 옆집 할머니였다. 할머니가 내게 일어난 어마어마한 사건을 아는지 모르는지, 엄마에게 들었는지 못 들었는지, 나는 전혀 알 수 없었다. 몹시 예민한 아이에게 들키지 않을 만큼 할머니는 위대한 의사였다. 마음을 다쳤을 때 무관심을 처방으로 내릴 줄 아는 그런 어른이었다. 일주일 후 내가 후각을 잃었다고 고백하자 할머니는 당신이 요즘 하는 고민과 비슷하다는 식으로 넘어가 버렸다. 그러더니 손수 만들었던 내 윗옷을 벗기고 그새 자란 키만큼 다시 뜨개질을 했다. 주름진 손에서 엉키고 풀리는 색색의 실이, 오르내리는 얕은 고요함이 아이의 부정적인 마음을 달랬다. 다음 날부터는 반 애들이 거는 유치한 장난과 식사마다 느끼는 지루함을 마음껏 털어놓기 시작했다.

"엄마한테는 얘기해 봤니?"

"엄마한테요?"

할머니는 후각보단 그런 치료가 우선이라고 생각했나 보다.

나는 고민하다가 결국 내 사명을 털어놓았다. 내가 꾸었던 악몽과 더불어 이 세상 모든 것에는 냄새가 있다고도 말했다. 엄마의 세상을 칠한 작품 중 기억나는 것들을 들려주었는데, 놀랍게도 할머니도 다른 사람과 마찬가지로 그런 냄새를 전혀 모르고 있었다. 그래서 나는 조금 기뻤다. 후각을 잃었지만 그 일을 할머니에게 해낼 수 있어서 그런지도 모르겠다. 이후 할머니의 세상을 얼마 남지 않은 물감으로 칠하며 나는 조금씩 기운을 되찾아 갔다.

"어쨌든 요즘은 엄마랑 얘기 잘 안 해요."

"왜?"

"저는 이제 화가가 아니니까요."

할머니는 싱긋 웃었다.

"내가 보기엔 후각이 네게 그렇게 중요한 것 같지 않구나. 엄마의 세상을 색칠하는 데 있어서 말이야."

"진짜요? 왜요?"

내가 재촉했다.

"어떻게요?"

"그건 이미 네 엄마가 알고 있을 거야. 궁금하면 언제든지 물어보렴."

하지만 선뜻 그러지 못했다.
매일같이 할머니 집으로 도망칠 뿐이었다.

그날은 학교가 평소보다 늦게 끝났다. 반에서 왕따를 목격한 적이 있는지 묻는 멍청한 설문조사 때문이었다. 나는 집에 들르지 않고 곧장 옆집으로 향했다. 마당에는 새벽에 내린 눈이 그대로 쌓여 있었다. 할머니는 단 하루도 빠짐없이 아침 산책을 나가는 분이었다. 하지만 대문 앞에 쌓인 눈은 발자국 하나 없이 깨끗했다.
여느 날처럼 초인종을 두 번 누르고 문이 열리기를 기다렸다. 기계를 다루는 데 서툴러서 할머니는 꼭 손수 문을 열어 왔다.
그런데 아무리 기다려도 문이 열리지 않았다.
늙은 철제 문은 외부인을 쫓아내려는 듯 엄숙하게 버티고 있었다. 하늘에는 지저분한 눈더미 같은 구름이 떠다녔다.
나는 조금씩 저택에 감도는 스산한 분위기를 느낄 수 있었다. 밤새 바람에 실려 온 눈이 문틈에서 얼어붙어 있었다. 불현듯 떠오른 사실에 나는 계단을 내려가 대문을 건너다보았다. 산책을 핑계로 등굣길을 배웅하는 할머니를 오늘은 보지 못했다. 할머니는 틀림없이 집 안에 있다. 눈 덮인 마당엔 내 발자국뿐이기 때문이다.
아직도 문이 열리지 않았다.
그때 어떤 냄새가 코를 톡 건드렸다.
"역겨워."
첫 느낌은 그랬다. 그런 물감은 처음이었다. 사랑하는 사람의 세상을 칠하기에는 너무 고약한 냄새였다.

그 방향으로 고개를 홱 돌렸다. 꽃인가?

분명 어디선가 맡아 본 냄새인데 기억이 나지 않았다.

한달음에 계단을 오른 뒤 문고리에 얼굴을 묻었다. 서늘한 금속에 코와 눈이 번갈아 닿았다. 냄새가 아주 조금 짙어졌다. 분명 그 안으로 이어지고 있었다. 나는 문을 마구 두드리기 시작했다.

"할머니! 할머니!"

얼어붙은 나무가 쩍 갈라지는 소리를 냈다. 문이 열리자 거기에는 담요를 반쯤 걸친 할머니가 서 있었다. 눈가에는 피로가 까맣게 원을 그렸다.

"어서 오렴, 서화야. 많이 기다렸지?"

그 말을 하기가 무섭게 할머니는 나를 굽어보듯 허리를 약간 접더니 몸을 들썩였다. 한번 터진 기침은 멈출 줄을 몰랐다. 새하얀 날숨이 사방으로 튀어 나갔다. 악취가 머리 위로 뚝뚝 떨어졌다. 나는 두 손으로 코를 움켜쥐었다.

냄새를 풍기는 건 꽃이 아니라 할머니였다.

마침내 진동이 멈추자 나는 할머니 치맛자락을 끌어당겼다.

"할머니! 이따가 다시 올게요!"

기침과 뒤섞인 경고를 뒤로하고 나는 집으로 달렸다. 한 손은 호주머니에서 꺼낸 열쇠를 쥐고 있었고, 다른 한 손은 여전히 코를 틀어막고 있었다. 몹시 우스꽝스러운 달리기가 따로 없었다.

그럼에도 웃음이 멈추질 않았다.

어서 빨리 엄마에게 말해 주고 싶었다. 다시 냄새를 맡을 수 있다고. 실은 냄새를 못 맡아도 엄마의 세상을 칠할 수 있다는 할머니 말을 믿지 않았다고.

그러고 보니 그 악취는 악몽과 비슷한 점이 있었다. 존재 자체가 하얗게 느껴진다는 점이었다. 아, 그래. 그럼 악몽 같은 하얀색. **하얀 냄새**. 신선한 물감이었다. 단 한 번도 냄새에 악몽을 붙인 적이 없었다. 그럼 엄마 냄새는 그 반대로 하는 건 어떨까? 악몽의 반대는 뭐가 있지? 길몽. 예지몽……

"아니, 별로야."

열쇠를 돌리면서 중얼거렸다.

바로 옆집에서 뛰어왔을 뿐인데 온 힘을 쏟아부은 사람처럼 금방이라도 쓰러질 것 같았다. 가쁜 호흡을 가다듬으며 집 안을 살펴보았다. 내 마음과 달리 어둑발은 차분했다. 엄마는 거실에도 부엌에도 방에도 없었다.

그럼 결론은 간단했다.

나는 곧장 화원으로 가는 문을 열었다.

화원은 변함없이 그림 같았다. 실제로 엄마는 그림을 먼저 그린 뒤 그대로 화단에 꽃을 심었다. 줄기의 높낮이와 꽃잎 모양, 색깔, 봉오리 방향까지 그림 그대로였다.

그런데 향기가 없었다. 아마 아직은.

나는 굳게 믿었다. 하얀 냄새를 시작으로 모든 꽃의 향기도 맡을 거라고 말이다. 지루한 향기들. 내가 알려 주지 않아도 엄마가 기억하는 향기들. 그래서인지 내가 제일 먼저 잊은 냄새들이었다.

화원 끝에 다다랐다. 얽히고설킨 덩굴나무 중 손잡이 같은 줄기에 손을 뻗었다. 평소와 달리 거칠고 무거웠고, 얼음처럼 차가워서 흠칫 놀랐다. 나는 온몸으로 덩굴 일부를 밀어 화실 안으로 들어갔다.

그러고 보니 후각을 잃은 후로 화실에 들어간 건 처음이었다.

만발한 장미. 춤을 추는 듯한 꽃 물결. 꽃가루. 기침. 울음소리.

그런데 이제 아니었다. 기억 속 그 공간이 아니었다.

화실은 텅 비어 있었다.

한 송이 꽃도, 이울어 버린 꽃도 없었다. 그런 흔적조차 남지 않았다. 마치 처음부터 존재하지 않았다는 듯이.

악몽.

나는 저절로 떠오른 그 단어를 얼른 머릿속에서 지웠다.

엄마는 그 많은 꽃을 어디로 치운 걸까? 그토록 좋아했으면서 왜 다시 심지 않은 걸까? 꽃 한 송이도 없는 이곳을 매일 드나드는 이유가 무엇일까?

엄마는 화실 한가운데에 서 있었다. 우두커니 무언가를 응시하고 있었다.

"엄마!"

텅 빈 공간에 메아리가 울렸다. 엄마가 화들짝 놀라 돌아보았을 땐 이미 내가 와락 껴안은 뒤였다.

"서화야, 여긴 왜……"

나는 고개를 들었다.

충혈된 눈이 불안하게 떨리고 있었다.

"나 이제 다시 냄새 맡을 수 있어."

엄마 냄새도 아직이었다. 그래서인지 더 힘주어 말하고 싶었다.

카네이션 233

"병이 다 나았나 봐. 못 믿겠지? 진짜야!"

엄마의 얼굴이 환해졌다.

역시 너무 쉬웠다.

"엄마한테서?"

이어 엄마는 다급하게 화실을 둘러보았다.

아무것도 없었다.

"옆집 할머니한테서."

나는 솔직하게 말했다. 믿어 의심치 않았으니까.

"좋은 냄새는 아니야. 처음에 하얀색이 떠오르기는 했는데, 음, 다르게 말하자면 역겹고 푸석푸석해. 그래도 괜찮아. 왜냐하면……"

무언가 쿵 내려앉는 소리에 나는 입을 다물었다. 심장은 아니었다. 엄마는 무너지듯 무릎을 꿇었다. 눈이 활짝 열린 채. 이어 나를 두 팔로 품에 가두었다. 그럴 생각은 없었지만 어쨌든 튕겨 나가지 않았다.

찰나의 순간, 나는 엄마의 눈 안쪽에서 내가 꾸었던 악몽을 보았다. 새하얗게 변한 세상. 그곳은 하늘이나 설산 따위가 아니라 화실이었다.

그건 현실이었다.

아직 끝나지 않았다. 하얗게 변할 게 남았다.

그게 무엇이겠는가?

밤새 뒤척이다가 눈을 떴다. 나는 침대에 엎어져 있었다. 그 자세 그대로 바닥에 드리운 각진 달빛을 멍하니 구경하다가 창문을 조금 열었다. 그러자 그 냄새가 슬그머니 창틀을 넘어왔다. 나는 참아 보려고 노력했다.

역시 내가 착각한 게 아니었어.

나는 하얀 냄새를 억지로라도 한 줌 들이켰다. 그 고약함이 목구멍을 타고 스멀스멀 몸 내부로 기어들어 가는 듯했다. 이어 구역질이 났지만 가까스로 참았다. 익숙해져야 해.

그때 발밑에서 문이 여닫히는 소리를 들었다.

나는 황급히 창문을 닫고 아래로 반쯤 숨었다. 이제 보니 어떤 여자가 대문 앞에 서 있었다. 두꺼운 자주색 스웨터를 입고도 추운지 발을 동동 굴렀다. 이어 집에서 나간 엄마와 몇 마디 나눈 뒤 함께 옆집으로 갔다.

이어 냄새가 짙어지고 옅어졌다.

그때가 새벽 한 시였다.

엄마는 두 시가 넘도록 그 집에서 나오지 않았다. 무슨 이야기가 오갈지 상상했다. 엄마는 어색하게 인사한 뒤 속에서 '하얀 냄새'라는 단어를 무겁게 끌어올린다. 남은 두 사람은 어리둥절한 표정을 짓지만, 무언가 벌어질 거라는 불길한 예감을 느낀다. 나는 엄마가 나올 때까지 기다리다가 그대로 바닥에서 잠이 들었다. 그날은 어째서인지 악몽을 꾸지 않았다. 털실인지 지렁이인지 하얀 무언가가 어둠 속에서 춤추는 기이한 꿈을 꾸었는데, 잘 기억이 나지 않는다.

아침에 눈을 뜨니 나는 침대에 올라와 있었다. 둥근 빛살에 눈이 부셨다. 미지근한 살구색 아침이었다. 지난 새벽이 꿈처럼 느껴졌다. 그러나 당연하게도 꿈이 아니었다. 그 사실을 알아채는 데 오랜 시간이 지나지 않았다.
그날 이후, 나는 할머니를 보지 못했다.

엄마한테서 냄새가 나면 꼭 말해 줘야 해.

몇 주가 느릿느릿 나아갔다. 마침내 나는 엄마에게 할머니에 관해 묻지 않는다. 그사이에 엄마는 이사와 여행을 두 번 정도 헷갈렸다. 할머니 집 마당에 눈이 세 번 더 쌓였고, 네 번째 쓸러 갔을 때 늙고 뚱뚱한 여자가 팔짱을 끼고 서 있었다. 한 겨울 내내 반팔 차림인 성격이 이상한 여자였다. 얼굴엔 늘 짜증이 서려 있었다. 그 감정 그대로 굳은 주름이 표독스러운 얼굴에서 흘렀다.
"그 냄새는 할머니가 아니라 저런 여자가 풍겨야 하는데."
"뭐?"
여자가 등 뒤로 다가와 있었다.
"방금 뭐라고 했니?"
다른 이의 중얼거림까지 모두 놓치지 않아야 직성이 풀리는 인간이었다.
더는 옆집을 찾아가지 않았다.

나로 하여금 하얀 냄새를 두 번째로 마주하게 한 사람은 엄마였다.
겨울 방학이 시작되자 내가 만나는 사람이라고는 엄마뿐이었다. 엄마는 한동안 무척 바빴다. 또 무슨 이유에서인지 내가 밖으로 나가지 못 하게 했고, 나도 그럴 기분이 아니어서 방 안에만 틀어박힌 채 시간을 보냈다. 며칠을 그렇게 보내자 낮과 밤이 뒤집혔다. 뜬눈으로 새벽을 견디기도 했다. 덕분에 어른들이 방심한 새벽에 계단에 서서 엄마가 누군가에게 속닥거리는 소리를 들었다. 세 번 정도 통화 내용을 엿들은 결과로는 엄마가 누군가를 찾는 것 같았는데, 그건 옆집 할머니가 아니라 어떤 키 큰 남자였다. 하필 중요한 순간마다 화실에 가는 바람에 그 남자가 화실과 관련된 사람이라는 사실밖에 알아내지 못했다. 나는 단념하고 방으로 돌아가 창밖을 내다보면서 할머니가 사라진 날 찾아온 자주색 털실 여자를 떠올리곤 다시 침대로 올라가 잠이 들었다. 이따금 하얀 냄새가 열린 창문으로 풍겨 오면 할머니를 보러 뛰쳐나갔는데 거기엔 아무도 없었다. 불쾌한 장난이 몇 번이나 하루를 망쳤다. 나는 결국 창문을 굳게 잠갔다. 물론 소용없는 짓이었다.

그렇게 또 몇 주가 흘렀다.

초겨울은 늦겨울이 되었다.

그러고 나서 열두 걸음 더 멀어졌다.

초봄이 다가오고 있었다. 나는 가만히 지켜볼 수밖에 없었다.

오랜만에 그 꿈을 꾸었다. 하얀 냄새를 맡은 이후 처음이었다.

하나 다른 점이 있다면 이제 꿈이 냄새를 풍긴다는 점이었다.

비로소 완벽해졌다. 하얀 악몽.

나는 악몽의 중심에서 몸을 떨었다.

보이는 광경과 달리 한 줌 소리도 없었다. 바닥에 곤두박질치는 굉음도 없었다. 그저 평화롭게 설산이 밑에서부터 허물어져 내리기 시작했다. 하체가 잘린 듯 순식간에 주저앉더니 그 잔해가 밀려와 내 무릎까지 집어삼켰다. 그 악취는 아무런 감촉도 없었다. 하지만 저 깊은 곳에서부터 공포가 부글거렸다. 그 진동을 분명하게 느낄 수 있었다. 나는 당연하다는 듯 숨을 참고 있었다. 불현듯 무언가 뒷목을 간지럽혔다. 이어 금이 간 하늘과 구름의 조각들이 우수수 떨어졌다. 말라붙은 물감처럼 부스러져 내리기도 잠시 새하얀 천장이 나를 덮쳤다. 일어나고 싶었지만, 천장이 등 뒤까지 내려앉아 있어 꼼짝도 할 수 없었다. 나는 힘껏 발버둥 쳤다. 그러나 아무리 팔다리를 휘저어도 몸이 움직이지 않았다.

죽음.

나는 비로소 깨달았다. 하얀 냄새는 죽음이구나! 이제 인정했다. 알아, 할머니는 죽었어. 그건 틀림없이 내 목소리였다. 죽기 직전에 진실을 깨달은 사람처럼 흥분한 내 목소리였다. 그런데 그다음은 아니었다. 비웃는 듯한 냉소적인 음색. 차분하고 담담한 음률. 평범하면서도 이질적인 성률. 하나의 목소리가 여러 갈래로 나뉘고 다시 겹쳐진 듯 울리는 선율.

하지만 그건 아무것도 아니야. 이 죽음에 비하면.
하지만 그건 아무것도 아니야. 이 죽음에 비하면.
하지만 그건 아무것도 아니야. 이 죽음에 비하면.

나는 눈을 번쩍 떴다.
방 안이 온통 새하얬다. 그래서 아직 꿈을 꾸고 있다고 착각했지만, 푹신한 침대의 감촉 덕분에 현실로 돌아올 수 있었다. 나는 무거운 몸을 일으키고 주위를 둘러보았다. 약간 열린 창문으로 구름이 들어온 것만 같았다. 정말 그랬다면 곧 비가 내릴지도 모른다. 부풀어 오른 구름은 무척 희고 선명했다. 신비한 장면에 호기심이 일어 버렸다. 무심코 숨을 한 번 내뱉었다. 동시에 내가 저지른 실수를 알아챘다.

그 순간 모든 것이 멈췄다. 살아 숨 쉬는 생명을 느끼고 그대로 멈춘 하얀 죽음들.

나를 돌아보았다. 그러고는 마구잡이로 내게 달려들기 시작했다. 입을 떡 벌린 채.

나는 도망쳤다. 하지만 소용없었다. 방뿐만 아니라 집 전체가 하얗게 뒤덮여 있었다. 발밑이 사라지자 그대로 굴러떨어졌고, 바닥에 몸이 닿자마자 곧바로 일어나 다시 달렸다. 이미 많은 죽음이 몸 안에 스며 들었다. 나는 차츰 비틀거린다. 평생을 가도 그것들을 떨쳐 내지 못 할 것만 같았다. 가닿고 싶었다. 죽음이 없는 곳으로. 색깔이 있는 곳으로. 하지만 불행히도 나를 품으로 끌어당긴 존재는 그런 곳과는 정반대인 존재였다.

"서화야!"

익숙한 목소리였다.

나는 엄마 품에 안겨 냄새를 빨아들였다.

"정신 차려, 왜 그래? 응?"

"엄마."

나는 숨을 한 번 길게 토해 낸다. 냄새에 구멍이 잠깐 뚫리고 메워진다.

"꿈도, 여기도, 다 하얘."

엄마가 마지막으로 그린 그림.

"대체 무슨……"

"엄마한테서……"

엄마한테서 냄새가 나면 꼭 말해 줘야 해.

아……

절망은 하나의 신음으로도 충분했다.

하지만 엄마는 더 나아가 울부짖기 시작했다. 왈칵 쏟아지는 냄새에 얼굴이 아렸다.

나는 그 안으로 손을 뻗었다.

덜덜 떨리는 귀가 손가락에 닿았다. 입술을 그리워한 귀. 나는 둘이 처음 만났던 때를 떠올렸다.

그 시간 속에는 웃음이 있었고, 그 웃음 전엔 색깔이 있었다. 독특한 물감이 있었다.

내음이었다.

그때였다.

콧속 깊숙한 곳과 두 눈 사이, 아니…… 머릿속일지도 모른다. 어쨌든 아득한 어딘가에서 조금이지만 장미 향이 풍겼다.

한 송이 정도.

하얀 냄새가 옅어지기 시작했다. 이어 일그러진 얼굴이 떠오른다.

눈물이 고이다가 뚝뚝 떨어진다.

이윽고 나는 정신을 잃었다.

이틀 후, 엄마는 병원에 입원했다.

새로운 냄새가 또 하나 늘었다. 암세포. 그 단어는 맹세코 단 한 번도 물감으로 떠올린 적이 없다.

"자궁암이 재발하면서 암세포가 급속도로 전이하고 있습니다."

시골에서 올라온 외할머니가 의사와 실랑이를 벌이는 동안 나는 그 낯선 물감을 중얼거렸다. 화면엔 엄마의 내부가 찍혀 있었다. 그래서 엄마 색깔을 일부 엿볼 수 있었다. 바탕은 잿빛이었다. 자세히 보니 색깔 하나가 다른 색깔들을 잡아먹고 있었다. 조금 전에 의사가 가리킨 크고 작은 덩어리를 유심히 쳐다보았다. 나는 몇 번이나 확인했다. 그때 갑자기 할머니가 난동을 부리기 시작했다. 화면을 밀치더니 의사에게 달려들었다. 주인의 덩치를 빼닮은 두 주먹이 의사의 목덜미를 마구 흔들었다. 의사는 고개를 이리저리 돌리면서도 안경만은 꼭 쥐었다.

꽤 길어지자 나는 밖으로 나왔다. 그 덩어리가 뇌리에 박혀 있었다.

"뭐야, 진짜 하얗잖아?"

나는 병원 복도를 걸었다. 어쩌면 병원에는 조명이 필요 없을지도 모르겠다. 사방에서 아우성치는 죽음이 복도를 환하게 밝힐 테니까.

어느덧 초봄이 다가왔다. 겨울이 머문 자리에는 마지막 눈이 내리고 있었다. 나는 그 모습을 멍하니 지켜보았다. 봄은 무엇을 보았을까? 차갑지 않은 눈일까, 아니면 곧 바닥으로 가라앉을 아이의 뒷모습일까.
그때까지 엄마는 한 번도 깨어나지 않았다.
마지막 눈이 그칠 즈음, 초봄이 바닥에 쌓인 눈을 밟을 때 깨어났다.
그전까지는 무의미한 수술이 이어졌다. 자궁과 멀리 떨어진 곳까지 암세포가 전이했다. 이어 항암 치료까지 병행하면서 엄마는 나뭇가지처럼 바싹 말라갔다. 물론 그 앙상한 몸을 본 건 요양 병원으로 옮기고 나서였다.
그전까지는 엄마를 만날 수 없었다.
입원 당일임에도 수술 날짜가 말도 안 되게 빨리 잡혔고, 항암 치료 일정까지 일사천리로 처리되자 할머니는 나를 더는 병원에 오지 못 하게 했다. 그 끔찍한 광경이 어린 내게 좋지 않다고 판단했을 터였다. 그러나 며칠 뒤, 나는 서둘러 병원으로 향했다.
그 이유는 곧 나온다. 엄마에게 들려줄 때 같이 들으면 된다.
여하튼 그 선을 따라가자 유리문이 불투명한 중환자실 앞에 도착했다. 하지만 앞서 말했듯이 나는 엄마를 보지 못했고, 마침 문 너머에서 나오는 할머니에게 붙잡혀 사형 선고 같은 경고―외할머니는 옆집 할머니와 성격도 말투도 극도로 달랐다―와 함께 집에 갇혔다.
나는 매일 밤 꿈이 두려워 반쯤 뜬눈으로 지새웠다. 할머니가 집에 오는 날이 하루, 이틀, 나흘 순으로 간격이 벌어지면서 홀로 거대한 외로움에서 견디는 시간 또한 이어졌다. 대부분을 중환자실 너머로 본 풍경으로 견뎠다. 병원을 뒤덮은 하얀 냄새는 거의 그곳에서 흘러나오는 것이 틀림없었다. 건강한 사람도 들어가면 질식해 죽을 것만 같은 공간이었다.

그러나 나는 다른 존재를 응시했다. 그 지독한 곳에서 내 호기심을 자극한 존재는 바로 희미한 장미 향이었다. 지금 내 눈앞에서 하늘거리는 장미 향. 이 빨간 선. 조금이지만 내 외로움을 달래 준 냄새.

이 선과 냄새는 장미가 분명했다. 내가 잘못 본 게 아니었다.

용기는 시간이 해결해 주었다.

나는 눈을 완전히 떴다.

다시금 화실로 향했다.

열흘 뒤, 항암 치료가 면역력만 떨어뜨릴 뿐 아무 소용이 없다고 판단한 의사는 할머니에게 넌지시 퇴원을 제안했다. 할머니는 이번엔 얌전하게 고개를 끄덕였다. 할머니는 희망의 탈을 뒤집어쓴 수술과 항암 치료, 그저 바라볼 수밖에 없는 딸의 고통에 지쳐 있었다. 원래 그런지는 모르겠지만 병원 측에서는 면목이 없다며 집에서 제일 가까운 고급 요양 병원 일인실로 엄마를 옮겨 주었다. 희망이 사라진 할머니는 어떤 의심도 하지 않았을 터였다. 이어 주위 배경이 한 시간 만에 바뀌었다. 그곳은 병원보다 냄새가 훨씬 심했다. 간판을 요양 병원이 아니라 중환자실로 해도 좋을 만큼 고약한 냄새를 풍겼다. 그래서 나는 첫날부터 일 층 엘리베이터 위치와 꼭대기 층으로 가는 버튼의 위치를 외워야 했다. 악취 때문에 눈을 제대로 뜰 수 없었기 때문이다. 그래도 다음은 무척 쉬웠다. 문이 열리고 나서는 이 선만 따라가면 꼭대기 층에 하나뿐인 엄마 병실에 도착한다. 병원에서 허얀 냄새가 세일 옅은 곳이었다. 장미 향이 짙어질수록 하얀 냄새는 옅어졌다.
나는 이제 엄마 곁에서 장미 향을 들이마신다. 그건 내게 희망이나 다름없었다. 그건 결코 죽음이 풍길 수 없는 냄새라고 확신했다. 눈을 감으면 장미가 만발한 공간에 앉아 있는 기분이 든다. 나는 기억 속 웃음과 똑같이 웃음 짓는다. 그러고는 엄마를 기다린다.
미지근한 물로 수건을 적셔 엄마의 몸을 어루만진다. 살점이 떨어지지 않을 만큼 살며시 닦아 낸다. 뼈가 앙상한 손등에 바늘이 꽂혀 있다. 그 안으로 물방울이 똑똑 떨어진다. 그 간격은 일 초보다 두 배 정도 느리다. 하지만 엄마의 몸은 시간이 네 배는 빠르게 흐르는 듯했다. 다른 수건으로 엄마의 얼굴을 매만졌다. 나이테처럼 파인 눈가 주름을 꼼꼼히 문질렀다. 주름이 하루가 다르게 자랐다. 이어 귀를 내려다볼 만큼 길어졌을 때 내가 말했다.
"비밀이 하나 생겼어."
나는 제안했다.
"일어나면 말해 줄게."
일주일이 지나도 엄마는 깨어나지 않았다. 곧 비밀을 쏠 차례가 왔다.
"엄마, 그거 알아? 나 엄마가 입원한 날 화실에 들어가왔어."
그 이유는 어딜 가나 끈질기게 따라다니는 이 장미 향 때문이었다. 나는 홀린 듯이 그쪽으로 걸어갔다. 우선 화원이었다. 그러나 화원은 그 냄새의 원인이 아니었다. 내 시선은 자연스레 끝으로 이끌렸다.
덩굴나무 문틈으로 이상한 낌새를 느꼈다.

심장이 움츠러들었다. 화실에 누군가 있는 것 같았다.

무언가 나타나고 사라지고 또 나타났다. 나는 천천히 다가갔다. 발소리를 죽이다가 살리다가 다시 죽였다. 이어 손을 뻗자 문이 활짝 열렸다.

눈과 입을 동그랗게 열었다.

장미.

새하얗던 화실에 장미가 피어 있었다!

물론 향기는 없었다. 빨간 선은 화실 밖으로 이어지고 있었다. 하지만 아주 오랫동안 그 향기 없는 꽃에 사로잡혔다. 물감이 뚝뚝 흐를 것만 같은 꽃잎이 생생하게 빛났다. 화단의 흙도 촉촉했다. 둘을 번갈아 만져 보아도 도저히 믿기지 않았다. 며칠이 흐른 뒤 나는 장미에 물을 주기 시작했다. 굳이 안 그래도 시들지 않는다는 사실을 알았지만, 그냥 그러고 싶었다.

화실에서는 하루가 다르게 장미가 피어난다.

이제 천장이 무너져도 끄떡없을 만큼 많다.

"근데 그런 생각도 드는 거야."

비밀은 이것이었다.

"과연 내가 이 냄새를 맡으면 엄마가 좋아할까? 그때처럼 그런 표정을 지으면 어쩌지? 왜 내가 하얀 냄새를 말했을 때처럼 말이야. 그래서 불안해. 장미가 만발한 화실을 보여 주고 싶다가도 갑자기 겁이 나."

엄마 손등 위로 입술을 갖다 댔다. 진통제가 퍼지기 시작하는 곳이었다. 나도 진통제가 필요했나. 궁광대는 불안과 외로움이 아파서 잠을 잘 수가 없었다.

"아니지? 엄마가 알려 달라고 한 냄새가 바로 이 장미 향 맞지? 나는 그렇게 믿고 있어. 그래도 대답 좀 해 줄래? 맞아? 응?"

대답은 없었다.

마지막 눈이 그쳤다.

나는 그날 처음으로 화실에서 장미 한 송이를 들고 갔다.

옆집 할머니가 만들어 준 옷이 그새 작아졌다. 할머니라면 이 장미와 닮은 빨간 털실로 옷을 만들어 주셨을 텐데. 아쉽지만 어쩔 수 없이 그 좁은 품 안에 장미를 감췄다. 병실에 생화를 가져오면 안 된다는 간호사에게 들키지 않으려면 병원에 도착하기 전까지 자연스러운 걸음걸이를 연습해야 했다. 곧 엄마 코밑에 이 장미를 갖다 대리라. 그럼 거짓말처럼 벌떡 일어날 것이다. 꼭 우리까지만 그런 진부한 동화가 펼쳐지기를.

실은 엄마가 제일 좋아하는 꽃은 파란 장미다.

언젠가 엄마는 파란 장미를 본 순간을 결코 잊을 수 없다고 말했다. 그러면서 나를 지그시 쳐다보았는데, 그건 내가 아니라 먼 미래를 보는 듯한, 혹은 가까운 과거를 보는 듯한 알쏭달쏭한 눈동자였다. 그 기억이 화실에 장미가 핀 순간 불현듯 떠올랐다. 그리고 궁금했다. 파란 장미는 어떤 냄새를 풍길까? 색이 다르다면 꽃이 사랑하는 사람까지 다르다는 의미일까? 엄마가 기다리던 냄새가 빨간색이 아니라 파란색인가?

나는 반쯤 답을 내렸다.

하지만 아무리 꽃집과 사전을 뒤져도 파란 장미는 나오지 않았다. 불가능한 '유전자'라는 단어가 열에 아홉은 눈에 들어왔다. 심지어 푸른색을 띠는 야생화도 많지 않았다. 포기하기 전까지, 그러니까 이 장미를 품에 넣기 직전까지 빨간 장미에 파란 물감을 칠할지 말지 진지하게 고민했다고 고백한다. 이만하면 당신도 내 간절함을 느끼겠지.

나는 화실에서 제일 생생하고 반짝이는 장미를 골랐다. 이제 막 핀 꽃처럼 내 안이 환했다. 다행히 하얀 냄새에도 끄떡없었다.

엘리베이터 문이 열린다.

이어 앞에 펼쳐진 광경에 하마터면 장미를 놓칠 뻔했다.

할머니가 복도에 누워 있다. 목이 뒤로 꺾여 있다. 긴 비명을 견딘 후였다. 의사가 다른 손으로 간호사에게 손가락질을 한다. 다른 간호사가 어디론가 뛰어간다. 그러나 나를 보더니 그대로 멈춘다. 시간이 멈춘 것은 아니다. 눈동자만은 바쁘게 흔들린다. 병실엔 기계음이 규칙적으로 울렸다. 녹색 선으로 이루어진 기계다. 곧 영원 같은 비명을 지르기 위해 숨을 고르고 있었다.

"서화야."

엄마가 눈을 가늘게 열고 있었다. 호흡기는 이미 턱 밑으로 내려가 있었다. 나는 의식하여 다리에 힘을 주었다.

"엄마."

기침이 나뭇가지 같은 몸을 무자비하게 흔들었다. 창백한 두 뺨이 입안으로 오목하게 들어가 있었다. 신음이 새파란 입술에서 가늘게 떨리고 있었다.

기침이 시간을 조금 허락하자, 엄마가 말했다.

"미안해."

나는 문간에 멈추어 서서 슬픔과 분노를 동시에 느꼈다. 내가 하고 싶은 건 용서가 아니었다. 듣고 싶은 것도 그런 말이 아니었다.

장미 향이 더욱 짙게 풍긴다.

나는 엄마에게 다다른다. 그 말을 못 들은 체한다.

"엄마, 괜찮아?"

"엄마가 미안해."

이제 불가능했다.

"미안하다는 말 좀 제발 그만해! 괜찮냐고 물었잖아!"

엄마는 차분하게 말했다. 그래서 더 화가 났다.

"엄마가 그렇게 만들었으니까. 머리 많이 아프지? 이제 조금만, 아주 조금만 참으면 돼……"

엄마의 손이 움찔거렸다. 나는 그 손을 붙잡았다.

"그래도 화실을 너무 미워하지 마. 서화와 엄마를 위한 공간이니까. 그리고 이제는 서화를 위한 공간이 된 거야. 그리고……"

기침이 다시 재촉한다.

엄마 손 위로 내 눈물이 똑똑 떨어진다. 진통제처럼.

엄마가 빠르게 말했다.

"그리고 사랑하는 사람이 생기면 꼭 화실에 데려가. 분명 좋아할 거야. 그 꽃을 싫어하는 사람은 없을 테니까."

사랑하는 사람.

분노가 빠져나간다.

나는 애원한다.

"그럼 엄마랑 갈래. 엄마도 그 꽃을 좋아하잖아. 지금 가자, 응?"

"엄마는……"

이상하리만치 침착하던 엄마가 그 말에 무너지기 시작했다. 신음에 울음기가 섞인다. 엄마의 고통이 고스란히 전해졌다. 그 아픔은 기침도 암세포도 하얀 냄새도 아니었다. 인정할 수밖에 없는 하나의 진실이었다.

"엄마는 자격이 없는 것 같네……"

그러나 그 진실은 틀렸다.

불현듯 속에서 무언가를 느낀 엄마는 목소리를 가다듬었다.

"지금 엄마가 풍기는 냄새 때문에 앞으로 많이 힘들 거야. 미안해, 서화야. 그런 일을 겪게 해서. 그래도 엄마를 믿고 조금만 참아. 그럼 화실에 꽃이 피는 날이 분명 올 거야."

그때 내가 다른 손으로 무언가를 붙잡고 있다는 사실을 깨달았다. 녹색 줄기였다.

꽃이 말을 건다.

어서 나를 꺼내.

"아니야, 엄마."

나는 엄마의 눈동자를 꽃으로 채웠다. 눈물이 맺힌 터라 순식간에 색이 퍼진다.

"꽃은 이미 폈어. 이 병실을 가득 채울 만큼 많이."

엄마의 꽉 찬 눈은 화실을 보고 있는 것만 같았다. 그러곤 봄을 덜

덜 떨었다.

"정말, 정말이야……?"

"응, 그리고 엄마한테서 장미 향이 나. 그건……"

그뿐이었다. 어떤 물감도 색깔도 떠오르지 않았다.

어서 떠올려, 독특한 무언가를!

허나 머릿속이 새하얬다. 죽어 있었다.

나는 절망했다.

내 모든 것이 죽는 순간이었다. 당장 엄마를 살릴 무언가를 떠올리지 않으면 정말 죽고 싶을 지경이었다.

그러나 엄마는 이미 알고 있었다.

"알고 있어."

엄마는 천천히 미소 지었다. 내가 바라던 표정. 눈을 감고 머리를 쓰다듬듯 꽃잎을 어루만진다.

"맞아, 서화야."

엄마가 기다린 냄새.

"다행이야, 정말 그래. 고마워. 그리고 나도 사랑해, 아들. 아주 많이."

끝과 또 다른 시작이었다.

그 사이에서 나는 잠시 멈췄다.

엄마?

녹색 줄기가 영원 같은 비명을 지르는 그 순간, 병실을 빽빽하게 채운 장미 향과 하얀 냄새가 거짓말처럼 사라졌다. 꽃이 죽은 손가락에서 내 손으로 미끄러진다. 더는 붙잡지 못한다. 까맣게 변한 장미가 나를 올려다본다. 내 중얼거림을 들어 보려고 귀를 기울인다. 나는 그 위로 끊임없이 되묻는다.

"무슨 말이야, 엄마?"

잠시 후, 엄마의 머리가 천으로 덮였다.

엄마의 눈은 더는 화실을 보고 있지 않다.

완전히 새하얗다.

병원에서, 세상에서.

누구보다 더.

문득 시선을 들어 보니 나는 화실 앞에 서 있었다.

이제 그만 끝내고 싶었다. 그러려면 이 안으로 들어가야 했다. 굳이 만지지 않아도 거칠고 서늘한 손잡이를 느낄 수 있었다. 문을 여는 데 남은 힘을 모두 쏟아내야 했다.

간신히 안으로 들어간 나는 그 광경에 조금도 놀라지 않았다.

만발했던 장미가 모조리 까맣게 변해 쩍쩍 갈라진 화단 위에서 나뒹굴었다.

나는 그대로 문을 닫았다.

아마 영원히.

그러나 예상이 빗나갔다.

또 다른 시작이었다.

안개꽃

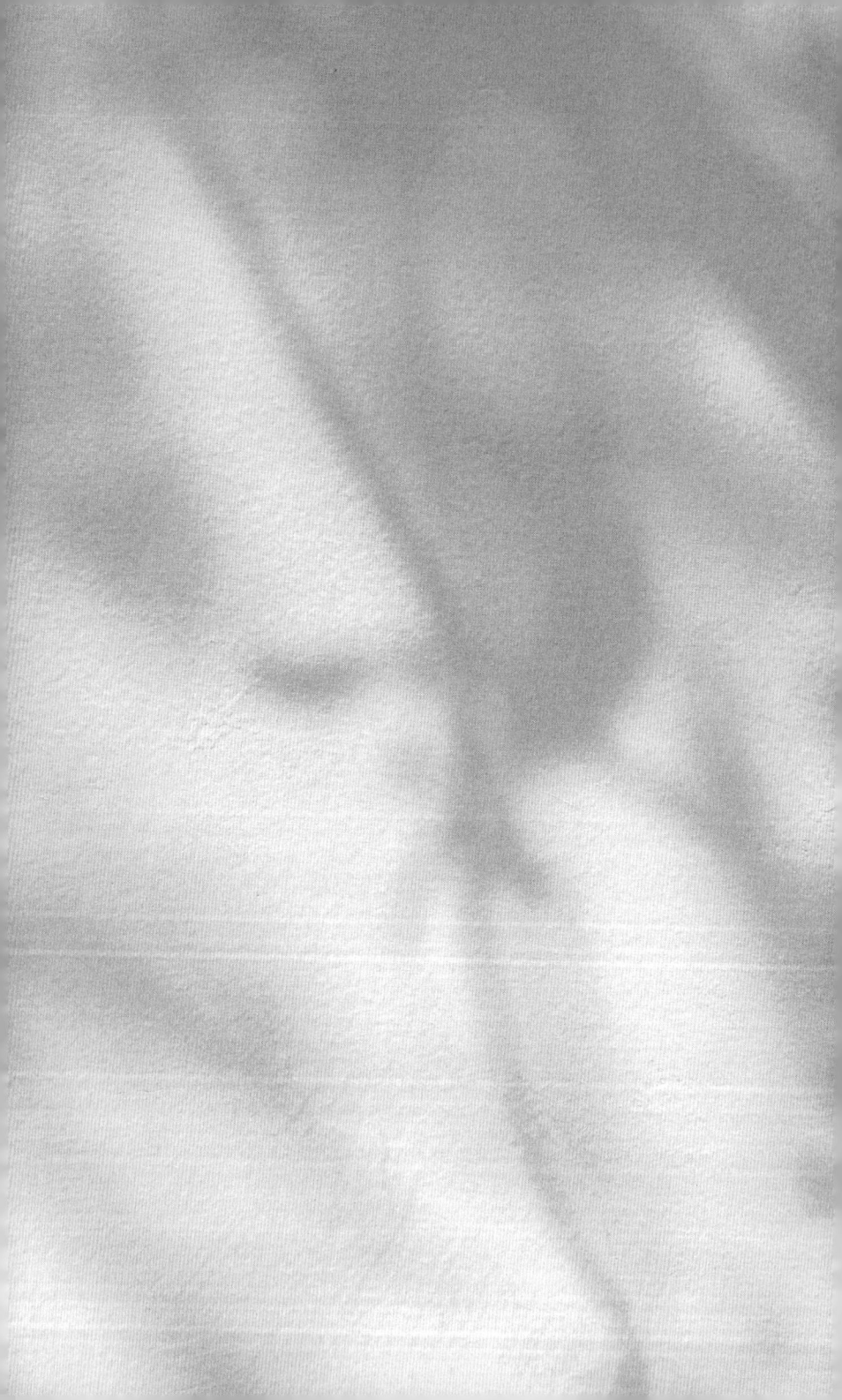

1.

"하얀 꽃은 안 돼요. 화원에 심기에는 꽃말이 좋지 않아요."
"응? 이거 카네이션인데?"
 아이 목소리가 화실에서 카랑카랑 울린다. 단미가 사진을 한 장씩 넘길 때마다 선이는 손가락을 하나씩 치켜들면서 사진 속 꽃을 설명한다. 그뿐만 아니라 해당 꽃과 관련된 전설, 이름의 유래, 꽃말 등 상당한 지식을 뽐낸다. 나는 꽃에 물을 주는 둥 마는 둥 하면서 한바탕 장난을 칠지 말지 고민한다. 그러나 웅크리고 앉아 화원에 심을 꽃을 고르는 두 사람을 뒤에서 지켜보다가 그만 그 고민을 잊고 만다. 이어 은밀히 옛 추억에 잠긴다.
 우리는 화실에 있다.
 어느덧 일상이 되었다.
 "꽃은 색깔마다 꽃말이 달라요. 흔히 부모님께 드리는 카네이션은 빨간색이나 분홍색이잖아요? 하지만 다른 색깔도 많이 있어요. 예를 들어, 카네이션이 하얀색이면 돌아가신 부모님을 위한 꽃으로 의미가 완전히 달라져요. 그러니 꽃을 고를 때나 선물할 때는 조심해야 해요."

"오오."

단미가 손뼉을 쳤다.

"대단해, 선아. 선생님 같아."

아이가 어깨를 으쓱했다.

"친구네 꽃집을 자주 놀러 가거든요. 거긴 꽃이 무지하게 많아요! 그런데 처음엔 그게 싫었어요. 옛날부터 친해지고 싶은 친구였는데, 자기랑 친해지고 싶으면 그 모든 꽃의 이름을 외워야 한다고 했거든요."

"친구가 장난이 너무 심한 거 아니야?"

"어쩔 수 없죠. 친해지고 싶은 사람은 저니까."

"착하구나, 선이는. 아니, 아주 바보야."

선이는 그 말이 마음에 들었는지 선뜻 호의를 베풀었다.

"또 모르는 거 있어요? 다 알려 줄게요, 언니. 저 꽃다발 만드는 방법도 안다고요."

"이것도 궁금합니다, 선생님!"

성탄절 다음 날, 단미는 화원에 꽃을 심기로 결정했다. 헝클어진 머리카락과 졸린 눈, 한밤의 온기와 함께 거실로 나왔다. 나는 물을 끓이다가 돌아보았다.

"화원에 꽃을 심을 거야."

통통 부은 눈은 결의에 차 있었다. 어디 말릴 테면 말려 보라는 식이었다.

그날 새벽은 내 과거로 채워졌다. 하얀 냄새를 비밀로 감춘 나머지 엉성해진 이야기에도 단미는 중반부터 눈물을 펑펑 흘렸다. 그 이야기 속 누구보다 더. 그때 울어야 했을 아이의 슬픔까지.

나는 그 눈물에 위로받았다.

곧 진득한 고요가 이불처럼 몸을 덮었다.

우리는 이른 저녁에서야 침대에서 나왔다.

그사이 단미가 왜 그런 결정을 내렸는지는 잘 모르겠다. 내 과거 어딘가에서 생각이 번뜩였거나 화실과 달리 텅텅 빈 화원을 두고 볼 수 없었거나 꿈에서 꽃이 만발한 화원을 미리 보았거나. 여하튼 나는 그 눈을 말릴 수도, 그럴 이유도 없었다. 단미와 함께 살기 시작하면서 나는 몹시 바빴다. 내 신경은 온통 다른 곳에 쏠렸기 때문이다. 물론 단미는 그 사실을 몰랐다. 자기가 정한 목표에 몰두해 있었다.

시간도 마찬가지였다. 자기 일을 훌륭하게 해냈다.

해가 바뀌고 달이 두 번 더 바뀐다.

그사이 각양각색의 꽃이 단미 머릿속에 채워졌다.

단미는 화실에서 그림을 그렸다. 몇 달 동안 오로지 꽃만 그리며 그림 실력을 키웠고, 어느 정도 알아볼 수 있는 그림을 완성하자 도화지 여러 장에 각각 빈 화단을 그려 넣었다.

단미는 숨을 길게 내뱉었다. 마지막 한 바퀴를 남겨 놓은 사람처럼.

"자, 이제 시작해 볼까?"

꽃이 줄기가 길거나 잎이 클수록 가장자리로, 꽃잎 색이 어두울수록 안쪽으로.

밑그림을 그리면서 단미가 제일 고통스러워한 순간은 꽃말이 겹칠 때였다. 간신히 마음에 드는 꽃을 발견했는데 알고 보니 전에 고른 꽃과 꽃말이 겹치면 좌절하다시피 했다. 하지만 그럼에도 꽃말이 같으면 심지 않겠다는 고집은 꺾지 않았다. 단미는 답답하다는 듯 고개를 저었다.

"내 나쁜 버릇 중 하나야."

수많은 꽃이 후보에 오르내렸다. 꽃말과 키우는 방식이 도화지 위에 얼기설기 그려졌다. 단미는 내 도움을 거절했다. 혼자 그 일을 해내고 싶어 했다.

"꼭 그럴 거야."

"왜?"

"비밀!"

그리고 바로 지금, 마침내 화원의 밑그림을 완성했다.

"그런데 이 장미들은 누가 심었어요? 삼촌? 언니?"

"왜 나는 삼촌이고, 단미는 언니야? 우리는 동갑인데."

내가 장난스럽게 물었다.

단미는 마지막으로 밑그림을 살펴보았다. 이어 벌떡 일어나더니 선이에게 말했다.

"이 꽃은 저 아저씨랑 언니가 같이 심었어."

우리는 눈길을 주고받았다.

선이는 그 사이에서 눈길을 올려다보았다.

"이렇게 장미가 많은 곳은 처음 봐요. 근데 왜 장미만 심어요? 그것도 빨간 장미만?"

"꽃말이 마음에 들어서."

"아하."

선이는 화실을 둘러보더니 납득한다는 듯 고개를 끄덕였다. 아마 색깔을 확인했으리라.

"어쨌든 이렇게 많이 심으니까 더 예뻐요. 그런데 조심해야 해요. 이미 잘하고 계신 것 같지만, 장미는 가시가 많아서 손질을 신경 써서 자주 해 줘야 해요."

선이가 단미의 손목을 가리켰다.

"이거 봐요, 언니. 여기 찔렸잖아요."

단미는 황급히 소매를 내려 손목을 감췄다. 크고 작은 붉은 점이 손목 위에 점점이 박혀 있었다.

"맞아, 조심해야 했는데."

"병원에 꼭 가요, 알겠죠?"

"응, 그럴게."

갑자기 대화가 뚝 끊겼다.

아이마저 불편을 느끼는 노골적인 정적이 화실에서 흘렀다.

꽃 위로 흩뿌려지는 물줄기만 남았다. 그러나 어떤 소리도 나지 않았다. 허공을 메우는 무형의 정적이 꽃을 보호하는 것 같았다. 나는 손가락에 힘을 주었다. 그래도 소용없었다.

선이가 먼저 돌아왔다.

"아, 그거 아세요? 장미도 색깔에 따라서 의미가……"

그때 초인종 소리가 먼 곳에서부터 들려왔다. 퇴근하고 찾아온 선이 엄마였다. 선이는 이때다 싶어 밖으로 달려 나갔다.

"내일 또 올게요!"

한 뼘 정도 열린 문틈으로 작은 뜀박질이 이어졌다. 이윽고 발이 멈추자 예의 바른 모녀의 인사가 들렸고, 이어 둘은 저 너머로 사라졌다.

우리는 잠시 아이의 빈자리를 쳐다보았다.

나는 수도꼭지를 잠그고 단미는 물감과 도화지를 주섬거린다.

화실에서 나가기 직전, 나는 밑그림을 힐끔거렸다.

그 안에 장미는 없었다.

대신 하얀 카네이션이 피어 있었다.

이른 해넘이는 연분홍빛이었다.

땅거미가 좋아하는 색이 틀림없다. 이런 날은 새까만 밤이 느긋하게 내려오곤 한다.

게으른 까만색.

"오늘은 어디야?"
"러시아."

이 음식의 이름을 간신히 외웠다.

링귀니 크림 관자 파스타.

이탈리아 음식인 이 파스타를 단미는 러시아에서 배웠다.

단미는 매일 손수 저녁 식사를 준비했다. 내겐 과분한 시간이었다. 몇 달이 지났지만 그 시간은 어색하기만 했다. 나에게 있어 더욱 아쉬웠던 점은 단미가 요리를 무척 잘한다는 사실이었다. 선이는 솔직한 아이니까 이 말을 믿어도 된다. 하지만 나는 일류 요리사와 맛을 공유하거나 의견을 나눌 수 없었다. 그건 아주 당연한 일이었지만, 그런 식으로 내 장애가 와닿은 적은 오랜만이었다. 하지만 그렇다고 해서 단미가 만든 음식을 사진으로 남기거나 글로 기록하지는 않았다. 내가 이 파스타를 기억하는 이유는 단순히 관자의 식감이 마음에 들었기 때문이다. 당신도 마찬가지다. 맛에 감탄하며 이름을 재차 물을 것이다. 그리고 나처럼 기다릴 것이다.

단미는 이런 말로 이야기를 시작한다.

"이 음식을 배울 때 말이야……"

단미가 전 세계를 여행하면서 각 나라의 전통 의상 모으기 다음으로 했던 일은 바로 요리 배우기였다. 현지인과 친해지는 가장 빠른 방법이 그 두 가지라고 말했다. 함께 옷을 사고 요리하고 식사하기만 해도 그 순간이 좋은 추억이 되어 어느샌가 가족이 터뜨리는 웃음 한가운데에 서 있는 자신을 발견했다.

"그들에겐 맛은 그리 중요하지 않아. 함께 무언가를 했다는 그 기억이 중요한 거야."

매일 밤 단미와 저녁을 함께 하며 이야기를 나누니 그 기분을 조금은 알 것 같았다.

"화원을 하루빨리 완성하고 싶어."

단미가 하나 남은 관자를 우물거렸다.

"기대해도 좋아. 화실만큼 예쁠 테니까."

"밑그림 정도는 미리 보여 줘도 괜찮지 않아?"

단미가 단호하게 말했다.

"안 돼, 깜짝선물이거든. 완성하면 그때 보여 줄 거야. 그전까지는 화원이든 화실이든 못 들어간다고 내가 말했었나?"

"아니? 처음 듣는 얘기야."

"내가 나간 사이에 들어가기만 해. 그럼 문에 자물쇠를 채울지도 몰라."

단미가 관자를 삼키는 동시에 무언가를 떠올렸다.

"아, 그럴 필요 없겠구나. 내일부터는 거의 집에 있을 테니까."

나는 되물었다.

"왜?"

"최 교수님이 더는 오지 않아도 된다고 하셨거든. 이제 병원에는 말동무가 필요한 사람밖에 없대. 그래도 예약 환자가 아예 없는 건 아니니까 모레 정오까지는 도와드리고 올 거야."

단미는 올해부터 봉사 활동을 그만두고 최 교수님 집이자 병원에서 일손을 보탰다. 동네에 의사가 살면 흔히 일어나는 현상이었다. 아이부터 노인까지 작은 생채기에도 문을 두드리는데, 마을에 하나뿐인 의사라 더 그렇다고 단미는 추측했다. 해가 바뀌면 환자가 꽤 늘어서 최 교수님 혼자서는 그 많은 일을 감당하기 어려웠을 터였다. 단미가 하는 일은 주로 노인을 임시 진료실로 안내하고 상담이 끝나면 약을 어떻게 복용하는지 큰 소리로 설명하는 일이었다. 환자 수는 적게는 다섯 명, 많게는 열 명이었는데, 구정 다음 날에는 스무

명까지 늘어났다. 심지어 최 교수님은 스물한 번째 환자를 직접 찾으러 다니기도 했다. 마을 곳곳을 돌아다니며 배탈이 났거나 두통이 심한 사람은 없는지 확인했다. 물론 단미도 따라나섰다. 최 교수님의 그런 모습을 단미는 존경했다. 그런 분일수록 의료계에 더 오래 종사해야 한다며 우리는 입을 모았다.

나는 종종 두 사람 사이가 끈끈하다고 느꼈다. 알고 지낸 시간이 길지 않은데도 말이다. 일이 끝나면 최 교수님은 꼭 단미를 집까지 바래다주었는데, 내가 마중 나왔을 땐 이미 자동차가 동네를 빠져나간 뒤였다. 여태껏 그와 마주친 적이 없었다. 나를 일부러 피한다는 느낌까지 들 정도였다. 내가 일을 돕겠다고 적극적으로 나서도 최 교수님은 그럴 듯한 이유를 대면서 한사코 거절했다. 물론 최 교수님이 어떤 사람인지 궁금해서 그런 것은 아니었다. 나는 꼭 묻고 싶은 것이 있었다.

바로 단미의 과거였다.

"이틀 뒤면 화원에 오로지 집중할 수 있겠다. 꽃 도감도 더 많이 읽어야겠어."

나는 미소로 대답을 대신했다.

지난 몇 달간 내 말과 시선은 그 미소와 닮아 있었다.

거짓투성이였다.

단미가 시야에서 사라지는 순간 나는 지독한 강박에 사로잡혔다. 문득 주위 가구가 그런 나를 유심히 구경하는 느낌이 들 때도 있다. 하지만 그 역한 기분도 잠시, 나는 숨을 멈추고 집중했다. 이어 하얀 냄새가 두근거리면, 그리고 영원 같은 몇 초를 간신히 버티다가 그쪽으로 달려갔다. 이름을 외치면 단미는 바로 내 앞에 나타났다. 그러면 나는 휘둥그레 뜬눈을 마주한 채 거짓말을 했다. 그곳이 화장실이면 볼일이 급해서 그랬다는 거짓말. 화실이면 그림 실력이 얼마나 늘었는지 궁금했다는 거짓말. 부엌이면 음식이 타는 듯한 느낌이 들었다는 거짓말. 꿈속이면 흔들어 깨워 악몽을 꾸지 않았느냐는 거짓말. 처음에 화들짝 놀라던 단미도 차츰 무관심으로 일관했다. 이따금 짜증을 부리기도 했다. 수십 번은 그랬으니까.

나는 믿기지 않았다.

몇 달 동안 아무 일도 일어나지 않았다.

조금씩, 아주 조금씩 평온한 일상에 젖어 들었다. 스스로를 예민하다고 여기는 일이 늘어났다. 의심했던 순간을 돌아보니 보잘것없는 착각처럼 느껴졌다. 적어도 겉으로는 정말 그렇게 생각했다.

그러던 어느 날, 한밤중에 소스라치며 몸을 일으켰다.

자살.

나는 꿈을 되뇌었다.

아득한 밤하늘. 영혼 같은 구름들.

그네들을 발밑에 두고 나는 달에 목이 매달린 채 떨어지지 않으려고 발버둥 친다. 그러나 팔이 시나브로 야위어 간다. 곧 나머지 부분이 두 팔에서 툭 떨어져 나간다. 충격이 가해지기 직전에 깨닫는다. 달은 내 머리다. 두 팔은 그걸 껴안은 밧줄이다. 단미 옆으로 떨어진 건 나머지 몸통이다.

나는 두 손으로 목을 감쌌다. 단미는 옆에서 곤히 자고 있었다. 숨을 쉬고 있었다.

이어 식은땀으로 흠뻑 젖은 얼굴로 단미를 굽어보았다. 장미 향에 파묻힌 하얀 냄새를 집요하게 파헤쳤다. 이제 그조차도 쉽지 않았다. 이제 없다시피 했다. 꿈에 나온 앙상한 팔처럼 가느다란, 단미에게서 툭 떨어져 나가기 직전인 그 냄새는……

정말 자살이었다고?

나는 그만 인정하고 말았다. 그 말도 안 되는 생각을.

그러나 받아들였다.

단미의 손등에 손을 포개고 간절하게 기도했다.

단미가 나를 만나기 전에 자살하고 싶었기를 바랍니다.

내 심장이 자기혐오로 일그러진다. 심장 일부가 목구멍까지 치밀어 오른다. 그래도 참는다. 이제 무표정으로 그 기도를 해낸다. 매일 밤 간절하게 빌었다.

전에 이태원 골목에서 나눈 이야기를 상기해 보면, 단미는 분명 나를 만나기 직전까지 어떤 힘든 상황에 처해 있었다. 아직도 그 일을 비밀로 간직하고 있다. **그건 죽음과 연관이 있을 터였다.** 그렇지만 그 비밀을 굳이 끄집어내고 싶지는 않았다. 그래서 그게 뭐? 죽음 따위. 거의 평생을 그 녀석과 부대끼며 살아온 나다. 그러니 언제라도 담담하게 고백을 받아들일 준비가 되었다. 보나 마나 단순한 죽음이 아닌 건물을 통째로 뒤덮을 만한 불행한 운명이겠지.

내 기도의 의미는 이랬다.

그 비밀이 하나의 생명을 꺼트릴 만큼 무자비한 불행이었기를.

이처럼 나로 하여금 잔인하도록 만든 이유를 속으로 내지르곤 한다.

이제 하얀 냄새를 거의 풍기지 않잖아!

하얀 냄새는 곧 죽음이다. 그런데 이제 얼마 남지 않았다. 그 냄새가 자살로 인한 죽음이었다면, 그런 생각을 모조리 잊을 만큼 내가 행복하게 만들면 그만이었다. 사랑하는 사람이 죽음을 앞둔 상황이면 얼마나 무기력해지는지 나는 누구보다 잘 안다. 그저 곁을 지키는 일은 아무 소용이 없다. 그러나 자살은 다르다. 내가 할 수 있는 일이 분명 있다.

내 앞에서 보란 듯이 먹던 약도 이제 없다. 우리 일상의 유일한 오점이 사라졌다.

"이제 약 안 먹어?"

"바보, 감기 다 나았지. 그러니까 최 교수님을 도울 수 있는 거야. 환자한테 감기 옮기면 안 되잖아."

진실이 다가오고 있었지만, 나는 전혀 몰랐다.

평범한 일상으로 며칠을 보냈다.

그 뒤에도 직접 찾아오지는 않았다.

우선 경고였다.

붉은 점.

늦은 밤, 단미를 뒤에서 껴안았을 때 새하얀 목덜미에 박힌 빨간 두 점을 보았다. 그것 또한 어둠 속에서 나를 똑바로 쳐다보고 있었다. 피가 고인 두 눈 같았다. 소름 끼칠 만큼 눈앞에서 번뜩였다. 나는 그 존재를 부정하며 곧바로 눈을 감았다. 다음 날 아침, 그 존재가 밤새 나를 지켜보고 있었다는 사실을 깨달았다. 동그란 죽음은 단미 등에서 잘 자라났다. 목과 어깨, 날개뼈, 척추를 타고 뻗어 나갔다. 피가 고인 콧구멍과 입, 그리고 눈. 다시 눈, 코, 그리고 입. 얼굴. 얼굴. 얼굴.

나는 단미의 젖은 머리를 말려 주기 시작했다. 매일 아침 거울 앞에 단미가 앉았고, 나는 뒤에서 머리를 말려 주고 조심스럽게 빗었다. 몹시 고통스러웠다. 반사되는 단미의 어리둥절한 표정을 견디는 동시에 등에 박힌 점을 전날과 비교하며 세어 보았다. 맨 앞 숫자가 바뀔 때마다 고개를 들어 마주 미소 지었다. 그 괴리감에 나는 내부에서 조금씩 죽어갔다.

단미가 알아채는 건 시간문제였다.

등을 뒤덮은 그 점은 이제 옆구리와 쇄골, 손목까지 퍼졌다.

……가 급속도로 *전이*하고 있습니다.

밑그림을 완성한 날 아침, 나는 오늘이 단미의 머리를 말리는 마지막 날이라는 사실을 직감했다. 문득 단미의 등이 화실에 핀 장미와 닮았다는 생각이 들었다. 새하얀 등과 붉은 점들. 아득히 높은 천장에서 화실을 내려다보면 그런 모습일 것 같았다. 하염없이 피어나던 그 두 색깔은 이제 끝에 다다르기 직전이었다.

얼마 남지 않았다. 등이 머리카락에 덮였다. 그러나 찰나일 뿐이었다.

어둠처럼 깜깜했던 진실이 곧 모습을 드러낼 터였다.

눈이 아닌 입에서.

"서화야, 정신 차려."

벌써 나갈 채비를 마치고 단미가 나를 빤히 쳐다보았다.

"이렇게 여유 부려도 돼? 시간이 얼마 없어. 그렇게 너만의 세계에 푹 빠졌다가는 늦을지도 몰라."

심장이 쪼그라들었다. 나는 반사적으로 말했다.

"걱정하지 마. 늦지 않을 테니까."

단미는 자기 옷 앞섶과 내 옷 앞섶을 차례로 여몄다.

"믿어도 돼?"

"그럼, 당연하지. 날 믿어."

그 말에 장미 향이 진해진다.

"가자."

단미가 집을 나서며 나를 끌어당긴다.

하얀 냄새가 희미해진다. 이윽고 아주 조금 남는다.

굳이 따지자면······

가는 길에 꽃집에 들렀다.

'아로새김이'는 간판이 비뚜름하게 걸린 조그마한 꽃집이다. 통나무 같은 외벽엔 가느다란 나뭇가지를 두 줄로 둘러맸다. 그 위에 부엉이 인형과 자그마한 주전자, 탁상시계 같은 장식품이 올려져 있었는데, 가까이 다가가 보면 저마다 꽃을 몸에 쥐고 있었다. 손잡이가 꽃이거나 깃털 하나가 꽃이거나 분침과 초침이 꽃이거나. 멀리서 보면 한 그루 나무처럼 보였다. 아주 오래전에 뿌리내린 것 같으면서도 이제 막 태어난 느낌을 주는 오묘한 형체였다.

종소리가 울리자 여자가 반갑게 맞이했다. 고동색 앞치마를 두르고 긴 머리카락을 올려 묶었다. 약간 처진 눈과 입은 우울이 조금 섞여 있었다. 하지만 대화를 시작하면 상대를 기분 좋게 만드는 웃음을 지을 줄 아는 사람이었다. 옛것을 사랑하되 때때로 집착하는 사람 특유의 분위기를 풍겼다.

단미가 주인에게 화원의 밑그림을 건네며 이야기를 나누는 사이 나는 늘 발길이 멈추던 곳으로 갔다. 벽면 한쪽이 작은 액자로 가득했다. 사진마다 주인이 등장했고, 그 옆에는 연인이나 노부부, 모녀 등이 카메라를 응시하고 있었다.

모두 흑백이었다. 색깔을 감추고 있었다.

손가락은 저마다 미완성된 무언가에 꽃을 아로새기는 중이었다. 반지부터 찻잔, 밥그릇, 아까 본 주전자까지 다양했다. 액자 가장자리에는 각각 완성될 기념품과 똑 닮았을 소묘 그림이 붙어 있었다.

단미가 그림을 그려 화원에 꽃을 심겠다고 결심한 순간은 이 꽃집을 방문한 직후이다. 단순히 꽃을 키우거나 파는 여느 꽃집과는 다르게 아로새김이는 그림을 그린다. 사랑하는 무언가를 특정 물건이나 자기 몸에 새기려는 사람이 종종 있는데, 그 무언가가 꽃이라면 그네들은 아로새김이를 찾아온다. 주인과 손님은 어디에 어떤 꽃을 새길지 함께 탐구하고 그림을 그린 뒤 작업을 시작한다. 또한 자기

안개꽃 269

작품을 액자로 만들어 벽에 걸려면 조건이 하나 있는데, 바로 특정 물건에 가장 첫 번째로 꽃을 아로새기는 사람이어야 가능하다.

　주인은 마지막으로 액자가 걸린 지 반년이 지났다고 말했다. 처음에는 각양각색의 물건을 들고 와 꽃을 새기는 손님이 많았지만 금방 시들해졌고, 점차 꽃보단 동물을 새기길 원하는 손님이 찾아왔다가 발길을 돌리는 경우가 잦아졌다고 한다. 이제 그나마 찾아오는 손님은 반지에 꽃을 새기고 싶어 하는 연인뿐이라고도 말했다. 반복된 작업으로 몇 달이 흐르자 주인의 고민은 깊어졌다. 그리고 이제 그만 평범한 꽃집으로 바꾸는 결정을 내릴 참이었는데, 바로 그때 등장한 사람이 단미였다. 물론 어딘가에 아로새기는 건 아니었지만 그린 그림대로 꽃을 심는다는 발상이 무척 신선했을 터였다. 정말 그랬는지 주인은 아로새김이가 앞으로 나아갈 방향을 그와 비슷하게 정했다.

　결국 주인은 그림보다 꽃을 더 사랑하는 사람이었다. 그 사실을 깨닫게 해 준 단미에게 고마워했다.

　그 이후 주인은 더는 다른 작업을 받지 않았고 단미를 적극 돕기 시작했다. 집으로 초대한 날에는 화원에 들어와 어울릴 만한 꽃과 그와 관련된 도감을 추천해 주었다. 당연한 일이지만 화실에도 푹 빠져 그곳은 곧 단미와 꽃집 주인, 선이의 놀이터가 되었다. 화원에 꽃을 심을 때 두 사람이 도와주러 오는 것 또한 굳이 상의하지 않아도 당연한 일이 되었다.

　"대신 사월부터 시작해요."

　"저는 당장 시작하고 싶은 걸요……"

나는 탁자 한가운데에 놓인 꽃병을 보았다. 깊고 굴곡진 꽃병 안에 생소한 빨간 꽃과 하얀 꽃이 꽂혀 있었다. 왠지 사이가 좋아 보이지 않았다. 그러나 겉보기엔 잘 어울렸다.

"조금만 참아요. 지금 심으려면 배송 시기가 꼬여서 관리가 너무 힘들 거예요. 봄이 오기 전에 한 송이라도 시들면 슬프잖아요. 지금 당장 이대로 꽃을 구하기도 힘들고요."

단미가 입술을 비죽 내밀자 여자는 특유의 웃음을 지었다.

"단미 씨만큼이나 저도 이 화원을 완성하고 싶어요. 내가 도와줄게요. 그러니 이해해 줄래요?"

단미는 마지못해 고개를 끄덕였다. 이어 두 사람은 내 쪽으로 다가왔다.

마침내 빈 액자 옆에 단미의 밑그림이 걸렸다. 액자보다 큰 크림은 단미 것이 유일했다. 봄이 지나면 액자 속에는 미완성된 화원에서 카메라를 응시하는 네 사람이 흑백 사진으로 등장할 터였다. 함박웃음 셋과 어색한 웃음 하나. 어쩌면 아로새김이에 걸리는 마지막 액자일지도 모르겠다.

우리는 그날이 어서 오기를 손꼽아 기다렸다.

이어 주인의 배웅을 받으며 나와 단미는 불꽃놀이 축제가 열리는 한강공원으로 향했다.

하나의 계절을 흠뻑 머금은 강바람에 얼굴이 시렸다. 밤하늘이 붉게 타오르길 기다리는 사람들은 눈이 동그랗게 열려 있었다. 이지러진 달은 가느다란 입술 같았다. 드문드문 모인 별은 주근깨였다.

우리는 산책로를 따라 쭉 걸었다.

중심에서 멀어지자 사람들에게서도 멀어졌다.

"꽃은 참 불쌍하지 않아?"

단미가 불쑥 말했다.

깊은 밤이었다. 달과 주근깨가 내 머리 위에 떠 있었다. 우리 대화를 몰래 엿들었다.

나는 깨달았다. 내가 사람들을 구경하는 동안 단미는 줄곧 꽃을 생각했다는 사실을.

"꽃말을 한번 생각해 봐."

내가 말했다.

"만남, 운명, 고백, 존경, 사랑, 재회……"

하지만 그것들은 단미가 원하는 답이 아니었다. 나는 끝까지 미뤘다. 그렇지만 말할 수밖에 없었다.

죽음.

"바로 그거!"

나는 퉁명스럽게 대꾸했다.

"그게 뭐? 흔한 꽃말이잖아."

단미는 나보다 조금 앞에서 걸었다. 그래서 다음 말을 하는 단미의 표정을 볼 수 없었다.

"꽃은 태어나기도 전에 존재 이유가 정해진 거야."

불안했다. 모든 것이.

"무슨 말인지 모르겠어."

"그런 건 다른 존재가 함부로 정하면 안 된다는 뜻이야."

단미는 고개를 들어 텅 빈 하늘을 보았다.

"꽃말이 죽음인 꽃을 떠올려 봐. 아주 오랜 시간 차가운 땅속에서 홀로 외로움을 버텼을 거야. 아주 가끔 자기를 쓰다듬었던 감촉을 내내 기억했겠지. 햇살이든 빗방울이든 눈송이든. 한껏 웅크린 채 그 부드러운 감촉에 온몸을 맡길 날을 기다렸을 테고. 그리고 마침내 흙을 밀어내고 기지개를 쭉 켜며 나처럼 고개를 들었을 때 마침 다가온 손길이 이렇게 말해. 네 존재 이유는 죽음이다, 그게 네 운명이야. 꽃은 어리둥절할 거야. 이제 막 태어났는데 존재 이유가 이미 정해져 있다니. 그 꽃을 찾아온 손길의 끝에는 늘 죽음이 있어. 줄기를 움켜쥔 손은 감정이 실려서 너무 아파. 혹은 떨리거나. 반대로 그 꽃을 받는 사람은 조금도 움직이지 않아. 평생. 죽었으니까. 창백한 손등이나 얌전한 심장에 올려질 뿐이야. 이제 꽃은 다시 외로움을 견뎌야 해. 시들 때까지, 죽을 때까지. 그럼 다른 손길은? 세상엔 꽃말만큼이나 수많은 손길은 있지. 하지만 꽃이 바란 햇살처럼 따스한 손길들은 다가오지 않아. 죽음이 전염되기라도 하듯 말이야. 존재 이유를 듣고 흠칫 놀라며 경멸하는 눈으로 내려다보지. 얼마나 억울하겠어? 존재 이유가 죽음인데 태어나야 한다니 모순이잖아. 그렇다고 스스로 시들 수도, 의지대로 태어나지 않을 수도 없어. 그게 무슨 기분일지 짐작해 본 적 있어? 생각만 해도 끔찍해."

나와 닮았어.

단미는 분명 그렇게 말하고 있었다. 그래서 그런 말이 튀어 나갔는지도 모르겠다.

"그럼 장미는?"

안개꽃

그러자 장미 향이 돌아왔다.

"꽃말이 사랑이잖아."

잠시 후 단미가 조심스럽게 고개를 저었다.

"장미도 마찬가지야. 존재 이유가 사랑이라고 해서 꼭 행복하지만은 않을 거야. 이렇게 말하겠지. 나는 그렇게 사랑스러운 꽃이 아니야. 나는 가끔 못되게 굴고 다 알면서도 다른 꽃에게 상처 주기도 한다고. 나쁘다는 건 알아. 하지만 그 또한 나야. 그게 내가 정한 나라고. 이 빌어먹을 운명에 따라 언제까지고 사랑일 순 없잖아."

단미가 내 쪽을 돌아보았다. 내가 그 대답에 실망할 거라고 여겼을 터였다. 하지만 전혀 그렇지 않았다. 마음이 아렸지만 그런 이유 때문은 아니었을 것이다. 하지만 단미는 내게 정확한 이유를 떠올릴 시간을 주지 않았다.

"물론 화실에 핀 장미는 내게 소중한 존재야. 그 장미가 네가 보내는 사랑이라면 더없이 기뻐. 눈에 보이는 사랑이라니, 이 세상에 그런 사랑을 받는 여자가 과연 나 말고 또 있을까? 나는 단지 화원에 심을 만한 수많은 꽃을 알아 가면서 그만큼 다양한 꽃말이, 또 운명이 내가 모르는 곳에서 존재했다는 사실에 놀랐을 뿐이야. 그리고 꼭 그 사실이 꽃에만 국한되지 않는다는 생각도 들었고. 방금 들려준 이야기는 아까 화원 밑그림을 액자에 걸었을 때 떠올린 거야. 죽음이든 뭐든 존재 이유가 정해진 꽃이 안쓰럽다고 할까? 그런데도 나는 여전히 장미의 존재 이유가 사랑이기를 바라고 있어. 그 운명을 놓치고 싶지 않거든. 참 이기적이지?"

"그렇지 않아. 우린 꽃이 아니잖아. 그 무엇도 알 수 없어."

이유 따윈 아무래도 상관없었다.

"하지만 그렇게도 생각하는 네가, 그럼에도 화원에 죽음을 심으려는 네가 난 좋아."

우리는 공원 끝에 다다랐다. 이제 돌아갈 길만 남았다. 그 길을 되돌아가면 활짝 열린 눈과 초승달 같은 입술, 잔별 같은 주근깨가 있을 터였다. 우리가 오길 기다릴지도 모른다.

"이렇게 하자. 화원에 심는 꽃은 그 순간부터 꽃말이 사라진다고 생각하는 거야. 그냥 말 그대로 꽃. 화원엔 햇살도 빗방울도 눈송이도 내리지 않지만 우리 손길은 기억하도록 소중하게 가꾸는 거야. 그 손길 외에는 아무것도 신경 쓰지 않도록. 그런 운명을 모르도록. 그런 존재 이유가 세상에 있는지조차도 모를 만큼."

무심코 튀어나온 말에 단미가, 심지어 그렇게 말을 한 나조차도 놀랐다. 듣기만 하면 무척 간단한 일처럼 느껴졌다. 우리는 웃음을 터뜨렸고, 꽃에게 그런 존재가 될 수 있도록 서로 노력하기로 다짐했다.

"그래서?"

단미가 먼 곳에서 내게로 시선을 옮겼다.

"믿을 만한 장소는 어디야?"

내가 도로 옆에 우뚝 솟은 건물 중 회색 건물을 가리키자 단미가 깜짝 놀랐다. 이어 납득한다는 듯 손뼉 쳤다. 공원에 행사가 곧 시작한다는 안내 방송이 울리자 단미는 그 건물 쪽으로 몸을 휙 돌렸다.

그 찰나에 머리카락 사이로 붉은 점을 보았다.

동그랗게 열린 눈.

그 안은 이미 꽉 차 있었다.
나는 그 두 눈을 뒤쫓아갔다.

진실을 맞이하는 외마디 비명을 들은 적이 있는가?
당신의 예상과는 달리 그 소리는 날카롭거나 메아리처럼 길게 이어지지 않는다.
그 소리는 무언가 툭 끊어지는 소리 같으면서도 둔탁하게 맞부딪히는 소리 같다.
그렇기에 금방 끝이 난다.
타인은 눈치채지 못한다.
하지만 나는 분명 그 소리를 들었다.
이어 내 귀와 팔에서 주저앉았다.
주위는 고요했다.

북카페에서 담요를 들고 옥상으로 올라갔다. 구석에 버려진 의자 중 쓸 만한 의자를 두 개 골랐다. 이어 반쯤 부서진 벽돌을 쌓아 경비 아저씨가 주신 과자와 따듯한 차를 올려놓았다. 다행히 바람이 세게 불지 않아서 담요를 반만 덮어도 충분했다.
우리는 저 너머를 바라보았다.
옥상에는 세 개의 시간이 흘렀다.
하나는 당신의 시간이었고,
다른 하나는 나만의 시간이었고,
마지막 하나는 단미의 시간이었다.

내 시간은 당신의 시간보다 빨랐고, 단미 시간은 당신의 시간보다 느렸다.

당신은 현재를 살아가고 있다.
나는 가까운 미래를 보고 있다.
단미는 먼 과거를 보고 있다.

공원에 모인 사람들은 옥상 앞부분에 절묘하게 가려졌다.
그래서 생긴 직선 한 줄.
그 위에는 유장하게 흐르는 새까만 한강이 네모졌다. 영화 상영 전에 우리로 하여금 두근거리게 만드는 큰 화면을 닮았다. 드문드문 달빛을 받아 반짝이던 흐름도 가로등 조명이 하나둘 꺼지자 완벽한 어둠 속으로 사라졌다. 그 위에 수평선 한 줄. 하늘의 밑바닥.
다시 그 위에는 아득한 천장이 펼쳐져 있었다.
"서화야, 뭐 하나 물어봐도 돼?"
마침내 시간이 하나로 합쳐졌다.
이지러진 달은 여전히 엷은 미소였다. 그런데 주근깨처럼 보이는 별은 이상하리만치 양 뺨보다 심지어 그 미소보다 아래에 점점이 박혀 있었다. 그 불길한 얼굴에서 고개를 돌렸다. 의문이 옆에 앉아 있었다.
"예전에 나 조금 이상하지 않았어?"
먼 곳에서부터 날카로운 경고음이 들려왔다. 그곳은 공원이었을까, 아니면 과거였을까?

안개꽃

"돌이켜 보면 이상한 점이 한두 가지가 아니었을 것 같아. 내가 한 말과 행동들. 이태원에서, 다시 만난 카페에서. 그리고 네가 장미 향을 고백한 그 거리에서도. 아니, 우리가 처음 만난 이곳에서부터 이상했을지도 몰라. 그런데 넌 왜 아무것도 묻지 않아?"

나는 다시 앞을 보았다.

"전혀 이상하지 않았으니까."

"정말? 하지만 난……"

그때 물결 하나가 허공에 솟구쳤다. 네모난 화면과 수평선을 반으로 갈랐다. 이어 주근깨 중 유난히 빛나는 점에 부딪히더니 하늘에 수만 갈래 빛을 뿌렸다. 일순간 숨어 있던 수많은 구름이 존재를 들켰다. 발밑에서 환호성이 일었다. 이어 앞에 펼쳐진 장관은 그야말로 불꽃이었다. 밤이 타올랐다. 물결은 쉴 새 없이 별을 두들겼다. 별은 소나기 같은 신음을 토했다. 동그랗게 퍼지는 물결들이 하늘을 수놓았다. 사람들은 그 조각을 받아먹었다.

우리는 무채색 구름이 꽃구름으로 변하는 모습을 말없이 지켜보았다.

그러나 착각일지도 모른다.

줄곧 지켜봤다고 생각하지만 실은 내 영혼은 거기에 없었다. 다른 영혼에 이끌리고 있었다. 그 영혼도 마찬가지다. 그 사실을 알면서도 영혼을 밖으로 내보냈던 입이 저절로 움직인다. 그러나 빈 껍데기 같은 말뿐이다.

"예쁘다."

"그러게."

이제 다 끝난 것 같은 정적이 흘렀다. 그러나 우리는 아직 끝나지 않았다는 사실을 잘 알았다.

불꽃은 마지막을 준비하고 있었다. 그건 분명 너울일 터였다. 별을 모조리 삼킬 만큼 사납고 무시무시한 물결.

그사이 텅 빈 말들이 오갔다. 기억할 가치가 없는 것들이었다. 그래서인지 기억은 여기서부터 시작된다.

"장미 향은 언제 처음 내게서 풍겼어?"

나는 그날을 떠올렸다.

하얗게 뒤덮인 건물. 비틀대는 다리. 서늘한 감촉. 한 송이.

"처음 맡은 냄새는 장미가 아니야."

외마디 비명.

"뭐?"

그제야 나는 불길한 얼굴의 정체를 알았다.

"죽음을 앞둔 사람한테서 특별한 냄새가 나."

이지러진 달은 슬픈 눈매였다. 주근깨는 눈물이었다. 한강은 넘치는 슬픔이었다.

이 고백을 하기까지 걸린 긴 세월과 그 후의 몇 초는 잔인하리만큼 비슷하게 흘렀다. 결코 끝나지 않을 것만 같았다. 그러나 끝은 왔고, 상황이 완전히 뒤바뀐다.

몇 초 후 단미가 벌떡 일어났다.

"그게 무슨 소리야?"

나는 마주 쳐다보았다.

"내게 그 냄새를 풍기는 이유가 뭐야?"

그렇게 묻지 않으면 단미가 그 이유를 내게 털어놓을 리가 없다. 붉은 반점이 온몸에 퍼진다고 해도.

그전까지 나는 희망에 빠져 있었다. 언젠가 단미가 스스로 털어놓을 거라고. 우연히 찾아온 손님처럼.

하지만 그런 날은 오지 않을 터였다.

희망과 진실은 정반대에 서서 나를 가지고 놀았다.

진실이 먼저 말했다.

어느 날 갑자기 눈앞에서 사라질 거야. 아니면 말도 안 되는 변명을 늘어놓으며 멀어지거나.

나는 진실에게 향했다. 그러자 희망이 속삭였다.

혹시 재혁이 어머니처럼 단미도 곧 죽을 거라는 사실을 모르지 않을까? 그건 너무도 당연하잖아. 자기 죽음을 아는 인간이 대체 어디에 있어. 다 몰라, 너조차도. 더 빨리 물어봤어야 해. 항상 느리지, 멍청한 놈. 이런 쓸모없는 불꽃놀이를 감상할 시간 없어. 어서 병원이나 최 교수님에게 가야 해. 이미 몇 달 전부터 입원했어야지!

나는 희망을 돌아보았다. 그러자 진실이 말한다.

결국 네 눈앞에서 죽고 말 거야. 엄마처럼.

나는 진실을 돌아보았다. 희망이 속삭인다.

혹시 말이야, 다 네 망상 아닐까? 지금까지 본 죽음과 하얀 냄새는 다 우연일 뿐 모두 네 정신병에서 비롯된 현상인 거야. 병원에 갈 사람은 단미가 아니라 너야. 지금 풍기는 이 장미 향도 하얀 냄새도 현실에 존재할 리가 없잖아. 화실? 다 아빠가 꾸민 짓이야. 그 화실을 만든 사람도, 엄마가 죽었는데도 날 혼자 내버려둔 사람도 다 그 사람……

불현듯 진실과 희망의 중간에 선 자가 말했다.

"그게 무슨 소리냐고 물었잖아!"

"그 말 그대로야."

"죽음을 앞둔 사람?"

단미는 가깝고도 먼 기억에서 그 단어를 찾아냈다. 이어 두 손으로 입을 틀어막았다. 그러나 소용없었다. 틈으로 뚝뚝 떨어졌다.

"하얀 냄새."

나는 그 반응에 조용히 절망했다.

진실이 옳았어. 희망이 틀렸어.

하지만 진실에 맞춰 대비해 둔 긴 설득을 잊지는 않았다.

이어 서둘러 입을 떼려는 찰나, 단미의 왼쪽 눈이 하얗게 변했다. 동공이 뻥 뚫렸다. 김이 모락모락 피어올랐다.

모든 언어가 내 머릿속에서 튕겨 나갔다.

"단미야, 너 지금……"

단미 얼굴이 눈에서부터 부글부글 끓기 시작했다. 이어 온몸을 순식간에 뒤덮었다. 안에서 밖으로 터져 나왔다. 그 형체는 급속도로 뒤틀리고 부풀었다. 악취가 바닥까지 넘쳐 흘러내렸고 이어 옥상을, 건물 전체를 하얗게 물들이기 시작했다.

마지막 불꽃이 굉음을 내며 솟아올랐다.

그러나 죽음은 꽃구름으로 변하지 않았다. 더 하얗게 보일 뿐이었다.

주위 소음까지 모조리 지워 버렸다. 무척 고요했다.

나는 절벽 끝에 매달린 사람처럼 장미 향을 붙잡으려고 손을 뻗었다. 그 선은 아직 끊어지지 않았다. 나는 안도했다. 아직 되돌아갈 기회가 남았을지도 모른다.

  불현듯 빨간빛이 번쩍였다.

  나는 그 빛을 장미 향이라고 착각했다.

  마침내 가닿았다고 생각했다.

  잠시 후, 그 빛은 내 몸 위로 쏟아졌다.

  나는 뒷걸음질 치며 그 넘치는 사랑을 살펴보았다.

  그런데 장미 향이 아니었다. 사랑이 아니었다. 냄새가 나지 않았다.

  끈적끈적했다.

  피.

  빨간 죽음이었다.

2.

　달그락거리는 찻잔 소리에 시선을 들었다.
　나이가 지긋한 남자가 내 앞에 앉아 차를 홀짝이고 있었다. 희끗대는 곱슬머리에 둥그런 안경이었다. 찻잔이 오르내리는 동안에도 눈은 굳게 닫혀 있었다. 꽤 오랫동안 그 일을 반복한 것 같았다.
　나는 주위를 둘러보았다.
　뜨거운 빛에 눈이 타는 듯했다. 서너 번 눈을 감았다가 떴다.
　양옆에서 거대한 책장이 나를 엄숙하게 내려다보고 있었다. 그 안엔 의학 서적과 고전 소설로 빼곡했다. 영어로 된 소설 제목을 하나하나 번역하여 중얼거렸다. 익숙한 책들이었다. 허나 내용은 도저히 떠올릴 수 없었다.
　시선을 처음으로 되돌려 보냈다.
　소매에 검붉은 피가 차갑게 굳어 있었다.

몸이 걷잡을 수 없이 떨렸다. 불규칙적인 호흡을 진정시킬 수 없었다. 몸의 절반이 단미의 피로 뒤덮여 있었다. 손가락을 움직이자 쩍쩍 갈라졌다. 손톱은 검붉게 물들었다. 두드러진 지문은 선명한 지도였다. 이어 손바닥을 맞대어 문지르기 시작했다. 피 부스러기가 양발 사이에 쌓여가자 목구멍 안쪽이 뜨거워졌다. 올라오던 것이 서서히 가라앉으면 다시 비비길 반복했다.

"차 한 잔 마실래요?"

고개를 들어 남자의 눈을 보았다. 속감정을 드러내지 않는 눈이었다. 무미건조한 목소리도 마찬가지였다.

나는 그 질문에 머리를 흔들었지만, 이윽고 따듯한 찻잔이 앞에 놓였다.

연기가 모락모락 피어올랐다.

그 색깔을 증오했다.

"단미는 너무 걱정하지 마세요. 충격을 받아 정신을 잃었을 뿐 혈압도 체온도 정상이에요. 곧 깨어날 거예요."

남자가 덧붙였다.

"하지만 언제 또 이런 일이 생길지 아무도 모르죠."

남자는 곧바로 이야기를 시작할 생각이었을 것이다. 하지만 내가 침묵으로 일관하자 의아해 했고, 이 기회에 앞서 궁금했던 질문을 던졌다.

"이렇게 찾아오신 걸 보니 이미 저를 알고 계셨나 보네요. 단미가 저에 관해 뭐라고 말하던가요?"

"오래전부터 신세를 졌다고, 또 감사한 분이라고 했어요."

"감사한 분이라."

한숨 섞인 짧은 웃음이 터져 나왔다.

"늘 더 미안하게 만드네요, 그 아이는"

최 교수님은 자기 찻잔을 탁자에 내려놓았다.

몇 분이 흘러갔다. 어느덧 식은 찻잔은 색을 잃었다.

"처음엔 폐암으로 시작했어요."

나는 고개를 들었다. 무릎을 움켜쥐었다.

"단미가 긴 여행을 마치고 한국으로 돌아왔죠. 폐암 초기 판정을 받고요."

"암이라고요?"

"네, 처음에는 그랬죠."

최 교수님은 하얀 냄새를 풍기지 않았다. 그러길 바랐고, 실제로 그랬다.

이제 수많은 의문이 풀릴 일만 남았다는 뜻이었다.

"그럼 타이레놀은 뭐죠? 단미는 얼마 전까지도 그 알약을 먹었어요."

"그건 가짜예요. 그렇게 새겨졌을 뿐 아무 효능도 없는, 속이 빈 돌멩이죠."

얽힌 의문이 너무나 쉽게 풀어지자 짜증이 솟구쳤다.

"대체 왜 그런 약을 준 건가요?"

최 교수님은 머뭇거렸다.

"저는 단미가 무엇을 부탁하든 다 들어줘야만 하는 사람이기 때문입니다."

안개꽃

그때 나는 그 말이 이 남자가 속죄하는 방식이라는 사실을 어렴풋이 눈치챘다. 남자는 그 말을 지키기 위해 지금 살아 있을 터였다. 그렇지 않으면 이미 오래전에 죽었을지도 모른다. 자살도 하얀 냄새를 풍긴다는 내 가설을 증명했을지도 모른다.
이 남자가 단미를 대하는 말과 행동은 모두 진심이었다.
그 사실이 폐암보다 더 나를 불안하게 만들었다.
"계속 말해 주세요."
"단미와 언제 처음 만났죠?"
"십일월이요."
최 교수님은 어떤 날을 떠올렸다. 분명 이 방이었을 터였다.
"그즈음 단미가 반년 만에 저를 찾아왔어요. 온갖 방법을 동원해도 도저히 찾을 수 없었던 단미가요. 대체 어디에 있었느냐고 따지니까 집에 있었다고 태연하게 말하더군요."
최 교수님은 약 한 달 동안 단미와 마지막에 만났을 때 직접 건네받은 주소로 매일 찾아갔다고 말했다. 그런데 어떤 이유에서인지 단미를 만날 수 없었고, 결국 바로 앞집인 이곳으로 이사 오기에 이르렀다. 진료실에서는 단미의 집이 훤히 보인다. 최 교수님은 여기에서 매일 몇 시간 동안, 이따금 밤새 앞집을 지켜보았을 터였다. 단미의 모습이 보이는 순간 뛰쳐나가려고 준비했다. 그렇기에 단미의 그 말을 아직까지도 믿을 수 없다고 말했다. 반년 동안 단미의 집엔 단 한 번도 불이 켜진 적이 없었으니까.
"갑자기 찾아온 단미는 제 잔소리는 들은 척도 안 하고는 이상한 말만 반복했어요. 감기약이 필요하다면서, 해열제든 뭐든 빨리 만들어 달라고 고집을 부렸어요. 이유를 말할 때까지 절대 들어주지 않겠다고 버텼지만, 결국 저는 질 수밖에 없었어요."

"그럼 단미가 약을 받아 간 날이……"

"크리스마스였어요."

내가 약을 처음 발견한 날이었다.

단미는 경복궁에 도착하기 전까지 머릿속으로 계획했다. 적당한 순간이 오자 가방을 열어 놓고 싸구려 담요를 받으러 간다. 그리고 나는 손을 뻗는다.

"그사이에 이런 만남이 있을 줄은 상상도 못 했네요. 아니, 돌이켜 보면 짐작했던 것도 같아요. 하지만 그 아이의 해맑은 웃음을 너무 오랜만에 봐서 애써 무시했습니다. 미안해요. 단미는 당신에게 병을 감추고 싶었나 보군요."

더 듣기 괴로웠다. 하지만 이제 시작이었다.

"폐암이 처음이라는 말은 다른 병이 더 있다는 뜻인가요?"

"그래요. 사실 폐암 초기는 그렇게 심각한 병이 아닙니다. 간단한 수술만으로 완치 판정을 받기도 하고, 환자 상태에 따라서 항암 치료가 필요하지 않을 수도 있죠. 하지만 문제는 수술을 집도한 사람이었어요."

"집도라면 수술한 의사요?"

"천이선 교수."

그때부터 이야기가 예상치도 못한 방향으로 흘러갔다.

"병원장 아들이면서 차기 병원장 후보 중 한 명이었죠. 그리고 저는 그 사람의 애제자였습니다."

최 교수님은 이야기를 잠시 멈췄다. 그 말을 내가 똑똑히 기억하기를 바라기 때문이다. 내 머릿속에 어떤 오해가 떠오르든, 이야기가 끝났을 때 내가 어떤 행동을 취하든 기꺼이 받아들이겠다는 뜻이었다.

단미가 무엇을 부탁하든 다 들어줘야만 하는 사람이기 때문입니다.

그게 속죄라고 생각하는 모양이었다.

참 터무니없는 생각이야.

"천 교수는 학교 직속 후배이면서 수석 졸업생인 저를 유난히 좋아했어요. 이론이나 설명만으로는 실전에 대입하기 어려운 수술이나 국내에서는 보기 드문 수술이 잡히면 교육 명목으로 저를 수술실에 데리고 들어가 모든 과정을 두 눈으로 직접 보게 했어요. 뿐만 아니라 주요 인사를 만나는 식사 자리에도 빠짐없이 불러 소개시켰고요. 그런 천 교수에게 알게 모르게 선배와 동기들이 불만을 터뜨렸고, 몇몇은 직접 찾아가 따졌지만, 천 교수는 되레 자기가 결정한 일에 왈가왈부하지 말라고 호통을 쳤어요. 저는 중간에서 어찌할 바를 몰랐지만 내심 좋은 기회로도 여겼어요. 그런 특혜가 싫었다면 거짓말이겠죠. 인간으로서가 아닌 의사로서는 존경할 만한 사람이라고도 생각했습니다. 그 사람은 아버지를 닮아 권력욕이 상당하고 거만했지만, 수술 실력만큼은 모두가 인정할 만큼 훌륭했으니까요. 하루라도 빨리 저 경지에 도달하고 싶다, 허나 인격만큼은 다르다, 훗날 가능한 한 많은 후배에게 내 모든 경험을 물려줄 수 있는 의사가 되고 싶다, 그런 생각뿐이었어요. 그런데 천 교수가 어느 날부터 변하기 시작했어요."

최 교수님은 단미 집을 잠깐 건너다보았다.

깊은 새벽이었다. 가로등은 샛길만 비추었다.

건너편은 어둠에 잠식되어 있었다.

"나날이 누적되는 환자의 완치 판정 횟수를 과시하면서 자부심을 뽐내던 천 교수가 점점 수술 횟수에만 집착하기 시작했어요. 환자의 몸 상태는 전혀 고려하지 않고 한 번이라도 더 많이 수술하려고 했죠. 아마 갑자기 나타난 다른 병원장 후보에게 위기를 느낀 데다가 자기 아버지 뒤를 잇지 못하면 수반될 굴욕이 천 교수를 초조하게 만든 거라고 짐작합니다. 저를 포함한 그 누구와도 사적인 대화를 나누지 않았고, 수술실에서 간호사가 자기 명령에 즉각 따르지 않거나 조금이라도 늦게 도구를 건네면 가차 없이 욕설을 퍼부었습니다."

"그 사람한테 단미가 수술을 받은 거군요."

"맞아요. 저도 그 수술에 참여했고요. 수술 당일, 예정된 시간이 한참 지나서야 수술실에 들어온 천 교수는 한마디 말도 없이 바로 수술을 시작했어요. 겉으로 보기에는 아주 순조로워 보였어요. 그 정도 수술은 천 교수에게 일도 아니었죠. 하지만 그 사람을 제외하고 수술실에 참여한 사람 모두가 바짝 긴장했습니다. 슬그머니 풍기는 술 냄새를 모른 척하며 수술 내내 숨을 죽였어요."

순간 내 귀를 의심했다.

"그때 기억이 아직도 생생해요. 처음 수술실에 참관 온 학생처럼 개흉된 순간부터 수술복이 땀에 흠뻑 젖었죠. 그리고 그 소리들. 술 냄새를 동반한 짧은 명령이나 손에서 비명을 지르는 수술 도구들.

피부가 절개되고 피가 약간 솟아오를 때 터지는 소리와 손가락이 장기 사이에 파고드는 소리. 정상 범위에서 삑삑대는 바이탈은 그곳에서 제일 시끄러운 소리였죠. 저는 그 일정 간격에 귀 기울이며 일순간 그래프가 요동치는 상상을 수없이 했어요. 천 교수가 실수할 여러 가지 경우의 수를 고려하고 그에 따른 대책을 머릿속으로 수십 번 반복했죠. 모두가 천 교수의 손끝에 온 신경을 쏟으며 수술이 조금이라도 빨리 끝나기를 바라는 것 같았지만, 저는 아니었어요. 수술이 진행될수록 더 진하게 풍기는 술 냄새에 숨이 막히는 듯했어요. 제가 곧 짊어질 어마어마한 책임이 너무나 두려웠어요. 하지만 그런 걱정은 기우에 불과했죠. 수술은 무척 빠르고 정확하게 진행됐습니다. 한 치의 오차도 없이, 정석 그 자체로 끝을 향해 달려갔어요. 마지막 경우의 수를 지나자 우리는 서로 흘끔거리며 은밀하게 격려했죠. 이윽고 천 교수가 제게 눈짓으로 마무리를 넘기고 문 쪽으로 걸어갔어요. 바로 그때 병원장이 상황실에 들어온 겁니다."

"병원장이라면 그 교수의 아버지군요."

최 교수님은 고개를 끄덕이며 그때를 회상했다.

"공포에 질린 얼굴로 유리창을 두드리고 있었어요. 흐트러진 모습에 고상한 척 가식 떠는 그 노인네가 맞나 싶었죠. 다급하게 무언가 말하는데 전혀 들리지 않았어요. 그러더니 상황실 내부 물건을 모조리 바닥에 내던지기 시작했어요. 병원장의 낯선 모습에 우리는 환자도 까맣게 잊은 채 손 놓고 지켜봤어요. 이윽고 어렴풋이 들리던 소리가 마이크를 통해서 오만 가지 소음으로 변해 수술실에 떨어졌어요. 모두 어찌할 바를 몰랐고, 대체 지금 무슨 상황이 벌어진 건지 모르는 건 천 교수도 마찬가지였죠. 잠시 후 비밀스러운 이야기가 둘 사이에 몇 마디 오가자마자 천 교수는 수술대로 황급히 돌아와 환자 이름을 확인했습니다. 그제야 눈치챈 거예요. 자기가 집도한 환자의 부친이 누구인지."

상상도 못 한 인물을 듣고 나는 깜짝 놀랐다. 이어 최 교수님은 의외라는 듯 눈살을 찌푸렸다.

"단미가 아버지 이야기를 하지 않던가요?"

그러고 보면 단미는 한 번도 부모님에 관해서 말한 적이 없었다. 언젠가 지나가는 이야기로 오빠가 보고 싶다고, 지금은 어디서 지내는지 모른다고는 말했다.

최 교수님은 단미가 말하지 않을 이유를 짐작하며 말을 이었다.

"단미 부친인 윤자성 목사는 사실 저도 자세히는 모릅니다. 딱 한 번 마주치긴 했지만, 식사 자리는 아니었고 병원 창립 삼십 주년 기념 행사에서 봤어요. 그 앞에서 능구렁이 같은 이사장과 병원장이 허리를 숙이는 모습이 참 인상적이었죠. 멀리서 본 윤자성 목사는 키가 무척 컸고, 악수를 건네고 인사를 받는 일이 일상인 사람처럼 보였어요. 그날 만취한 천 교수를 슬쩍 떠보니 윤 목사는 정계 진출 권유를 끝까지 고사하고 목사의 본분을 지키는 사람이며, 고위직 간부와 정계 인사, 연예인, 심지어 특정 해외 교민까지 문어발식으로 신도를 늘렸지만, 언론에는 한 번도 노출되지 않았으며 실제로 그의 과거 행적을 아는 사람이 거의 없을 정도로 비밀스러운 사람이더군요. 최근에는 의사협회 쪽 사람들과 긴밀히 접촉한다는 소문이 돌고 있고요. 어쨌든 그 당시 천 교수는 윤 목사와 인연을 맺을 기회를 호시탐탐 노렸지만, 설마하니 그런 식으로 엮일 줄은 상상도 못 했을 거예요. 그것도 의사와 환자의 부친 사이로요."

나는 윤 목사를 머릿속에 그려보았다. 키가 크고 단미와 닮은 웃음을 짓는 남자를. 그러나 윤곽만 가물거릴 뿐이었다. 그런데 한 가지 확신만은 머리를 스쳤다.

그 남자는 결코 하얀 냄새를 풍기지 않을 것이다.

"그 모습 또한 처음이었어요. 망연자실한 천 교수의 얼굴이요. 환자 상태를 확인하라고 대뜸 소리 지르면서도 정작 본인은 어떤 대답도 귀에 들어오지 않은 것 같았어요. 시간이 무의미하게 흘러갔고, 결국 바이탈이 불안정하게 날뛰기 시작했죠. 환자의 혈압이 급격하게 떨어지자 줄곧 입을 다물던 동료들도 하나둘씩 천 교수를 재촉했어요. 병원장이 통유리를 부술 기세로 주먹질하며 대체 뭐 하는 거냐고 고함을 지르는데도 천 교수는 수술 부위만 우두커니 쳐다볼 뿐 어떤 조치도 취하지 않고 땀만 뻘뻘 흘렸죠. 저는 도통 이해가 가지 않았어요. 수술은 전혀 문제없이 진행되었고, 마무리만 남은 상태였으니까요. 서두르지 않으면 혈압이 더 떨어져 수술 후 부작용이 생길 위험이 높은데도 대체 왜 저러는지…… 결국 병원장이 직접 수술실에 들이닥쳐서야 술술 털어놓더군요. 자기가 수술 하기 전에 간과한 문제를요."

"대체……"

나는 불안해지기 시작했다. 그 수술을 지켜본 사람들의 마음을 조금 이해할 것 같았다.

이 의사는 이런 끔찍한 이야기를 대체 언제 끝낼 작정이지?

"바로 흉막액입니다."

흉막액.

낯설고 불길한 소재였다.

"인간의 폐를 살펴보면 폐를 중심으로 장막이 덮여 있습니다. 이를 흉막이라도 칭하는데, 이 흉막은 이중으로 폐를 덮고 있어서 그 사이에 작은 틈이 존재하죠. 바로 그 틈에 존재하는 소량의 장액이 흉막액입니다."

최 교수님이 폐 쪽을 두드리며 설명했다.

"사람마다 흉막액 유무도, 또한 양도 다르죠. 건강한 사람이라면 크게 상관없지만, 폐암 환자의 경우는 다릅니다. 아무리 초기 판정을 받은 환자여도 폐 안에 흉막액이 존재한다면 그 안에 암세포가 전이할 확률이 굉장히 높고 그에 따라 말기에 준하는 치료가 필요할 수도 있어서죠."

나는 가까스로 따라갔다.

"단미 폐 안에 그 흉막액이 있던 거예요, 그렇죠?"

"불행하게도요. 천 교수는 흉부 CT를 통해 그 사실을 알고 있었어요. 그런데도 무시한 채 수술을 진행한 거죠."

"왜죠? 그 사실을 미리 알았으면 수술 전에 그곳을 검사했으면 됐잖아요."

"흉막액이 적으면 뽑을 때 합병증이 발생할 위험이 높기 때문이에요. 더군다나 단미의 경우 흉막액이 극소량인 데다가 선천적으로 면역력도 낮고요."

"그래도 했어야죠! 천 교수도 그걸 아니까 수술실에서 넋 놓고 있었던 거 아닌가요?"

"저도 동의합니다. 옹호하는 건 아니지만 흉막액이 극소량이니 괜한 위험 부담을 감당하기보다는 수술 횟수나 늘리자는 식이었을 거예요. 귀찮은 일로 치부한 것 또한 사실이고요. 혹여 흉막액에 암세포가 있더라도 어떤 식으로든 폐에 전이할 테니 그때 또 추가로 수술하면 된다고 안일하게 여겼겠죠."

"그건 말이 안 되잖아요. 의사가 어떻게 그럴 수 있죠?"

짧은 정적이 그 대답이었다.

"수술은 결국 암세포 부분만 제거하는 수준에서 일단락됐습니다. 추후 흉막액 검사에서 암세포를 발견했지만, 수술 도중 면역력이 떨어진 틈을 타 폐렴구균이 침투했어요. 또한 합병증으로 폐에 구멍이 생기는 기흉도 딸려 왔죠. 그런데도 문제는 거기서 끝나지 않았어요."

단미는 그 문제를 들었을 때 혼자였을까?

"문제는 암세포가 변이했다는 겁니다."

"네?"

그랬다. 문제는 변이였다. 그것이 진실이었다.

단미는 큰 병실 침대에 앉아 하얀 가운에 둘러싸여 그 진실을 들었을 터였다.

하지만 돌이켜 보면 그때 떠오른 단미의 불안한 얼굴은 느껴지지도 않는 암세포의 변이 때문이 아니었다.

단미는 암세포가 아닌 마음의 변이를 느꼈다.

변이의 원인은 그보다 조금 뒤에 단미를 찾아왔다. 그 변화가 흉

미룹다는 듯 굽어보고는 말을 건넸다.

"변이 원인은 제가 병원에서 나오기 직전까지도 밝혀지지 않았습니다. 스스로 변이한 건지, 애초에 변이된 폐렴구균이 암세포와 접촉한 건지, 혹은 폐에 생긴 구멍으로 미확인 균이 침투한 건지. 알아낸 사실은 고작 변종 암세포가 뚫린 구멍을 통해 인접한 다른 기관으로 직접 전이했다는 사실 뿐, 그 외에는 어떤 것도 밝혀내지 못했습니다. 또한 변종 암세포가 전이하면서 주변 폐렴구균을 모조리 흡수했고, 그로 인해 기흉이 저절로 치료됐어요. 그건 이례적인 현상이에요. 전 세계로 넓혀도 비슷한 사례조차 없죠. 다발성 장기부전에 대비했지만 실제로 일어나지 않은 것 또한 예상을 벗어난 일이고요. 정작 암세포 자신도 모르는 것 같았어요. 자기가 어떤 존재인지, 또 어떻게 주변을 파괴해야 할지 모르고 그저 몸 구석구석을 누빌 뿐인 거죠. 이제 막 태어난, 호기심 가득한 생명체처럼. 언제 터질지 모르는 시한폭탄을 품은 줄도 모르고. 그래서 시작됐습니다."

인체 실험. 연구라는 이름으로 그럴듯하게 포장한 추악함이었다.

"이례적인 발견에 학계가 들썩였고, 단미에게 관심이 모조리 쏠렸어요. 천 교수는 모든 수술을 중단했고 총책임자로서 변종 암세포를 연구하고 논문을 작성하는 일에 몰두했습니다. 세포의 움직임 하나가 논문의 한 글자와 같았죠. 암 연구 분야에서 세계적으로 인정받는 여러 학술지에도 실릴 가능성이 상당했어요. 그렇게 꽤 오랫동안 연구가 진행됐어요. 간헐적으로 기침이 터질 뿐 암세포는 단미에게 어떤 위해도 가하지 않았죠. 연구진은 치료제 발명에 총력을 기울였고 암암리에 암세포를 일부러 자극하는 실험도……"

찻잔이 바닥에 내던져져 산산조각 났다.

덜 깨진 손잡이 부분이 책장에 부딪혔다가 도로 반쯤 튕겨 왔다.

내 손에서 피가 뚝뚝 흘렀다.

굳은 피 위로 생생한 피가 덮였다.

그때 최 교수님이 불쑥 말했다.

"저도 그 연구에 참여했습니다."

정말이지 무섭고 이기적인 사람이라고 생각했다. 끊임없이 자기 잘못을 입 밖으로 꺼낸 뒤 어떤 책임이든 지겠다는 얼굴로 나를 바라본다. 변명도 하지 않는다. 이 사람 또한 피해자일지도 모른다. 그래서 더 화낼 수가 없다. 또한 이 남자는 지금 나보다 더 단미에게 필요한 사람이 틀림없다.

하지만 도저히 참을 수 없었다.

나 또한 크게 다르지 않은데도.

"당신들이 무슨 짓을 저지른 줄 알아요? 그건 의료 사고라고요. 그것도 모자라 연구? 인간을 대상으로 실험을 한 거잖아. 대체 무슨 권리로 그런 거지? 단미에게 동의는 구했어요? 하물며 단미의 가족은요?"

"그 또한 이해할 수 없었어요."

"그건 또 무슨 소리죠?"

최 교수님이 건넨 손수건을 다시 바닥에 내던졌다.

"대답이나 해. 무슨 소리냐고."

"윤자성 목사는 모든 걸 알고 있었어요. 그런데도 묵인했죠."

그 말이 준 충격이 여전히 생생하다.

"그뿐만 아니라 연구 자금을 전폭 지원했고 암세포 관련 정보가 언론에 노출되지 않도록 막았어요."

나는 믿을 수 없었다.

"헛소문이겠죠. 단미 아버지잖아요."

"아니요. 저는 천 교수 옆에서 들어서 알고 있습니다. 윤 목사는 용서를 비는 천 교수를 오히려 위로하며 총책임자로서 그 암세포를 연구해 달라고 부탁했어요. 수화기 너머로 들려오는 목소리는 마치 회개하는 신도를 대하듯 인자했죠. 저는 그 광경이 왠지 모르게 오싹했지만, 천 교수 얼굴이 점점 환해지는 모습이 정말 구원이라도 받은 것 같았어요. 연구가 진행되는 동안 윤 목사는 연구소에 일절 방문하지 않았지만, 딱 한 번 병원에 나타났어요. 바로 그날이 단미가 저를 찾아온 날이기도 하죠."

"그럼 단미가 아버지와 만났다는 건가요? 둘은 무슨 대화를 나눈 거죠?"

"저도 알고 싶네요. 실험체로 취급받는 딸에게 윤 목사는 도대체 무슨 말을 한 건지. 단미는 몹시 지쳐 있었어요. 연구가 진행될수록 각종 검사가 끊이지 않았고 녹초가 된 채 수면제로 잠에 빠지고 깨어나기를 반복했죠. 그런데도 단미는 이상하리만치 별다른 저항을 하지 않았어요. 고분고분하게 모든 검사를 받아들였고 이따금 괜찮으니 어서 시작하라는 말도 했죠. 저는 그런 반응에 뒤늦게 무언가 잘못 돌아가고 있다는 사실을 깨닫고 비밀리에 연구를 중단할 방법을 모색하고 있었어요. 그리고 며칠 후, 단미가 제 앞에 나타난 거예요. 어두운 주차장에서 숨을 헐떡이고 있었어요. 저는 깜짝 놀라 다가갔어요. 머리는 헝클어졌고 맨발은 상처투성이였죠. 그 아이는 저를 보자마자 울음을 터뜨렸어요."

최 교수님, 제발 저 좀 도와주세요. 나가고 싶어요, 이 지옥 같은 곳에서. 저를 사랑해 주는 사람은 이제 이 세상에 없어요.

나는 눈을 질끈 감았다.
최 교수님이 책장 서랍에서 무언가 꺼내더니 내 옆으로 다가와 앉았다. 손바닥이 따끔거렸다. 이어 무언가 내 손을 강하게 감쌌다.
"저는 그 말을 듣고 나서야 망설였던 마음을 다잡았어요. 연구 중반부터 스스로도 설명하기 힘든 죄책감에 시달리면서도 역사에 남을 연구라는 명목을 내세우며 그 감정을 애써 무시했었죠. 단미도 분명 제 생각을 눈치챘을 거예요. 아주 똑똑한 아이니까요. 때마침 저는 가장 유력한 치료제를 연구소에서 병원으로 옮기는 길이었어요. 제 겉옷을 단미에게 입히고 차에서 꺼낸 치료제를 품에 숨기도록 한 뒤 병원에서 무사히 빠져나가도록 도왔어요. 그때 단미가 제게 쪽지를 하나 줬고, 적힌 주소를 따라가니 옆집에 도착했죠. 그 뒤로 전……"

어떤 말도 귀에 들어오지 않았다. 머릿속은 이미 한 단어만 되뇌고 있었다.
"치료제."
나는 밖으로 중얼거렸다.
"그 치료제만 있으면 단미는 나을 수 있나요?"

최 교수님은 몇 번이나 똑같이 대답했다.

"단미가 찾아온 뒤로 하루도 빠짐없이 연구했어요. 암세포가 자기가 어떤 존재인지 모른다고 아까 말했죠? 그 특성을 이용하는 치료제예요. 암세포에게 아무것도 하지 않고 가만히 있는 쪽이 존재 이유라고 각인시키는 거죠. 최종 목표는 그대로 자멸하도록 유도하는 것이고요. 반년이나 지났지만 다행히 암세포 크기는 그대로였고, 새로 만든 치료제를 투입하자 움직임이 조금씩 느려졌어요. 칠십일 일 전부터는 기침도 하지 않았죠. 하지만 완치하기에는 치료제 양도 자금도 인력도 시설도 턱없이 부족합니다. 약을 분석하는 건 제 능력 밖인 데다가 의료 쪽 인맥도 거의 끊겼죠. 도움을 주던 몇 안 되는 의사와도 연락 두절인데 아마 윤 목사가 손을 쓰지 않았나 싶어요. 사실 새로운 치료제를 조금이나마 구한 것도 기적이었지만, 원인 불명의 부작용도 발생했어요. 단미 몸에 생긴 붉은 반점이 그 부작용이죠."

나는 정신이 퍼뜩 들었다.

붉은 반점.

그 눈.

"이제 와서 이런 말 하기 미안하지만 서화 씨 도움이 필요해요. 단미가 치료에 집중하도록 곁에서 마음을 잘 잡아 주세요. 그러려면 서화 씨부터 이렇게 멍하니 있지 말고 현실을 똑바로 마주 봐야 해요. 단미가 지금까지 살아 있는 건 변종 암세포 덕분이에요. 물론 언제 터질지 모르는 시한폭탄인 것도 맞고요. 우리는 최대한 암세포를 자극하지 않는 선에서 연구를 진행해야 해요."

나는 조용히 자리에서 일어나 문 쪽으로 걸어갔다.

최 교수님은 먼 사람에게 말하듯 목소리를 높였다.

"크리스마스에 단미가 약을 받아 가면서 제게 한 말이 있어요. 왜 굳이 그렇게까지 하느냐고 물었더니 이렇게 대답했죠."

이윽고 나는 그곳에서 완전히 나왔다.

어둑한 복도를 따라 걸었다.

장미 향을 묵묵히 따라갔다. 거의 도착했을 때 하얀 냄새를 맡을 수 있었다.

사위가 고요했다.

나는 문 앞에서 조용히 악을 써댔다. 숨죽여 발버둥 쳤다.

죽음은 문틈으로 그런 나를 놀렸다. 손짓 같은 움직임으로.

나는 무릎을 꿇었다.

두려웠다. 문을 열기가.

그러나 열었다.

단미가 머릿속에서 반복하는 말 때문이었다.

최 교수님, 이제 평범하게 살고 싶어요. 그런데 어떻게 살아야 평범한 건지는 잘 모르겠어요. 다른 사람을 위해 살았거든요, 태어난 그 순간부터. 그러니 이제부터는 저 자신만 생각할래요. 그럼 분명 행복하겠죠? 행복하면 평범한 거 맞죠?

평범함.

그토록 애원하면서까지 필요한 존재인가?

단미가 원한다면 어떻게 해서든 주고 싶었다.

하지만 방법을 몰랐다. 나도 평생 가져 본 적 없기에.

그래서 문을 열었다.

나도 궁금해졌기 때문이다. 평범함이라는 존재를.

문을 열고 들어가자 장미 향이 확 풍겼다.

그 냄새가 침대에 앉은 채 내 쪽으로 고개를 돌렸다.

3.

   열차가 겨울의 끝자락 사이를 힘차게 나아갔다. 발 아래가 부르르 떨린다. 바퀴가 선로를 따라 바삐 움직인다. 시린 겨울바람에 떠는 건지도 모르겠다. 그러나 옆에서 들리는 새근대는 숨소리에 그만 그 떨림을 잊는다. 단미는 내 어깨에 기대어 단잠에 빠져 있다. 수면제 따위로 꾸는 이승잠이 아니라 꿈 몇 장면을 엿볼 수 있는 단잠이었다. 남쪽으로 내려갈수록 차창 너머로 비쳐 들어오는 햇살이 진해졌다. 우리는 그 빛으로 해바라기를 했다. 나는 손으로 그늘을 만들려다가 그 빛 일부가 단미 몸에 조금이라도 좋은 무언가를 가져오기를 바라며 그만두었다. 이어 단미가 몸을 뒤척이며 잠꼬대를 했다.

   꿈 일부가 흘러나왔다.

   그 꿈에는 내가 없었다.

   단미 혼자였다. 이따금 미소 지었다.

그 얼굴이면 만족했다.

열세 살 소년 같은 오후였다.

나는 덧없이 사라지는 창밖 풍경에서 눈을 떼지 못했다.

청청한 하늘에 조각구름이 흩어져 있었다. 게슴츠레한 바다가 낮은 높이로 출렁거렸다. 굴뚝은 하나도 빠짐없이 비뚜름했고 야트막한 울타리는 안을 보호하기에는 무척 낮았다. 드넓은 초원은 열차의 빠른 속력에 하나의 직선이 되었다.

모두 처음 보는 것들이었다. 그건 내 인생의 첫 여행이었기 때문이다.

"여행……"

그때 열차가 어두컴컴한 터널로 진입했다. 어둠은 모든 풍경을 집어삼켰다. 차창에 내 얼굴이 적나라하게 떠올랐다. 또 다른 열차가 나란히 달렸다. 약간 비스듬했다. 그곳에도 나와 단미가 앉아 있었다.

나는 거울에도 냄새가 존재하는지 고민했던 순간을 떠올렸다. 장미 향도 하얀 냄새도.

다시 봐도 그 속에는 냄새가 존재하지 않았다.

그럼 저 둘은 대체 왜 여행을 떠날까?

둔탁한 화음이 어두운 터널에서 울렸다. 짧고 긴 터널을 여러 개 거쳐 갔다.

꽤 오래 이어지자 나는 그 이유를 짐작하면서 시간을 보냈다. 그러나 시답잖은 이유뿐이었고, 결국 생각해 낸 이유는 다시 냄새였다. 모순이었지만 그 이유는 내가 내린 결론이었다. 거울 속은 장미 향도 하얀 냄새도 존재하지 않기 때문에 여행을 떠나는 것이다. 그건 무척 당연한 일이었다. 심지어 저 남자는 냄새를 맡을지도 모른다. 단미가 요리한 음식의 맛과 냄새를 알지도 모른다. 지금은 이쪽을 쳐다보며 마찬가지로 시답잖은 이유를 떠올리고 있다. 우리가 처한 상황은 상상도 못 한 채.

그렇다면 나는 저 거울 속을 부러워해야 할까?

그렇지는 않았다. 장미 향을 풍기지 않은 단미는 상상할 수 없기 때문이다. 하지만 그러기 위해서는 하얀 냄새 또한 존재해야 한다. 나는 장미 향보다 하얀 냄새를 먼저 맡았다. 즉, 하얀 냄새가 없었다면 단미도 장미 향도 없었다. 여행도, 열차도, 거울 속 나와 단미도.

열차가 마지막 터널을 빠져나갔다.

나는 처음으로 하얀 냄새가 고마웠다.

열흘 전, 나는 단미가 울음을 그칠 때까지 옆에서 기다렸다. 내 한 손은 붕대가 피로 물들어 침대 밑으로 숨겨야 했다. 단미는 한 손으로 쏟아지는 눈물을 감당해야 했다. 다른 손은 내 다른 손을 붙잡고 있었기 때문이다.

"봄에 가기로 한 여행."

불현듯 단미가 훌쩍이며 말했다.

나는 옛날에 엄마가 입원했던 병실과 단미가 뛰쳐나갔던 병실을 번갈아 떠올리고 있었다. 두 공간은 꽤나 닮았을 것 같았다.

"여행?"

"크리스마스에 약속했잖아. 봄에 여행 가기로."

"아."

나는 정말이지 거절하고 싶었다.

"하지만 단미야……"

"걱정하지 마. 내 몸은 내가 제일 잘 아니까."

단미는 눈물을 털어 내며 예전 얼굴로 돌아가려고 애썼다.

"조금 쉬면 괜찮아질 거야. 그리고 최 교수님은 내 부탁이면 다 들어주시니까."

단미에게 필요한 건 여행이 아니라 치료제였다. 여행 계획이 아니라 암세포 연구였다. 그리고 역겨운 인간들한테서 단미를 지키기 위한 계획을 세워야 했다.

단미가 내 손을 살며시 끌어당겼다. 눈물로 젖은 두 눈으로 다른 손을 원했다. 나는 주지 않았다. 그래도 단미는 물러나지 않았다.

"그런 여행 있잖아. 사람들이 훌쩍 떠나는 여행."

단미는 곰곰이 생각하는 척했다.

"즉흥 여행?"

그래도 내가 고개를 저으며 거부하자 단미는 웃으면서 내 손을 침대로 잡아당겼다. 나는 붕대가 안 보이게 버둥대다가 단미 위로 엎어졌다. 단미는 내 뺨을 잡고 입을 맞추었고, 폭 안겼다. 우리는 몇 분 동안 그렇게 있었다. 이어 나는 어제 아침에 그랬듯이 단미 머리카락을 조심스럽게 빗어 넘겼다.

"그래."

내가 말했다

"여행 가자."

안개꽃

기뻐하는 단미에게 피로 물든 붕대를 보여 주자 우리는 잠깐이나마 떠들썩한 일상으로 돌아갔다.

"여행 가려고요."

몇 시간 뒤, 단미가 그렇게 말하자 최 교수님은 혈압을 재다가 눈길을 들었다.

"방금 뭐라고 했니?"

"즉흥 여행이요, 교수님."

단미가 자신만만하게 웃자 최 교수님이 나를 스치듯 쳐다보았다.

"못 들은 거로 하마."

"열흘 뒤예요."

이어 최 교수님은 혈압 측정기를 주섬거리다가 내 앞으로 바짝 다가왔다.

"잠깐 저 좀 보죠."

나는 단단히 화가 난 뒷모습을 바짝 뒤쫓았다.

"혈압 잴 때 말하면 다시 재야 하잖아요!"

단미가 무의미하게 소리쳤다.

"혼내지 마세요, 제가 가자고 고집부렸다고요!"

최 교수님은 진료실에 도착할 때까지 한마디도 하지 않았다. 이어 도착하자 문고리를 돌리다 말고 도저히 못 참겠다는 듯 뒤돌았다.

"단미 몸 상태에 관해서 제가 너무 친절하게 설명했나요?"

최 교수님은 나보다 키가 한 뼘 작았다. 그래서 안경 너머가 훤히 보였다.

"아니요. 잘 알아들었습니다."

"알면서 여행을 가요? 단미가 죽길 바라나요? 제가 서화 씨에게 그런 이야기를 한 이유가 대체 뭐라고 생각해요? 당신이라면 그 아이가 삶을 포기하지 않도록 만들 줄 알았기 때문이에요. 이 세상에 자기를 사랑하는 사람이 없다고 말했던 그 아이를요. 그런데 대체 무슨 생각으로 여행을 간다고 말하는 거죠?"

우리는 서로 다른 곳을 쳐다보았다.

최 교수님은 고개를 돌려 유리 벽 너머를 내다보았다. 그곳엔 자그마한 정원이 있었다. 자갈 위에 꽃 몇 송이와 잘린 나무 밑동이 전부였다.

최 교수님은 조용한 목소리로 말했다.

"부디 그걸 사랑이라고 착각하지 말아요."

정곡을 찌른 그 말은 몹시 아팠다.

"그리고 더 확실해지면 말하려고 했는데……"

최 교수님은 조심스럽게 운을 뗐다.

"단미 모르게 진행 중인 연구가 있어요."

나는 흠칫 놀랐다.

"미국에서 근무하는 제 동료와 함께요."

"단미를 또 그런 곳으로 데려가려고요?"

"네, 그래요."

최 교수님은 흔들리지 않았다. 그 말을 견디고 있었다.

나는 안경 너머를 보았다.

까만 눈 밑은 피곤에 찌들어 있었다. 눈동자에는 실핏줄이 제멋대로 피어 있었다. 분명 단미를 위해 밤낮으로 노력하고 있었다.

나는 고개를 숙였다. 최 교수님 앞에서 고집만 부리는 이 모든 상황에 부끄러움을 느꼈다.

이윽고 나는 정원을 내다보았다. 어느덧 병실에서 풍겨 오는 장미 향이 정원을 가득 메웠다.

"죄송해요, 최 교수님."

나는 단미의 웃음을 따라 했다.

"단미가 그걸 원해요."

최 교수님은 난색이 되어 도저히 말을 잇지 못했다. 이어 따라 들어올 필요 없다는 듯 손을 휘저으며 안으로 들어갔다.

나는 정원을 건너다보며 복도를 되돌아갔다. 그러면서 단미가 옆에 있었다면 했을 말을 떠올렸다.

아로새김이 꽃집에 가져갈 두 번째 그림은 저기로 할까?

우리는 여행 계획을 짰다.

첫 여행지는 여수였다.

단미가 여수를 고른 이유는 두 가지였다.

하나는 이전 여행에서 못 해 본 일이 많아서였고, 다른 하나는 여수에 꼭 방문하고 싶은 곳이 최근에 생겼기 때문이다.

단미는 여행 전날까지 최대한 치료에 집중했고, 대부분 깊은 잠에 빠져 있었다. 그동안 나는 여수 다음으로 가 볼 만한 여행지를 찾아 정리했고, 단미가 깨어나면 요약한 계획을 상의하고 결정했다. 최 교수님은 그 모습을 탐탁지 않게 여겼지만 매일 밤 나를 진료실로 따로 불러 각종 응급 상황에 대한 대비책을 간략하게 설명했다. 하루는 내가 연구에 관해서 넌지시 묻자 계획이 더 진전되면 알려 주겠다 했다.

하루 같은 열흘이 금세 지나갔다.

여행을 떠나는 아침, 단미는 거짓말처럼 여느 때보다 몸 상태가 좋았다. 화실에서 장미 한 송이를 들고 병실에 돌아오자 단미가 말했다.

"내 말이 맞지?"

단미는 멀쩡한 얼굴로 장미 향을 들이마셨다.

나는 그 모습에 기쁨보다 불안을 느끼지 않을 수 없었다.

단미는 무리 없이 퇴원했고, 한 시간 동안 쏟아지는 주치의의 주의 사항을 하나도 빠짐없이 새겨들었다.

그 뒤로 우리는 최 교수님의 배웅을 받으며 열차에 올라탔다.

여수에 도착하려면 한 시간 정도 남았다.

표정을 보아하니 단미는 도착할 때까지 깨지 않을 모양이었다. 나른한 열차 안에 앉아 있으니 내게도 졸음이 몰려왔다. 새근대는 숨소리와 내리쬐는 빛살이 낮잠을 부추겼다.

그때 앞에서 문이 열렸다.

우리와 나이가 엇비슷한 연인이 들어왔다. 입은 옷은 크기만 다를 뿐 모양도 색깔도 같았다. 시선이 서로에게 고정되어 있었다. 팔짱을 낀 채 이쪽으로 걸어왔다.

나는 두 사람을 뚫어져라 쳐다보았다.

그러나 그들은 나 따위는 안중에도 없었고, 곧이어 시야 뒤편으로

안개꽃

사라졌다. 뒤에서 문이 여닫히고 아스라이 들리던 목소리가 서서히 멎었다.

나는 차창으로 고개를 돌렸다.

더는 소년 같은 오후가 아니었다. 살짝 바래 있었다.

이윽고 눈이 살며시 감겼다.

그러자 놀랍게도 연인의 존재를 금방 잊었고, 나는 잠이 들었다.

"분명 여기쯤 있어야 하는데……"

"사장님은 전화 안 받아?"

"응, 작업 중이신가?"

우리는 한 시간째 벽화 마을을 빙빙 돌고 있었다. 계단에서 헤엄치는 돌고래를 네 번째 밟는 중이다.

"다리가 후들거려."

"나도."

그 직전까지 계획은 순조롭게 흘러갔다.

열차에서 내리자마자 패러글라이딩을 하러 갔다. 놀랄 만큼 허름한 트럭을 타고 꼬불꼬불한 산길을 지나 산꼭대기에서 몸을 아래로 던졌다. 왈칵 들이닥치는 바람은 일순간 냄새를 모조리 지워 버렸다. 발밑에 깔린 구름바다는 우리를 부드럽게 받아들였다. 내려다보이는 태양과 눈 덮인 산봉우리는 그다음이었다. 푹신한 땅의 감촉을 느끼기 전까지 우리는 목청껏 소리 질렀다. 자신에게, 서로에게.

후들대는 다리를 이끌고 전통시장에서 쑥 아이스크림을 먹었다. 케이블카는 생각보다 빨랐지만, 금방 시시해졌다. 옛날 교복을 빌려

주는 곳에서 사진을 찍었다. 어딜 가나 사람이 많았지만 대부분 사진기와 여행을 온 듯한 사람들뿐이었다. 큰길보다 샛길로 걸었다. 대부분 막다른 길이었다. 옷차림이 후줄근한 남자를 따라가 보았다. 담쟁이넝쿨에 둘러싸인 샛길을 발견했다. 녹다 만 눈과 이끼에 운동화가 반쯤 잠겼다. 내가 앞장서서 걸었는데 솔직히 너무 무서웠다. 단미는 그 모습을 보고 뒤에서 킥킥댔다. 귀신 머리카락 같은 풀줄기를 서너 번 걷어내자 도로가 나왔고, 건너편에 '벽화 마을 가는 길'을 휘갈긴 표지판이 보였다.

우리는 어안이 벙벙했다.

단미가 줄곧 가고 싶다고 한 곳이 벽화 마을 안에 있기 때문이다.

벽화 마을은 큼지막한 도화지였다. 화가라면 도저히 참기 힘든 유혹일 터였다.

소나기 대신 물감이 쏟아지기라도 한 듯 지붕이 알록달록했다. 벽에는 다양한 그림으로 채워졌다. 두 발로 서서 발바닥을 할짝대며 째려보는 고양이나 다른 세계로 뛰어드는 단발머리 소녀가 있었다. 그보다 더 어린 소년은 풍선 열세 개로 하늘을 날고 있었다. 칼을 든 요리사와 도마 위에 놓인 상어가 신경전을 벌이고 있었다.

아무리 우리가 그림을 좋아한대도 같은 그림을 네 번이나, 그것도 미로 같은 골목을 빙빙 돌면 눈길도 주지 않기 마련이다.

우리는 꼭 가야 할 곳이 남았다. 점점 마음이 급해졌다. 빽빽한 여행객을 이리저리 피하며 주변을 꼼꼼히 둘러보았지만, 이렇다 할 곳이 눈에 띄지 않았다. 간판이 없어서 검색해도 지도에 표시되지 않았고, 알음알음 찾으려고 해도 위치를 아는 사람이 단 한 명도 없었다. 우리는 거의 포기하기에 이르렀고, 내일 가더라도 그곳이 어딘지는 알아 두기로 마음먹었다.

"서화야."

그때 단미가 손가락으로 가리켰다.

"저기."

거기엔 어린 왕자가 쭈그리고 앉아 있었다. 모퉁이 너머를 빤히 쳐다보는 듯했다. 옆에는 오솔길이 나 있었다. 우리는 말할 것도 없이 어린 왕자에게 뛰어가 그 길을 밟았다. 왕자가 내려다본 건 연기를 내뿜는 작은 비행기였다. 이 길의 마지막 그림이었다.

우리는 큰 징검돌을 여남은 개 밟았다.

잠시 후, 엽서 같은 풍경이 눈앞에 펼쳐졌다.

세월로 칠한 고즈넉한 공방이 오른편에 자리 잡고 있었다. 아로새김이가 막 태어난 나무 한 그루라면 공방은 땅에 깊게 뿌리내린 고목나무였다.

주인도 마찬가지였다.

공방에 녹아든 노부인의 옆모습을 보았다. 곁에 고동색 지팡이가 뉘어 있었다. 주인은 공방과 마당을 잇는 돌계단에 앉아 반대편을 가만히 바라보고 있었다. 왼편에는 앙상한 나무 몇 그루와 얼어붙은 연못이 있었다. 그곳에서 시린 바람이 불어왔다. 나뭇가지가 몸을 떨었다.

우리는 조심스레 주인의 시야로 들어갔다.

"안녕하세요."

주인은 잠깐 한눈을 파는 사람처럼 눈길을 들었다가 내렸고, 다시 올렸다. 두 눈동자가 느리지만 확실하게 우리를 훑어보았다. 나는 주인이 입은 옷에 눈길이 갔다. 살구색 털옷이었다. 왼쪽 가슴엔 카네이션처럼 보이는 분홍색 꽃을 수놓았다.

"안녕하세요. 저는 단미라고 합니다."

단미가 한 번 더 인사했다.

"아로새김이 사장 소개로 왔어요. 듣던 대로 공방이 정말 예뻐요."

주인은 말없이 다시 연못 쪽으로 고개를 돌렸다.

우리는 그 의미를 짐작했다.

"저희가 너무 늦었나요? 죄송해요. 오늘이 안 되면 혹시 내일이라도 괜찮을까요?"

그제야 나는 주인의 옷이 아로새김이에 걸린 첫 번째 사진 속 옷이라는 사실을 알아챘다.

예스러운 육각형 등불이 주인 머리 위에서 켜졌다. 문득 그 빛을 따라가려는데 주인이 말했다.

"올제는 문 안 열어."

예상과 다르게 걸걸한 목소리였다.

"오늘이요?"

내가 물었다.

"낮곁이 한참 지나서야 오는구나. 늙은이 혼자 저녁놀을 볼 뻔했어."

나는 주인이 여수 사투리로 말했다고 생각했다.

주인은 지팡이를 빙글 돌리다가 손잡이 부분을 짚고 일어섰다.

"소예 말 그대로구나. 해사하고 끌밋하니 아주 구순해."

안개꽃

나는 그 말을 이해할 수 없었다. 하지만 단미는 이런 상황을 예상했다는 듯 비슷하게 화답했다.

"감사합니다. 할머님도 실제로 뵈니 결곡하세요."

그 말을 듣자 갑자기 주인이 껄껄 웃었다.

"고비 늙은 노인네한테 무슨!"

이어 의심스러운 눈초리로 내게 말했다.

"여기는 눈씨가 매운 것이 낯이 익은디?"

이해가 안 가니 대답할 수가 없었다. 주인은 그런 내 반응을 아랑곳하지 않고 뒷짐을 진 채 공방 안으로 들어갔다.

"할머니! 들어가도 되나요?"

"여줄가리 만드는 데 얼마나 걸린다고 올제 온다는 거여? 고만 노닥거리고 어여 들어와. 추워."

그렇지만 공방 안도 몹시 추웠다. 높은 천장에서 오르내리는 바람 소리가 날카로웠다.

나이테가 그대로 드러난 길동그란 탁자가 공방 가운데 놓여 있었다. 그 위에는 처마에 걸린 등불과 똑같은 육각형 등불이 매달려 있었다. 그 부드러운 빛이 공방의 온도를 높였다. 탁자 위에는 연필꽂이와 실뭉치, 중간이 끊어진 팔찌, 가죽 끈으로 어지러웠다. 막 끓인 주전자와 찻잔 세 개도 올려져 있었다. 이어 손녀에게 연락 받고 주인이 몇 번이나 끓였을 국화차가 앞앞이 놓였다.

"뭐 만든다고?"

"팔찌요, 할머니."

"그려. 얼짬만 기다려라."

할머니가 자리를 비운 사이 우리는 국화차를 마셨다. 자그마한 꽃잎 하나가 목구멍을 타고 안으로 떨어졌다. 연노란 등불을 삼킨 것만 같았다.

추위가 조금 녹아 내리자 공방 안을 둘러볼 여유가 생겼다. 꽃집을 지을 때 할머니 공방을 참고했다는 아로새김이 사장의 말은 사실이었다. 물론 뼈대를 그대로 드러낸 내부 구조 때문에 처음엔 그렇게 보이지 않았지만, 자세히 들여다보면 곳곳에 놓인 예스러운 소품이나 가구가 아로새김이를 떠올리게 했다.

여긴 무슨 냄새를 풍길까?

단미가 내 어깨를 두드렸다.

단미가 가리키는 벽면 바닥에는 어쩐지 낯익은 그림이 놓여 있었다. 공방에 존재하는 유일한 액자였는데, 가까이 가 보니 그 그림은 아로새김이 꽃집을 그린 소묘 그림이었다. 액자 모서리에 걸린 사진은 우리로 하여금 미소 짓게 만들었다. 환하게 웃는 할머니와 손녀와 지팡이가 있었다. 벽에는 자그마한 쪽지가 다닥다닥 붙어 있었다. 공방을 찾아온 사람들이 남긴 발자취였다. 그들은 할머니를 외계인으로 칭하면서도 사랑한다는 말을 빼놓지 않았다. 통역이 필요하다고 하소연하는 쪽지도 많았다. 맨 위에는 '적바림'을 아로새긴 손바닥만 한 널빤지가 벽에 박혀 있었다. 어디선가 본 단어였지만, 뜻은 기억나지 않았다.

"일상을 간단히 기록한다는 뜻이야."

내 마음을 읽은 듯 단미가 말했다.

"어떻게 그렇게 잘 알아?"

"예전에 공부했거든."

"공부?"

단미는 고개를 작게 끄덕였다.

주인이 작은 상자를 들고 다가오자 우리는 탁자로 돌아가 나란히 앉았다.

공방 주인과 팔찌를 만들면서 통역이 필요하다는 쪽지에 격하게 동의했다.

"갈맷빛 줄기를 이렇게 내풀로 엮으면 되는 거여."

"도래에 꽃을 하나씩 붙여 얼른."

"저기 고섶에 있잖여. 거기 말고 고섶!"

그 말은 외계어나 사투리가 아니라 순우리말이었다. 소싯적 출판 편집자 겸 작가였던 주인은 책을 백 권도 넘게 세상에 내보냈다고 말했다. 회사를 그만둔 이후에는 작법서와 순우리말 사전을 집필해 전국 각지의 독립 서점에서 무료로 선보이기도 했다. 하지만 손녀가 꽃집을 하면서 그 일을 도와주다 보니 자연스레 중단되었고, 지금은 누구에게도 보여 주지 않을 시를 짓거나 이곳을 공방이라고 불러 주는 사람과 소일거리를 하면서 시간을 보낸다고 했다.

"세상이 참 많이 바뀌었더구나."

공방에 찾아오는 사람이 퍼뜨리는 파급력은 주인의 예상을 한참 벗어났다. 고심해서 고른 서점 수십 곳에 집필한 사전을 입고시키고 수년간 무료로 강의하는 일보다 성격이 독특한 할머니가 외계어로 장식품을 만드는 공방이 현세대에 더 큰 영향을 주었다. 벌써 주인이 알려 준 순우리말 단어 몇 개가 소셜 미디어에서 유행이 됐다고 한다.

하지만 내가 그 유행을 알 길이 있나. 팔찌를 만드는 동안 그 많은 설명을 전혀 이해하지 못했다. 주인의 손끝에 집중하면서 부지런히 따라갔지만 역부족이었다. 단미는 나와 달리 그 말들을 전부 이해했다. 나는 단미의 통역과 주인의 모진 꾸짖음 속에서 간신히 팔찌를 완성했다. 순우리말로 설명하지 않았으면 그리 어렵지는 않았을 터였다. 까만 줄 세 가닥을 엮어 구슬 두 개에 끼운 뒤 원하는 곳에 꽃 원석을 달면 끝이었다.

"어머니가 파란 장미를 좋아하셨다고 했지?"

"응, 맞아."

단미는 그 말을 기억하고 있었다.

나는 다른 색을 고민했지만, 결국 빨간 장미 원석을 골랐다.

팔찌를 완성하고 나서도 우리는 국화차를 다 마시고 갈 거라고 고집 부렸다. 귀찮다며 그만 가라던 주인은 이내 손녀 자랑을 쏟아 내기 시작했다. 이어 왜 손녀가 꽃집을 차리고 싶다고 말했을 때 반대했는지, 또 우리 나이에 무엇을 했는지, 지금은 그 나이보다 적은 시간이 남아 기쁘다든지 하는 이야기가 이어졌다.

담담한 척했지만 가슴 한편이 미어지는 느낌을 받았다. 낯선 사람과 나누는 대화인데도 끝이 오지 않기를 바랐다.

그러나 곧 끝이 왔고, 우리는 받아들였다.

이야기에 몰두한 나머지 그만 식어 버린 국화차는 다음 만남을 기약하는 훌륭한 핑계가 되었다.

"이름이 단미라고?"

주인은 처음 앉아 있던 계단에 서서 말했다.

우리는 바람을 등지고 있었다.

단미는 머뭇거렸다.

"네, 할머님."

"이름 예쁘구나."

"……고맙습니다."

주인은 그 미묘한 떨림을 굽어보았다.

단미는 석양이 쏟아지는 바닷가를 걸으면서 수없이 들어온 그 칭찬을 주인에게서 들었을 때 오랫동안 간직했던 비밀스러운 감정을 들켰다고 고백했다.

"별다른 의미는 없어. 그저 그 말 그대로여. 네 우렁잇속, 내가 어찌 헤아리겠니."

주인은 또다시 반대편을 쳐다보았다. 그러나 얼어붙은 연못과 위태로운 나뭇가지를 보는 게 아니었다. 그 위쪽을 보았다.

불그스레한 저녁놀이 하늘에 풀어져 있었다.

태양은 공방을 비추는 동그란 등불이었다.

우리는 그 너머를 보며 빛이 오랫동안 꺼지지 않기를 바랐다.

단미는 깜빡 잊은 물건을 되찾으러 가는 사람처럼 공방 안으로 들어갔다. 이어 적바림에 눈에 띄지 않는 쪽지가 하나 더 붙었다.

할머니는 다행히 사람이었고, 통역은 전혀 필요하지 않았어요.
공방에서 보이는 저녁놀이 참 예쁩니다. 꼭 할머님과 보고 가시길.

"'단미'는 사랑스러운 아이라는 뜻이야."
탁 트인 바닷가를 따라 걸었다.
물마루에 반쯤 잠긴 노을이 눈부시게 반짝였다. 자갈 사이로 물비늘이 밀려와 새하얗게 부서졌고, 발밑에는 앞에서 걸어가는 가족의 그림자가 길게 늘어졌다. 사박사박 모래알이 밟혔다. 파도 소리와 남실대는 잔물결이 시원하게 귀를 적셨다.
"내 이름이 무슨 뜻인지 처음 알았을 때를 기억해. 얼마나 좋았는지 몰라."
"지금은 싫어?"
"지금은……"
단미는 예닐곱 살로 보이는 소년을 응시했다.
"잘 모르겠어."
아이는 그 순간만큼은 부모나 여동생보다 자기가 신은 장화를 더 사랑하는 것 같았다. 물결과 술래잡기를 하다가 이따금 용기를 내었다. 그러나 파도가 제대로 한번 겁을 주자 부모에게 쏜살같이 달려간다.
"결혼하고 아이를 낳으면 이름을 지어야겠지."
단미가 말했다.
"나는 못 할 것 같아."
단미는 결혼과 출산이 아니라 아이의 이름을 짓는 일을 말하고 있었다.

"요즈음 이런 생각을 자주 해. 내 이름을 아빠가 짓지 않았으면 어땠을까 하는. 평생 가면을 쓰는 기분이었거든."

이름과 가면.

묘하게 닮은 두 존재였다.

"언제부턴가 아빠가 내 이름을 부르면 무섭고 두근거리고⋯⋯ 내게만 들려주는 그 목소리는 신도에게 들려주는 목소리와는 달랐어. 항상 위에서 아래로, 낮고 무겁게. 내가 누구를 만나든 어디를 가든 아빠는 이미 다 알고 있었어. 그 사실을 감출 생각조차 안 했지. 오히려 항상 명심하라는 듯 스스럼없이 나를 꾸짖었어. 신도이면서 유일한 친구였던 아이와 다퉜을 때도 마찬가지였어. 집엔 분명 나와 그 아이밖에 없었는데 아빠는 어떻게 알고 그날 밤 나를 호되게 야단쳤어. 엄마가 생일 선물로 만들어 준 인형이 망가졌는데 아빠는 신경도 쓰지 않았지. 비슷한 거 하나 사면 되지 않느냐며, 왜 이렇게 어리광을 부리느냐며, 네 이름처럼 행동하라며. 아빠는 분명 이렇게 말하고 있었어. '어서 빨리 사랑스러운 아이가 되란 말이야. 내가 그렇게 지었잖아.' 그런데 정말 나는 그렇게 됐어. 내가 가면을 썼다는 사실을 아빠는 눈치챘고, 마음에 들어 하지 않았지만, 신도 앞에서만큼은 훌륭하게 연기하자 일단은 만족하는 듯 보였어. 딱히 어렵지도 않은 일이었지. 그렇지만 홀로 거울을 볼 때면 우울한 표정이나 우스꽝스러운 표정을 짓곤 했어. 나는 엄마를 통해 이미 알고 있었거든. 그렇게 하지 않으면 가면이 곧 얼굴이 된다는 사실을."

꽃은 불쌍하지 않아? 태어나기도 전에 존재 이유가 정해진 거야.

소녀는 거울 앞에서 장미 향을 내뿜었다. 하지만 누구도 그 냄새를 맡지 못한다.

"스무 살 때 하람 오빠는 집을 뛰쳐나갔고, 우울증에 시달리던 엄마는 약물 과다 복용으로 죽었어. 그 이후 아빠는 내게 점점 더 많은 것을 요구하기 시작했어. 하지만 나는 대체 아빠가 정확히 뭘 원하는지 몰라서 답답했어. 지금 생각해 보면 더는 가면이 아니라 그 자체가 되길 원했던 것 같아. 결국 나는 아빠와 단둘이 남는 현실이 두려워 유학을 핑계로 한국을 떠나 전 세계를 여행했지. 그리고 얼마 지나지 않아 사진을 찍기 시작했어. 어린 내가 할 줄 아는 건 그뿐이었으니까. 부모가 아이를 찍는 모습보다는 아이가 부모를 찍는 모습에 신도가 더 감명 받는 법이거든. 그래서였을까? 어릴 때 찍은 수많은 사진에는 내가 없었어. 그리고 문득 여행하며 찍은 사진 속에서도 마찬가지라는 사실도 깨달았어. 나는 무서웠던 거야. 가면을 쓴 내 모습이 영원히 사진에 남을까 봐. 그런데도…… 그때까지도……"

소년은 장화를 또 하나 발견했다. 바로 아빠였다. 높은 곳에서 장화에게 명령했다. 손가락으로 수평선을 가리켰다.

"나는 아빠를 진심으로 미워하지 않았던 것 같아."

나는 이해할 수 없었다.

대체 왜?

"낯선 새벽에 침대에 누워 내 이름을 되뇌면 말이야."

단미가 떨리는 목소리로 회상했다.

"딸 이름을 사랑스러운 아이라고 짓는 아빠를 멋대로 상상하게 돼. 그때의 표정과 감정까지도. 아이가 평생 불릴 이름을 고민하다가 '단미'라는 이름을 떠올리는 아빠라니, 참 멋지지 않아? 처음엔 목사인 내 아빠를 떠올리지 않았어. 그저 막연히 그런 아빠라는 형체를 떠올리는 거야. 막 태어난 아이의, 금방이라도 부서질 듯 연약한 귓가에 사랑을 속삭이는 어딘가에 존재할 법한 남자. 그 상상만으로도 나는 외로움을 견딜 수 있었어. 몇 년간 반복된 상상은 망상으로, 착각으로, 꿈으로, 끝끝내 현실이 되어 목사인 내 아빠로 변한 거야. 덕분에 암 진단을 받고 한국으로 돌아가야 했을 때도 무섭지 않았어. 아니, 오히려 기뻤어. 아빠를 무척 만나고 싶었고, 그때 기분이 어땠는지, 많고 많은 이름 중에 왜 단미를 골랐는지 묻고 싶었어. 병원에서 꺼림칙한 치료를 받을 때도 너무 힘들고 아팠지만 꾹 참았어. 아픔을 묵묵히 견디는, 씩씩한 여자의 가면을 썼어. 그리고 아빠를 기다렸어."

헝클어진 머리에 창백한 피부가 하얀 병실에 멍하니 앉아 있다. 머리카락 몇 가닥이 이마를 타고 흘러내린다. 창살처럼 눈동자를 그어 버린다.

"나는 아직도 그날을 기억해."

마침내 여자가 고개를 획 돌린다. 그래서 뛰쳐나갈 수 있었다. 사랑스러운 아이를 부르는 목소리를 향해.
이어 여자가 환하게 웃는다.

"내 머리를 쓰다듬으며 내려다보는 아빠의 표정이 어땠는지 알아?"

아빠가 내 머리를 쓰다듬었어! 목소리가 아니라 손으로!

"바로 오랫동안 상상한 그 얼굴이었어. 정말이지 막 태어난 느낌이 들었다니까? 내 이름을 처음 부르는 사람처럼 목소리가 다정했거든. 아빠는 그 순간 나를 진심으로 사랑했고, 나는 그걸 느낄 수 있었어. 아빠를 와락 껴안았어. 그리고 알아 버린 거야. 아빠가 내 이름을 단미라고 지은 이유를."

남자는 그 이유를 여자 품에 남겨 두고 떠났다. 마침내 사랑스러워진 여자는 앞으로 뻗었던 희고 가느다란 손가락을 내려놓았다. 이어 앙상하게 망가진 자신을 더듬었다.

"내게 그런 사고가 일어나고 실험 대상이 됨으로써 마침내 자기가 원하던 '단미', 그러니까 세상 사람 모두가 나를 사랑스러운 아이라고 느낄 존재가 되었다고 생각한 거야."

날카로운 비명이 이어졌다. 그러자 하얀 가운이 온몸에 달라붙었다. 여자는 침대 위로 던져졌다. 비명은 머리카락을 따라 발버둥 치다가 창문에서 멎었다. 낮과 밤이 번갈아 찾아왔다. 여자는 그 둘 중에 자기를 더 위로하는 존재는 밤이라고 확신했다. 오랫동안 곁을 떠나지 않았기 때문이다. 여자는 긴 어둠 속에서 무릎을 두 팔로 감

안개꽃

싼 채 무언가 중얼거린다.

"그건 이름이 아니라 기도였어. 아빠가 신도 앞에 무릎 꿇고 입버릇처럼 중얼대던 기도. 그 순간에도 기도를 되뇌는 자신이 소름 끼치도록 싫었어. 하지만 그것도 말하지 못하면 내가 무슨 할 말이 있었겠어? 이윽고 나는 밤새 신을 모욕하며 수많은 가면 중에 하나를 골랐어. 며칠 후, 멍청한 의사들은 내 가면에 안도했고, 나는 틈을 타 도망쳤어. 신? 그런 존재가 있을 리 없잖아?"

윤자성 목사는 모든 걸 알고 있었어요.

모든 일의 원흉일 그 말이 섬뜩하게 몸을 덮쳤다. 하지만 비단 단미의 병에만 국한되지 않을 거라는 생각이 들었다. 아주 오래전부터 끈질기게 이어온, 깊고 아득한 어딘가에서 올라온……

"나는 여전히 두려워. 누군가 내 이름을 부를 때마다."

"나는 몰랐어."

내가 말했다.

"응, 그렇겠지. 공방 할머니 같은 사람이 아니면 내 이름이 무슨 뜻인지 알기 어려울 테니까."

"그 말도 맞아. 하지만 나는 그저 단미라는 이름 자체가 너와 어울린다고 생각했을 뿐이야."

나는 섬뜩한 기분을 애써 무시한 채 떠오르는 말을 그대로 쏟아냈다.

"뜻은 중요하지 않아. 네가 꽃말과 상관없이 꽃을 그 자체로 사랑하고 화원에 심으려는 것처럼 그 안에 담긴 뜻이 아니라 '단미'라는 네 이름과 그와 어울리는 단미라는 '사람'을 나는 좋아해. 그러니 너무 무서워하지 마. 공방 할머니도 분명 이렇게 말씀하셨을 거야."

단미는 천천히, 아주 천천히 그 말을 받아들였다.

우리는 말없이 조금 더 걸었다.

우리는 도망치고 있었다. 각자 속에 품은 무언가로부터.

그래도 지금은 웃을 수 있었다.

잠시 후, 단미가 말했다.

"고마워. 그렇게 말해 줘서."

바다는 하늘을 닮아 어둑해지고 있었다.

"서화 아버지는?"

"응?"

"어머니에 관해서는 많이 말했지만, 아버지 얘기는 거의 안 했잖아."

단미는 곰곰이 생각했다.

"건축가셨고, 멋들어진 집을 지으셨고, 아들이 좋아할 강아지 우체통을 만드셨고, 또 신비한 화실까지."

"그게 다야."

나는 진흙으로 더러워진 신발을 내려다보았다.

"어렸을 때 돌아가셨거든. 그래서 이제 아버지 얼굴도 기억나지 않아. 사진은 예전에 다 버렸고."

"아버지를 미워했어?"

"아니, 미워하지 않아. 그저 잘 모르겠다는 뜻이야."

나는 아버지 이야기를 하고 싶지 않았다. 그래서 조급한 사람처럼 자꾸만 주위를 두리번거렸다.

"할머니는 아빠가 나와 엄마를 많이 사랑했다고 하셨지만 그것도 잘 모르겠어."

"그건 사실이야."

그러다 단미를 똑바로 쳐다보았다.

"화실에 들어서면 느낄 수 있어."

확신에 가득 찬 눈이었다.

나는 의아했다.

"그래? 나는 모르겠던데."

"한번 떠올려 봐. 분명 너도 그런 때가 있었을 거야."

나는 화제를 바꾸려고 했지만, 단미의 표정은 진지했다.

"알았어. 나중에 화실에 들어가면 생각해 볼게."

나는 몸을 떠는 시늉을 했다.

"춥다, 오늘은 이만 들어갈까? 피곤하기도 하고, 또 내일 일찍 일어나야 하잖아."

"응, 어서 가자."

하지만 단미가 변덕을 부렸다.

"갑자기 뛰고 싶어졌어."

그날은 배웅으로 가득한 날이었다.

"단미야, 이쪽이야."

최 교수님으로부터. 열차와 낡은 트럭, 태양과 구름바다로부터. 어린 왕자와 공방 주인으로부터.

이름으로부터.

그리고 마지막 밤바다까지.

우리는 줄곧 무언가로부터 쫓기듯 도망치며 살아왔지만, 그날만큼은 달랐다. 여러 순간으로부터 배웅을 받았다. 우리는 천천히 걸을 수 있었다. 뒤를 돌아볼 여유도 생겼다. 이별은 그 자리에 서서 우리에게 손을 흔들고 있었다. 나는 낯선 감정을 뒤로하며 언젠가 우리를 끈질기게 쫓는 무언가로부터도 배웅받기를 간절하게 바랐다. 정말 그때가 온다면 이처럼 조용히, 정말 그럴 리 없겠지만 혹시 모르니까 태연한 척 그 존재와도 다음 만남을 기약할지 모른다고……

그러나 죽음은 그들과 달랐다.

다음 날, 단미가 일어나지 못했다.

4.

"오늘 비 온대요."

다음 날 아침, 일 층으로 내려가는 계단에서 민박 주인이 말했다. 나는 주인이 가리키는 하늘을 올려다보았다. 구름은 먹빛이었다. 공기가 축 늘어져 있었다.

"그럴 것 같네요."

"퇴실할 때 저기 현관에 놓인 우산 가져가요. 조금 작긴 해도 역까지 쓰기에는 충분할 거예요."

주인은 따뜻하게 데운 우유 두 잔을 내게 건넸다. 당연히 커피일 줄 알았는데 잔 속이 뽀얘서 약간 당황했다.

나는 우산을 건너다보았다.

"괜찮아요."

왠지 여행 내내 비가 올 것 같았다.

"말씀만으로도 고맙습니다."

나는 예의상 우유를 받아 들고 다음 여행지를 떠올렸다. 아무래도 큰 우산이 도움이 될 터였다.

방으로 돌아와 남은 한 잔을 식탁에 내려놓았다.

"단미야, 오늘 비 온대."

방 안은 잿빛이었다.

환한 아침 햇살이 먹구름에 가로막혀 몇 꺼풀 벗겨졌기 때문이다. 방 안의 모든 그림자가 도드라졌다. 빗방울이 바람에 떠밀려 창문을 톡톡 쳤다. 아니면 찻잔 속 자그마한 우유 거품이 터지는 소리일지도 모른다. 소리는 그림자만큼이나 선명했다. 단미는 이불 밑에서 꿈쩍도 하지 않았다. 늘 나보다 일찍 일어나 부지런히 움직이던 단미였다.

"우산을 사 와야 할 것 같아."

그러나 어떤 목소리도 돌아오지 않았다. 이윽고 찻잔이 바닥에 떨어져 소란스럽게 나뒹굴었다. 아니면 비바람이 창문을 잡아 뽑을 듯 뒤흔드는 소리일지도 모른다.

어쨌든 그건 신호였다.

나는 침대 앞까지 튕겨지듯 다가갔다.

마침내 내가 손을 뻗자 이불 밖으로 무언가 불쑥 튀어 올랐다. 나는 우뚝 서서 희고 가느다란 팔을 지켜보았다. 이어 손가락이 동그라미를 그렸고, 허공에서 하느작거렸다. 그리고 빠르게 이불 속으로 모습을 감췄다.

나는 안도했다. 그리고 퇴실 시간이 한 시간 남았다는 사실을 깨달았다.

다시 보니 찻잔은 무사했다. 그걸 침대맡 작은 탁자에 놓았다.

"빨리 갔다 올게."

미지근한 바람이 불쾌했다. 크고 작은 빗방울이 온몸을 때렸다. 가까운 상점부터 들어갔지만, 큰 우산이 모두 매진이었다. 네 번쯤 반복되자 짜증이 솟구쳤다. 나는 비와 땀으로 흠뻑 젖은 채 뛰기 시작했다. 어느덧 퇴실 시간보다 열차 출발 시간이 더 큰 문제로 다가왔다. 그러나 속에서 부글대는 일련의 감정은 축축한 공기나 작은 우산이나 열차 시간 때문은 아니었다. 하지만 좋은 핑곗거리였다.

결국 크기가 어중간한 우산을 쥔 채 차가운 문고리를 돌렸을 때도 수건으로 젖은 머리를 터는 단미가 앞에 나타나길 바랐다. 단미는 이제 스스로 머리를 말린다. 등을 뒤덮은 붉은 점을 기어이 확인했기 때문이다. 단미는 나를 보자마자 상황을 모두 이해하고 괜찮다는 듯 미소 지을 터였다.

그러나 문이 열리고 아까와 똑같은 잿빛과 그림자와 냄새를 보았을 때에야 나는 두 가지 사실을 인정했다. 하나는 그 누구라도 알려주고 싶지 않으며, 다른 하나는 아침부터 벌어진 여러 짜증스러운 상황조차도 우리에게 허락되지 않는다는 사실이다.

나는 한달음에 다가가 이불을 홱 젖혔다.

단미가 침대 한가운데에 빗물처럼 고여 있었다.

한껏 웅크린 몸이 달싹였다. 양 뺨이 열꽃이 핀 듯 빨갛게 부풀었다.

"단미야."

하얀 냄새는 입술에서 흘러나와 무릎에서 부서졌다.

둘은 거의 닿아 있었다.

나는 재빨리 구석에 놓인 여행 가방으로 달려갔다. 가방을 열어젖히자 마루가 삐걱대고 탁자가 흔들렸다. 그 바람에 차갑게 식은 우유가 옷가지 위로 쏟아졌다. 나는 아랑곳하지 않고 단미 모르게 숨겨 둔 상자를 꺼냈다. 응급 상자를 뒤집어 내용물을 모조리 쏟아 내고, 그중 필요한 것들만 챙겨 침대로 돌아갔다. 단미의 체온과 혈압을 재면서 최 교수님에게 전화를 걸었다. 머릿속으로 수백 번 되뇌었기 때문에 몸이 저절로 움직였다.

신호음이 가기도 전에 다급한 목소리가 들려왔다.

"무슨 일이에요?"

"최 교수님. 단미가……"

체온계가 삑삑거렸다.

"지금 많이 아파요."

체온이 사십 도가 넘었다. 그런데 몸은 이상하리만치 차가웠다.

"대비하라고 말씀하신 여러 증상이 한꺼번에 나타난 것 같아요."

글씨로 빼곡한 쪽지들을 번갈아 보았다.

"녹색 알약은 어제 먹었어요. 새벽까지도 별다른 증상도 없었고요. 그런데 지금 체온이 사십 도가 넘고 혈압은……"

혈압계는 자꾸만 오류가 났고, 화면에는 뒤틀린 글자만 나타났다. 나는 혈압계를 흔들다가 욕설을 내뱉었다.

"그럼 호흡은요?"

"호흡은 불규칙적이고 또……"

상자로 돌아갈 겨를이 없어 단미 가슴에 귀를 파묻었다.
"느린 것 같아요."
"이런……"
나는 덜컥 겁이 났다.
"최 교수님?"
일순간 전화가 끊긴 느낌이 들었기 때문이다. 그러나 최 교수님은 아주 잠깐 고민했을 뿐이다.
나는 말했다.
"병원을, 구급차를 부를게요."
"병원은 안 돼요!"
"그럼……"
나는 초조해지기 시작했다.
혈압계가 요란하게 방 안을 울렸다. 화면엔 여전히 영어와 숫자가 섞인 듯한 뒤틀린 글자뿐이었다. 아무리 전원을 눌러도 꺼지지 않아 바닥에 내던졌다. 소음이 멎자 방 안에 비가 내리는 듯했다. 단미는 그 시끄러운 소음에서도 들키지 않으려고 조용히 신음을 무릎에서 죽였다.
물론 소용없는 짓이었다.
나는 애원했다.
"최 교수님?"
빗줄기가 더욱 거세졌다.
나는 휴대 전화를 더 바짝 귀에 갖다 댔다.
이어 차분하게 가라앉은 최 교수님의 목소리가 들렸다.

"지금 어디에 있어요? 첫 번째 숙소인가요?"

영원 같은 한 시간 후, 누군가 문을 부서져라 두드렸다.

문이 열리기 무섭게 검은 우비를 입고 모자를 푹 눌러쓴 남자가 나를 밀치고 들어와 단미에게 성큼성큼 다가갔다.

누구지? 의사?

나는 남자의 뒷모습에 매달리다시피 따라갔다. 남자는 단미의 안색을 살피는가 싶더니 크기가 다른 은빛 가방 두 개를 바닥에 내려놓았고, 그중 하나를 열었다. 그 안엔 산소 호흡기와 주사기, 제세동기, 원형 통 두 개가 들어 있었다. 하지만 내 눈길을 사로잡은 건 다른 가방 속에 들어 있던 피 같은 액체가 남실대는 주머니였다. 켜켜이 쌓인 새빨간 액체가 바닥에 우르르 쏟아졌다.

"그건 뭐죠?"

"보호자는 나가세요."

마스크 안에서 목소리가 뭉개져 알아듣기 힘들었다. 남자는 주머니를 도로 가방에 넣다 말고 내 쪽으로 고개를 돌렸다.

"내 말 못 들었어? 당장 나가라고."

처음 본 남자는 눈에 속감정을 드러냈다.

남자는 나를 혐오했다.

우리를 경멸했다.

남자는 내 얼굴을 가만히 노려보며 어딘가로 전화했다. 이어 최교수님의 다급한 목소리가 '머저리'라고 뜬 화면 밑을 비집고 흘러나왔다. 그러나 남자는 꿈쩍도 하지 않았다. 내가 사라지기를 기다렸다. 그건 협박이었다. 무언의 압박이었다.

안개꽃

내가 복도로 나가자 남자의 목소리가 띄엄띄엄 들렸다.

그 사례는 백혈구가…… 가족이…… 진짜 마지막…… 선배도 이제 그만……

나는 문에서 조금 떨어진 곳에 앉아 의사가 나오기를 기다렸다. 그사이 방 안에 들어가지도 몰래 훔쳐보지도 않았다. 의사의 심기를 건드리고 싶지 않았다.

어느덧 복도 그림자가 왼발에서 오른발로 넘어갔다.

나는 파묻은 고개를 들었다. 어느샌가 어둑해진 복도에서 전화가 울리고 있었다. 나는 벌떡 일어나 부랴부랴 눈부신 빛을 귀에 갖다 댔다.

"여보세요, 최 교수님?"

"나야."

재혁이었다.

"여행 잘 하고 있어?"

그 순간 긴장이 탁 풀리면서 온몸이 저렸다.

"아, 응, 재혁아."

나는 무릎을 부여잡으며 조심스럽게 방 안을 살펴보았다. 의사는 침대에 기대어 손목시계를 쳐다보고 있었다. 아직도 누군가와 통화 중이었는데, 대화 내용으로 보아 최 교수님인 것 같았다. 그런데 단미는 옷이 반쯤 벗겨져 있었다.

"내 말 듣고 있어?"

"잠깐, 왜 저렇게……"

나는 안을 주시하며 대답했다.

"듣고 있어. 아직 여수야."

"여수? 무슨 일 있어?"

재혁이는 우리가 아직도 여수에서 떠나지 않았다는 사실에 의아해하며 다음 말을 신중하게 골랐다.

나는 재촉했다.

"미안, 지금 바빠서 빨리 끊어야 해. 왜 전화했어?"

"할 말이 있어서."

재혁이는 우물쭈물 말을 하다 말았다.

"요즘 네가 많이 바빠 보여서 말 못 했는데."

그때 의사가 통화를 끝내고 단미에게 바짝 다가가더니 무언가 적기 시작했다. 바닥에는 생소한 의료 기기가 굴러다녔다. 우비는 허물처럼 벗겨져 있었다. 아까 보았던 주머니는 내용물이 빠져나가 쪼그라든 채 바닥에 나뒹굴었다.

나는 다급하게 말을 끊었다.

"내가 나중에 다시 전화할게."

"잠깐, 나 결혼해!"

나는 손을 멈추고 휴대 전화를 다시 귀로 가져갔다.

"뭐?"

"나 결혼한다고, 다음 주에."

그때 의사와 눈이 마주쳤다.

민박 주인은 흔쾌히 우리가 며칠 더 묵도록 허락했다. 심지어 매일 밤마다 죽을 끓여 주었고, 땀으로 젖은 침구를 새로 갈아 주었다. 이따금 문을 두드려 또 필요한 것이 생겼는지 묻기까지 했다. 한번은 복도와 방의 경계에 엉거주춤 서서 잔병치레가 많았던 딸과 관련된 이야기를 짧게 들려주었다. 그뿐이었다. 여자는 우리에게 아무것도 묻지 않았다.

나는 밤새 단미를 간호했다. 땀에 흠뻑 젖을 때마다 옷을 갈아입혔다. 서툰 손길에 단미가 잠에서 깨면 조심스럽게 약을 먹였다. 운이 좋으면 미지근한 죽과 물 몇 모금도 먹일 수 있었다.

그 외는 대부분 홀로 견뎌야 했다. 느리고 무거운 시간들.

"이미 늦은 거 알잖아요?"

의사가 맨얼굴로 내게 건넨 첫 마디였다.

재혁이의 충격적인 고백에 몇 마디 더 나누는 사이 의사가 복도로 나왔다.

나는 곧바로 전화를 끊었다.

"단미는 괜찮나요?"

남자는 모자와 마스크를 벗고 피로를 털어 냈다.

의사는 남자가 아니라 머리가 단발인 여자였다.

여자는 이제 여유를 되찾고 조소를 미소처럼 띠었다.

내가 가까이 다가갔다.

"늦었다고요?"

여자는 넌더리 난다는 듯 한숨을 푹 내쉬었다. 이어 손가락으로 양 뺨을 살짝 두드리고, 산발이 된 머리카락을 푼 뒤 다시 질끈 묶었고, 천천히 처음 온 모습 그대로 모자와 마스크로 무장했다. 두 손에는 아무것도 들려 있지 않았다.

의사는 지나가면서 내 어깨를 밀치지 않았다. 옷이 닿는 것조차 싫다는 시늉을 했다. 대신 말로 쥐고 흔들었다.

"죽든지 말든지 제발 남한테 피해 주지 말라고. 당신들 둘 다."

나는 뒤돌아볼 수 없었다.

문득 뒤에서 인기척을 느끼고 시선을 들었다.

나는 앞으로 걸어갔다.

방 안은 각양각색의 색깔로 어지러웠다.

최 교수님은 다행히 장기가 손상되지는 않았다고 말했다. 하지만 분명 좋은 징조는 아니라고, 한시라도 빨리 단미 몸 상태를 직접 확인해야 한다고, 막 다녀간 의사는 모르는 편이 낫다고 덧붙였다.

나는 통화를 끝내고 몸을 의자에 파묻었다.

단미는 새근새근 잠이 들었다. 이제 얼굴이 편안해 보였다.

나는 단미 손을 붙잡고 얼굴에 갖다 댔다. 기도가 끝날 즈음 침대 맡에 떨어진 팔찌를 발견했다. 그 팔찌를 집어 들어 단미 손목에 묶었다. 그러자 공방이 아슴푸레 떠올랐다. 벌써 먼 추억이 된 듯한 기분이 들었다. 공방 주인이 들려준 이야기에 푹 빠져 시간 가는 줄 몰랐던 그때로 돌아가고 싶었다.

비가 포실포실 내렸다. 저 비는 이름이 가랑비다. 단미가 깨면 그 듣기 좋은 이름을 알려 주고 싶었다.

단미는 이미 알고 있을까?

나는 기다렸다.

점차 한밤의 어둠이 방 안까지 기어들어 왔다. 그 과정을 뜬눈으로 지켜보았다.

창문이 달가닥거리고 빗줄기가 더 굵어졌다.

그럼 저 비는 이름이 뭘까? 바람은? 별은?

저들도 꽃처럼 운명을 지녔을까?

그러나 내 의문은 다시 처음으로 되돌아갔다.

"이미 늦었다고?"

나는 중얼거렸다.

운명을 받아들이라고?

나는 인정하고 싶지 않았다. 그다음은 무의미한 가정을 늘어놓는다.

"그럼 단미를 조금 더 빨리 만났더라면. 이런 관계가 아니어도 괜찮으니까, 스쳐 지나가는 순간이라도 우리에게 주어졌다면."

그런 가정들이었다. 그 속에서 나는 수많은 단미와 마주쳤지만, 결말은 하나같이 똑같았다.

나는 눈을 꼭 감았다.

사위가 고요했다. 얕은 호흡이나 유리창이 몸을 떠는 소리가 전부였다. 나는 비로소 짙은 어둠에 몸을 기댔다. 몇 초 정도 쉴 수 있었다.

정말이지 그사이엔 어떤 연결점도 없었다.

불현듯 하얀 냄새가 잠을 깨우는 손길처럼 내 코를 두드렸다.

그 순간 나는 고즈넉한 새벽에서 홀로 오싹한 기분을 느끼고 소스라치게 놀랐다. 심지어 단미에게 물어보듯 밖으로 말을 내뱉었다.

"그 두 사람 어떻게 생겼더라?"

그 연인.

열차에서 본. 옷차림도 가방도 웃음도 닮은.

어떻게 이럴 수가 있지?

얼굴이 떠오르지 않았다.

그건 있을 수 없는 일이었다.

"그 두 사람한테서 분명 하얀 냄새를 맡았는데?"

하지만 기억을 더듬을수록 얼굴이 일그러질 뿐이었다.

나는 오랫동안 입이 막혀 있던 사람처럼 말을 쏟아 냈다.

남자? 아니면, 여자? 누가 죽는 거지? 아니, 그보다 난 왜 그들을 모른 척했지? 그야 당연하잖아, 단미가 더 중요해서. 이 여행이 우리에게 얼마나 중요했는데. 그 정도는 괜찮잖아, 소중한 기회라고. 그래, 맞아, 내가 거기서 아는 척했어 봐. 저기요, 이런 말 해서 미안한데 두 분 중 한 분이 곧 죽어요. 한시라도 빨리 병원에 가 보세요. 아니, 저기, 그러니까 두 분 중에, 잠시만요…… 그래요, 당신. 그랬다면 우리 여행은 거기서 끝이라고, 끝. 열차는 단 한 번도 멈추지 않고 그대로 달려갔을 거야. 그러니까 그 사람들도 분명 이해를……

누군가의 죽음을, 자기가 사랑하는 이의 죽음을 방관한 사람을?

나는 조용히 무너져 내렸다.

다른 선택지가 분명 있었다.

나를 제외한 모두가 행복해질 수 있는 선택지.

하지만 나는 외면했다. 한 명을 제외하면.

재혁이 어머니. 유일한 사람.

안개꽃

내가 선택했다.

그러고 보면 우연인지 필연인지 그 이후에 친해진 사람들은 죽음을 비껴갔다. 재혁이도, 아로새김이 사장도, 최 교수님도, 민박 주인도 하얀 냄새를 풍기지 않았다. 공방 할머니와 헤어질 때는 내심 안도했다.

그럼 여태껏 스쳐간 수많은 사람은? 그 죽음들은?

하얀 냄새가 속삭인다.

재혁이 어머니가 입원한 이후부터 가슴 한편에 묻어 둔 또 하나의 진실.

네가 죽인 거야.

이윽고 나는 많은 사람들을 끈질기게 뒤쫓기 시작했다.

그런 악몽이었다.

처음은 열차에서 스쳐 지나간 연인이었다.

그 후엔 무심코 지나친, 혹은 이따금 알면서도 무시한 하얀 냄새를 하나씩 뒤쫓으며 과거를 거슬러 올라갔다. 나는 그네들 팔을 붙잡아 돌려세우거나 앞길을 막고 호소하지만, 그들은 듣지 않았다. 나를 이상한 사람 취급했다. 좀 전에 만난 의사처럼 무시하거나 경멸하기도 했다.

하지만 나는 포기하지 않는다. 다시 달린다. 누군가의 뒷모습을 향해.

죽음이란 끝이 없는 존재라지만, 내 여정의 죽음에는 끝이 있었다.

마지막 사람은 달랐다.

여자는 유일하게 내 쪽을 보고 서 있었다. 양팔을 벌리고 입술 사이로 하얀 냄새를 내뿜었다. 그러나 간신히 가닿았을 때 깨달았다. 그건 하얀 냄새가 아니었다. 그 존재는 죽음이 아니라……

"서화야."

나는 눈을 번쩍 떴다.

꿈에서 깨어나 처음 눈에 들어온 건 이불 위에 엎질러진 달빛이었다. 단미는 그보다 조금 오른쪽에 앉아 있었다.

나는 천천히 몸을 일으켰다. 한쪽 눈은 여전히 꿈의 잔상을 보았다.

단미는 얼굴이 반쯤 그림자로 가려져 있었다. 이어 차분한 목소리로 말했다.

"여행은 끝난 거야?"

단미는 달빛이 지나온 길을 눈으로 좇았다.

나는 고개를 끄덕이며 전에 병실에서 했던 말을 했다.

"네 잘못이 아니야, 그렇지?"

단미는 입술을 깨물었다. 이번엔 울지 않으려고. 입을 몇 번 열었지만, 다시 꾹 닫았다.

잠시 후, 슬며시 내게로 시선을 옮겼다.

"응, 이번엔 고집부리지 않을게. 대신 조금만 같이 걸어 줄래?"

그 말이 아팠다. 하지만 기쁘기도 했다.

"물론이지."

곧 비가 그쳤다. 유리창에는 서리꽃이 피어 있었다.

우리는 축축한 바닷가를 따라 걸었다.

쪽빛 밤바다.

윤슬과 달물결. 잔별과 손톱달. 비꽃과 메밀꽃.

단미가 들려주었다. 참으로 예쁜 이름이지 않은가.

"결혼?"

단미는 화들짝 놀라 물었다. 젖은 모래 안으로 발이 푹푹 들어갔다.

"다음 주에 한대."

"아니, 그전에 잠깐. 재혁 씨는 내가 병에 걸린 사실을 이미 알았다는 거야?"

"재혁이한테 맨 처음 말했어. 내 비밀도 아는 사이니까."

"아, 그럼 그때 그래서……"

단미는 곰곰이 생각했다.

"왜? 그 녀석이 괴롭혔어?"

단미는 입술을 비죽 내밀었다가 고개를 저었다.

"축가는 어떻게 하기로 했어?"

"거절해야지. 그 녀석 말은 안 했지만 분명 그 부탁하려고 전화했을 거야."

"왜 거절해? 옛날에 약속했다면서."

재혁이는 고등학생 때부터 일찍 결혼하겠다고 입버릇처럼 말하고 다녔는데, 그때마다 기어코 내게서 축가 약속을 받아 갔다. 그렇지만 이번엔 차마 부탁하지 못했으리라.

"재혁이한테는 미안하지만 지금은 하기가 조금 그래."

"나 때문이라면 그럴 필요 없어. 단, 조건이 있어."

"조건?"

단미가 히죽거렸다.

"나한테 먼저 불러 줘야지. 남자 친구가 노래하는 모습을 다른 사람 결혼식에서 먼저 보게 할 셈이야?"

"여기서?"

나는 두리번거렸다. 주변엔 아무도 없었다.

비가 조금씩 다시 내리기 시작했다.

"단미야, 이 비 좀 봐 봐. 이건 가랑비라고 하는데……"

"나도 알아."

단미는 내 팔을 끌어당겼다.

"어서."

나는 목을 가다듬었다.

"잠깐만……"

꿈만 같은 시간이었다.

새하얀 비가 내리는 밤

고개가 떨어지듯 아픈

그 말은 누군가에게 끔찍한 표현일지도 모른다. 특히 악몽을 매일 꾸는 사람한테는.

하지만 우리는 춤을 추듯 밤바다를 빙글빙글 돌았다.

나는 노래했고, 단미는 귀를 기울였다.

평생 악몽에 고통받던 사람에게 어느 날 불현듯, 너무도 쉽게 찾아온 달콤한 꿈처럼.

그 꿈에서 깬 사람은 웃을 것이다. 다음 날부터 다시 악몽이 영원

안개꽃

처럼 이어진대도.

    우리도 마찬가지였다. 그 순간만큼은 정말 행복하다고 느꼈다.

    앞선 모든 악몽을 잊을 만큼. 정말. 온몸으로.

5.

"정말 마지막 기회예요!"
전화기 너머로 들리는 그의 음색은 평소와 달랐다. 어린아이처럼 들떠 있었다.
하지만 나는 그 일이 너무도 당연한 일인 양 담담하게 굴었다.
내심 묘한 확신을 갖고 있었는지도 모르겠다.
"듣고 있어요?"
나는 기다란 관 같은 복도에 서 있었다. 약간 열려 있는 관. 위쪽에서 빛이 조금 들어왔다.
현관문 안쪽에서 단미가 낯선 사람과 대화하는 소리가 들렸다.
"네, 최 교수님. 갑자기 그분 성함이 기억나지 않아서요. 그러니까 미국에서 근무한다는 그 의사 말이죠?"
"맞아요! 드디어 선배에게서 확답을 받았어요."

여수에서 돌아오고 열흘이 지났을 때였다.

마침내 저 너머에서 연락이 왔다.

나는 문고리를 꽉 잡았다.

시간이 내게서 달아나는 기분이 들었다. 그 기분은 지난 열흘 내내 이어졌다.

여느 날처럼 단미가 간이 병실에서 잠이 들면 나는 최 교수님과 함께 자그마한 연구실로 향했다. 아주 오래전 창고로 쓰였던 지하실을 임시로 꾸민 곳이었다. 천장은 금방이라도 무너질 것처럼 위태로웠고, 회색 벽면은 쩍쩍 금이 갔다. 초마다 깜빡이는 형광등은 어디부터 손대야 할지 몰라 난감했지만, 전 주인이 버리고 간 구식 램프를 발견해 조명으로 대신했다. 우리는 비밀 작전을 짜는 군인처럼 책상에 어지러이 흩어진 서류 수십 장을 두고 머리를 맞댔다. 적나라한 단미 내부와 흉막액과 관련된 케이스 리포트, 장마다 빼곡한 의학 용어와 짤막한 설명들.

미국으로 보낼 한 아름 희망이었다.

우리가 이토록 서두른 이유는 여행에서 돌아온 다음 날에 있었다.

단미가 잠들어 있는 시간이 깨어 있는 시간을 훌쩍 넘어섰다.

처음엔 최 교수님도 그저 후유증이라고 안일하게 넘겼지만, 열세 시간 뒤 깨어난 단미만은 곧바로 알아챘다. 나는 최 교수님의 제안을 손에 붙들고 돌아와 문간에서 지켜보았다. 어느새 깨어난 단미는 갈라진 입술을 달싹이며 시간을 헤아렸고, 손가락을 접고 펴기를 반복했다. 잠시 후, 그녀의 얼굴은 조용히 구겨졌다가 밑으로 떨어졌다.

나는 곧바로 진료실로 달려갔다.

최 교수님의 제안을 받아들이지 않을 수 없었다.

"국내 의료계에 일찌감치 회의를 느끼고 미국으로 건너간 동료이자 선배입니다. 그렇기에 우리를 도와줄 거예요."

최 교수님은 그렇게 말하며 서류 더미를 내밀었다. 한 장 한 장 천천히 넘겨 보아도 단 한 줄도 이해하지 못했지만, '임상 실험 대상자'라는 단어가 단미를 가리킨다는 사실만큼은 알았다. 그건 최 교수님 나름의 연구 일지였다. 주차장에서 단미를 맞닥뜨린 그날 연구소에서 빼돌린 연구 자료 일부와 천 교수가 당시 은밀하게 공유한 수뇌부 회의 내용, 암세포 변종 시기와 원인으로 추정되는 폐암 수술 관련 자료, 최근 빈약한 시설로 알아낸 불확실한 연구 결과, 그리고 하루도 빠짐없이 기록한 환자 관찰 일지까지 상세하게 적혀 있었다. 내 역할은 그 어마어마한 노력을 일목요연하게 정리한 뒤 영문으로 번역하는 일이었다. 내가 번역을 제안한 이유는 선배라는 의사의 동료 중 단 한 명이라도 우연히 서류를 집어 들고 흥미를 느낄 일말의 가능성도 놓치고 싶지 않았고, 또한 혹여 연구가 진행되면 영문판이 꼭 필요하리라 믿었기 때문이다.

나는 사흘 만에 서류를 두 언어로 완벽하게 다듬었고, 말미에 이렇게 덧붙여 미국으로 보냈다.

교수님이 이십여 년 전 느낀 감정을 저도 하루하루 절실히 느끼고 있습니다. 의사도 교수도 아닌 제가요. 연구를 거절하시는 이유는 최 교수에게 들었습니다. 더는 이곳과 엮이고 싶지 않다고 하셨다고요.

이에 구구절절 교수님을 설득할 말을 늘어놓지 않으려 합니다. 하지만 이 말만은 꼭 드리고 싶어요. 교수님 결정이 옳았다는 사실을 증명할 기회로 여기시면 어떨까요? 저는 감히 좋은 기회라고 생각하며, 또한 이 연구를 통해 교수님이 진정으로 원하시는 것을 찾고 성취하시리라 확신합니다. 단미 아버지가 누군지 이미 아시니 이 또한 설명은 필요 없겠죠. 그들에게 맞서 무언가를 알리기엔 저희는 힘도 시간도 의사도 부족합니다. 그저 환자를 살리는 의사가 필요할 뿐이에요. 교수님 도움이 절실합니다. 부디 도와주세요. 그리고……

"이 마지막 문장은 무슨 뜻인가요?"
편지를 동봉하다 말고 최 교수님이 물었다.
"선물? 선배에게 줄 환상적인 선물이 뭐예요?"
나는 웃으며 말했다.
"그건 비밀이에요."
그리고 마침내 의사에게서 긍정적인 답변이 날아왔다. 그런데도 가슴이 한편이 답답한 이유는 역시……
"예상대로 서화 씨는 동행할 수 없다는군요."
이제 모든 것이 달아나려 한다.
손잡이를 쥔 손이 떨렸다.
어느 방향으로 돌리고 있었더라?
"물론 미국까지는 같이 갈 수 있겠죠. 하지만 단미는 공항에 도착하는 즉시 연구소 측에서 보낸 차를 타고 곧장 연구소로 향할 예정입니다. 저는 중요 참고인이자 핵심 자원으로서 연구에 참여하기에 먼저 연구소로 가서 단미가 오기를 기다릴 생각이고요. 참고로 선배는 서화 씨 존재를 감추었다고 해요. 모든 서류는 제 단독으로 준비한 점, 앞으로의 연구에 관해서 아는 사람은 저와 단미뿐이라는 사실 아래 연구 승인이 떨어졌다고 합니다. 연구가 시작되면 면회는 물론 외부와 연락하지 못해요. 철저하게 비밀로 진행될 예정이고, 저쪽은 연구와 관련된 모든 정보를 독점하겠죠. 대신 연구소 내 진행 상황은 따로 영상으로 기록할 예정이고, 보안서약서를 작성하면 보호자에 한해 일부분 열람할 권한을 준다고는 하지만 너무 믿지는 마세요. 그리고 우리가 요구한 단 한 가지 조건에도 확답을 받았어요. 단미의 신변 보호였죠. 이를 위한 구체적인 계획과 절차는 추후에 문서 형식으로 알려 준다고 하네요. 원한다면 출발하는 날에 맞춰 경호원을 파견한다고도 했습니다. 대부분 서화 씨가 예상한 그대로네요. 정말 다행입니다. 그렇죠?"

시계 방향? 반시계 방향?

"서화 씨?"

"최 교수님 서류 덕분이에요."

나는 차분하게 말을 꾸몄다. 손안에서 은색 금속이 날카롭게 헛돌았다.

"저는 그저 의사라면 단미를 거절할 이유가 없다고 생각했을 뿐이에요. 경호는 정말 좋은 생각이네요. 하루 전에 오는 건 어떨까요? 경비는 다 제가 댈게요."

"한번 말해 볼게요. 마침 한 시간 뒤에 화상 회의를 하기로 했거든요."

"네, 그럼 부탁드릴게요."

"제가 전화한 이유는 말 안 해도 아시죠?"

나는 손을 멈추고 천장을 올려다보았다. 움직임이 없자 작은 조명이 꺼졌다.

관이 굳게 닫혔다.

"그럼요."

나는 말했다.

"제게 맡기세요."

"이제 와서 할 말은 아니지만……"

의사는 결심한 듯한 목소리로 말했다.

"여행을 잘 보냈다는 생각이 들어요. 매번 안타깝게 생각하지만 환자와 보호자는 그런 일을 겪고 나서야 현실을 깨닫곤 하거든요. 특히 서화 씨와 단미에겐 더 필요했을지도 몰라요. 제 말 무슨 뜻인지 아시겠죠?"

의사라는 존재는 이따금 잔인한 사람처럼 굴어야 한다는 강박에 시달리는 것 같다.

"단미를 꼭 설득하세요. 그리고 너무 자책하지 마세요. 이제 나머지는 의사에게 맡기고 서화 씨는 보호자가 할 일을 해 주세요. 자, 그럼, 내일 봐요."

이윽고 나는 완벽한 어둠 속에서 두터운 무언가에 이마를 갖다 댔다. 그래도 아무것도 떠오르지 않자 두드리듯 여러 번 반복했다.

나는 생각하고 또 생각했다.

내가 놓친 건 없는지, 혹은 다른 좋은 선택지가 있는지.

그러자 아스라이 들리던 뒤엉킨 웃음소리가 희미한 발소리로 다가왔다.

나는 한 걸음 물러났다.

이윽고 문이 활짝 열리더니 빛이 왈칵 쏟아졌다. 그렇기에 어둠에 적응한 눈이 착각했을 수도 있다.

하지만 일순간 내 앞에 똑같이 생긴 세 명이 나란히 서 있었다고 맹세한다. 둘은 금방 사라졌지만 남은 하나가 나를 똑바로 쳐다보았다.

홀로 남은 형체는 냄새와 향기 사이에 서 있었다.

"서화 씨, 입맛에 안 맞아요?"

지저분한 머릿속에서 시선을 들었다가 흠칫 놀랐다.

내게 고정된 눈길은 총 세 개였다.

둘은 불안하게 떨었고, 하나는 걱정과 호기심이 반씩 섞여 있었다.

나는 재빨리 식탁에 차려진 화려한 음식을 훑어보며 상황을 파악했다. 이어 들고 있던 젓가락을 가장 가까운 음식으로 가져갔다. 미리 생각해 온 말이 반사적으로 나갔다.

"그럴 리가요. 다 맛있어서 뭐부터 먹어야 할지 고민될 정도예요."

이어 눈길은 각각 다른 방식으로 안도했다.

"입맛에 맞아서 다행이네요."

주아는 옆에 앉은 재혁이를 쏘아보았다.

"이 사람은 친구가 뭘 좋아하는지도 모르더라고요."

"그건 사정이 있어서 그렇다니까?"

나는 말을 가로챘다.

"너 그렇게 말했어? 진짜 실망이다."

"친구도 한 명밖에 없으면서."

단미가 맞장구쳤다.

주아는 웃음을 터뜨리며 만족해했다.

재혁이는 슬슬 짜증을 부리기 시작했다.

"우리 만남은 오늘이 마지막이라는 걸 명심해. 특히 여기 세 명."

"재혁 씨를 포함한 셋을 말하는 거죠?"

그런 종류의 대화로 이어지는 저녁 식사는 내내 웃음이 끊이지 않았다.

재혁이와 주아가 만난 지도 어느덧 삼 년이 흘렀다. 그동안 주아는 재혁이의 유일한 친구인 나를 몇 번이나 만나길 원했지만, 나는 이런저런 핑계를 대며 만남을 피했다. 단미를 만나기 전까지 줄곧 그랬던 것 같다. 새로운 사람을 만나는 것을 극도로 기피했다. 돌이켜 보면 그 이유를 대체 왜 그렇게 인정하지 않았는지 모르겠다.

나는 주변 사람이 하얀 냄새를 풍길까 두려웠을 뿐이었다.

더군다나 재혁이 여자 친구라서 더욱 그랬다.

실제로 만난 주아는 사진보다 훨씬 더 인상이 좋았다. 눈 주위는 불그스름하고 입꼬리는 살짝 올라갔다. 상대방 말에 귀 기울이는 데 익숙한 사람 같았다.

"마지막이라고 생각하고 물어봤는데 이렇게 와 줘서 정말 기뻐요."

주아는 그렇게 말할 뿐 서운한 감정을 드러내지 않았다.

하지만 나는 그런 상냥한 사람에게 못 할 짓을 또 저질러 버렸다.

집알이를 가기로 정했을 때 재혁이에게 부탁했다. 내 비밀을 말하지 말라고. 물론 그런 걸 신경 쓰는 사람이 아니겠지만, 이번만큼은 평범한 친구이고 싶다고. 그건 주아가 아닌 재혁이를 위한 행동이었다. 주아가 하얀 냄새를 풍기지 않은 덕분에 그 비밀은 조금 더 이어질 수 있었다.

"그래서요, 주아 씨. 기분이 어때요?"

단미는 청첩장에서 눈을 떼지 못했다.

"아직 모르겠어요. 실감이 전혀 안 나요. 아마 내일 식장에 가면 달라지겠죠?"

"빨리 보고 싶어요. 두 분이 결혼하는 모습."

단미가 청첩장 하단의 사진을 가리켰다.

"새하얀 드레스를 입은 주아 씨가 이 길을 따라 걷겠죠? 손에는 제가 준비한 꽃다발을 들고요. 기대해도 좋아요. 제가 직접 고른 꽃이니까. 그 꽃을 들고 사람들이 보내는 축복 속에서 두 분이 이 길을 되돌아가는 모습을 상상하면 제가 다 설레요."

"왜 그렇게 설레고 궁금한데요?"

주아가 짓궂게 묻자 단미는 말문이 막혔다. 심지어 얼굴을 붉히기까지 했다. 신혼부부는 앞에서 얄밉도록 느물거렸고, 나는 말없이 물 한 잔을 들이켰다. 이제 접시는 거의 다 텅 비어 있었다. 발밑에서 사료 그릇이 달그락거렸다.

단미는 간신히 할 말을 바로잡았다.

"결혼식은 처음 가 보거든요. 아, 외국에서 몇 번 가 보긴 했는데 다들 소소한 파티처럼 즐겼어요. 그래서 한국은 어떤 식으로 진행하

안개꽃

나 궁금했어요."

"우리도 그러고 싶었어요."

재혁이는 고개를 절레절레 흔들었다.

"그런데 부모님이 완강하게 반대하셔서 어쩔 수 없었죠."

주아는 손을 가지런히 모았다.

"엄마도 원하더라고요. 분명 아빠가 좋아할 거라면서……"

이어 쓸쓸하게 미소 지었다.

"제가 생각해도 그래요. 딸바보였던 아빠는 제가 수많은 사람의 축복 속에서 결혼하면 엄청 기뻐할 거예요."

그런 말을 하는 주아 어깨를 재혁이가 어루만졌을 때, 나는 주아가 금방이라도 눈물을 터뜨릴지도 모른다고 생각했다. 그러나 주아는 다시 씩씩하게 웃었다. 나와 단미는 그런 멋진 표정을 짓는 주아에게 비슷한 웃음으로 위로를 보냈다.

그런 분위기도 잠시, 우리는 또다시 서로에게 장난을 치기 시작했다. 각자의 학창 시절과 별난 취미를 숨김없이 고백하면서 트집을 잡았다. 식사가 끝나고 빈 접시를 치우는 와중에도 웃음이 끊이지 않았다.

이윽고 두 여자는 남자들을 발코니 쪽으로 밀쳤다.

그러더니 순식간에 자기들만의 이야기에 흠뻑 빠졌다.

밤하늘은 검푸른빛이 돌았다. 별은 땅거미를 따라 도시에 떨어진 것 같았다. 수많은 건물과 자동차에 달라붙어 반짝거렸다. 우리는 그 중간 즈음에 서 있었다.

언제부턴가 세상이 뒤집어졌어.
참으로 철학자다운 말이었다.
우리는 발코니 난간에 기대어 눈부신 도시 전경을 가만히 내려다보았다.
바람은 추위가 녹아내려 선선했다. 재혁이는 말없이 담배를 한 대 더 피웠다. 바람이 연기를 따라 잠깐 모습을 드러냈다가 다시 감추었다.
 나는 말했다.
"겨울도 다 끝나가네."
"응. 그러게."
준비가 다 되었다는 뜻이었다. 나도. 재혁이도.
나는 재혁이에게 겨울에 벌어진 모든 일을 털어놓았다.
재혁이가 등장하지 않은 장면부터.
붉은 점이 시작이었다.
다음은 폭죽과 피가 함께 터졌다. 소란스러운 수술대와 새하얀 병실이 등장했다. 아빠가 딸을 사랑스럽게 굽어보았다. 어둑한 지하 주차장에서 의사와 환자는 땀과 눈물을 흘렸다. 여자는 여행을 떠났고, 하루가 채 가기 전에 침대에서 일어나지 못했다. 여자는 이제 열다섯 시간 동안 잠을 잔다.
"그런데도 왜 이렇게 망설이는 걸까."
재혁이는 이야기 중간중간에 화를 내거나 도저히 이해할 수 없다는 듯 의문을 제기하기도 했다. 하지만 미국에서 날아온 답을 들었을 때부터는 가만히 듣기만 했다.

"이런 내가 너무 한심해. 그렇지만 그 냄새가 계속……"

나는 주저리주저리 말을 이었다.

위보다 밑이 더 빛나고, 밑보다 위가 더 어두운 세상이었다.

하지만 나는 세상이 그리 단조롭지는 않다고 생각했다. 지금 이 순간에도 다른 색깔을 본다.

"최 교수님이 단미는 곧 하루가 넘도록 잠에서 깨어나지 않을 거래."

장미 향이 슬그머니 다가온다. 단미가 웃을 때마다 향기가 진해진다.

"단미를 미국에 보내야만 해. 그건 아주 당연한 일이야. 하지만 그러고 나면 더는 이 장미 향을 풍기지 않겠지. 다시금 그런 끔찍한 고통을 겪게 만든 나를 사랑하지 않을 테니까. 그렇다고 그게 무서워서 보내지 않으면? 단미도 분명 그러길 원할 테고, 나는 그런 단미를 설득하겠지만 끝끝내 떠나보내지는 못 할 거야. 우리는 서로에게 다 괜찮을 거라고 말하며 이 모든 상황을 이겨 내기 위해 노력하겠지. 하지만 내 품에서 좀처럼 깨어나지 않을 단미를 나는…… 곁에서 무기력하게 쳐다만 보는 나를 단미는…… 우리는 그걸 견딜 수 있을까?"

그건 물음이 아니었지만 어쨌든 재혁이는 늘 그렇듯 무엇이든 대답해야 한다고 느꼈을 것이다. 철학자다운, 수많은 학생을 지도하는 선생다운 말로 깨달음을 주어야 한다고.

하지만 이번만큼은 달랐다.

나도 모르겠어.

재혁이는 한숨 쉬듯 담배 연기를 내뱉었다.

불현듯 그 연기가 하얀 냄새와 무척 닮았다는 생각이 들었다. 그래서 조금 들이마셔 보았다. 그러나 냄새는 없었다.

재혁이가 죽음을 빨아들이자 담배 끝이 붉게 타올랐다.

"이게 마지막 담배야. 주아가 싫어하거든."

이어 재혁이는 마지막 죽음을 길게 내뱉었다. 뒤집힌 세상의 정중앙으로.

"처음 들었을 때부터 네 능력이 부러웠어. 사랑하는 사람의 죽음을 미리 알 수 있으니까."

재혁이는 고백했다.

"나는 엄마가 병원에서 퇴원했을 때부터 단 하루도 마음 편한 날이 없었어. 그래서 어렸을 땐 네가 우리 집에 오도록 온갖 계획을 세우기도 했지. 엄마에게 인사하는 네 표정만 보면 그만이었어. 너는 얼굴에 다 티가 나거든. 하지만 너는 한사코 거절했고 오랫동안 오지 않았어. 그래, 그런 너를 원망했어. 솔직히 그렇게까지 괴로워하는 네 모습이 이해가 가지 않았어. 그 좋은 능력을 써먹지도 않는 것도 말이야. 그런데 네가 단미를 만나고부터 점점 달라지기 시작한 거야. 갑자기 집에 오겠다는 그 말에 너무 놀라서 몇 년 동안 왜 그렇게 이기적으로 굴었는지 나 자신이 부끄럽기까지 했어. 하지만 그 감정도 잠시, 문을 열고 들어온 네 표정을 보고서야 비로소 살아 있음을 느꼈어. 엄마가 죽지 않는다는 확신이 들었거든. 참 뻔뻔하지? 실은 오늘도 마찬가지였어. 주아가 죽지 않을 거라는 사실을 확인했어. 정말 미안해. 진심이야."

재혁이는 용기를 내어 나를 보았다. 하필 이 순간에 불편한 진실을 솔직하게 고백하는 친구라니. 그런 재혁이를 좋아하지 않을 수 없었다.

"네 고민과 평범한 사람들의 고민은 크게 다르지 않아. '미리 알았더라면.' '조금 더 신경 썼더라면.' '그때 건강검진을 받으시도록 설득했다면.' 하지만 그건 다 지난 일이고, 중요한 건 무엇이든 선택해야만 하는 순간이 찾아왔다는 거야."

우리는 동시에 앞을 보았다.

"나는 하얀 냄새도 장미 향도 못 맡으니까 잘 모르겠어. 물론 나도 단미를 미국에 보내야 한다고 생각하는 쪽이야. 쉽게 선택한 거지. 달리 방법이 없으니까. 너와 관련 없는 모든 사람들, 특히 저기에서 물구나무로 걸어 다니는 사람들은 분명 나처럼 말하겠지."

나는 웃음을 터뜨렸다.

재혁이는 어느덧 새까매진 담배를 흔들었다.

"너희 둘이 그 말을 들을 필요는 없어. 하지만 함께 결정해야 해. 그 뒤에 어떤 존재가 떠나고, 또 어떤 존재가 남는지 간에."

나는 난간에서 몸을 돌렸다. 이어 문 쪽으로 걸어갔다.

"담배 끊겠다는 약속 꼭 지켜. 오늘 보니까 그거 곧 하얀 냄새로 변할지도 몰라."

재혁이는 욕을 내뱉으며 꽁초를 내 머리에 던졌다.

나는 가볍게 피하고 발코니 문을 열었다.

"서화야."

재혁이가 내 이름을 불렀다.

"내일 결혼식 오는 거 정말 괜찮겠어?"

나는 장미와 눈이 마주쳤다.

"당연하지."

나는 그쪽에 대고 말했다.

"왜 안 되겠어?"

다음 날, 결혼식에 가기 전에 단미는 화실에 있었다.

우리는 두 가지 이야기로 밤을 꼬박 새웠다.

그중 하나는 화실에 관한 이야기였으며, 마지막 십 분을 제외한 나머지를 차지했다. 주제는 장미가 화실에서 얼마나 더 필지 상상하는 것이었다. 서로 하나씩 주고받았다. 장미가 벽을 타고 천장까지 핀 상상. 문이 열리지 않을 만큼 만발한 상상. 화실이 꽃의 무게를 감당하지 못하고 부서지는 상상.

단미 차례였을 때 나는 그날을 떠올렸다. 후각을 빼앗고 내게 죽음을 선사한 그날의 화실. 그리고 꽃가루. 화실의 마지막 모습.

상상을 조금 더 주고받다가 단미는 내가 엄마에게서 장미 향을 맡았을 땐 화실에 꽃이 얼마나 피었는지 물었다. 지금과 비슷했다고 답하자 단미는 나지막이 물었다.

"그럼 언제 다 없어졌어?"

침묵은 거짓을 기다렸다. 허나 진실이 머뭇거렸다.

그 자체로 답이 전해지고 말았다.

곧 두 번째 이야기로 넘어갔다.

그 이야기는 십 분 동안 일방적으로 이어졌다. 그리고 비로소 긴 새벽이 끝났다.

지금 이렇게 화실에 들어와 보니 그날의 화실과 현재의 화실의 차이는 꽃가루만은 아니라는 생각이 든다. 어린 나를 압도하던 그 모습에 비하면 그저 평범한 화실처럼 보인다. 그때 핀 꽃은 괴로워하는 나를 굽어보았고, 흐느끼는 엄마를 구경했다. 꽃잎은 새빨간 물감을 뚝뚝 흘리는 듯했고, 꽃가루는 바람이 불지 않아도 서로를 밀어내며 공중에서 흩날렸다.

"단미야, 이제 가자."

단미는 한 손에 꽃다발을 들고 있었다. 보랏빛이 감도는 램스이어였다. 꽃은 새하얀 천을 두르고 있었다.

"응."

단미는 걸어오다가 시선이 멈춘 곳에서 허리를 굽혔다.

열흘.

두 음절은 심장박동처럼 머릿속에서 두근거렸다.

열흘 뒤면 단미는 낯선 곳에서 익숙한 천장을 쳐다보고 있겠지. 텅 빈 영혼 같은 눈으로 두리번거리며.

단미는 장미 한 송이를 가방에 넣었다. 그리곤 내게 미소 지었다. 얼굴에 지친 기색이 역력했다.

열흘.

"단미 씨, 괜찮아요?"

신부 대기실에서 주아가 걱정스레 물었다.

"잠을 설쳤어요. 제가 다 설렌다고 이미 말했죠?"

"아니, 농담이 아니라 안색이……"

"드레스 너무 예뻐요! 아로새김이 꽃이랑도 무척 잘 어울리네요. 제가 보는 눈이 있죠?"

"고마워요. 그래요, 여기, 앉아요. 우리 사진 찍어야죠."

열흘.

결혼식은 실내 정원에서 진행됐다.

바닥에 깔린 잔디는 푹신했다. 약간 흔들리고 뻣뻣한 식탁 위에는 연분홍 꽃을 담은 화병과 식전에 먹는 길동그란 빵을 담은 접시가 놓여 있었다. 둥근 천장은 투명한 유리로 덮여 토막구름이 훤히 보였다. 난방 시설은 정원 구석구석에 자연스레 녹아들어 실내 온도를 높였다. 단상에는 주례를 맡은 주아의 은사라는 사람은 긴장한 듯 마른 입술을 축였다. 이윽고 주례자가 사회자를 향해 고개를 끄덕이자 식장에 어둠이 드리우고 동그란 빛이 한편에 떨어졌다. 사회자가 힘찬 목소리로 신랑을 호명했다. 하객 모두가 자리에서 일어나 손뼉을 쳤다. 이어 이마를 훤히 드러낸 재혁이가 불빛 안으로 들어왔다. 정원을 가로지르는 꽃길을 걸어가며 양손을 하늘로 뻗었을 땐 사방에서 환호성이 올랐다. 나는 그때 묘한 기분에 사로잡혔다. 약 십 년 동안 변함없이 고등학생이었던 친구가 시간을 가로지른 듯 훌쩍 자란 모습으로 사람들의 축복 속에 서 있었다. 수많은 환호를 가뿐하게 받아들였다. 얼굴엔 흥분과 설렘을 반씩 담았다. 이어 경쾌한 피아노 연주와 함께 신부가 등장했다. 주아는 새하얀 드레스를 늘어뜨리며 차분하게 꽃길을 걸었다. 보라색 램스이어는 신부를 더욱 특별하게 만들었다. 신부는 한 손을 내밀어 신랑의 입맞춤을 맞이했다. 둘은 단상에 나란히 서서 똑같은 표정으로 기나긴 인생을 귀 기울였다.

이어 양복 차림의 남자가 마이크를 들고 두 사람 앞에 섰다.

나는 결국 축가를 부르지 않았다.

얼마 전에 걸려 온 전화에서 재혁이는 주아의 지인이 축가를 부르기로 결정했다고 말했다. 나보다 훨씬 실력이 좋으니까 오히려 좋다며 너스레를 떨었는데, 나는 그 말에 내심 안도했다. 그때마저도 내 머릿속은 복잡한 의료 용어로 어지러웠기 때문이다.

다행히 재혁이 말은 사실이었다.

감미로운 음색이 그와 어울리는 노랫말을 따라 흘렀다. 의미는 과거로 시작해 현재로, 이어 찬란한 미래로 나아갔다.

결혼식에 모인 모두가 그랬다. 신혼부부에게 보낼 축복은 까맣게 잊고 말았다. 그 노랫말을 온전히 자기 것으로 여기며 미래 일부를 그렸다.

나 또한 그랬다.

허나 그러지 말아야 했다.

열흘!

조금 전까지와 너무나 다른 두근거림이었다.

평범함.

단미가 바라던 미래가 바로 이거구나!

불안하기 짝이 없는 미래를 수십, 수백 번 그린 나머지 감당할 만한 미래가 된 걸까?

나는 두 번째 이야기를 떠올렸다.

한 줌 남은 새벽이었다.

마음껏 화실의 미래를 상상한 뒤였다. 그즈음 우리는 한계에 다다랐다. 더는 번갈아 몸부림치는 것도 졸음을 견디는 데 소용없었다. 불현듯 단미는 저항 없이 중얼대기 시작했다. 길고 긴 새벽이 끝나기까지 십 분 앞두고 무언가 터져 버린 것이다. 여섯 시간 뒤 펼쳐질 신부의 모습을 내 품에서 쏟아 냈다. 단미는 그 신부가 주아인 것처럼 이야기를 꾸몄고, 심지어 자기 자신조차 속였지만, 실은 그렇지 않다는 사실을 나는 알았다.

신부는 얼굴이 없었다. 이름도 없었다. 그저 흐릿한 형체로 존재하고 움직일 뿐이었다.

이어 새벽은 끝이 났다.

그 짧은 이야기는 틀림없이 단미가 바라는 미래였다.

그리고 지금 이 순간 내 미래가 되었다.

신부는 이름을 되찾았다.

단미였다.

운명을 거부하는 신부였다.

신부가 곧 뒤를 돌아 걸어오겠지만, 나는 그 이름과 꼭 맞는 얼굴을 보기까지 기다릴 수 없었다.

그래서 나는 조심스레 눈길을 돌렸다.

나는 확신했다.

단미도 지금쯤 깨달았다고. 이름 없는 신부는 주아도 다른 여자도 아닌 자기 자신이었다는 사실을.

살며시 미소를 지을 것이다.

어쩌면 나처럼 울고 있을지도 모른다.

정해진 미래라면 그 어떤 과거도 극복할 수 있다고 생각하며!

그런데 단미는 거기에 없었다.

두근거림이 멎었다. 노랫말이 사라졌다. 홀로 그곳에 남겨졌다.
장미 향이 없었다면 당장이라도 단미를 찾으러 뛰쳐나갔을 터였다.
그러나 자세히 보니 단미는 내 옆에 서 있었다. 한 손은 가방 속에 넣은 채, 다른 손은 나와 깍지 낀 채.
나는 살며시 손가락으로 흐릿한 단미를 두드리기까지 했다. 동시에 주위를 두리번거렸다. 시간이 멈추고 소리가 멎은 듯한 그 회색빛에서 홀로 움직였다.
단미는 신부가 처음 모습을 드러낸 곳을 멍하니 쳐다보고 있었다.
하얀 냄새는 메마른 두 눈동자에 스며들었다.
죽은 눈동자는 새하얀 도화지를 빤히 쳐다보는 화가의 눈동자와 같았다.
화가는 아주 오랫동안 그 앞에 서 있었다.
결국 도화지가 눈물처럼 주르륵 흘러내린다. 밑으로 뚝뚝 떨어진다. 이어 여자를 하얗게 물들인다. 지독한 악취에도 여자는 꼼짝도 하지 않는다. 한 손은 새빨간 꽃을 붙잡고 있다. 나는 여자가 그림을 그리길 기도했다. 손에 쥔 꽃을 도화지에 짓이겨서라도 하얀색이 아닌 다른 색으로 눈동자를 색칠하길 바랐다.
여자의 몸이 반쯤 잠겼다. 죽음이 꽃잎에도 떨어지기 직전이었다.

그것만은 가만히 두고 볼 수 없었다.

내 손이 여자의 어깨로 향했다.

그때 주위가 폭발했다.

다시 환호성이었다. 이어 형형색색 조각들이 허공에서 날렸다. 단상에서 재혁이와 주아가 입을 맞추고 있었다.

언뜻 보이는 신부의 옆얼굴은 내 예상과 너무도 달랐다.

그때 무언가 손에서 빠져나가서 나는 황급히 몸을 돌렸다.

단미가 옆에 있었다.

조용하게 손뼉을 치고 있었다. 반쪽짜리 미소를 머금은 채.

눈동자는 더는 하얗지 않았다.

눈에서 떨어진 하얀 냄새는 꽃이 아닌 맞물리는 손바닥 사이에서 흩어졌다.

달라진 두근거림이 소곤거렸다.

열흘……

그러나 아무도 듣지 못했다. 단미조차도.

이윽고 부부는 산책하듯 꽃길을 걸어 나갔다.

이제 여자가 말한다.

"잠깐 바람 좀 쐬고 싶어."

우리는 밖으로 나갔다.

사월의 첫날, 거짓말처럼 함박눈이 내렸다.

하늘은 검기울어 있었다. 허나 그 속에서 내리는 눈송이는 새하얬다. 하나가 다른 하나를 떠나보냈다. 어쩔 수 없다는 듯이 그랬다.

단미가 허공에 손바닥을 내밀었다.

"우리 처음 데이트한 이태원 기억나? 그때는 첫눈이었는데, 이 눈은 마지막 눈이겠지?"

"응. 그렇겠네."

"시간 참 빠르다."

우리는 근처 공원으로 들어갔다. 길 따라 이어진 덤불에 벌써부터 제법 눈이 쌓여 있었다. 사람들을 따라 걷다 보니 작은 광장에 접어들었다. 그곳은 어쩐지 분위기가 들떠 있었다. 아이들이 꺄르르 웃으며 뛰어다녔다. 어른들은 옷깃을 여미며 입김을 뿜어 댔다. 군밤장수는 사람들이 모여들자 바쁘게 손을 놀렸다.

공원을 한 바퀴 정도 돌자 소나기 같던 눈은 어느덧 느릿느릿 내리기 시작했다. 눈이 녹는 속도가 바닥에서 쌓이는 속도를 앞섰다. 그러자 신기하게도 사람들도 하나둘 자취를 감췄다. 우리는 한적해진 공원을 한 바퀴 더 돌고 반대편 도로로 나가 다시 예식장으로 향했다. 그동안 우리는 끊임없이 말을 주고받았다. 그런데 조금 이상했다. 각자 다른 옆 사람과 대화하는 것처럼 묘하게 어긋났다.

"주아 참 예쁘지 않았어?"

"네가 더 예쁠 거야."

"내가?"

"드레스 고를 때 꼭 나를 데려가. 네가 몇 벌을 입든 기다릴게."

"그런데 말이야……"

단미는 매번 그런 식으로 말을 자르고 새로운 주제를 꺼냈다.

"식장에 꽃이 너무 많지 않았어?"

그러면 나는 곧바로 대답했다.

"그랬나? 정원에서 열린 결혼식치고는 적다고 생각했는데."

"아니야. 많았어."

단미는 단호하게 말했다.

"그런데 더 문제는 다 결혼과 어울리지도 않은 꽃들이라는 거야."

"결혼과 어울리는 꽃이 뭐야?"

"램스이어."

나는 단미가 그린 화원 밑그림을 떠올렸다. 거기엔 램스이어가 없었다.

"램스이어 말고는 예쁘지도 않고 어울리지도 않고. 대체 왜 그런 꽃들을 갖다 놓은 거지?"

나는 입술을 깨물었다.

'너도 마찬가지야.'

그런 대답들을 삼켜야 했다.

'왜 자꾸 너와 어울리지 않은 말들을 하는 거야?'

그리고 대화가 서너 번 더 어긋난 뒤였다. 우리는 점점 유치하게 굴기 시작했다.

"그런데 축가는 왜 안 불렀어? 기대했는데."

"우리 결혼식에서 부를게."

단미는 발을 멈추고 내 손을 놓았다.

"우리 결혼식?"

나는 조금 앞에서 멈춰 섰다.

"듣고 싶은 노래 있어?"

단미는 고개를 갸우뚱했다. 그 말이 의아한 듯 눈을 휘둥그레 떴다.

지저분한 도로에는 성미 급한 자동차들이 한 줄로 얽혀 있었다. 틈이 조금이라도 생기면 비집고 들어가려고 안간힘을 썼다. 그러고 나서도 꼭 요란하게 경적을 울려 댔다.

불현듯 장미 향이 짙어졌다.

"그게 가능할까?"

나는 그 물음이 전혀 이상하지 않다는 듯 대꾸했다.

"가능하지. 어떤 노래든 말만 해."

단미는 코웃음을 쳤다.

"결혼식이 아니라 장례식이겠지. 한국은 거기서도 노래를 부르나? 안 가 봐서 모르겠어."

사이로 떨어지는 눈송이가 거울이라면 결코 짓지 못 할 표정을 우리는 지었을까?

나는 원망스러웠다.

줄곧 흐릿하던 눈동자가 지금은 왜 그리 또렷한지……

우리는 상처받은 얼굴로 서로를 아프게 만들었다. 자동차 소음에 묻힐세라 목소리를 높이기까지 했다.

"무슨 그런 농담을 해?"

"농담 아닌데, 그렇게 들렸어?"

"왜 그런 식으로 말하는 거야?"

"솔직히 그렇잖아. 나는 곧 죽을 텐데, 그런 내가 너랑 결혼할 수 있겠어? 그럼 너무 이기적이잖아. 네가 사귀어 주는 것도 너무나 감사한 일이라고."

나는 앞으로 다가가 단미를 잡고 흔들었다.

"선심 쓰듯이, 내가 무언가 희생한다는 듯이 말하지 마. 그건 내 선택이었어. 나는 너를 진심으로 사랑했고, 지금도 마찬가지야. 화실을 보고도 모르겠어?"

"그건 그저……"

"지금 이 순간에도 화실에 들어온 것 같아. 주위가 온통 새빨갛다고!"

"나는 안 보여, 그런 거!"

단미는 내 손을 뿌리치고 머리를 감쌌다.

우리는 이미 후회하고 있었다. 어쩔 수 없다는 듯 그랬다.

통증은 적절한 순간에 찾아왔다.

단미가 살짝 휘청거리며 머리와 가슴을 부여잡았다.

기회였다.

이제 단미를 안아 들고 병실 침대로 데려가 눕히면 그만이었다. 그럼 되돌아갈 것이다. 이 정도 위기면 충분히 돌아갈 수 있다.

하지만 우리에겐 그럴 시간조차 없었다.

"열흘."

단미는 그 정적인 단어를 듣자마자 시선을 들었다.

일그러진 얼굴이 물었다.

뭐?

이어 나는 모두 털어놓았다.

태어나선 안 되는 말들.

네가 영원히 깨어나지 않을 것만 같은 잠에 빠졌을 때 저지른 일. 나체 같은 네 몸속을 구석구석 파헤친 일. 그리고 수많은 사람과 돌려 보며 네 미래를 숫자로 가늠한 일. 어두운 복도에 최 교수님의 밝은 목소리가 울리는 대목에서 단미는 몸을 떨기 시작했다. 그 뒤부터 전혀 듣지 않았다. 꼭꼭 감춘 지난 공포가 얼굴에 고스란히 떠올랐다. 다가가는 내게서 다른 존재를 보고는 움츠러들었다.

"그 사람들은 내가 죽을 때까지 놔 주지 않을 거야."

"그렇지 않아."

"나는 안 가. 더는 그런 곳에는."

"가야 해."

"가고 싶지 않아. 내가 왜 가야 하는데?"

"왜라니? 그걸 꼭 말해야 알아? 안 그러면 너는……"

처음이었다.

"죽어."

누군가에게 직접 죽는다고 말한 건. 그게 하필 사랑하는 사람일 줄은 더더욱 몰랐다.

단미는 이제 넌더리 난다는 듯 악을 써댔다.

"어딜 가든 가지 않든 나는 죽어. 너도 알잖아! 알면서 대체 왜 그렇게 말하는 거야?"

"내가 어떻게 알아! 나는 몰라, 의사가 아니라고!"

"너까지 왜 이래! 이건 너무 잔인하잖아!"

"어쩔 수 없어! 그리고 거짓말 아니야. 너를 살릴 사람도, 지금 네게 필요한 사람도 내가 아니라 의사라고."

"나한테 사랑한다고 했잖아. 그런데 왜 거짓말해? 너도 내가 살 수 있다고 생각 안 하잖아. 그런 곳에 가 봤자 소용없다고, 다 쓸모없는 일이라고 생각하잖아."

"거짓말 아니라니까? 대체 왜 그렇게 생각하는 거야? 네 몸은 이제 내가 더 잘 알아. 서류는 완벽해. 최 교수님과 철저하게 준비했고, 그리고 너를 치료할 사람도 이미 다 뒷조사했어. 네가 전에 겪은 그런 일은 절대 일어나지 않아. 응? 단미야, 날 봐."

단미의 얼굴을 감싸 쥐었다. 서늘한 눈물이 내 손을 덮었다. 나무뿌리처럼 제멋대로 흘러내렸다. 색깔은 투명하지 않고 여전히 새하앴다.

단미는 같은 단어를 되풀이하며 흐느꼈다.

나는 고개를 저었다.

"거짓말 아니야. 제발 믿어 줘. 나는 정말 그렇게 생각······"

"하얀 냄새."

일순간 단미 얼굴이 아니라 심장을 움켜쥐고 있다는 느낌이 들었다.

두근거렸다가, 쿵쿵 고동쳤다.

단미는 내게서 살며시 빠져나가 천천히 뒷걸음질 쳤다.

"왜 아무 말도 없어?"

멀리서 소곤대는 목소리처럼 들렸다.

"실은 너도 걱정하고 있지? 내 주위에 장미 향이 넘친다고······ 그럼 하얀 냄새는? 안 난다고 말할 수 있어?"

그만, 제발.

"참 이상하지? 내가 곧 병이 낫는다면, 정말 죽지 않고 살 수 있다면 그 냄새가 여전히 풍길 리 없을 텐데 말이야. 너는 이미 다 아는 거야. 내가 네 옆에 있든 미국에 가든 나는 결국 죽을 운명이라는 걸. 그러니 진작 말하지 않고 이제서야 털어놓는 거겠지, 아니야?"

그렇다.

단미는 내가 답답하리만치 주저했던 이유를 단박에 알아챘다.

그건 강박과도 같았다. 정말이지 미칠 지경이었다.

도저히 거부할 수 없는 진실.

누군가 내 머릿속에 심은 것만 같은 강박.

하얀 냄새를 풍기는 사람은 반드시 죽는다.

아무리 장미 향이 짙어진대도?

나는 메아리처럼 되묻곤 한다.

그러나 죽음은 대답이 없다.

두 번째 기회도 통증이었다. 더 강한 통증. 단미는 내게 안기듯 쓰러졌다.

이제 그 무엇으로도 돌이킬 수 없어.

이윽고 불안했던 마음이 오히려 잔잔하게 가라앉았다. 그 사실을 인정해서야 평범한 사람처럼 심장이 뛰는 것만 같았다.

단미를 끌어당겼다.

하얀 냄새를 천천히 들이켰다. 더는 거부하지 않았다.

"너는 그곳에 못 가지?"

하지만 단미는 달랐다. 가엾게도 아직 끝나지 않았다고 생각했다.

"이렇게 네 온기를 알지 못했다면 내 몸으로 실험을 하든 무슨 짓을 하든 상관없다고 생각했을 거야."

단미는 잠꼬대를 하듯 중얼거렸다.

"이번에 깨어났을 땐 전과 달랐어. 이제 정말 죽음이 다가온 느낌이 들어. 죽는다는 건…… 넌 잘 안다고 생각하겠지만, 아니, 그 기분은 내가 더 잘 알지도 몰라. 외로워, 몹시 차갑고. 이 눈보다 더. 그렇기에 나는 이제, 네 온기를 알아 버린 나는 다시는 그런 곳을 견디지 못해."

그럼 나는 뭐라고 답해야 했을까.

결과가 하나뿐인 또 다른 예들? 죽음을 뒤로 감추기만 한 말들?

아니.

이제 아니야.

나는 선택했다. 나는 그 말들을 거부하기로 했다.

그러고는 희망의 마지막 형태를 골랐지만, 돌이켜 보면 그건 죽음의 또 다른 형체였다.

"이 냄새가 틀릴 수도 있잖아."

어쩌면 죽음보다 새하얀 말. 혹은 원초적인 무언가.

나는 하늘을 올려다보았다. 눈이 거의 다 떨어졌다.

단미는 내게서 살며시 떨어져 나갔다.

우리는 한 몸인 것처럼 동시에 몸을 일으켜 천천히 마주 보았다.

그사이에 정적이 몇 초 지났을 뿐이다.

하지만 완전히 다른 곳에 서 있는 듯한 느낌이 들었다.

"왜 자꾸 가라는 거야. 이제 기다리고 싶지 않은데. 그게 더 아픈데."

나는 그 무엇도 받아들이지 않았다. 무표정으로. 무감각하게.

나는 속으로 바라고 있었다.

"너만은 알아줄 수 있잖아. 그런 나를 알고 만났잖아!"

단미가 어서 쓰러지기를. 몹시 깊은 잠에 빠지기를. 다시 눈을 떴을 때 내 존재마저 잊을 만큼 깊은 그런. 기억이든 장미든 하얀 냄새든. 모조리. 남김없이.

"내가 곧 죽을 거라는 걸 이미 알았잖아, 애초에 나를 치료할 생각 따윈 없었잖아. 내가 바라는 건 그저…… 그저 내 옆에……"

마침내 말이 뚝 끊겼다.

그런데 단미는 쓰러지지 않았다.

대신 단미의 입술 위로 코피가 주르륵 흘렀다.

몸이 움찔거렸다.

또 다른 강박.

이제 돌이킬 수 없다니까?

단미는 아무것도 모른 채 눈물을 훔치듯 손등으로 핏줄기를 쓸었다.

끝끝내 두 색깔이 만났다.

서로 엉키고 번져 새로운 색깔로 변했을 터였다.
단미는 그 색깔을 멍하니 내려다보았다.
더 가까운 색은 무엇일까? 하얀색? 빨간색?

무엇이 우리 삶에 더 진한가?

하얀색은 곧 그쳤다. 빨간색은 왈칵 쏟아졌다.
외마디 비명이 내 목구멍을 따뜻하게 채웠다.
주머니가 부르르 떨렸다.
귀에 갖다 댔다. 최 교수님이었다. 지금 당장……
단미가 도로로 뛰어들었다.
색다른 고통에 미끄러지고 비틀거렸다.
사랑스러운 여자를 뒤쫓았다.
겨우 닿으려고 할 때, 따가운 빛이 쏟아져 내렸다.
단미 옆으로 거대한 트럭이 경적을 울리며 매섭게 달려들었다. 가까운 미래에는 결코 죽지 않을 운전사가 하필 그때 죽음을 직감하고 내 쪽으로 방향을 틀었고, 이어 그 몇 걸음 사이를 아슬아슬하게 비집고 들어와 멈춰 섰다. 육중한 바퀴는 내 시야를 완벽히 가린 채 연기를 내뿜었다.
잠시 후, 세상에 경고음이 울리는 듯했다.
온 도로가 화가 단단히 난 듯이 씩씩거렸다.
이어 나는 분노로 이글거리는 도로 한복판에 내던져졌다. 성난 발길질에 옆구리가 달아올랐다. 몸이 들썩이며 몇 번이나 더러운 눈더미 품에 안겼다. 돌아가는 시야에서 검기운 하늘과 새까만 바닥이 번갈아 바뀌었다.
 그사이 장미 향은 유유히 사라졌다. 하얀 냄새를 남겨 두고는.
 하지만 내가 완벽하게 홀로 남겨지자, 그마저도 가져가 버렸다.

6.

물에 잠긴 듯 먹먹하다.

어디서 흘러와 어디로 흘러가는지 모를 물결에 한없이 나부낀다. 눈은 꼭 감겼고, 몸은 자그마한 돛단배처럼 반쯤 잠겼다. 아래는 물결의 잔잔한 흐름이, 위는 바람결의 나른한 흐름이 흘렀다. 야트막하게 출렁이는 파도 소리가 아스라이 들린다. 말갛게 부서지는 물보라가 일정 간격으로 바위에 몸을 던지고 나면 그 뒤로 메밀꽃이 일었다.

어둑하고 고요한 밤의 흐름이다.

윤슬이 반짝이는 달의 흐름이다.

이 세계는 곧 '나'라는 흐름이다.

내 삶이 고스란히 담겨 흐른다. 몸을 휘감는 흐름 하나하나가 귀에 담길 만큼 조용한 삶 말이다. 그 사이에서 나는 하염없이 어딘가로 흘러간다.
 '나는 지금 어떤 표정을 짓고 있을까?'
 이따금 그런 생각이 떠올랐다. 너무 오랜 시간이 흘러서 가물가물했다. 주위 흐름을 닮은 잔잔한 미소일까? 혹은 광활한 하늘에 떠올랐을 손톱달 같은 미소일까? 그것도 아니면…… 모르겠다. 하지만 섣불리 눈을 뜨지는 않았다. 어차피 내 표정을 비추기에는 밤하늘도 별도 달도 까마득히 멀다. 이 방대한 흐름에는 나 홀로 존재한다. 내 모습을 담을 동그란 두 눈동자도 없다.
 아. 그래. 하나 남았구나.
 바다.
 하지만 나는 바보가 아니었다. 얼굴을 들여다보려고 몸을 뒤집으면 그 속에 빠질 뿐이다. 설령 무사히 뒤돌아도 깜깜한 바다에 표정이 비칠 리가 없다. 오히려 위험을 무릅쓰고 몸을 허우적대다가 이 고요한 정적을 깨고 싶지 않았다
 나는 그저 아득하게 펼쳐진 하나의 흐름에 만족했다.
 길고 긴 항해가 이어졌다.
 다시금 내 표정이 궁금할 무렵이었다.
 이 흐름에 시나브로 해가 떠오르기 시작했다.
 따스한 온기에도 몸이 타는 듯했다. 빛살 한 줄기가 밑에서부터 나를 정확히 반으로 가르고 올라와 내 두 눈과 코 사이, 더 나아가 머릿속에 내려앉았다. 그 순간 화들짝 놀라 하마터면 들러붙은 눈이 활짝 떨어질 뻔했다. 호기심 가득한 햇살이 눈까풀을 잡아당겼고, 떠날 때면 빛 한 조각을 두고 가 때마다 찾아왔다. 이제 태양이 하늘

꼭대기에 떠오른 것 같다. 그러자 흐르던 물결은 뚝 멈췄고, 살랑이던 바람이 멎었으며, 달과 별도 훌쩍 떠났다. 변함없이 고요한 세상이지만 주위가 이상하리만치 활기를 띠었다. 평소에는 듣지 못했던 연약한 소리가 몸 내부에서 흐르는 듯하다. 빛기둥이 물결 위로 미끄러진다. 파도가 부서지고 물방울이 튀어 오른다.

나는 의아했다.

이 거대한 행성과 똑같은 속도로 떠다니지 않는 이상 이런 온기가 찾아오는 건 너무나 당연한 일인데도, 이토록 가슴이 설레고 두근거리는 이유는 무엇일까.

첫 입맞춤 같은 온기였다.

그에 맞춰 첫 감각이 만개한다.

나는 손을 뻗으려고 했다. 그 흐름 품에 와락 안기고 싶었다. 타오르는 눈동자라면 내 얼굴이 환하게 비칠 터였다.

동시에 나는 깨닫고 말았다. 영원처럼 길고 긴 항해 동안 내 표정이 어땠는지. 그 말을 증명하듯 입시울이 파르르 떨린다. 겨우내 꽁꽁 얼어붙은 영혼이 사르르 녹듯. 한편으론 몹시 아렸다. 적막한 흐름에 만족한다는 듯 웃음 짓는 모습을 몰래 상상하고 좋아했는데……

나는 눈을 뜨기로 마음먹었다.

그 온기를 보고 싶었다. 이 기회를 놓치면 다시는 없을 순간이야.

하지만 선뜻 눈을 열지 못했다. 절대적인 강박.

나는 나 자신과 타협했다. 눈을 뜨기 전에 먼저 손을 뻗기로.

그편이 따스한 온기를 더 느낄 수 있다고 착각하며.

성급한 착각은 그 현상만큼이나 빠르게 확신에 다다른다.

자신만만한 두 팔이 반사적으로 번쩍 들어 올려지는 순간, 나를 감싼 흐름은 순식간에 사라졌고, 무중력에 부유하듯 공중에 몸이 붕 떴다. 곧 숨을 참는 일은 한계에 다다랐다. 수많은 후회가 머릿속을 스친 뒤 두 팔을 거두자, 온몸이 덜컥 내려앉았다. 이어 외마디 비명이 내 목구멍을 따뜻하게 채웠다. 그동안 바다에 떠다녔다고 착각한 걸까? 마치 하늘에서 떨어지듯 나는 거대한 흐름의 밑바닥으로 곤두박질치기 시작했다. 급속도로 추락하는 바람에 온기가 허물 벗겨지듯 몸에서 떨어져 나갔다. 나는 그때까지도 눈을 뜨지 않았다. 다만 내 인생이나 다름없던 거대한 흐름이 하나의 점으로써 멀어진다는 사실만큼은 알 수 있었다.

그런 아쉬움도 잠시, 나는 어딘가에 풍덩 빠졌다.

일순간 등에 처박힌 울림과 서서히 가라앉는 감각에 바닷속으로 들어왔다고 짐작했지만, 평범한 바다와는 느낌이 전혀 달랐다. 차갑지도 따뜻하지도 않다. 빛도 색깔도 없다. 주위가 온통 새까맣다.

어떤 흐름도 존재하지 않는다. 그저 가라앉을 뿐이다.

나는 속으로 중얼거렸다.

'그렇게 떠다니기만 하다가 결국 죽은 건가.'

그런데 익숙한 목소리가 들려왔다.

사람은 죽음에 이르고서도 얼마 동안은 주위 소리를 듣는다고 한다. 목소리는 마지막 기억으로써 죽은 몸으로 흘러 들어간다는 말이다. 기억만이 존재하는 공간. 혹시 사람이 죽으면 이곳에 들어오는 걸까?

그 어떤 흐름도 존재하지 않은 공간에서 마지막 기억을 기다리는 것이다.

나는 문득 궁금했다.

'그럼 나는 죽기 직전에 뭘 했지?'

그래서 흘러오는 기억에 귀를 기울였다.

항상 꿈을 꿔. 아주아주 긴 꿈을.

아슴푸레한 목소리가 들려온다.

그 꿈엔 항상 네가 나와. 이제는 현실보다 긴 꿈속에서, 영화를 보듯, 어딘가에 앉아 멍하니 널 지켜보지.

누군가 내 죽은 몸을 끌어안고 말하는 것 같은 느낌이 든다.

그건 곧 네 세상이야.

여자의 말은 일방적으로 이어진다. 나는 이미 죽었기에.

꿈은 늘 네 뒷모습으로 시작해. 하지만 우두커니 서 있는 네게 아무리 달려가도 소용없어. 잡힐 듯싶어 몇 번이나 손을 뻗어도 도저히 닿지 못하고 결국 주저앉고 말아. 그러면 너는 천천히 걷기 시작해. 그제야 나는 네가 바라보는 세상을 똑바로 쳐다볼 수 있어. 그 광경은 정말이지 볼 때마다 놀랄 수밖에 없어서, 처음 그 꿈에 들어간 순간부터 줄

곧 이렇게 묻고 싶었어. '네가 사는 세상은 정말 이토록 새하얘?' 일 년 내내 눈이 내린 것처럼 말이야. 하늘도 지붕도 거리도. 그리고 사람들도. 그 장면은 무척 아름다워서 한동안 넋을 잃고 지켜봐. 사람들 표정이 보이지는 않지만 함박웃음 짓는 얼굴이 눈에 선해. 당장이라도 달려가 네 품에 안기고 싶었으니 그 순간만큼은 나도 그네들 웃음과 비슷하게 웃음 지었겠지? 그런데 너는 아니야. 단 한 번도 표정이 바뀌지 않아. 그건 기쁨도 슬픔도 아니야. 무감정한 눈동자로 이따금 두리번거릴 뿐 그 누구와도 마주 웃지 않아. 아득히 긴 시간 동안 그저 걷고 또 걸을 뿐이야. 수많은 하얀색을 스쳐 지나가. 아무도 존재하지 않는 곳을 찾아 헤매고 있는 거야. 그 여정에 나는 없어. 네 앞에 나타나지도 않고, 뒤에서 너를 껴안을 수도 없어. 끝끝내 눈이 부실 만큼 하얀 세상에 홀로 남겨져서야 너는 발걸음을 멈추고 고개를 들어 구름 한 점 없는, 아득하게 펼쳐진 하얀 천장을 올려다보며 나지막이 말해. 네 목소리가 잘 들리지 않아. 나는 소용없는 짓이라는 걸 알지만 다시 미친 듯이 달려. 네 모습이 과거의 내 모습과 소름 끼치도록 닮아서 내버려둘 수 없거든. 하지만 결코 닿지 못해. 우리는 함께 고꾸라지고, 비로소 네 표정은 처음이자 마지막으로 변하고 말아. 그 모습이 과거일지 미래일지 잘 모르겠어. 그런데 네 눈물을 볼 때면 그 장면이 꼭 미래인 것만 같아서 마음이 몹시 아파. 이제 현실보다 긴 내 꿈이 곧 네 미래가 되지는 않을까, 그런 생각을 수없이 되뇌면서 이제 막 시작됐을 뿐인 꿈에서 깰 때까지 나는 그렇게……

완전히 죽어 가자 기억이 중간에서 뚝 끊겼다.

몸이 밑바닥에 닿았다. 이어 튕겨지듯 서서히 떠오른다.
목소리가 점차 또렷하게 들린다.

……그곳은 화실이었어. 꿈에서 깰 때 즈음 네가 다다른 곳 말이야. 손잡이를 물끄러미 내려다보던 네가 마침내 문을 열었을 때까지도 나는 알아채지 못했어. 처음 보는 모습이었거든. 그렇게 텅 빈 화실은. 꽃 한 송이도 피지 않아 어디가 시작이고 어디서 끝인지 모를 만큼 비현실적인 공간. 네 표현을 빌리자면 새하얀 도화지 같았어. '이런 곳에 대체 어떻게 꽃이 핀 거지?' 그 의문이 떠오른 순간이 내겐 꿈과 현실의 경계이기도 해. 나로 하여금 그때까지 지나간 모든 장면이 꿈이었다는 사실을 일깨워 주거든. 꿈에서 깨면 너와 최 교수님을 재촉해 곧장 화실로 달려갔던 이유도 그 장면이 잔향처럼 머릿속에 남아 불안해서 그랬어. 만개한 장미를 직접 내 눈으로 보고서야 마음이 놓이니까. 하지만 그것도 잠시 애써 외면한 장면이 불쑥 떠올라. 꿈에서 깨기 직전 죽어 가는 네 모습. 나를 더욱 미치게 만드는 건 네가 화실 중심에서 고통에 발버둥 치다가 완전히 숨이 멎어야만 꿈에서 깬다는 사실이야. 바닥에서 죽어 가는 네 눈이 처음으로 나를 쳐다보는 것 같은 착각에 비명을 지르지만, 너는 결코 듣지 못해. 네가 죽어간 그 자리에 앉아 장미 향을 맡고 또 맡아도 그 기억이 좀처럼 잊혀지지 않아. 마치 누군가 옆에서 끊임없이 속삭이듯. 정말 끔찍했어. 눈앞에서 사랑하는 사람이 죽어 가는 걸 무기력하게 지켜볼 수밖에 없다니. 나는 네게 그런 고통을 주고 싶지 않아. 너는 이미 겪었잖아? 그런데도 나를 사랑해 줘서, 처음부터 다 알고도 그런 행복을 느끼게 해 줘서 고마워. 그

러니 이제…… 응? 단지 꿈일 뿐이라고? 아니야, 그런 말 하지 마. 이렇게 너를 대하고 싶지 않았는데, 미안해, 사랑할 자격도 없는 내게 너는 처음부터…… 아니, 틀리지 않아. 부탁이야, 그만해. 더는 찾아오지 마. 여행? 여행을 가도 마찬가지야. 내가 네 죽음이 결말인 꿈을 꿀 동안, 너는 내 죽음이 결말인 현실에서 조금씩 죽어 갈 거야. 그게 바로 우리 운명이야. 그리고 하얀 냄새…… 그건 언제까지고 내 죽음을 네게 속삭이겠지. 아니, 후회하지 마. 이건 내가 만든 결말이니까. 그런 아픔을 꿈속에서라도 느껴서 다행이라는 생각도 들어. 그러지 않았다면 나는 네 품에서 편안히 죽어 가는 이기적인 결말을 바랐을 테니까. 죽음보다 더한 고통을 네게 모조리 떠넘긴 채.

내 몸은 마침내 수면 위로 완전히 떠올랐다.

그러니 이제 그만.

살아 숨 쉬는 말.

떨어져.

나는 확신했다.
이 여자도 나와 비슷한 흐름 속에서 살았다고. 줄곧 자기 표정을 궁금해하며, 아득하게 펼쳐진 흐름 안에서, 나처럼 그렇게 어딘가에서 흘러와 또 흘러갔다고.

물결과 바람결. 밤과 달. 그리고 모든 인생을 아우르는 하나의 흐름.

그렇다.

그건 **외로움**이었다.

나는 이제 그 하나의 흐름에서 발버둥 치기 시작한다. 나는 지루하기 짝이 없는 공간을 어지럽힌다. 떼쓰는 아이처럼 팔다리를 힘껏 휘젓는다. 위에서 내려다본다면 몹시 추한 모습일 터였다. 대개 그런 종류의 시선으로 흘끔거린다. 하지만 당사자는 진실한 용기이며 필사적인 몸부림이다. 나는 아랑곳하지 않고 그곳을 향해, 따스한 외로움을 향해 애원하듯 올라간다. 이윽고 주위가 들썩이기 시작한다. 진동은 위에서부터 전해졌다. 쿵쿵. 누군가 내 죽은 몸을 강하게 두드리는 것 같다. 삶을 갈구하는 어린 양을 구원하려는 손길이 틀림없었다. 나는 그 온기를 붙잡으려고 팔을 미친 듯이 돌렸다. 가까이 다가갈수록 진동은 강하게 울린다. 점차 짧아지는 간격이 나를 되살아나게 만든다.

마침내 손끝에 닿았다. 하나의 점을 움켜쥐었다.

나는 두 눈을 활짝 열었다.

"아저씨, 집에 있었어요?"

눈부신 빛에 실눈을 떠야 했다. 완전히 감은 한쪽 눈은 아직 꿈속에 있었다. 다른 쪽은 내가 밖으로 나왔다는 사실을 인지했다. 순간 정신이 아득했다. 한 줌 호흡만으로 깊은 바닷속에서 빠져나온 것만 같은 느낌이 들었다.

"일주일 동안 집에서 뭐 했어요? 안 심심해요?"

속에서 무언가 올라왔지만 꾹 참았다. 이 흐릿하고 자그마한 형체에 쏟으면 안 된다는 사실을 본능적으로 알아챘다. 나를 구원해 준 존재가 제 모습을 찬찬히 찾아갔다. 소담스러운 뭉게구름. 얼룩덜룩한 햇볕. 그리고 까치발을 한 소녀.

"삼촌, 울었어요?"

메마른 침은 끈적한 거미줄 같았다. 입안에서 얼기설기 뒤섞였다. 덕분에 쉰 목소리가 더 갈라져 나간다. 그런데 아이는 용케 알아들은 모양이었다.

선이는 머리를 긁적이다가 나를 지나쳐 사뿐사뿐 안으로 들어왔다.

"그냥 꽃이 궁금해서 와 봤어요. 안 본 지 오래됐으니까."

그러곤 신발을 벗다가 할 말이 생각난 듯 몸을 빙글 돌렸다. 이어 코를 부여잡고 미간을 찌푸렸다.

"그런데요, 삼촌. 좀 씻어요! 몸에서 엄청나게 냄새나요!"

아이는 거실 쪽으로 뛰어갔다.

뜨거운 햇살에 등이 타는 듯했다.

수건으로 젖은 머리를 털며 거실로 나왔다. 활짝 열린 창문으로 시원한 봄바람이 불어왔다. 흑백사진 같은 거실은 회색빛이 감돌았다. 깔끔하게 정돈된 느낌을 주는 건 내 몸의 반 정도까지였다. 아이는 자기 손길이 닿지 않은 곳은 지저분한 채로 놔두었다. 마음이 급했을 터였다. 화원으로 향하는 문 앞에 실내화가 삐딱하게 놓여 있었다.

나는 고개를 한껏 뒤로 젖히고 숨을 크게 들이마시고 내뱉었다.

경적.

아무리 기억을 더듬어도 소용없었다. 남은 건 그 경고음과 욱신거리는 푸른 멍뿐이었다.

물론 그것만은 아니었다. 그래서 조금 안도했다.

하지만 확인은 필요했다.

화실은 여전히 장미가 만발해 있었다.

이 기묘한 공간은 바깥에서 벌어지는 상황에 관심이 전혀 없는 것 같았다. 정말이지 단 한 송이도 시들지 않았다. 보란 듯이 꼿꼿하고 우아하게. 꽃잎은 기지개를 켜고, 새빨갛고, 빛났다. 그 모습을 가만히 지켜보면 시간이라는 개념이 흐릿하게 뭉개지는 기분이 들고는 한다.

그 느낌은 착각이 아닐지도 모른다.

이곳은 어떤 '흐름'도 존재하지 않는다.

그러고 보면 꽃이 피는 과정도, 만발하는 순간도, 지는 모습도 직접 눈으로 본 적이 없다.

처음과 끝이 없다. 중간도 없다.

어느샌가 피어 있을 뿐이다.

문득 나는 한 가지 사실을 깨달았다.

'이제 꽃은 다 피었어 내가 후각을 잃은 그날만큼.'

"그사이에 꽃이 많이 피지는 않았네요. 이제 안 심기로 한 거예요?"

선이가 곁에 다가와 앉더니 가장 가까운 꽃 위로 얼굴을 기울였다. 나는 옆으로 다가가 아이와 눈높이를 맞췄다. 선이는 늘 그렇듯 꽃을 연구하는 사람처럼 꽃잎에 코를 박고 킁킁거렸다. 이따금 손수건으로 쓰다듬거나 사진기를 바짝 들이대기도 했다. 그러고 나면 멍하니 생각에 잠겼고, 이어 고맙다는 듯이 꽃을 쓰다듬었다. 그 일련의 과정은 볼 때마다 놀라웠고, 또 고마웠다.

"선이는 왜 그렇게 장미를 좋아해?"

내가 묻자 선이가 시선을 들었다.

"꽃을 좋아하는 이유요?"

나는 고개를 끄덕였다.

"좋다기보다는 궁금해요. 저는 호기심이 많거든요."

이어 양팔로 무릎을 감싸안았다.

"어렸을 때부터 그랬대요. 무언가 꽂히면 붙잡고 놓질 않고, 심하면 며칠 동안 껴안고 자고. 밖에서 마주치는 어른마다 그것에 관해 물어보고 모르면 버릇없이 화를 내기도 했대요."

"어머니가 참 힘들었겠구나."

선이는 멋쩍은 미소를 지었다.

"이 꽃을 보면 그때 기억이 확 떠올라요. 처음엔 붓이랑 물감이었어요. 이 꽃처럼 빨간 물감. 엄마 거였는데 제가 갖고 싶다고 막 울었어요. 그래도 안 된다고 그러길래 며칠 동안 방에서 꼼짝도 안 하니까 아빠가 한숨을 쉬더라고요."

선이는 처음으로 아빠에 관한 이야기를 했다.

잠시 후, 내 예상은 적중했다.

"지금은 그 누구에게도 물어보지 않아요. 무언가 궁금해지면 제가 직접 찾아보고, 만지고, 연구해요. 그래야 더 오래 기억할 수 있거든요."

"그 기억을 잊기 싫은 거구나?"

"맞아요. 언제 사라질지 모르잖아요. 제 호기심처럼."

"호기심? 그게 사라지기도 해?"

"네, 한 번 그랬어요. 아빠가 죽고 나서요. 작별 인사도 없었어요."

아무리 예상한들, 무엇보다 익숙한들 누군가의 죽음에 아무렇지 않게 반응하기란 늘 어렵다.

"나도 그 기분을 알 것 같아."

"그래요? 언제였는데요?"

"모르겠어. 아마 어렸을 때겠지?"

"저는 알아요."

"언제?"

"꿈꾸고 있었을 때."

그래. 나도 그랬을 것이다.

그런 일은 아이들이 꿈꾸는 시간에 일어나곤 한다.

"아빠처럼 호기심도 제 마음속에서 도망가 버린 거예요. 아니면 아빠가 가져가 버렸을 수도 있고요. 그 뒤로는 아무리 신기한 걸 봐도 호기심이 전혀 생기지 않았어요. 뭘 해도 재미없고 지루했는데, 그건 꿈속에서도 마찬가지였죠. 거의 매일 아침, 길고 따분한 꿈에서 깨면 아빠를 원망하기도 했어요. 절 그렇게 만든 사람은 아빠라고 확신했거든요. 그러던 와중에 이곳으로 이사 오게 됐고, 어느 날 이 꽃을 발견했어요. 도망간 호기심이 돌아온 건지 새로운 호기심이 생긴 건지는 모르겠지만 가슴이 두근거렸어요. 너무 기쁜 나머지 이 꽃과 관련된 기억이 조금이라도 흐릿해지면 불안해서 꿈을 꿀 수 없을 정도였죠. 아저씨는 모르겠지만 이 꽃은 다른 장미와 달라요. 촉감도 향기도. 솔직히 무슨 맛인지도 궁금한데 참고 있었어요. 혀로 살짝 핥아 보면 안 되나요?"

"그건 안 돼."

그렇게 묻는 선이의 표정이 너무 진지해서 웃음이 나왔다.

"언니가 허락하기 전까지는."

"정말이에요?"

"응. 대신 뭐 하나 물어봐도 될까?"

선이는 고개를 격하게 끄덕였다.

"뭐든지요."

"고마워."

나는 조금 전까지 선이가 어루만지던 장미를 가리켰다.

"만약 선이가 장미 한 송이를 키우는데 그 꽃이 아픈 거야. 그래, 곧 시들 것처럼 시름시름 앓아. 그럼 그 꽃을 위해 선이는 뭘 할 수 있을까?"

"꽃이요?"

선이는 곰곰이 생각했다.

"꽃이 시들 만큼 아프니까 많이 뜨겁지 않은 물을 주거나 깨끗한 흙으로 갈아 주고 싶어요."

"꽃이 그러길 원하지 않으면? 선이가 만지려고 하면 몸에서 가시가 돋아나는 거야. 도저히 만질 수 없을 만큼 날카로운 가시가. 그럼 장미도 아프고 만지려던 네 손가락도 피가 나 아픈 거지."

"만지지 않고 보기만 하면요?"

"그럼 꽃이 완전히 시들 텐데? 네 눈앞에서 꽃이 지면 마음 아프지 않을까?"

"아주 멀리 떨어져서 물을 주거나 다른 사람에게 흙을 갈아 달라고 부탁해도 꽃이 시들어요?"

"응, 맞아."

아이의 고민은 나로 하여금 점점 기대하게 만들었다.

아이의 해결책은 두어 번 더 거부됐다.

"그럼 그냥 아무것도 안 하고 장미 옆에 있을래요."

선이는 확신에 찬 말투로 말했다.

"꽃이 피려면 얼마나 힘든데, 혼자 시들고 싶어 하는 꽃은 없을 거예요. 또 자기를 사랑하는 사람한테 상처 주려는 꽃은 이 세상에 없어요. 그냥 알려 주는 거예요. 나는 그렇게 강하지 않다고, 만질 때는 조금 조심해 달라고, 네 옆에서 금방 죽고 싶지 않다고."

이어 선이는 아빠가 예전에 읽어 줬다는 동화를 들려주었다.

일 년에 딱 하루만 피는 꽃 이야기.

꽃이 피는 공간은 꿈속이며, 현실에서 흐르는 하루 동안만 만날 수 있다. 결국 꿈에서 깨어나 버린 주인공은 다시 꿈을 꾸기 위해 노력하지만 하루가 지나 버렸고, 꽃은 그런 주인공을 기다리다가 이울어 버린다.

"하지만 꽃은 슬퍼하지 않아요. 잠깐이지만 사랑하는 사람과 함께 했던 그 순간을 간직한 채 또 오랜 시간을 견뎌요. 사람은 매일 꿈을 꾸니까 언젠가 다시 만날 수 있다고 굳게 믿으면서."

잠시 후, 동화의 결말을 들었을 때 나는 꼼짝도 할 수 없었다. 그때 상상한 동화의 한 장면이 아직도 생생하게 떠오른다.

"삼촌, 왜 그래요?"

나는 고개를 저었다.

"그냥 부끄러워서 그래. 화실에 핀 장미도 나를 많이 좋아해 주는 것 같은데 나는 그만큼 돌려주지 못해서."

"그래요? 그런데 삼촌은 냄새를 못 맡는 데도 이렇게 많은 꽃을 심었잖아요. 그럼 이미 많이 사랑한다는 뜻 아니에요?"

불현듯 나는 일어서서 화실에 핀 모든 꽃을 둘러보았다.

그러고는 화실 한가운데로 시선이 다시 돌아온다.

웅크린 여자와 그림 속 소년이 울고 있다.

단미가 가방에 꽃 한 송이를 넣는다.

꽃과 아이는 대답을 기다린다.

"그렇구나, 맞아."

장미 향이 풍겼다.

"나는 장미를 무척 사랑해. 언제까지고 곁에 있고 싶을 만큼."

방으로 올라가 창문을 열었을 무렵, 불그스름한 저물녘이 하늘에 엎질러져 있었다. 나는 늘 그렇듯 그 너머를 응시했다. 내게 줄기처럼 곧게 뻗어 오는 빨간 선을 보았다.

나는 느낄 수 있었다.

단미는 조금 전에 긴 꿈에서 깨어나 이쪽을 보고 있다. 따뜻해진 바람에 장미 향을 실어 보낸다. 더 짙게 풍기도록 창틀에 걸터앉는다.

나를 부르고 있어.

나는 당장이라도 뛰쳐나가고 싶었다. 그런 식으로 찾아갈 때마다 단미가 거부했다는 사실도 기억해 냈다.

그러나 그건 이제 아무런 상관이 없었다.

단미가 보고 싶었다.

그 사실이면 충분했다.

나는 거울 앞에 서서 청혼을 연습하는 남자처럼 깔끔하게 단장했다.

이어 준비를 마치고 창문을 닫으려는데 마당에서 하느작대는 손을 보았다. 조금만 더 화실에 있겠다고 떼를 쓰던 선이였다. 나는 마주 흔들다가 선이 손에 무언가 들려 있다는 사실을 알아챘다.

일 층으로 내려가 문을 열자 선이는 이미 그것을 내밀고 있었다.

"강아지가 물고 있었어요."

편지봉투였다. 작은 우편에는 해변과 야자수가 찍혀 있다.

나는 반쯤 입을 벌린 강아지 우체통을 건너다보았다.

"고마워, 선……"

아이는 이미 사라지고 없었다.

방으로 돌아와 봉투를 뜯어 살펴보니 손 편지 여러 장이 안에 들어 있었다. 순간 불길한 예감이 들어서 창문 너머를 쳐다보았다. 아직이었다. 모든 것이 그대로였다.
나는 안도하며 편지 첫 장을 펼쳤다.

너희 싸웠냐?

하와이에서 신혼부부가 보낸 편지였다.
그 짧은 한마디로 우리가 흔한 사랑싸움을 한 것만 같았다.

남의 결혼식에서, 그것도 하필 우리 결혼식에서 싸우고 난리야? 그날 얼마나 찾은 줄 알아? 둘 다 말없이 사라져서는 연락도 안 되고. 정말이지 생각지도 못한 진상이었어. 대체 무슨 일이야?

그 뒤로 원망과 걱정이 뒤섞인 글이 조금 더 이어졌다.
나는 다음 장을 펼쳤다.

아무튼 이렇게 편지를 쓰는 이유는 아내가 너한테 할 말이 있대서야. 미안하지만 단미 몸 상태랑 네 후각에 관해서 이미 말했어. 정말이지 어쩔 수 없었어. 하와이로 가는 비행기에서까지 나를 못살게 굴었다고. 당장 감추고 있는 거 다 말하라면서. 신혼여행에서 싸우는 정신 나간 부부가 어디 있느냐며 비웃었는데 그게 바로 우리더라고. 여하튼 약속 못 지켜서 미안해. 비행기에서 잠도 못 자고 이 편지를 쓰는 내 처지도 좀 생각해 주고. 그리고 주아도 이제 알 자격이 충분하다고, 또 그래야 한다고도 생각했어. 주아가 쓴 편지를 읽으면 무슨 뜻인지 알 거야.

그리고 마지막으로, 집들이 때 발코니에서 우리가 나눈 대화 기억해? 돌이켜 보면 그 말은 과거의 나와 주아에게도 꼭 필요했던 말인 것 같아. 당시에는 꽤나 힘들고 괴로웠지만, 어쨌든 우리는 선택했고, 지금 이렇게 함께 있어. 주아 편지 꼭 읽어 봐. 그리고 미안해. 그건 네게 차마 말하지 못했던 이야기야.

마지막 문단을 읽고 발코니에서 내려다본 위아래가 뒤집힌 도시를 떠올렸을 때 나는 묘한 기분에 사로잡혔다. 편지 가장자리를 잡은 손가락이 희미하게 두근거렸다. 나는 재혁이 편지 뒤로 새로 접힌 편지를 펼쳤다.

저예요, 주아.

낯선 글씨체에 그녀의 감정이 꾹꾹 눌러 담겼다.

서화 씨 정말 실망이에요. 결혼식 때 두 분이 사라져서가 아니에요. 실은 후각도 미각도 못 느낀다고요? 어떻게 그런 일을 숨길 수 있어요? 이유도 참 황당했어요. 평범해 보이고 싶어서라니…… 서화 씨는 이러나저러나 재혁이 평범한 친구일 뿐이에요. 남편과 어린 시절을 함께 보낸 소중한 친구이고, 또 제가 모르는 이야기를 들려줄 수 있는 유일한 사람이요. 더군다나

안개꽃 395

단미 씨도 그런 심각한 병을 앓고 있다고요. 물론 듣기만 해도 마음이 아팠지만, 바보가 된 기분도 들었어요. 집들이 때는 그런 사정도 모르고 결혼에 들떠서 두 분에게 주저리주저리 떠들어 댔죠. 또 그날따라 이상하리만치 어색해하는 재혁이나 셋이서 흐르는 미묘한 기류 역시 착각이 아니었다는 거겠죠. 그 소중한 하루가 셋이 저를 속이기 위한 연기로 꾸며졌다는 사실이 아직까지도 믿기지 않고 화도 나지만 이제 와서 어쩌겠어요. 이미 지난 일이고, 또 그 일을 계속 들춰서 여행을 망치고 싶지 않은걸요. 지금은 그저 두 분의 비밀이 처음 마주한 제게 알려 주기에는 다소 무거웠다고, 가까운 미래에 알려 주려고 했지만 어쩌다 보니 이렇게 상황이 흘러왔다고 생각하려고요. 그래도 다음부터는 그러지 말아요. 사람이라면 누구나 비밀 하나쯤은 가슴속에 품는다지만, 그런 비밀은 감추지 말아 주세요. 이제 서화 씨도 제 소중한 친구잖아요. 제가 도울 수 있는 일이라면 꼭 힘을 보태고 싶어요. 서화 씨가 우리 부부를 응원해 준 것처럼요.

나는 다음에 주아를 만나면 꼭 그런 짓을 해서 미안했다고, 또 고마웠다고 말하리라 다짐했다.
나는 다음 장을 펼쳤다.
두 번째 장부터는 주아의 인생이 담겨 있었다.

지금 이렇게 편지를 쓰는 것도 그런 이유에서예요. 서화 씨가 현재 겪는 상황을 들었을 때 제 과거와 비슷하다고 느꼈어요. 그래서 내 이야기가 조금은 도움이 되지 않을까…… 아니, 분명 그럴 거라고 생각해요. 겪어 보지 않으면 모르는, 비참한 현실에 맞닥뜨렸을 때 쉽게 간과하고 마는 것이 있으니까요. 그럼 긴 이야기에 앞서 소개하고 싶은 사람이 있어요. 제가 한때 가장 사랑했던 사람, 바로 아빠예요. 일찍이 하늘로 올라가신 우리 아빠요. 아빠는 겉으로는 멀쩡해 보였지만 속은 전혀 그렇지 않았어요. 제가 열 살 때 새벽일을 마치고 집으로 돌아오는 길에 음주 운전 차량과 큰 사고가 났거든요. 상대 운전사는 즉사했고, 입원한 아빠는 목과 어깨 등 상반신에 큰 충격을 받아 처음엔 제대로 움직일 수조차 없었죠. 그런데 더 문제는 다친 아빠를 돌볼 사람이 없었어요. 엄마는 주로 해외로 나가 일을 해야 했고 아빠는 어린 제가 충격 받을까 봐 업무 때문에 지방으로 출장을 가야 한다고 말하며 사고 소식을 철저히 감췄어요. 대신 담임 선생님께 사정을 말씀드리고는 며칠 동안 저를 맡아 주겠다는 약속을 받으셨죠. 일주일이 채 지나지 않아 아빠는 의사가 만류하는데도 막무가내로 퇴원해 버렸어요. 당장 한국으로 돌아가겠다는 엄마에게 예상보다 부상 정도가 심각하지 않아 금방 퇴원할 수 있었다고 거짓말하면서요. 오늘 공항에 오는 길에 엄마가 그러더라고요. '여행 작가는 엄마의 오랜 꿈이어서 그랬을 거야.' 아빠는 아내나 엄마의 삶이 아닌 뒤늦게 꿈을 좇는 여자의 삶을 응원하지는 않았지만, 당신처럼 꿈을 포기하지 않길 바랐을 거래요. 그런데 꿈을 포기한 결과가 불의의 사고라니 참 견디기 힘든 현실이지 않았을까요? 그런데도 아빠는 아픈 몸을 이끌고 학창 시절 내내 학교 앞이든 버스 정류장이든 딸을 마중 나갔고, 저는 아빠를 발견하면 아무것도 모른 채 넓은 등에 뛰어들었어요. 그리고 약 이 년 뒤, 그러니까 제가 열두 살 때부터 아빠의 몸 상태는 빠르게 악화됐어요. 어린 제가 눈치챌 정도였으니까 하루라도 빨리 입원해야 할 만큼 심각했을 거예요. 아빠는 달려오는 딸에게 등이 아닌 손을 내밀기 시작했고, 무거운 택배 상자에도 끄떡없던 양 어깨가 어린 두 팔로 안아도 남을 만큼 여위어 갔어요. 아이는 달라진 아빠의 마른 몸에 큰 충격을 받았어요. 아빠를 뒤에서 안았는데도 양 손바닥이 닿았을 때는 더욱 그랬죠. 성장이 느린 열두 살 여자아이였어요. 아빠를 위한 삶을 살기로 결심한 아이 나이요. 저는 그 무렵 당연하다는 듯 공부에 매진했어요. 얼마 지나지 않아 꿈은 자연스레 간호사로 정해졌고, 집안일을 도맡으면서도 그 꿈을 이루기 위해 부단히 노력했어요. 모든 과정이 순조롭게 흘러갔어요. 결말이 비극인 이야기가 그렇듯이. 명문대 수석 입학. 전액 장학금. 국가고시. 면접. 그리고 학창 시절부터 목표로 삼았던 대학 병원에 근무할 기회를 잡았고, 원할 때 언제든지, 몰래라도 찾아갈 수 있는 가까운 병실에 아빠를 입원시켰어요. 아빠는 크게 기뻐하며 당신이 퇴원하는 모습을 딸에게 가장 먼저 보여 줄 수 있어서 행복하다고 말해 줬어요. 병원놀이를 하는 부녀처럼 서로 몰래 장난치는 그 짧고 순탄했던 시절은 영원에 기억에 남을 거예요. 본격적으로 인수인계가 시작되니 예상과 달리 간호사 업무는 몹시 복잡했고, 도저히 납득할 수 없는 병원 내 근무 환경에 아빠 병실에 찾아가지 못하는 날이 점점 많아졌죠. 뒤늦게 귀국한 엄마는 당신 나름대로 남편을 간호했지만, 각종 합병증이 겹치다 못해 시력마저 거의 잃은 아빠의 눈은 그런 엄마를 똑바로 쳐다보지 못했어요. 그리던 어느 늦가을 아침, 환자 수십 명의 입원 날짜와 입원 시간, 예상되는 회복 기간, 퇴원일 등을 울면서 암기하는 사이 아빠는 옆 병실에서 돌아가셨어요. 제가 찾아갔을 때 엄마는 담당 선생님에게 매달려 있었고, 선배들은 안절부절못하며 저를 흘끔거렸어요. 아빠는 하얀 천을 쳐다보고 있었어요. 제가 다가가 이불을 걷었는데도 눈동자는 여전히 하얀 무언가를 응시하고 있었죠. 저는 그렇게 피하려고 발버둥 쳤지만 결국 올 것이 왔다고 생각하면서, 조용히 아빠의 마지막 얼굴을 가슴속에 담고 싶었어요. 그런데 그 빌어먹을 기계. 정말 왜 그리 요란하게 만들었는지. 왜 가족보다 더 시끄럽게 울어 대는지. 퇴원하는 모습을 제일 먼저 보여 주겠다고 약속했으면서 죽어 버린 아빠를 원망하려는데 왜 주제넘게 말을 가로막고 자극하는지. 저는 아빠 위에 얼굴을 묻고 울었어요. 내 목소리를 듣고 미안해지라고. 그러니 제발 돌아오라고. 장례는 순식간에 끝났어요. 병원은 죽음에 무감각한 곳이에요. 아빠 죽음은 이미 다른 죽음에 묻혀 버렸죠. 선배들의 압박에 못 이겨 바로 다음 날 출근해야 했어요. 감정이 무뎌지니 부조리한 일들을 오히려 담담하게 해낼 수 있었지만, 내심 평생 다른 사람의 죽음과 싸워야 한다는 현실만은 부정하고 싶었어요. 그에 따른 크고 작은 투쟁이 더는 부질없는 짓처럼 느껴졌죠. 이따금 위급 환자가 기적적으로 살아나면 의아하기도 했어요. 그건 분명 질투겠죠. '왜 저런 노인에게 기적이 일어난 걸까. 어차피 고통만 길어질 뿐 곧 죽을 텐데. 저 새파랗게 어린 보호자를 봐. 전혀 기뻐하지 않잖아. 분명 죽길 바란 거야.' 때때로 제 손에서 기적이 일어났을 땐 정말이지 자기혐오로 뒤덮여 밤새 몸을 비틀었어요. 이렇게 할 수 있으면서 나는 아빠가 죽을 때까지 대체 뭘한 거지? '아빠를 죽인 건 바로 너야' 같은 목소리에 소스라치게 잠에서 깨면 모든 환자가 병실 침대에서 밤마다 되뇌는 말을 중얼거려요. "왜 하필 나야, 다른 사람도 아닌 내가." 자, 그럼 시간이 어느 정도 걸렸겠지만 마음을 추스르고 간호사로서 환자의 안녕을 위해 헌신하여 가엾은 생명을 구했느냐고요? 아뇨! 저는 결코 그런 위인이 못 돼요. 그런 사명은 처음부터 없었어요. 오히려 저주했어요. 순조롭게 회복한 뒤 퇴원하는 환자에 대고 어떤 식으로든 악담을 퍼부었죠. 화기애애한 분위기를 도중에 끊어 버리고 쓸데없는 주의 사항을 늘어놓거나 확률이 희박한 후유증을 부풀렸죠. 참 못됐죠? 그 짓에 열중한 덕분에 얼마 지나지 않아 간호사들 사이에서 이상한 소문이 돌았는데, 그즈음 재혁이를 만났어요. 어머니도 그때 처음 뵀죠. 종합 건강검진을 받으러 매년 병원에 온다는 말에 무언가 직감하고 의료 기록을 훔쳐봤더니 역시나 웃기지도 않은 기적이 내렸던 환자였죠. 초기 암세포를 '우연히' 발견했다는 기록을 보고 남

몰래 비웃던 사이 어머니가 속마음을 들여다보는 눈으로 이렇게 말씀하셨어요. "우연히 발견했다니까 이상하죠? 나도 참 황당하네." 어머니는 싱긋 웃었고, 저는 새빨갛게 달아오른 얼굴을 돌렸어요. 다정한 눈빛과 어깨에 닿은 따뜻한 손이 무서웠어요. 아빠를 닮아서요. 덜컥 겁이 났어요. 꼭꼭 감춘 진심을 들켰다는 생각에 몸이 그대로 굳어 버렸어요. 혈압 측정기가 말썽이니 한번 확인해 달라는 어머니 손길에 이끌렸을 때 저는 비명을 지르며 손을 뿌리쳤어요. 천천히 뒷걸음질 치며 마주한 시선들은 모두 달랐어요. 어색하게 손이 올라간 어머니와 다급하게 달려온 재혁이, 진절머리가 난 듯한 간호사들, 하루도 빠짐없이 혐오했던 환자 몇몇. 그 뒤는 사실 잘 기억나지 않아요. 재혁이가 말하길 도둑질을 들킨 사람처럼 우두커니 서 있다가 자포자기하듯이 이렇게 말했대요. '그것참 행복하시겠네요.' 그 이후 시한부 선고를 받은 환자처럼 병원을 방황하다가 그대로 밖으로 나갔을 거예요. 문득 정신 차렸을 때는 이미 오랫동안 출근하지 않고 집 안 깊숙이 박힌 뒤였죠. 계절이 바뀌는 동안 한 번도 불을 켜지 않았어요. 그러면 아빠가 하늘에서 제 모습을 볼 수 없다고 믿었거든요. 하루는 그동안 쏟은 눈물만큼 소나기가 노드리듯 퍼붓는 늦은 밤이었어요. 요동치던 감정은 온데간데없어졌고, 머리가 깨질 듯한 두통도 사라졌죠. 사위는 고요했고, 등 뒤엔 비가 내렸어요. 빗물이 튀는 소리를 감상하는 여유까지 부리며 아주 천천히, 어둠 속에서 여러 과정을 그리며 자살을 계획하기 시작했어요. 간호사가 자살에 실패할 일이 있을까요? 자살 시도 후 실려 온 환자를 떠올리며 저울질하고, 그중에서 기적이 외면했을 정도로 현명한 방법을 따라 하기로 마음먹었죠. 그런데 재혁이는 그런 저를 가만두지 않았어요. 거의 완성된 계획에 만족해하며 몸을 일으키면 어느샌가 앞에 서 있었죠. 어떻게 주소를 알아냈는지 집까지 찾아와 열쇠를 훔쳐 갔고, 하루가 멀다 하고 나타나 계획을 방해했어요. 짜증이 솟구쳤어요. 기적은 곁에 누군가 있을 때 일어나곤 해요. 그런 식으로 자꾸 나타나면 계획대로 흘러가지 않을 것이고, 혹여 내가 혐오하던 환자처럼 살아나는 건 너무너무 싫었어요. 한번은 죽일 듯이 달려들어서 열쇠를 뺏었는데, 알고 보니 이미 여러 개 복사한 뒤여서 소용없었죠. 속으로만 퍼부었던 혐오를 실제로 입 밖으로 내뱉는 순간이 바로 그때였어요. 제발 날 좀 내버려두라고, 더럽게 운 좋은 네 어미한테나 가라고 악담을 퍼부었죠. 그런데도 재혁이는 멈추지 않았어요. 단 하루도 빠짐없이. 그래서 그냥 굶어 죽기로 했어요. 제일 고통스러운 방법 중 하나지만 어디 끝까지 가 보자는 식이었는데, 재혁이는 그러든지 말든지 저를 돌보기 시작했죠. 그리고 다시 며칠이 지났어요. 저는 일어날 힘이 없어서 바닥에 그대로 쓰러져 있었어요. 재혁이가 몰고 온 싸늘한 바람에 몸이 떨렸어요. 문이 닫히자 주위가 깜깜한 어둠으로 뒤덮였어요. 재혁이는 여느 날처럼 말없이 제 머리맡에 앉아 가만히 기다렸어요. 불현듯 하염없이 중얼대는 사람이 나라는 사실을 깨닫고 입을 다물었죠. 그러자 재혁이가 담담한 목소리로 말했어요.

그럼 승무원을 해 보는 건 어때? 그러면 눈 나쁜 아빠가 하늘에서 널 볼 수도 있잖아.

잠시 후, 앞에 무언가 쾅 떨어졌어요. 저는 놀라 눈길을 들었지만, 아무것도 보이지 않았어요. 간신히 몸을 반쯤 일으키자 창문 너머를, 아마 하늘을 올려다보는 남자의 형체를 보았어요. 재혁이는 바지를 붙잡으며 무언가 갈구하는 제게 자기 윗옷을 덮어 주고 그대로 집을 나갔어요. 재혁이가 한 말은 밤새 머릿속에서 맴돌았죠. 또다시 감정이 요동쳤지만, 그 떨림은 전과 다른 느낌이었어요. 더는 외면하기 싫었어요. 떨리는 이유를 찾고 싶었어요. 아침이 밝아올 즈음 그 목소리는 거짓말처럼 아빠 목소리로 변했어요. 마치 아빠가 남긴 유언이라도 된 것처럼. 떨리는 손으로 어두운 막을 젖히고 창문을 열었어요. 겨울의 시작인지 끝인지 모를 앙상한 풍경이 눈앞에 펼쳐졌어요. 다리가 비틀거렸지만, 버티고 또 버텼어요. 천천히 숨을 들이쉬고 내뱉으며 온몸으로 햇빛을, 그리고 달빛을, 또다시 햇빛을 받았어요. 마침내 돌아볼 용기가 생겼을 때, 저는 승무원에 관해 모든 걸 정리한 종이를 집어 들었죠. 무언가에 몰두하는 시간은 아픈 과거를 잊는 데 큰 도움을 주더라고요. 누군가를 기다리는 시간까지 더해지면 더더욱 그랬죠. 저는 며칠 뒤 찾아온 재혁이에게 사죄했고, 재혁이는 그런 저를 처음으로 꼭 안아 줬어요. 그때 우리 참 많이 울었죠, 아마? 우리는 잠시 각자의 삶으로 돌아갔어요. 새로운 삶에 적응하면서 승무원이 되는 건 솔직히 어렵지 않았어요. 일전에 해외 간호사 시험을 준비했기 때문에 영어 실력도 부족하지 않았고, 면접은 말할 것도 없었죠. 나는 눈매가 선한 아빠를 닮았으니까. 면접관에게 그런 칭찬을 받으면 아빠를 닮았다고 답할 수 있어서 행복했어요. 돌이켜 보면 승무원으로 오래 일하지는 않았지만 지금까지 참 다양한 사람을 만났네요. 물론 저는 그 많은 승객 중에서도 아빠와 딸의 모습을 훔쳐보곤 하죠. 어린 딸과 젊은 아빠, 사회 초년생 딸과 든든한 조언자인 아빠, 엄마가 된 딸과 할아버지가 된 아빠 등. 그들을 또 혐오했느냐고요? 그럴 리가요! 부럽긴 했지만, 더는 혐오도 시기도 질투도 하지 않았어요. 아주 가끔 그들에게 나와 아빠의 모습을 투영하는 정도면 충분했어요. 그러고 나면 남은 건 그리움이었어요. 그리고 죄책감도. 그때까지만 해도 그 두 감정을 평생 지우지 못할 거라고 생각했죠. 승진이 확정된 날은 유난히 아빠가 그리운 날이었어요. 승객들의 저녁 식사가 끝나고 나서야 잠시 앉아 쉴 수 있었죠. 밤하늘을 감상하며 울적한 마음을 달래다가 그만 잠이 들었어요. 익숙한 소음으로 가득한 꿈을 꾸었죠. 병원 일 층 복도였어요. 앞에서 선배가 인수인계의 중요성을 열변하다가 팀장님을 발견하고 뛰어갔어요. 그래서 저는 당연하다는 듯 제자리로 돌아갔죠. 진료 결과를 재차 묻는 환자들을 상대하고 나서도 그 모든 상황이 어리둥절하기만 했어요. 아직 꿈과 현실 사이에 놓여 있을 때, 누군가 제게 다가왔어요. 저는 단번에 그 남자아이를 알아봤어요. 눈동자가 동그랗고 새까만 아이. 입원한 첫날 제게 화장실 위치를 몇 번이나 물어서 기억하고 있었어요.

동시에 그날이 아빠가 죽기 바로 하루 전날이라는 사실을 깨달았죠. 저는 그 아이가 묻지도 않았는데 화장실 위치를 손가락으로 가리키고는 곧바로 아빠 병실까지 달려갔어요. 그즈음 아빠는 제가 몰래 찾아가면 손사래 치기 일쑤였어요. 심지어 등을 돌리고 어서 가서 일하라며 저를 내치기도 했어요. 그럴 때마다 저는 이 옷을 입으려고 얼마나 노력했는지 아느냐며 아빠에게 화를 냈어요. 그런데 알고 보니 제가 특정 병실을 자주 찾아간다는 사실을 눈치챈 선배에게 혼난 적이 있는데, 그 모습을 아빠가 우연히 봐서 그런 거라고, 옆 침대를 쓰던 환자가 퇴원하면서 알려 주었어요. 그런데 꿈에서 찾아간 아빠는 현실과 다르게 저를 기다렸다는 듯 문 쪽을 보고 있었어요. 들어온 사람이 딸이 맞는지 눈을 찌푸렸고, 저는 그 모습에 눈물이 왈칵 쏟아졌죠. 저는 아빠가 죽던 그날처럼 똑같이 아빠 위로 얼굴을 묻었어요. 잠시 후, 아빠는 제 손을 꼭 붙잡고 이렇게 말했어요.

"주아야, 잠깐이면 돼. 이제 아빠 옆에 있어 주렴."

무슨 뜻인지 알겠어요? 직접 듣지 않으면 평생 모를 거예요. 그 순간 저는 그 말을 어렴풋이 이해했어요. 아빠가 줄곧 하고 싶었던 말. 언제부턴가 나를 슬프게 쳐다본 이유. 딸이 아픈 자신을 위해 밤낮으로 공부하며 코피를 쏟기보다는, 의사를 포기하기보다는, 최연소 간호사가 되기보다는, 그저 자기 곁에 있길 바란 거예요. 아무것도 하지 않아도 되니까 그저, 재혁이가 내게 그랬듯이 그저 옆에서, 조금이라도 건강한 자신과 함께 시간을 보냈으면 하는 마음으로. 누구든 사랑하는 사람이 아프면 무언가를 하려고 애쓰지만, 정작 당사자는 당신이 감당할 희생이나 노력이 안쓰럽고, 그런 끔찍한 고통에 대한 보답이 결국 자신의 죽음이지 않을지 두려운 건 아닐까요? 실은 사랑하는 사람이 원하는 건 그런 복잡한 것들 따위가 아니에요. 옆에서 손잡아 주는 단순한 일들. 마지막이 될지 모를 말들을 옆에서 들어 주는 일들. 비로소 저는 아빠 곁에서 그 모든 것을 할 수 있었어요. 긴 꿈에서 깨어나 창 너머로 새파란 하늘을 보았을 때 저절로 웃음이 나왔어요. 그제야 정말로 아빠와 함께 있다는 느낌이 들었으니까요.

편지 마지막 장을 펼쳤다.

　이야기가 길었네요. 평범한 연인이 서로 사랑하고 이별하는 건 당사자가 아니면 그 누구도 온전히 이해할 수 없다고 생각해요. 하지만 아픈 사람과 나누는 사랑은 달라요. 대부분 저와 비슷하지 않을까요? 그러니 자신 있게 말할게요. 서화 씨도 꼭 옆에 있어 주세요. 단미 씨가 소리치고 발로 차도 꼭 붙잡고 놓지 마세요. 집들이 때 단둘이 이야기하면서 느꼈어요. 단미 씨가 서화 씨를 얼마나 사랑하는지 말이에요. 그때 두 분의 속사정을 알았다면 단미 씨한테 말했을 거예요. 그냥 말하라고. 네가 진짜 하고 싶은 그 말. 먼저 말하지 않으면 서화 씨는 절대 알 수 없다고…… 하지만 그랬더라도 단미 씨는 분명 말하지 못했을 거예요. 환자는 늘 그런 식이니까. 죽음을 앞둔 사람만큼 겉과 속이 다른 사람은 이 세상에 없지. 그러니 먼저 말해 줘요. 사랑한다는 말보다 훨씬 더 어려운, 너무 익숙해서 잊곤 하는, 그렇기에 더욱 사랑스러운 그 말을!

나는 편지를 내려놓고, 슬며시 일렁이는 변화에 귀를 기울였다.

함께 결정해야 해. 그 뒤에 어떤 존재가 떠나고, 또 어떤 존재가 남는지 간에.

이윽고 내면 깊은 곳에서 만개했다. 한 송이 꽃처럼.
나는 방에서 뛰쳐나갔다. 계단을 한걸음에 내려가 집 밖으로 나갔다. 이어 어디든 사람이 붐비는 곳을 찾아 헤매다 도심 한가운데에 도달했다.
나는 두리번거렸다.
색깔을 보았다. 세상을 보았다.
모든 존재가 하얀 냄새를 풍겼다!
내가 특별한 존재인 것이 아니다. 누구나 죽음을 곁에 두고 살아간다.
가족. 친구. 혹은 사랑하는 누군가.
우리는 하얀 냄새와 함께 태어난다.

평생 하얀 냄새를 풍긴다. 나도, 단미도. 그리고 당신도. 하지만 그 사실을 금방 잊기에, 혹은 거부하기에 죽음은 이따금 주인에게 알려준다. 그러나 소용없을 터였다. 나는 그 속삭임을 우연히 맡았을 뿐이다. 당신보다 아주 조금 빠르게. 이제야 알아채겠지만, 그건 아주 잠깐일 뿐이다. 또다시 잊고 만다. 그리고 언젠가 죽음을 깨닫는 순간이 오면, 이 글을 기억하겠지. 그리고 곧 죽는다. 사랑하는 사랑에게 후회를 남긴 채. 잊고 만 글귀를 들려준 채. 그렇기에 우리는……

그때였다. 장미가 움직인 건.

나는 그 움직임을 따라 한 걸음씩 시선을 옮기다가, 다시 달리기 시작했다. 냄새를 뒤쫓을 필요가 없기 때문이다.

나는 단미가 어디로 향하는지 알 수 있었다.

그 말을 하기가 얼마나 힘든지 사실 나는 아직도 잘 모르겠다. 내게는 원한다면 몇 번이고 해 줄 만큼 쉬운 말이니까. 그런데 단미에겐 어려운 말일 수도 있겠구나. 내겐 너무나 당연해서 하지 않았던 말이, 또 잊었던 말이, 사랑하는 사람에겐 그렇게나 하기 힘든 말이기도 하구나.

그런데 다행히도, 혹은 불행하게도 그 이유가 서로를 깊이 사랑해서라는 점이다.

한 사람은 당연해서, 다른 이는 미안해서.

나는 이미 그런 사랑을 한 번 잃었다. 얼굴도 웃음도 장미와 어울리는 사람. 엄마도 분명 말하고 싶었겠지. 그러지 못해 얼마나 아팠을까. 그렇게 못다 핀 장미가, 맡지 못한 장미 향이 얼마나 많았을까.

그러니 내가 말해 주려 한다.
한 호흡도 쉬지 않고 계단을 오른다.
한 호흡도 거르지 않고 계단을 내려갈 것이다.
이어 나는 문을 열었다.

사월의 어느 날이었다.
하늘은 꽃노을로 물들어 있었다. 옥상은 장미 향을 이불처럼 덮고 있었다.
단미는 곱고 아늑한 노을빛을 받으며 몸을 돌렸다. 한 손은 장미 한 송이를 움켜쥐고 있다.
단미는 울었고, 나는 웃었다.
서로 다른 얼굴이 같은 감정으로 부둥켜안았다.
나는 다짐했다. 이 따스한 온기를 다시는 놓치지 않기로.
"네 곁에 있고 싶어."
사랑보다 더 사랑스러운 말.
"이제 떠나지 않을게."
장미 향이 풍기는 이유는 사랑 때문이 아니었다.
그래.

외로움이었다.

단미는 흐느꼈다.
"무서웠어. 이 장미가 마지막이지 않을까 싶어서. 이제 내게서 향기가 나지 않으면 어쩌지? 네가 나를 사랑하지 않으면? 화실 속 수많은 장미가 모조리 시들었으면? 그게 너무 무서워서, 그래서 이곳에 왔어. 여기 이렇게 서서 기다려 보면 네가 찾아오지는 않을까, 혹시라도 내게서 향기가 나지 않으면 이 한 송이 꽃으로 착각하게 만들어서라도 이렇게 찾아와 주길 바라면서……"

단미는 무척 사랑스러웠다.

"오늘 화실에 갔었어."

나는 외로움을 달랬다.

"한 송이도 시들지 않았어."

"정말?"

"응."

돌이켜보면 장미 향을 풍기는 이유가, 상대가 아무리 떨어져 있어도 가닿는 이유가 사랑해서가 아니라 외로워서 그랬다는 사실에 가슴이 미어지곤 한다. 도와달라고, 외롭다고, 곁에 있어 달라고 말하지 못하여 간절히 보내는 걸까? 사랑할수록, 아플수록 그 말은 차마 하지 못하기에 대신 향기를, 아니 내음을 풍기는 건 아닐까?

그러나 장미 향은 말이 없다. 그 의미 그대로.

"가고 싶어. 화실에."

"가자."

내가 말했다.

"우리 화실로."

우리는 함께 계단을 내려갔다.

하지만 예상보다 빠르게 계단의 끝에 다다랐다.

"버킷리스트?"

"응. 우리말로는 '끝자취'가 좋겠어. 인생의 마지막 흔적이라는 뜻이야."

서로의 나른한 살갗을 느끼며 누워 있다. 조명은 어둑한 새벽 어스름이 전부였다. 군데군데 이불에서 삐져나온 맨살이 달빛을 받아 창백했다. 집에 들어오기 직전까지 화실에 가고 싶다던 단미는 갑자기 나를 침대로 끌고 갔다. 내 물음이 변덕스러운 입술에 막혔다. 이어 단미를 기쁘게 받아들였다.

"그래서 끝자취에 많이 남겼어?"

단미는 곰곰이 생각했다.

"아니, 그러지 못했어. '죽기 전에 할 일'이라고 하니까 시간이 무한대로 늘어난 느낌이 들었으니까. 언제 죽을지, 내 흔적을 남길 수 있는 시간이 얼마나 남았는지 모르는데도 계속 미뤄 버렸어."

"그럼 뭘 남기고 싶었어?"

"지금 생각나는 건 세 개야. 근데 이제 다 못 해."

"뭔데?"

나는 눈을 감고 있었다. 단미는 손가락으로 내 뺨을 살며시 두드렸다.

"우선 그리스에 다시 가고 싶어. 공항에 도착하자마자 검사 결과를 들었거든. 파랗고 볼록한 지붕과 하얀 십자가, 진녹색 종, 갈맷빛 바다 등 내가 좋아하는 것투성이였는데 눈으로 직접 보지 못했어. 비행기에서 내려다본 산토리니 색감은 참 예뻤어. 이따금 이렇게 상상할수록 점점 더 선명해져서 내가 색칠하는 착각이 들 정도야."

"맨 앞에 'g'가 묶음인 샌드위치도 먹지 못했구나."

"맞아, 기억하고 있구나."

"내일 가자."

긴 머리카락이 턱에 닿아 간지러웠다. 단미가 고개를 들었나 보다.

"그러다 내가 비행기에서 죽으면 어쩌려고?"

"그러면 여행 내내 업고 다닐게."

"시체랑 여행을 한다고?"

"뭐 어때? 그리고 죽고 나서 얼마 동안은 소리를 들을 수 있대. 내가 그리스의 색깔을 들려줄게. 그럼 죽어서도 예쁜 섬을 볼 수 있을 거야."

단미가 다시 내려앉자 가슴이 간지러웠다. 그 대답이 만족스러운 듯 미소 지은 것 같다.

"알았으니까 다른 두 개도 물어봐 줄래?"

"다른 두 개는 뭔데?"

"결혼."

단미가 말했다.

"진부함은 가까운 죽음 앞에서 특별해지는 법이지."

"그렇지 않아."

내가 말했다.

"내게도 특별해."

"그럼 아이도 낳기. 우리 아빠 눈과 남편 코를 빼다 박은 아이."

"굉장히 구체적이네."

또다시 간지러움.

"나는 열 살이 채 되기 전부터 결혼이라는 미지의 세계를 동경했어. 사랑하면 결혼을, 결혼하면 아이를 낳아야 한다고 생각하는 순수한 소녀였지. 딸을 낳기로 결심한 적도 있어. 나와 달리 사랑을 듬뿍 받은 여자아이는 과연 어떤 모습일까 궁금했거든."

"받지 못한 사랑을 주고 싶었던 거야?"

"응."

"그러고 보면 나도 딸을 낳고 싶다고 생각한 때가 있어. 화실에서 너와 선이가 꽃에 물을 주는 모습을 뒤에서 지켜볼 때도 그랬고. 엄마가 그와 비슷한 그림을 그린 적도 있어. 소녀가 아니라 소년이었지만."

"그런 그림에 그려지면 무슨 기분이 들까? 분명 행복하겠지?"

"그렇지 않을까?"

"딸 이름은 네가 지어 줘."

단미는 고즈넉한 어둠 속에서 콧노래를 불렀다. 내 가슴 위에서 손가락을 이쪽저쪽 움직였다. 이어 무언가 생각난 듯 물었다.

"그런데 이건 어쩔 셈이야? 시체랑 결혼하고 아이를 낳을 생각은 아니겠지?"

"음, 그건 조금 무서운데?"

"그래? 실망이네."

"지금 하면 되지. 특히 마지막은……"

내가 달라붙자 단미가 몸부림쳤다.

우리는 한 번 더 뒤엉켰고, 꽤 오래 사랑을 나눴다.

끝나지 않을 새벽녘이었다. 우리에게 앞으로 주어진 모든 밤을 이어 붙인 듯.

우리는 마주 껴안은 채 누워 있다. 하염없이 속삭이던 단미 목소리는 이제 몹시 갈라졌다. 그 사이사이로 여러 감정을 내보내느라 지친 것이다.

그러나 네 음절은 똑똑히 내 심장을 두드렸다.

살고 싶어.

내 입술이 단미 귓불에 닿았다. 금방이라도 무언가 들려줄 것처럼. 하지만 나는 아무 말도 하지 않았다.
"나도 알아. 이건 시공간을 뛰어넘는다든지 영원히 죽지 않는다는 것과 같아. **불가능한 일이지**. 그런데 그런 생각도 들어. 이건 그 누구도 끝자취에 남기지 못하는 말이야. 흔적은 삶이니까. 살아 숨 쉬는 삶. 죽음과 관련된 그 무엇도 남길 수 없지. 나처럼. 그렇게 생각하면 왠지 마음이 편해져."
"죽기 전까지 사랑하는 사람과 오래오래 살기."
내가 불쑥 속삭였다.
"그럼 이건 어때? 우리의 끝자취로."
가슴이 몹시 아팠다. 활짝 핀 웃음이었다.
그 상태로 단미가 더 깊이 파고들었다.
상처가 난 것만 같다. 영원히 아물지 않을.
단미가 말했다.
"그건 내 크리스마스 소원이었는데."

부르르 떨리는 진동에 눈을 떴다. 잿빛 어둠이 사위스레 방 안에 떠다녔다. 새벽과 아침의 경계는 불길했다. 꿈과 현실의 경계처럼 몽롱했다. 서너 번 더듬어도 손끝이 허전해서 몸을 일으켰다.

단미가 옆에 없었다.

다시 진동이 울렸다.

엎어진 불빛을 뒤집었다. 실눈을 떠야 했는데도 글자가 선명하게 보였다. 최 교수님이었다. 불빛으로 방 안의 불길한 경계를 서둘러 지웠다. 반쯤 열린 문이 어둠 속에서 모습을 드러냈다. 서늘한 기운이 스멀스멀 등줄기를 기어올랐다. 떨리는 목소리가 빽빽한 군중 사이로 묻히는 기분이 들었다. 단미야. 두 발이 바닥에 닿았다. 곧이어 내가 간절하게 매달린 존재는 하얀 냄새였다. 문밖은 새까맸다. 그래서 하얀색은 더욱 진했다. 심지어 약간 반짝였다. 그 가느다란 실 같은 냄새는 팽팽하게 나를 잡아당겼다. 혹여 끊어질까 더 빨리 달렸다. 단미야. 그 이름은 실을 타고 흘러갔다.

기억이 뚝 끊기고 다시 이어진다.

다음 장면은 작은 피 웅덩이였다.

굳게 닫힌 덩굴나무 문 앞, 단미는 새빨간 덩어리에 잠겨 있었다. 몸이 반으로 접혀 있었다. 웅크린 채 가라앉았다. 핏줄기가 앙상한 나뭇가지 형태로 졸졸 흘러가 덩굴나무 밑을 적셨다. 아니면 화실에서 새어 나온 물감일지도 모른다. 나는 손을 깊숙이 집어넣어 단미 얼굴을 건져 올렸다. 갈라진 입술이 새파랬다. 틈 사이로 피가 고였다. 끈적끈적한 머리카락과 싸늘한 목덜미가 소름 끼치도록 생경했다. 그 감촉은 아무리 흔들어도 익숙해지지 않았다.

"그 병원은 최근에 병원장이 바뀌었어요. 병원장은 굉장히 젊고 유능하지만, 의사들 사이에서도 속을 알 수 없는 인물로 통한답니다. 떠도는 소문도 좋지 않고요. 저는 모르는 의사예요. 하지만 이사장은 몇 번 만난 적이 있어요. 천 교수 아버지와 학연으로 이어진 절친이며, 그와 별반 다르지 않은 음흉하고 구역질 나는 인간이에요. 지금쯤이면 단미를 어떻게 써먹을지 잔머리를 바쁘게 굴리고 있을 거예요. 십중팔구 천 교수와 윤 목사도 이미 움직이고 있을 거예요. 서둘러야 해요. 미국 쪽은 이미 믿을 만한 전문가 몇 명이 준비를 마치고 막 출국했다고 해요. 단미 집에서 여권을 찾는 즉시 제일 빠른 항공권을 예매할 테니까, 언제든지 출발할 수 있도록 단미 옆에 꼭 붙어 있어요. 여권 찾으면 다시 전화할게요. 몸조심해요."

단미는 또 어떤 남자의 뒷모습을 지켜보고 있었다.
현실보다 긴 꿈에서.
나는 단미 곁에서 한시도 떨어지지 않았다. 이따금 손을 포개기도 말을 건네기도 했다. 그 사람은 내가 아니라고, 누군가의 미래도 과거도 아닌 단지 꿈일 뿐이라고 알려 주고 싶었다. 단미가 부적처럼 가지고 다니던 장미를 머리맡에 두었다. 내가 곁에 없던 지난날처럼 그녀를 지켜 주길 바랐다. 나는 맡지 못하는 이 한 송이 향기가 꿈 너머로 건너가 한순간이라도 단미를 돌아보게 만들지도 몰랐다.
"정신 바짝 차려야 해."
나는 중얼거리며 주위를 둘러보았다.
병실은 화실에 만개한 장미가 모두 들어가고도 남을 만큼 어마어마하게 넓었다. 통유리는 반은 하늘이고 반은 도시의 전경이었다. 매끈한 벽면에는 고전 명화가 걸려 있었다. 이 공활한 공간에는 단 한 사람을 위한 침대만이 놓여 있었다.

병원 측은 남은 병실이 특실뿐이라는 말도 안 되는 거짓말로 우리를 이곳으로 데려왔다. '단미'라는 이름을 듣자마자 모든 절차가 생략되었다. 나는 적당히 대꾸하며 마중 나온 의사를 순순히 따라 이곳에 들어왔다. 머리가 번질대는 의사는 한눈에 봐도 미심쩍었다. 과할 정도로 친절하게 굴었고, 간호사가 들어와 묘한 신호를 보내자마자 다급하게 병실을 나갔다. 이따금 들어오는 다른 간호사는 식은땀을 흘리며 바짝 긴장했고, 심지어 내가 말을 걸지 않기를 바라는 눈치였다. 마지막으로 의사와 간호사가 함께 들어왔을 때, 나는 이 모든 배려에 감사하다는 말을 빼놓지 않았으며, 일반 병실에 자리가 생기면 곧장 옮기겠다는 둥 마음에도 없는 소리를 했다. 저들을 방심하게 만들어야 했다. 조금이라도 더 시간을 끌어야 하기 때문이다. 도망치려는 시도는 상상도 할 수 없었다. 처음 복도를 따라 걸으면서 혹시 모르는 상황에 대비하려고 주위를 몰래 살펴보았을 때, 이 층에 병실은 하나뿐이라는 사실과 돌아다니는 의사와 간호사, 검은 양복들은 모두 이 특실을 위해 준비된 사람이라는 사실을 알아챘다. 문밖에는 이미 건장한 남자 두 명이 병실을 지키고 서 있었다.

모두 우리를 감시하고 있었다.

나는 한순간도 긴장의 끈을 놓지 않았다.

그런데 예상과는 달리 꽤 오랫동안 우리를 그대로 내버려두었다. 처음 한두 시간은 각기 다른 분야의 의사가 번갈아 들어와 단미가 받아야 할 검사에 관해서 자세히 설명했는데, 그 뒤로는 점차 뜸해지더니 이제 누구도 들어오지 않았고, 추가 검사를 핑계로 단미를 데려가지도 않았다.

물론 나에겐 더할 나위 없이 좋은 일이었다. 덕분에 작전을 짤 시간은 충분했다.

비행기가 일본 위를 지날 무렵, 나는 그 작전을 최 교수님에게 전했다.

미국에서 보낸 사람들이 병원 입구에 도착하자마자 나는 병실 문을 활짝 열어 병원을 옮기고 싶다고 고래고래 소리 지른다. 그럼 병원 관계자가 헐레벌떡 달려올 테고 나는 휴대 전화를 들어 올리며 지인이 병문안을 왔다고, 지금부터 그 사람이 단미의 대변인이니 직접 얘기하라고 경고한다. 잠시 후 병실로 올라온 사람은 물론 그런 분야에서 전문가다. 의사가 윗선에 보고하려는 시도도 하기 전에 전문가는 여러 법을 들먹이며 논리적으로 입을 다물게 만든다. 물론 문 앞을 지키는 양복도 가만히 지켜볼 수밖에 없다. 전문가가 최종 승리를 선언하면 나는 단미를 들어 올려 빠른 걸음으로 병원 입구에 세워진 튼튼한 세단으로 향한다. 이다음부터는 병원이 어떤 조치를 취하든 상관없다. 곧장 공항으로 차를 몰아 가장 빠른 비행기에 탑승할 예정이니까.

작전은 완벽하다고 할 만했다.

진동이 한 번 울리고 끊겼다. 비행기가 공항에 착륙했다는 뜻이다.

진동이 두 번 울리면 병실 문을 열 것이다.

나는 마지막으로 수건에 물을 적셔 단미 몸을 깨끗이 닦았다. 핏

자국이 남았을 만한 부위는 더 신경 써서 확인했다. 바늘이 꽂힌 손등 주위는 조심스럽게 문질러야 했다. 그 부위를 손가락으로 살짝 눌러 보기도 했다. 바늘을 빼는 일은 문을 열기 직전에 할 일이었다. 나는 최 교수님이 알려 준 방법을 머릿속에 여러 번 그려 보며 반복했다.

죽는다는 건, 넌 잘 안다고 생각하겠지만, 그 기분은 내가 더 잘 알지도 몰라.

땀에 들러붙은 단미 머리카락을 귀 뒤로 쓸었다. 그러자 손톱에 반쯤 굳은 피가 묻어 나왔다. 자세히 들여다보니 미처 발견하지 못한 핏덩어리가 뒷머리에 엉겨 붙어 있었다.
나는 다른 수건을 꺼내 물을 적셨다.

네 온기를 알아 버린 나는 다시는 그런 곳을 견디지 못해.

새근새근 숨을 내뱉는 단미 얼굴을 살며시 어루만졌다. 그리곤 다시 피를 닦아 냈다.
피로 범벅된 수건을 깨끗하게 씻어 낸 뒤 선반에 올려놓고 단미 곁으로 돌아왔다.
나는 말했다.
"걱정하지 마. 일단 여기서 빠져나가는 게 우선이니까."
이상한 낌새를 느낀 건 차가 공항에서 출발한 지 시간이 한참 지났을 즈음이었다.

아무런 소식이 없었다. 휴대 전화는 몸을 떨 기미조차 없었다.

게다가 복도는 이상하리만치 고요했다. 간호사의 분주한 움직임도, 의사끼리의 작은 언쟁도 멎었다. 슬쩍 건너다보니 두 양복을 제외하고 병실 앞을 지나가는 사람이 아무도 없었다. 다시 자리에 앉았을 때 무언가 잘못 돌아가고 있다는 생각을 지울 수 없었다. 그것뿐만이 아니었다. 최 교수님이 전화를 받지 않았다. 지금까지 그런 적은 한 번도 없었다.

시간은 이미 단미가 공항에 도착했어도 충분할 만큼 흘렀다.

한 손은 무의식적으로 단미 손등에 올려져 있었다. 작전은 무의미해졌음이 분명했다. 돌이키기 힘든 순간이 올지도 모른다. 이윽고 다른 손이 단단히 박힌 바늘을 붙잡았다.

그때 뒤에서 문이 열리고 닫혔다. 그 간격이 무척 짧았다.

올 것이 왔구나.

나는 바짝 긴장했다. 일순간 침대 건너편에 앉아 있어야 했다고 후회했다.

뚜벅뚜벅 울리는 구두 소리에 침착함을 유지하려고 애썼다. 발걸음은 거침이 없었다. 순식간에 우리 영역을 침범했다. 이어 소리가 멈추자 나는 천천히 몸을 돌렸다. 시선을 맞추려면 한참 올라가야 했다.

환자를 익숙하게 내려다보는 중년 남성.

자연스럽게 뒷짐을 진 자세가 벌써부터 병실에 녹아들어 있었다.

'이 남자가 단미 아버지인가?'

처음엔 그렇게 생각했다.

하지만 남자는 양복 위에 하얀 가운을 걸치고 있었고, 따라 들어오는 여자가 이 남자의 정체를 밝혔다.

여자는 뻣뻣한 차림새에 어울리지 않게 몹시 부산스러웠다.

"병원장님, 이사장님이 계속 기다리고 계십니다. 서두르셔야 해요. 이미 화가 많이……"

"알았으니까 일단 나가 있어요."

"그렇지만……"

의사가 고개를 돌리자 여자는 황급히 시선을 내렸다.

그때 안경에 박힌 문양이 눈에 들어왔다. 까만 초승달.

특실은 단미가 아닌 나를 위함이었다.

이 병원은 내가 후각을 잃은 날 입원했던 병원이었다.

"절 기억하시는군요."

남자가 말했다. 다시 굽어보며.

나는 무시하고 의사를 차근차근 뜯어 보았다. 눈가에 쭉 찢어진 듯한 잔주름이 늘었고 머리카락은 군데군데 희끗했다. 하지만 일순간에 병실을 조그맣게 만드는 특유의 위압감은 그날과 비교도 안 될 만큼 거대해졌다. 안경은 낡았지만 초승달은 선명하게 빛났다. 가슴 주머니에는 만년필 하나만 꽂혀 있었다.

여자는 의사가 안 보는 사이 내게 눈을 흘기며 병실을 나갔다.

문이 닫히자 의사는 한 걸음 더 다가왔다.

"여자 친구? 아니면 아내?"

의사는 이십 년이 넘게 흘렀음에도 어제 만난 사이처럼 굴었다.

심지어 반가워하는 눈치였다. 오랜만에 만난 친구를 대하듯 목소리가 들떴다.

"아! 늦었지만 어머니 일은 유감입니다. 자궁암이 재발해서 돌아가셨죠?"

이유는 모르겠지만 나는 의사가 조금도 무섭지 않았다.

나는 몸을 돌려 일단 바늘에서 손을 뗐다.

"나가 주세요."

"몸은 좀 괜찮으신가요? 매년 건강검진을 받던데 현명하시네요."

"나가 달라니까요."

"이제 그럴 수는 없죠. 지금은 병원장으로서 이곳에 있는 거니까요."

"그럼 병원을 옮긴다는 말을 직접 드리면 될까요? 쓸데없이 크기만 한 병실이 마음에 들지 않아서요. 병원장이니까 성가신 절차는 생략해도 되겠죠?"

의사도 나와 비슷한 말을 했던 사람을 떠올릴 터였다.

"어머니나 서화 씨나 왜 그렇게 절 싫어하는지 도통 모르겠군요. 저는 의사로서 최선을 다할 뿐인데 말입니다."

의사는 한숨을 길게 내쉬었다.

"아쉽지만 그래도 어쩔 수 없죠. 보호자가 불편하다니 나가겠습니다. 그리고 퇴원해도 좋습니다. 방해하는 사람은 아무도 없을 거예요."

의사는 잠깐 뜸을 들이더니 적절한 순간에 그 말을 뱉었다.

"앞으로도 건강검진 꼭 받으시길 바랍니다. 서화 씨도 어머니처럼 암이 **재발**해서 죽지 않으려면 말이죠."

그 말은 절뚝거리며 느리게 다가왔다. 심지어 단미에게 먼저 들르고 내게 돌아왔다. 그 단어는 망각의 일부이며 내가 한편에 처박은 기억의 한 조각일 터였다. 기억이 화실까지 되감기고 지금 이 순간까지 재조립되어 짜맞춰졌다.

이어 몸이 휙 돌아갔다.

의사는 그대로 서 있었다. 조금도 움직이지 않았다.

나는 질 수밖에 없었다.

"방금 뭐라고요? 재발?"

의사는 태연하게 끄덕였다.

"서화 씨도 암에 걸렸잖아요. 어렸을 때."

병실이 점차 쪼그라들었다가 머리 위에서 빙글빙글 돌았다.

하지만 아무리 머릿속을 뒤져도 그런 기억을 찾을 수 없었다. 중간에 툭 잘린 듯이.

의사는 중요한 선약을 미루면서까지 나와 대화하길 원했다. 따라가길 주저하는 내게 단미를 가리켰다.

"살리고 싶으면 따라오세요."

의사는 분명 그렇게 말했다.

성큼성큼 앞장서는 의사와 거리를 두고 따라 걸으면서 그 누구와도 마주치지 않았다. 가는 내내 의사에게만 허락된 비밀 통로를 걷는 기분이 들었다. 녹슨 문을 열고 계단을 오르내리고 또 다른 회색문을 열기를 두 번 반복했다. 요란하게 삐걱대는 마찰음에도 의사는 아랑곳하지 않고 열어젖혔다. 이 병원에서 자기가 열지 못하는 문은 어디에도 없다는 듯.

나는 잠자코 의사 뒤를 따랐다.

이 사람은 대체 어디로 나를 데려가는 거지? 그런데 병원장이 이렇게까지 하는 이유가 뭐야?

그렇게 생각하면서도 부정할 수 없는 두 가지 사실이 떠올랐다.

의사는 단미에게 위해를 가하려는 의도가 없다.
의사는 오히려 내게 믿음을 주고 싶어 한다.

여덟 번째 문이 열렸을 때, 나는 첫 번째 사실에만 집중하기로 결심했다.

어두침침한 복도를 한참 걸었다. 산산조각이 난 유리 파편이 발밑에서 으스러졌다. 짐승이 할퀸 것 같은 문이 양옆으로 죽 이어졌다. 이어 긴 복도의 끝에서 모퉁이를 돌자 마지막 문이 나타났다. 비교적 흠집이 나지 않은 평범한 철문이었다.

그제야 의사는 나를 돌아보았다.

"여기라면 안전합니다. 잠깐이나마 방해꾼 없이 이야기를 나눌 수 있어요."

의사는 이곳은 병원의 뒤편이며 한때 많은 일이 있었다고, 이 방은 처음엔 병실이었지만 어떤 사건 이후로 모든 병실을 관리하기 위한 관리실로 바뀌었다고 덧붙였다.

나는 안으로 먼저 들어갔다. 구석에 금방이라도 무너질 것 같은 낡은 침대가 있었다. 먼지가 수북한 탁자엔 깨끗한 찻잔이 놓여 있었다.

의사가 물을 끓이는 사이 나는 몰래 냄새를 좇았다.

단미는 여전히 병실에서 꿈을 꾸고 있었다. 주위에 장미 향이 자욱하게 떠다녔다. 한 존재를 지울 만큼 짙게.

나는 눈을 떴다.

의사는 나와 마주 앉더니 잠시 방 안을 천천히 둘러보았다. 그러고는 눈짓으로 내게 차를 권했다. 이어 소용없다고 깨닫자 차를 한 모금 마셨고, 바로 본론으로 들어갔다.

"어머니가 자궁암이 재발해서 돌아가셨죠?"

"네."

"그럼 어머니가 언제 처음 자궁암 진단을 받았는지 아시나요?"

나는 기억을 더듬었다.

"아마 제가 어렸을 때……"

"아니요. 아닙니다."

의사는 그럴 줄 알았다는 듯 고개를 저었다. 그러고는 나를 뚫어지라 쳐다보았다.

"어머니가 처음 자궁암 판정을 받은 시기는 임신 중, 그러니까 서화 씨가 아직 어머니 자궁 속에 있을 때예요."

나는 그 말에 놀라지 않을 수 없었다.

의사는 그 당시에 인턴이었다고 말했다.

그때 엄마는 자궁암 4기 진단을 받았고, 암세포는 이미 골반을 넘어 폐까지 전이한 뒤였다. 당연하게도 약물 치료나 방사선 치료가 시급했지만, 문제는 태아, 즉 내 존재였다. 의사는 산모에게 출산 전에는 약물 주입도 방사선 치료도 불가능하니 제왕절개와 자궁 척출 수술을 권했을 터였다.

"하지만 어머니는 수술을 거부했어요. 저는 그 말을 엿듣자마자 묘한 확신이 들었습니다. 태아인 당신에게도 암세포가 전이했다는 확신. 도저히 그 느낌을 지울 수가 없었어요. 어머니는 입원 직후 제게 이런 말을 했거든요. 탯줄을 통해서도 암세포가 전이하는지 말이에요."

나는 의아했다.

"엄마는 왜 당신에게 그걸 물은 거죠?"

"그 이유는 저도 모르겠습니다. 다른 의사는 대답해 주지 않았거나 인턴인 저라면 순순히 알려 줄 거라고 판단했겠죠. 어쨌든 어머니는 옳았습니다. 그 눈빛이 아직도 생생하게 기억나는군요. 환자들은 보통 의사와 눈을 맞추려고 안간힘을 씁니다. 평소엔 사람 눈을 똑바로 쳐다보지 못하는 사람이라도요. 눈동자엔 무언의 걱정, 불안, 의심이 담겨 있죠. 하지만 어머니는 달랐어요. 그런 부정적인 감정이 아닌 자신감으로 가득 찬 눈이었어요. 자신은 물론이고 배 속의 아이까지 죽을 상황에 처했는데도 전혀 흔들림이 없었죠. 부끄럽지만 저는 그 눈빛에 매료되고 말았습니다. 머리로는 끊임없이 거부했지만, 입은 자궁암과 관련된 모든 지식을 쏟아 내더군요. 마치 한 사람의 신뢰를 얻고 싶어 안달한 사람처럼. 그건 명백한 규정 위반입니다. 담당의가 아닌 의사가, 그것도 인턴이라면 더더욱 환자에게 섣불리 검사 결과를 알려 주거나 진단에 관해 상세하게 설명해서는 안 됩니다. 모든 건 담당의 몫이니까요."

나는 속지 않았다.

"엄마를 위한 신뢰는 아니었겠죠?"

그 말에 의사는 살며시 미소를 올릴 뿐이었다.

"그 이후로도 어머니는 제왕 절개와 자궁 척출 수술을 쭉 거부하셨어요. 산모는 물론 태아까지 죽을 수 있다는 협박성 경고에도 고집을 꺾지 않았죠. 태아가 암에 걸린 채 태어나면 금방 죽을 것이다, 어머니는 그렇게 생각한 거예요. 저는 그 사실을 눈치챘지만 아무에게도 말하지 않았어요. 그 당시에는 암세포가 태반과 탯줄을 통해 태아에게까지 전이한 사례는 극히 드물었기에 다른 무능한 의사들은 그 이유를 상상도 못 했죠. 그저 아이와 동반 자살하려는 미친 여자라고 비난하면서 이 자극적인 소재를 어떻게 언론에 보도되지 않고 처리할지 교수들 사이에서 열띤 토론이 몇 주 동안 이어졌어요. 저는 그 무리에 자연스럽게 녹아들어 조용히 때를 기다렸어요. 나를 매료시킨 확신이 어서 눈앞에 나타나기를 말이에요. 멍하니 창밖을 내다보며 태아와 죽어 가는 여자를 밤낮으로 지켜보다가 이제 그날이 오기까지 얼마 남지 않았다고 생각한 바로 그다음 날 새벽이었어요. 그동안 한 번도 나타나지 않았던 사람이 병실로 숨어들어 어머니를 몰래 데려갔어요. 바로 제 눈앞에서요. 암 환자인 임산부가 하루아침에 사라져서 병원이 발칵 뒤집어졌죠."

의사의 시선이 문에서 낡은 침대로 옮겨갔다가 다시 문으로 향했다. 나는 그 시선을 따라가다가 홀린 듯이 물었다.

"대체 누가 엄마를······"

"당신의 아버지였어요."

나는 귀를 의심했다.

"아버지요?"

다음 날 엄마는 병이 말끔히 나았고, 며칠 후 완치 판정을 받았다. 사라진 암세포. 정상 출산.

의사는 그 비정상적인 과정을 담담하게 털어놓았다. 큰 충격에 빠져 두서없이 쏟아 내는 질문에도 차근차근 답해 주면서 내 흥분을 가라앉혔다.

"저한테 곧이곧대로 다 말씀해 주시는 이유가 대체 뭔가요?"

"인연이라고 해 두죠. 어머니는 제 환자나 다름없었고, 서화 씨도 마찬가지였으니까요. 그리고 지금 여자 친구까지. 묘한 인연 아닙니까? 아니, 사실은……"

의사가 몸을 앞으로 숙였다.

"당신이 다시 나타날 줄 알고 있었어요. 내 감은 틀린 적이 없거든. 기필코 내 호기심을 자극할 만한 죽음을, 내가 만족할 만한 죽음을 들고 눈앞에 나타난다고. 어때요? 지금 이렇게 제 확신이 증명되는 순간이……"

"우리를 실험체쯤으로 생각하는 건 아니고요?"

그 말에 의사는 웃음기를 모조리 지운 채 나를 똑바로 쳐다보았다.

"흔해 빠진 이야기죠. 당신의 이익을 위해서. 가령 돈이나 명성 따위. 단순히 재미를 위해서 그런 걸지도 모르고요. 당신이 엄마의 비밀을 숨겼던 것처럼."

자신만만하던 의사의 눈빛이 처음 흔들렸다. 나는 그런 눈에 익숙해서 그 이유가 무엇인지 쉽게 짐작할 수 있었다.

눈동자 반대편에서 과거가 빠르게 지나간다.

의사가 주저하듯 말을 이었다.

"조금 억울합니다만, 어느 정도는 맞습니다. 하지만 부와 명성은 제게 중요하지 않다고 말하고 싶군요. 지극히 제 개인적인 이유라고 묻는다면, 네, 맞습니다. 서화 씨 예상대로 저는 당신의 어머니는 안중에도 없었어요. 그저 무언가 일어나길 바랐어요."

"그게 기적이에요."

"아니요!"

의사는 손으로 탁자를 내리쳤다. 자기 감정을 고스란히 얼굴에 담았다. 그건 분노였다. 아득히 깊은 곳에서부터 끓어오르는 그 감정은 누군가를 향해 있었다. 눈동자 안쪽에서 지나가는, 지금 이 순간에도 마주하고 있는 기억 속 누군가.

"기적을 믿는 멍청한 의사는 이 세상에 없어요. 그 허상을 믿으면 자신의 무능함을 인정하는 꼴이니까. 하지만 평범한 인간들은 다르죠."

의사는 문장의 마침표마다 손가락을 탁자에 찍어 내렸다.

"암에 걸린 임산부가 하루아침에 암세포가 사라진 채 나타났습니다. 골반이 진작에 썩어 문드러졌는데도 두 발로 직접 걸어서 병원까지 왔다고요. 게다가 암세포로 온몸이 뒤덮였을 태아까지 정상적으로 출산했어요. 이걸 본 세상 사람 모두가 이렇게 외치겠죠."

의사가 두 손을 뒤집어 들었다.

"'기적이 일어났다!' 사이비 교주가 광신도 앞에서 흔히 내뱉는 목소리로. 하지만 의사라는 족속들은 달라요. 하나같이 들끓는 흥분에 못 이겨 병원으로 달려갈 겁니다. 왜? 기적을 믿는 멍청한 의사 따위는 이 세상에 없으니까. 기적을 기이한 현상으로 바꾸고 집요하게 연구해 납득할 만한 하나의 확률로 바꾸죠. 무슨 소리인지 아시겠어요? 바로 저처럼요. 미친 듯이 뛰는 심장을 달래면서 병원으로 달려갔어요. 그토록 궁금했던 내 '확신'을 연구할 생각에. 그런데 불행하게도 선배들은 무능하고 빌어먹을 겁쟁이들이었죠. 그 작자들은 허무하게도 어머니를 그냥 퇴원시키더군요. 위에서 명령이 내려왔다는 이유 하나만으로요. 그런데 더 저를 자극한 건 말이죠. 이 세상 모든 무지한 인간들이 기적으로 떠들어 댈 기이한 현상이 그 어디에도 보도되지 않았다는 사실이에요. 부와 권력이라면 영혼도 인간성도 팔아먹을 병원장도, 음흉한 교수들도 쉬쉬하며 입을 다물었죠. 대체 누가 뒤에 있는지……"

의사는 내가 전혀 모르겠다는 얼굴을 하자 예상했다는 듯 자세를 바로잡았다.

"그리고 몇 년 뒤 당신이 눈앞에 나타났죠. 저는 당신들을 한눈에 알아봤어요. 서화 씨도, 어머니도, 그리고 암세포도. 검사 결과는 뻔했죠. 그건 어머니로부터 전이된 암세포가 분명했어요. 조금 이상한 점은 암세포 크기가 반 정도 줄었다는 사실이었어요. 완벽히 지워지다 만 것처럼. 그럼 나머지 반은 어디로 간 걸까요? 또한 암세포가 무려 칠 년이나 활동하지 않았다는 사실 또한 흥미로웠죠. 두 가지 의문에 맞춰 갖가지 경우의 수를 계산한 뒤 여러 전제를 두고 홀로 연구를 준비했지만, 다시 그 기이한 현상이 일어났죠. 서화 씨는 이미 알고 있죠? 무언가…… 무언가 있는 거예요, 그렇죠?"

나는 의사를 노려보았다.

"그런 거 없습니다. 기적이 맞아요."

"뭐, 그건 됐습니다. 어쨌든 서화 씨는 완치됐어요. 그날이 바로 서화 씨가 후각을 잃은 날이자 저와 처음 마주한 날이죠. 저는 당신의 입원 소식을 듣자마자 병실로 달려갔어요. 그 직전까지 고심했던 연구 자료를 쥐고서요. 피가 끓어오르던 시절이었거든요. 처음 두 분을 마주했을 때 느낀 반가움이란⋯⋯ 이루 말할 수 없이 짜릿해서 참느라 힘들었죠. 그런데 어머니는 아니더군요. 더는 저를 믿지 않았고, 제가 무슨 생각으로 찾아왔는지 이미 다 아는 눈치였어요. 저는 두 사람을 병원에 붙들 만한 명분이 없었고, 병원장도 제 말을 들은 척도 안 했죠. 그래서 또 놓치고 말았어요. 그런데 몇 년 후 어머니가 자궁암이 재발해서 다른 병원에 입원했다는 소식을 들었어요. 물론 검사 결과도 봤어요. 서화 씨처럼 반으로 줄어든 암세포가 온몸에서 활동하기 시작했죠. 그런데 그때는 또 기이한 현상이 일어나지 않더군요. 이유가 대체 뭐죠?"

나는 아무 말도 하지 않았다. 그저 의사처럼 눈 뒤쪽에서 죽어 가는 엄마를 보았다.

나는 엄마를 사랑했다. 하지만 엄마는 외로워했다.

의사는 그런 내 눈을 알아보았다.

"서화 씨가 퇴원하고서도 저는 연구를 계속했어요. 솔직하게 말하자면 당신이 매년 받은 건강검진 결과도 다 봤습니다. 눈치채지 못하셨겠지만 비밀리에 다른 추가 검사도 했죠. 제 논문을 완성시키고 싶었어요. 물론 검사 결과가 믿기 힘들 만큼 평범해서 소득은 전혀 없었지만요. 세월이라고 불러도 과장이 아닐 만큼 시간이 많이 흘렀지만, 저는 논문을 완성하지 못했어요. 완성은 고사하고 당신 어머니가 처음 입원한 순간부터 지금까지 단 한 글자도 만족할 수 없었죠. 그렇지만 당신이 그 기이한 현상을 또 끌고 오리라는 확신을 굳게 믿으며 지금까지 버텼습니다. 그동안 진행한 수술, 쌓은 명성, 드높인 병원의 위상은 다 당신을 만나기 위해서 한 일입니다. 바로 이 병원으로 오도록 만들기 위해서요. 실제로 이렇게 만나니…… 정말이지 무척 기쁘네요."

나는 도저히 이해할 수 없었다.

"왜 이렇게까지 제게 집착하시는 거죠? 설마 고작 논문 때문에요?"

"그건 말씀드릴 수 없습니다. 당신도 마찬가지 아닌가요? 꼭꼭 숨긴 그 기이한 현상을 설명해 주신다면 저도 그 이유를 말씀드리죠."

나는 자리를 박차고 일어났다.

"기적을 설명할 방법 따위는 없습니다."

"그럼 마지막으로 하나 알려 드리죠."

마침내 의사는 진짜 목적을 드러냈다.

"여자 친구분은 이미 가망이 없습니다. 어떤 방법을 쓴다고 해도 살 확률은 없다고 단언하죠. 지금까지 살아 있는 것도 기이한 현상의 일부이거나 누군가의 도움 때문이겠죠. 그리고 쓸데없는 짓은 하지 마세요. 당신들 생각보다 훨씬 더 위험한 인간들이 그녀의 존재를 알고 있어요. 그러니 서두르셔야 할 겁니다."

의사는 자리에서 일어나 가운을 벗었다.

"저는 이제 이사장과 환자의 아버지를 만나러 갈 예정입니다. 윤 목사는 이미 알고 계시죠? 저는 그분이 원하는 대로 할 테지만, 무엇이든 내일까지는 시간을 늦춰 보도록 하죠."

그 말을 하자마자 의사는 떠났다.

나는 한참이 지나서야 복도로 나왔다.

어둠은 끈적했다. 반쯤 굳은 피처럼 발밑에서 쩍쩍 갈라졌다. 나는 서너 번 더러운 복도 위로 무언가에 걸려 쓰러졌다. 그럴 때마다 금세 몸을 일으켰지만, 마지막은 조금 길게 내버려두었다. 바닥에 맞닿은 뺨이 얼어붙을 것 같았다. 작고 축축한 입자들이 스멀스멀 기어올랐다. 한쪽 눈과 입을 닫았다. 동시에 아래에서 무언가 닫히는 소리가 들려왔다. 생명이다. 누군가 죽었다. 유난히 발버둥 치던 하얀 냄새였다.

단미는 병실에 누워 있다. 장미 향이 끊임없이 나를 재촉했다.

나는 천천히 몸을 일으켰다.

그러나 나는 냄새를 따라 걷지 않았다.

가야 할 곳이 있었다.

그림을 보았다. 온몸이 장미꽃으로 변하는 소년. 원을 그리며 공중에 흩날리고 있다. 얼굴에는 환한 미소를 머금었다. 양팔이 누군가에게 안기려는 듯 각각 도화지 모서리를 향했다.

꽃밭. 물결. 구름.

소년은 어디에 누워 있는 걸까?

화가는 자기 그림 어딘가에 꼭 문을 그려 놓는다는 단미 말을 떠올렸다. 그림 한편에 남겨 둔다는 자그마한 문이었다. 엄마가 문을 그리는 모습을 상상하고 훔쳐본다. 어떤 모양과 어떤 색깔일지.

뻔하지 않은가?

덩굴나무와 진한 갈색.

나는 그림에 한 걸음 더 다가갔다.

가장 큰 꽃잎에서 제일 작은 꽃잎까지 눈으로 따라갔다.

꽃잎으로 막 변하는 곳은 아이의 오른쪽 뺨이었다.

붓이든 손가락이든 엄마가 마지막으로 어루만졌을 그 부분을 손가락으로 쓸어 보았다. 문일지도 모른다. 그곳으로 들어가고 싶었다. 엄마를 만나고 싶었다. 묻고 싶은 말이 많았다.

처음엔 이렇게 물을 것이다.

"나는 어디에 누워 있던 거야?"

이어 엄마는 온 세상을 가진 사람처럼 기뻐할 것이다.

그에 대한 보답으로 엄마 입은 사랑스럽게 뻥긋거리지만, 나는 듣지 못한다.

하지만 이렇게 그림 속 소년을, 나를, 그 밑으로 까맣게 이운 장미를 바라보자니 어렴풋이 알 것도 같았다.

모든 답은 화실에 있다는 사실을.

붉으스러한 웅덩이를 건너 화실에 들어갔다.

어떤 냄새도 맡을 수 없었다. 화실 가득 흐드러진 장미도 단미가 곁에 없으면 내겐 그저 향기 없는 꽃일 뿐이었다. 나는 화실 한가운데에서 그림 속 소년처럼 누웠다. 소년은 숨을 헐떡인다. 코를 파고드는 냄새에 괴로워한다. 주위가 폭발하듯 터진다. 나는 그 기억을 떠올리며 내 몸이 꽃잎으로 변하는 상상을 한다. 다리가 붕 뜨고 팔이 나른해진다. 바람 같은 흐름이 온몸을 한 장씩 조각내어 공중에 날린다. 이어 뺨에 이르자 옆에서 목소리 하나가 흐느낀다.

미안해, 서화야.

목소리는 긴 머리카락에 둘러싸여 그 말을 되풀이한다.

나는 천천히 눈을 떴다.

까마득히 높은 천장을 보았다. 얼핏 붉은 점이 지나갔다.

나는 몸을 옆으로 웅크리고 말했다.

"엄마 잘못이 아니야."

단미가 숨이 멎은 남자에게서 돌아왔을 때 나는 바늘이 빠진 단미 손등을 살펴보고 있었다.

단미는 일순간 요동쳤다가, 살며시 가라앉았다. 꿈이 모조리 떨어져 나가서야 작게 말했다.

"어디 가면 안 돼. 내 옆에 있어."

"응, 그럴게. 고마워."

사랑하는 사람이 힘들 때, **죽음을 느낄 때**, 그 사람이 사랑이 아니라 외로움을 말하기란 죽음보다 더한 고통일지도 모른다. 그런데도 왜 그렇게 웃음이 새 나가던지. 내가 그런 존재가 될 수 있다는 사실이 얼마나 기쁘던지.

그래서일까?

"단미야."

나는 꽤 오랜만에 밝은 목소리로 이름을 불렀다.

주위를 휘휘 둘러보던 그녀가 나와 눈을 맞췄다.

"응?"

단미는 따라 웃다가 불현듯 몸을 떨었다. 다음 말을 두려워했다. 울먹이는 눈으로 내 변화를 살핀다.

죽음은 그런 존재다. 다짐을 쉽게 무너뜨리는 존재.

하지만 다행히도, 나는 그 사실을 이미 알고 있었다.

"우리 화실에 갈까?"

떨림이 멈췄다.

입술이 열렸다.

한 조각이 새 나왔다.

"응."

화실은 그새 조금 달라졌다.

나는 우두커니 서서 쳐다보았다. 품에서 고개를 든 단미도 그 광경에서 눈을 떼지 못했다.

붉은 꽃가루.

살에 닿으면 튕겨 나갈 것 같은 동그란 알갱이들.

수많은 장미에서 피어오르는 꽃가루는 하얀 화실을 흠뻑 적셨다. 이대로 문을 열어 놓으면 꽃가루는 화원을 지나 거실에서 달이 뜨기를 기다렸다가, 이윽고 별 대신 밤하늘에 걸린다고 하더라도 아무도 눈치채지 못 할 만큼, 눈부시게 반짝거렸다.

우리는 몸에 달라붙었다가 떨어져 나가는 꽃가루를 잡으러 이리저리 뛰어다녔다. 화실에 따스한 온기가 감돌았다. 익숙한 온기였다. 꽃가루 안에 담긴 아늑함이었다.

우리는 망설이기도 잠시 장미 위로 몸을 던졌다. 그러면 충격을 받은 꽃잎이 허공에 흩뿌려졌다. 우연히 두어 장이 맞물리면 날개가 달린 듯 이쪽에서 저쪽으로 날아다녔다. 이윽고 양 날개가 장미 머리맡에 내려앉으면 그 즉시 폭죽처럼 솟아올랐다. 단미가 옆에서 내기 시작하는 기침 소리와 엇비슷했다. 다른 점은 꽃은 아무리 기침해도 하얀 냄새를 풍기지 않는다는 사실이다.

이제 단미는 화실 중간에 누워 있다. 내 무릎을 베고, 꽃잎을 이불처럼 덮었다. 하얀 냄새가 단미 몸을 흔들 때마다 가슴에 쌓인 꽃잎이 우수수 떨어졌지만, 얼마 지나지 않아 그 부분이 다른 꽃잎으로 채워졌다. 반복적으로 떨어지고 쌓이자 어느덧 몸의 윤곽이 바닥에 그려진다.

그사이 우리는 어떤 이야기도 나누지 않았다. 단 한마디를 제외하면.

그 한마디는 사랑한다든가 행복하다든가 죽음이 두렵다는 말이 아니었다.

무언가를 기다리는 사람처럼, 혹은 이 순간이 영원하다고 믿는 사람처럼.

그런데 또 우리가 그런 사람이냐고 묻는다면, 둘 다 아니었다.

우리는 그저 함께 웃었고, 또 함께 울었다. 입을 맞췄고, 손을 붙잡으며 서로의 존재를 느끼거나 확인시켰다. 단미는 이따금 잠이 들었지만, 금방 눈을 떴다. 나는 옆에서 꾸벅꾸벅 졸기도 했다. 단미는 단잠에서 깬 듯 편안해 보였다. 더는 꿈을 꾸지 않은 것 같았다. 시간이 흐릿하게 뭉개졌다. 꽃가루에 정신이 몽롱했다. 기침이 잦아든 탓이기도 했다. 그즈음에는 잠을 깨우는 소리가 화실에서 사라졌다.

무심코 둘러본 화실에는 수많은 꽃가루가 떠다니고 있었다. 우리가 몸을 던졌던 부분은 새로 핀 장미로 다시금 빽빽했다.

우리는 바닥에 쌓인 꽃잎을 한데 모아 움켜쥐고 펼쳤지만, 손바닥에 빨갛게 물들지도, 새겨지지도 않았다.

그러나 우리는 그 안에 남겨진 냄새를 맡을 수 있었다.

우리 사랑이 이 정도 내음이었으면 좋겠어.

둘 중에 누가 그 말을 했는지, 정말 그 말을 한 건지는 잘 모르겠다.

하지만 그 말은 화실 같은 어딘가에서 꽃처럼 피어났고, 스스로 색칠했고, 향기를 내뿜었다.

이어 나는 하얀 냄새가 한 장 한 장 떨어지는 소리를 들었다. 사락사락 책을 넘기는 소리 같았다. 이제 남은 건 마지막 꽃잎 하나.

그 냄새가 막 바닥에 떨어졌다.

달싹거리던 숨소리가 멎었다.

죽은 사람과 꿈꾸는 사람을 구별할 수 있을까?

하얀 냄새가 없었다면 불가능했을 터였다.

하얀 냄새가 사라졌다. 이어 장미 향도 사라졌다.

화실이 그대로 멈췄다. 시간이 멈춘 듯 정지했다.

줄기를 살랑살랑 흔들던 수많은 장미도. 공중에 날리던 꽃가루도. 단미 가슴에서 떨어지는 꽃잎도. 그리고 하나의 생명도.

살아 있는 존재는 내가 유일했다.

멈춘 세상을 외면하고 물끄러미 단미를 내려다보았다. 나는 하마터면 비명을 지르며 벌떡 일어날 뻔했다.

단미에게서 어떠한 냄새도 나지 않았다. 처음이었다. 냄새를 풍기지 않은 단미는.

나는 입술을 깨물었다. 사람은 숨이 멎고 나서도 조금이지만 주위 소리를 들을 수 있다고 몇 번이나 말하지 않았는가. 단미의 마지막 기억을 내 눈물로 채울 수 없었다. 단미의 꿈이 현실이 되어서는 안 됐다.

대신 단미를 꼭 끌어안았다.

그럼 단미의 마지막 기억을 채운 존재는 무엇일까?

무언가 내리는 소리. 기침 소리. 약간의 울음소리. 문이 열리는 소리.

처음엔 비가 내리는 소리 같았다. 허공에 멈춘 꽃가루가 무게를 잃고 소나기처럼 우수수 떨어졌다. 그리고 기침 소리. 사방에서 꽃이 터지기 시작했다. 꽃가루 알갱이가 닿자마자 장미가 폭발하여 꽃잎이 위로 솟아올랐다. 화실을 울리는 굉음이 바로 옆까지 찾아오자 나는 목 놓아 울 수 있었다. 폭발이 끝나자 나는 즉시 눈물을 삼키고 고개를 젖혀 화실에 드리운 붉은 그림자를 올려다보았다. 천장을 가득 메운 수많은 꽃잎. 구름 같은 꽃잎 덩어리가 서서히 가라앉았다.

이윽고 꽃보라가 우리를 덮었다.

다시금 모든 소리가 멎었다.

단미는 죽었다.

그리고 그날 이후, 나는 그 누구에게서도 장미 향을 맡지 못했다.

에델바이스

"엄마."

"응?"

"이 꽃은 누가 심은 거야?"

"장미 말이야?"

문 너머에 있는 기억.

"아빠가 그렸지."

새하얀 화실이었다.

"아빠가 그렸다고?"

"응."

"무슨 소리야, 엄마, 그리다니? 꽃은 심는다고 말하잖아."

"이 꽃은 다른 꽃과는 달라서 심을 수 없어."

"무슨 소리인지 모르겠어. 왜 웃어?"

꽃밭을 곁에 둔 여자와 아이가 아른거렸다.

여지는 즐거웠고, 아이는 뾰로통했다.

"그런데 아빠는 화가가 아니고 건축가잖아. 우리 집이나 이런 화실을 만드는 어른."

"똑똑하네, 우리 아들. 그런데 이번에는 틀렸어. 화실은 아빠가 짓지 않았어. 그리고 여기서 아빠는 건축가가 아니라 화가야."

"아빠도 그림 그릴 줄 알아?"

"그럼, 당연하지! 이 꽃들도 다 아빠가 그렸는데?"

아이는 잠시 두리번거리다가 다시 흙을 만지는 일에 열중했다. 믿지 않는 눈치였다. 그래도 여자는 그 모습을 흐뭇하게 지켜보았다.

"엄마는 왜 그렇게 화실을 좋아해? 하루에 몇 번이나 올 만큼?"

"화실이 사랑스러운 곳이기 때문이야."

"아빠가 그림을 그려서?"

"그렇기도 하고, 음, 뭐라고 말해야 할까…… 누군가의 감정이 눈에 보이기 때문일까? 그건 이 세상에 둘도 없을 소중한 일이라서 자꾸만 보고 싶게 만들거든."

"무섭지는 않아? 나는 이 새빨간 꽃이 가끔 무섭던데."

"무섭기는? 그럴 리가……"

여자는 말을 멈추고 곰곰이 생각했다.

"아니, 무서울지도 모르겠네."

"응?"

여자는 아이 머리를 쓰다듬었다.

아이는 속마음을 들킬세라 얼른 눈을 피했지만, 아주 잠시뿐이었다.

"서화가 조금 더 크면 말해 줄게. 그리고 서화는 무서워할 필요 없어. 이 수많은 꽃이 변할 일은 절대 없으니까. 그 이유를 알려 줄 날이 하루라도 빨리 왔으면 좋겠다. 서화도 틀림없이 기뻐할 거야. 응, 엄마는 그랬으면 좋겠어."

아이는 또다시 엄마를 빤히 쳐다보았다. 그러고는 참지 못했다. 줄곧 궁금했던 호기심을 내보냈다.

"그럼 아빠는 어디서 그림을 그려?"

"화실에서."

여자는 장난스러운 얼굴로 소곤거렸다.

"아빠는 지금 이 안에 있어."

아이가 화들짝 놀랐다.

"뭐라고?"

아이는 들뜬 목소리로 아픈 말을 했다.

"거짓말이지? 할머니가 그랬어. 아빠가 아주 멀리 떠났다고. 그리고 다시는 돌아오지 않을 거랬어. 아빠는 분명 우리가 보고 싶지 않은 거야."

"그렇지 않아, 서화야."

여자는 아이 어깨에 손을 얹었다. 이어 코끝이 살짝 움찔거렸다.

여자는 냄새를 맡고 있었다.

"엄마가 똑똑히 봤어. 아빠가 엄마와 서화를 얼마나 사랑하는지. 그리고 약속했어. 언제까지라도 이 화실에서 그림을 그리겠다고. 그리고 아들에게 꼭 사과하러 오겠다고."

아이는 울음을 터뜨리기 직전이었다.

"대체 언제?"

"음, 지금은…… 어! 저기 봐 봐! 아빠가 서화를 쳐다보고 있어!"
불현듯 여자의 손끝이 내게 향했다.
두 사람이 나를 똑바로 쳐다보았다.
여자는 눈으로 재촉했고, 아이는 고개를 갸우뚱했다.
나는 갑자기 드러난 내 존재에 어쩔 줄을 몰라 뒷걸음질 쳤다. 그러나 한 걸음도 채 물러나기 전에 등이 문에 닿았다. 두 사람은 조용히 기다렸다. 나는 두 사람이 원하는 말을 꾸며 낼 수도 있었다. 하지만 도저히 그러지 못했고 그저 몸을 돌릴 수밖에 없었다. 하지만 몸이 그대로 굳어 버렸다. 문이라고 여긴 무언가가 뒤에서 말을 건넸기 때문이다. 낮지도 높지도 않은 음색. 내 키보다 조금 밑에서 올라오는 목소리.
그 목소리는 문 너머에서 들려오는 또 다른 목소리와 뒤엉켰다.

"서화야."

서화야!

"미안해."

정신 차려, 서화야!

내가 뒤도는 순간, 문이 활짝 열렸다.
몸이 덜컥 내려앉았고, 이어 또 다른 목소리 품으로 떨어졌다.

문이 닫히기 직전, 아이가 소리쳤다.
"아무것도 없잖아!"

문이 닫혔다.

이윽고 바닥에 곤두박질쳐지는 둔탁한 느낌에 나는 펄쩍 뛰었다. 머리가 지끈거리고 온몸이 쑤셨다. 타는 듯한 고통에 방금 꾼 꿈이 순식간에 잊혀졌다.
"괜찮아?"
거친 숨을 고르다가 나는 또 한 번 비명을 질렀다.
단미가 내 옆에 앉아 있었다.
내가 귀신이라도 본 것 같은 얼굴로 굳어 버리자 단미는 어깨를 으쓱거렸다.
나는 단미 옆으로 다가가 조심스레 불그스레한 뺨을 어루만졌다. 단미의 얼굴은 생기가 넘쳤다. 그런 혈색은 참으로 오랜만이었다. 그뿐만이 아니었다. 조금 전까지만 해도 앙상했던 몸은 온데간데없었다. 보기 좋게 살이 붙었고, 창백했던 피부는 활기를 띠었다. 내가 말없이 뺑긋거리자 단미는 고개를 저었다.
"나도 모르겠어."
나는 바닥에 주저앉았다.
단미는 반대로 벌떡 일어나더니 몸을 이리저리 돌렸다. 팔을 곧게 올렸다가 위로 가볍게 뛰었다.
"정말 괜찮은 거야?"

"응, 난 괜찮아. 그런데 화실이……"
나는 단미를 따라 주위를 둘러보았다.
화실은 텅 비어 있었다.
드넓은 공간에 우리 둘만 덩그러니 놓여 있었다.
아무것도 없었다.
장미도, 꽃잎도, 꽃가루도, 그리고 냄새도.
마치 처음부터 존재하지 않았다는 듯.
그렇다.
그날 나는 비로소 후각을 완전히 잃었다.

"어, 그러니까……"
머리가 반쯤 벗겨진 의사가 컴퓨터 화면과 우리를 번갈아 쳐다보다가 똑같은 질문을 세 번째 던졌다.
"어디 따로 불편하신 곳은……"
나는 얼굴을 찌푸렸고 단미는 싱글벙글 웃었다.
내가 재차 묻자 의사가 말을 더듬거렸다.
"아, 그렇죠, 그거. 음, 말씀하신 그대로입니다. 원인은 추가 검사를 해 봐야 알 것 같아요."
하지만 의사의 말은 틀렸다. 어떤 검사를 한다고 해도 원인을 밝히지 못 할 것이다.
그건 틀림없이 필연이겠지만, 우연이라고밖에 설명할 방법이 없었다.
단미도 후각을 완전히 잃었다.

또한 몸 곳곳에 퍼졌던 암세포가 사라졌다. 망가진 폐는 정상으로 돌아왔다.

"그런데 이 부분을 보시면요. 이 정도가 손쓰지 못 할 만큼 괴사가 진행된 상태였는데, 이렇게는 도저히……"

때마침 전화가 울렸다. 의사는 상대방과 몇 마디 나누더니 간호사를 다급하게 불렀다. 우리는 누가 먼저랄 것도 없이 자리에서 일어나 의사가 입을 떼기도 전에 병원을 빠져나갔다.

병원은 이제 지긋지긋했다.

우리는 봄 햇살을 만끽하며 집까지 걸었다. 어떤 말도 필요 없었다. 손은 맞잡았지만 각자 다른 생각에 몰두하고 있었다. 새로운 환경에 적응하고 있었다.

단미는 하얀색이 사라진 몸과 친해지는 중이었다. 허리를 곧게 펴고 깨끗한 공기를 폐로 집어넣으면서 무의식적으로 터지는 기침이 언제쯤 멎을지 헤아렸다. 예상과 달리 시간이 꽤 지났는데도 쉽게 해결되지 않았다. 단미는 이따금 하얀 냄새를 또 풍기는 건 아닌지 두려워하는데, 그때마다 무의미한 기침이 터져 나왔다. 그래도 새벽에 잠에서 깨어나 가슴을 부여잡으며 과호흡을 진정시키는 일은 차츰 잦아들었다.

나는 다채로운 색깔과 친해지는 중이었다. 오랫동안 하얀 냄새에 가려졌던 형형색색의 세상을 똑바로 마주 보았다. 하루가 채 지나지 않았지만, 세상엔 참 다양한 색깔이 있다는 사실을 새삼 깨달았다. 특히 사람과 사람 사이의 색. 각자 다른 색을 풍기던 사람이 다른 이를 만나 색이 번지고 바뀌는 모습을 보면 눈이 즐거웠다. 이제 자유로워진 하얀색을 어디에 넣을지도 고민했다.

구름이 걸린 나뭇가지 밑을 지났다. 다닥다닥 이어지는 나무 그림자를 밟았다. 머리 위에는 기다란 바다색 하늘이 펼쳐져 있었다.

한번은 노부부가 스쳐 지나갔다.

둘은 하얀색을 차지했다.

나는 그 색깔을 놓아 주었다. 너무나 홀가분했다. 지난 시간이 꿈같다고 느낄 만큼, 또 시간이 지나면 그리 나쁘지 않았던 현실이라고 느낄 만큼!

"서화야."

그러나 그뿐이었다. 죽음은 정말이지 끈질긴 존재가 아닐 수 없다. 불현듯 멈춘 손이 내 팔을 당겼다. 돌아보니 단미가 얼굴을 찡그리고 있었다. 심장이 몹시 쿵쾅거려서 순간 잘못 들었다고 생각했다.

냄새.

"뭐라고?"

"냄새가 나. 착각이 아니었어. 실은 병원에 가는 길에도, 또 병원에서도. 그리고 지금도."

"그게 무슨……"

그 냄새.

"하얘."

나는 단미의 시선을 따라 옆을 보았다.

산책로가 끝나는 지점이었다.

그곳에는 젊은 남자가 서 있었다.

건장하고 훤칠한, 깔끔한 정장을 입은 채 은빛 시계를 쳐다보는, 다시 올라온 눈빛에 자신감을 꾹꾹 눌러 담은, 죽음과는 아득히 멀리 떨어져 있다고 굳게 믿는 그런 남자.

우리는 다시 마주 보았다.

꿈이 아니었다.

또 다른 시작이었다.

장미 한 송이

사월이 끝나간다.

어제는 봄비가 내렸다.

꽃을 시기하던 추위가 누그러들었고 봄물이 나뭇잎 주름을 따라 미끄러졌다.

옷장을 활짝 열자, 경첩이 삐거덕 소리를 낸다. 그 충격으로 덩그러니 남겨진 옷 하나가 흔들거린다. 나는 새하얀 원피스를 꺼내 거울 앞에 서서 몸에 대 보았다.

어떤 여자가 떠올랐다.

긴 머리카락을 허리까지 늘어뜨리고 죽음을 기다리던 여자. 어둠 속에서 불쑥 튀어나와 비틀거리며 다가오던 여자.

그때 내가 다가간 이유는 순전히 호기심 때문이었다.

무섭지만 궁금하기도 하잖아?

소나기 같은 머리카락에 가려진 얼굴이 눈앞으로 다가왔을 때 나는 손을 뻗었다. 안쓰럽다는 생각이 들었을지도 모른다. 여자가 섬

장미 한 송이 455

뜩한 얼굴로 불같이 화를 내면 어쩌지? 그러나 그러지 않았다. 내 손길을 얌전히 받아들였다. 촉감은 딱딱하고 서늘했다. 거울은 꼿꼿하게 서서 나를 비추고 있었다. 그건 분명 썩어 가는 내면이었다. 내면은 손길에 대한 보답으로 선택권을 주었고, 나는 밖으로 나가기로 결정했다. 그리고 시간이 흘러 다시 거울 앞에 선 외면은 그런대로 봐줄 만해서 새하얀 원피스를 입어도 되겠다는 생각이 들었다.

서화의 비유를 빌리자면 열세 살 소녀 같은 오후였다.

물기로 촉촉한 하늘에 무지개가 떠 있었다. 한쪽은 드넓은 강에, 다른 쪽은 울창한 숲에 떨어졌다.

나는 옷을 갈아입고 빈집을 둘러보며 빠트린 물건이 없는지 확인하다가 문득 시선을 돌렸다.

네모난 창문에 빨간 두 줄이 있었다.

하나는 무지개의 일부분이었고, 다른 하나는 어떤 남자였다.

내가 사랑하는 사람. 나를 부르는 사람.

나는 늘 그렇듯 창가로 이끌린다.

매번 장난으로 받아들였던 그 말을 이제 그만 인정해야겠다. 정말로 고개를 들어 이쪽을 쳐다보는 느낌이 들어서 그 남자가 그랬듯 나는 손을 흔들었다. 남자는 사람으로 이루어진 빽빽한 흐름 속에서 틈틈이 이쪽을 쳐다본다. 이런 식으로 이 집에서 남자를 상상하는 일도 오늘이 마지막이다.

잠시 후, 남자가 뛰기 시작했다. 천천히 오라고 그토록 당부했건만!

나는 서둘러 창문을 닫았다.

내 마지막 손길은 까만 장미가 차지했다. 한동안 서화와 떨어져 있었을 때 나를 위로한 꽃이었다. 겉보기엔 시들어 보였지만 꽃잎을 만져 보면 그렇지 않았다. 보드랍고 생생했다. 하지만 향기는 나지 않는단다. 최 교수님은 현미경으로 꽃을 관찰하다가 아직도 믿을 수 없다는 듯 놀란 눈으로 나를 쳐다보았다. 그러고는 해탈한 듯 더는 그 무엇도 연구하기를 거부했다.

길을 걷다 보면 여러 번 고개가 돌아가곤 한다. 그러다 아주 가끔씩, 뚫어져라 쳐다보는 내 시선을 느낀 사람이 획 돌아보면 우리는 눈이 마주친다. 먼저 시선을 거두는 사람은 언제나 내가 아닌 상대방이다. 나는 결코 먼저 피하는 법이 없었다. 도저히 그럴 수가 없어. 당장이라도 달려가서 알려 주고 싶으니까.

나는 심각한 얼굴로 이렇게 말할 것이다.

"당신은 곧 죽어요. 어서 빨리 병원에 가요."

그럴 때마다 서화는 내 속마음을 눈치채고 멋진 말을 해 준다.

"꼭 기억해, 단미야. 우리 모두 하얀 냄새를 풍긴다는 사실을."

물론 그 말을 머리로는 이해했지만, 어린아이와 눈이 마주칠 땐 온종일 마음이 울적해서 일이 손에 잡히지 않는다. 자려고 눈을 감으면 꼭 그날 마주친 얼굴이 떠오른다. 현실과 다르게 사람들은 내 시선을 피하지 않는다. 원망하는 눈으로 나를 똑바로 바라본다.

하얀 냄새를 맡아도 아무렇지 않을 날은 영원히 오지 않을 것만 같다.

서화는 어떻게 그 오랜 시간을 견딘 걸까?

"그땐 나도 없었는데."

이 말을 하는 이유는 서화가 곁에 있기에 나는 견딜 수 있기 때문이다.

오늘은 한 번도 고개를 돌리지 않았다. 적어도 죽음 때문에는.

그보다 먼저 집에 다다랐다.

우체통에서 열쇠를 꺼내 문을 열었다.

고요한 거실에서 화가의 그림을 잠시 감상했다. 장미 꽃잎이 되어 흩날리는 어린아이. 그 미소에 어린 감정을 어렴풋이 이해할 수 있었다. 생각만 해도 몸이 부르르 떨린다. 그때 느낀 감정이 생생하게 떠오른다. 화가는 나와 같은 경험을 했음이 틀림없다. 그러지 않았다면 이런 그림을 떠올리지도 못했을 것이다. 내 존재 자체가 꽃잎만큼 가벼워지는 기분. 온몸이 붕 뜨고 허공에 빙글빙글 날리는 기분. 죽음이 꽃잎 한 장 한 장을 밟은 뒤 마침내 내 안으로 걸어 들어오는 기분.

우리가 느꼈던 감정.

조금은 그리울지도 모를 그 감정은 그림 속 소년에게 맡기기로 했다. 그럴 필요가 있었다. 앞으로 나아가려면. 이따금 찾아오겠다고까만 장미 두 송이 앞에서 약속했다.

아로새김이 사장과 꾸민 화원은 무척 만족스러웠다. 밑그림대로 완성하려면 아직 멀었지만 아직까지는 내가 상상했던 모습 그 이상으로 색이 잘 어우러졌다. 한 가지 슬픈 점은 화원이 풍기는 향기를 평생 맡지 못한다는 사실이다. 물론 앞으로 심을 꽃을 포함해서 각각의 향기는 분명히 기억하고 있다. 밑그림을 그릴 때 색깔만큼이나 향기도 골똘히 고민했기 때문이다. 그러나 그 모든 냄새가 잊히는 건 시간문제다. 또한 완성된 화원의 냄새는 상상에 맡길 수밖에 없었다.

무지개 냄새?

서화가 알려 준 방법대로 냄새에 색깔을 붙여 보았지만, 썩 마음에 들진 않는다.

화원에 가장 처음 심은 꽃은 하얀 카네이션이었다. 그 꽃 한 송이는 화실 안이 가장 잘 보이는 곳을 차지했다. 우리는 덩굴나무 문을 항시 열어 두기로 정했다. 화실을 사랑하는 어머니를 위해.

카네이션 꽃잎에는 물방울이 어려 있었다. 유심히 쳐다보니 그 안에 화실이 빨갛게 담겨 있었다. 나는 꽃을 따라 고개를 들어 화실을 보았다. 내 눈에도 그처럼 똑같이 담겼다. 나는 그곳으로 걸어갔다. 이어 하얀 카네이션은 내 뒷모습을 담았다.

자, 이제 마지막이다.

화실.

처음 하얀 냄새를 맡은 그날 나는 정신을 잃었다. 죽음 때문은 아니었다. 서화에게 하얀색을 고백하자마자 정신이 아득해질 만큼 짙은 장미 향에 뒤덮였기 때문이었다. 정신 차렸을 때 제일 먼저 눈에 들어온 건 분노로 이글거리는 최 교수님 얼굴이었다. 교수님에게 흠씬 두들겨 맞고 쫓겨나 화실에 들어왔을 때, 우리는 또 한 번 멍하니 쳐다볼 수밖에 없었다. 꽃이 몽땅 사라진 지 몇 시간이 채 지나지 않았는데도, 어느새 만개한 장미가 화실에서 흐드러지게 피어 있었다. 서화는 나보다 먼저 무언가 깨닫고는 이렇게 말했다.

"화실은 이제 네 거야, 단미야."

전과 다른 점이라면 꽃은 꽃가루를 뿌리지도, 향기를 풍기지도 않는다는 사실이다. 지금 이쪽으로 걸어오는 남자가 곁에 있어야 비로소 화실은 향기로 가득해진다.
　한 송이에서 한 줌, 한 아름 더해진다.
　가슴이 두근거렸다.
　눈을 감았다.

　서화가 오고 있다.
　문을 열고 거실을 지난다.
　그림에 스치듯 눈길을 보낸다.
　화원을 둘러보다가 마지막엔 하얀 카네이션을 본다.
　웅덩이를 애써 모른 척한다.
　덩굴나무를 건드린다.
　내 앞에 선다.

　"무슨 생각해?"
　서화의 예상과는 달리 나는 짙고 독한 장미 향이 좀처럼 익숙해지지 않았다. 서화가 가까이 오면 머리가 깨질 듯이 아프고, 속이 메스꺼울 정도다. 서화는 이 정도는 아니었다고 했는데 난 왜 이렇게까지……
　서화는 잠시 기다려 주었다.
　천천히 호흡을 가다듬고 눈을 뜨자 멋지게 차려입은 남자가 보였다. 나는 남자의 빈손을 살피는 척하다가 장난스럽게 물었다.

"꽃은 없어?"

남자가 머리를 긁적이며 다가왔다.

장미 향이 뺨에도 물드는 기분이 든다.

"많이 고민했는데, 결국 네게 줄 꽃을 정하지 못했어. 우리에게 장미보다 어울리는 꽃은 없으니까."

남자는 걱정스러운 기색을 웃음으로 감췄다. 비틀거리는 나를 안긴다고 여기며 자기 품으로 끌어당겼다. 그러고 나서 일부러 장난을 쳤다.

"네겐 내가 꽃이기도 하잖아. 그리고 이 화실을 봐. 내가 좋아 죽겠다고 말하고 있는데?"

얼굴이 달아오르는 기분이 들었다.

"그건 너도 마찬가지였거든."

정신이 날아가기 직전, 남자는 나를 가볍게 밀고 내 눈앞에 종이 두 장을 흔들었다. 비행기 표였다. 동시에 네 번째 손가락에 낀 반지가 반짝거렸다. 남자는 싱글벙글 웃으며 그보다 약간 작은 반지를 꺼냈다.

"자신만만하네?"

"네 감정이 눈에 보이니까 얼마나 다행인지 몰라."

그는 내게 입을 맞췄다. 아찔했다. 장미 향이 온몸에 퍼졌다.

"죽을 때까지 내 곁에 있어 줄래?"

나는 눈물을 꾹 참았다. 오늘은 결코 울지 않겠다고 다짐했으니까. 그 말을 들었을 땐 새삼 놀라기도 했다. 곁에 있어 달라는 말을 이토록 기쁘게 받아들일 수 있어서. 죽을 만큼 고통스러운 상황이 아니어도 이런 말을 주고받게 되어서. 그렇지만 아쉽게도 한 남자의 청혼을 천천히 만끽할 겨를이 없었다.

"응."

나는 어서 대답을 들려주었다.

"고마워, 그렇게 말해 줘서."

이윽고 서 있기를 포기하고 장미 향을 완전히 들이마시는 순간이었다.

장미 향이 순식간에 사라졌다.

내 몸에서. 화실에서. 서화에게서.

아무것도 남지 않았다.

나는 화들짝 놀라 서화 품에서 떨어져 나갔다. 황급히 주위를 둘러보았다.

장미는 그대로 피어 있었다.

그리고 다가온 한 송이 향기.

"왜 그래?"

장미 향은 아니었다.

대체 무슨 냄새지?

하얀 냄새.

서화도 분명 그렇게 생각했을 터이다. 양손으로 코를 감싸고 뒷걸음질 치는 내 앞에서 서화는 올 것이 왔다고 직감했을 터이다. 그의 마음이 무너져 내리는 소리를 똑똑히 들었다.

"나한테서?"

아니. 나한테서.

서화는 아니었다.

그때였다. 여태껏 우리 이야기에서 피지 않았던 색깔을 본 건.

"저기……"

나는 저 멀리 화실 한편을 가리켰다. 서화가 내 손가락을 따라 비켜 섰다.

유난히 반짝이는 장미 한 송이를 보았다.

새빨간 꽃잎 한 장이 파란색으로 변하더니 곧 한 송이로 변했다.

이윽고 내 안에서 뛰는 낯선 두근거림을 느꼈다.

나는 그곳을 내려다보았다. 심장에서 한 뼘 정도 아래에 꽃이 피고 있었다.

우리는 마주 미소 지었다.

만개한 꽃이 냄새를 풍겼다.

아니.

내음이었다.

굳이 따지자면 한 송이 정도.

내음

초판 인쇄	2024년 9월 3일
초판 발행	2024년 9월 18일

지은이	무한
펴낸이	이무한
편집	정여름
디자인	박은정
일러스트	김스타

펴낸곳	글라잡이
출판등록	제2022-000008호
주소	인천시 미추홀구 낙섬동로 109번길 10-1
전자우편	rlnurlnu0701@gmail.com
인스타그램	@rlnu.rlnu

© 무한, 2024

ISBN 979-11-989056-3-5 03810